Camilla & Charles

Isabelle Rivère

Camilla & Charles

Pour Lucienne et Joseph Davin,
mes grands-parents

Introduction

Au début du conte, Diana rêve d'épouser le prince de Galles qui, lui, aime Camilla. Celle-ci se consume pour un certain Andrew, qui, de son côté, paraît prendre un malin plaisir à en pincer toujours pour une autre. Née d'une aimable confusion des sentiments, la saga mouvementée des amours de Charles et « Milla » continue de défier le temps, la reine Elizabeth et les convenances, au rythme effréné de ses imprévisibles rebondissements. Pendant dix-sept ans, deux femmes que tout opposait se sont livrées une lutte sans merci pour le cœur d'un seul homme. Adulée par la presse, la princesse de Galles avait pour elle sa beauté et sa naissance, le charme, le charisme et la gloire. Mal attifée, mal peignée, supposée trop discrète pour être honnête et toujours surprise malgré elle un verre ou une cigarette à la main, Mrs. Parker Bowles avait, quant à elle, le pouvoir envoûtant de l'initiatrice, l'irrésistible attrait de la femme interdite, celle dont on dit qu'elle échappe à la versatilité des sentiments. Lorsqu'ils se rencontrent pour la première fois, Charles et Camilla se savent déjà habités l'un et l'autre par l'héritage plus ou moins conscient de plusieurs siècles d'Histoire. Ils réalisent alors que leur passion est née près de cent ans auparavant, dans le boudoir enrubanné d'une courtisane…

1

Alice

« Une maîtresse de roi doit toujours faire la révérence avant de sauter dans le lit. »

Alice KEPPEL

« Cherche jeune fille de sang royal en âge de fonder une famille. Références impeccables exigées. Avant de prendre contact, envoyer portrait. » Dès la fin des années 1850, Victoria se met en quête d'une épouse pour son fils aîné, et, pour tout dire, l'affaire se révèle nettement plus compliquée que prévu. La souveraine charge dans un premier temps ses conseillers de dresser la liste de toutes les princesses protestantes originaires d'un pays ami de la Grande-Bretagne dont il ne paraîtrait pas impensable d'examiner la candidature. Rapidement, Edward fait savoir qu'il a lui aussi des conditions à poser. Grand amateur de femmes, l'héritier de la Couronne exigera de sa promise qu'elle ait un physique agréable ou, tout au moins, capable d'éveiller son intérêt. L'Angleterre a besoin d'une princesse de Galles. Elle aura sa reine de beauté.

En accord l'un avec l'autre, mère et fils arrêtent leur choix sur Alexandra, la fille aînée du prince Christian de Schleswig-Holstein-Sonderburg-Glücksburg, héritier du trône du Danemark – pays qui, pourtant, n'avait pas les faveurs de Victoria en raison de ses divergences territoriales avec la Prusse. Pour « Bertie [1] », il ne fait aucun doute que son joli visage encadré de boucles brunes laisse espérer bien des bonheurs à venir. La rumeur la dit aussi dotée de manières irréprochables et d'une faculté naturelle à « s'attirer la sympathie et l'affection de ceux qui l'entourent ». Une rencontre entre les deux jeunes gens est arrangée à la hâte en septembre 1861. Edward ne trouvant aucune objection valable à formuler, leurs fiançailles sont promptement annoncées et leur mariage célébré le 10 mars 1863 en la chapelle Saint-George du château de Windsor.

Après une brève lune de miel sur l'île de Wight, les époux emménagent dans leurs nouvelles demeures, Marlborough House, un magnifique hôtel particulier du XVIIIe siècle situé sur Pall Mall [2], à Londres, et Sandringham, dans le comté du Norfolk. Acquis par Bertie en 1861, ce « modeste » pavillon de chasse a été transformé par ses soins en un château élégant à l'architecture compliquée, dont l'héritier du trône et sa femme font bientôt leur vraie maison de famille. « Le prince était resté un grand enfant et la gaieté naturelle d'Alexandra n'était pas encore assombrie par leurs querelles conjugales. Les jours de pluie, des courses de tricycles étaient organisées dans la salle de bal, convertie pour l'occasion en une vaste aire de jeux. Montés sur de grands plateaux en argent, les concurrents prenaient ensuite d'assaut l'escalier principal [du château] comme s'il s'agissait d'un toboggan. Dans le hall, un babouin empaillé montait la garde, tenant dans sa main un plateau destiné à recueillir les cartes de visite des invités [3]. »

L'entrain de la princesse de Galles ne suffit toutefois pas à retenir son mari bien longtemps auprès des siens. L'harmonie de ses traits et la douceur de son caractère se révè-

---

1. Surnom d'Edward.
2. Grande avenue qui relie le palais de Buckingham à Trafalgar Square.
3. Gordon Brook-Shepherd, *Uncle of Europe : The Social and Diplomatic Life of Edward VII.*

lent tout aussi impuissantes à canaliser ses ardeurs. Edward a soif d'inconnu, d'expériences inédites, de nouveaux visages. Ses infidélités sont apparemment si nombreuses que les observateurs renoncent à en faire le compte. « Toutes les beautés ambitieuses de l'époque jettent leur dévolu sur le prince, que ce soit pour elles ou pour leurs filles – voire, dans certains cas, pour les deux. Le snobisme agit sur ces femmes comme un aphrodisiaque puissant. Au sein de la bonne société, plus d'une lady estime préférable d'être aimée par l'héritier du trône que d'être ignorée de lui[1]. » La belle-fille de la reine Victoria ferme les yeux sur les escapades amoureuses d'un époux pour qui elle a la même tendresse que celle d'une mère pour son « vilain petit garçon ». En proie au mal du pays, victime d'accès de rhumatismes articulaires aigus qui rendent difficiles beaucoup de ses déplacements, Alexandra se découvre en outre affligée d'une surdité croissante qui, très tôt, l'incite à se tenir à l'écart de l'entourage remuant et tapageur de son conjoint. Bertie chérit toutefois avec la même sincérité les plaisirs de sa vie de famille que ceux qui lui sont offerts dans les boudoirs enrubannés des courtisanes. L'Histoire en retient pour preuve la naissance de ses six enfants : Albert, futur duc de Clarence, venu au monde prématurément le 8 janvier 1864, George, né le 3 juin 1865, puis, à un an d'intervalle, les princesses Louise, Victoria et Maud. Le dernier, Alexander, né à Sandringham le 6 avril 1871, ne survivra qu'une journée.

Sûre de l'affection que lui porte son mari et tout aussi consciente de ne pouvoir combler à elle seule toutes ses attentes, Alexandra comprend que ses infidélités obéissent davantage à un besoin permanent de compagnie qu'à la simple satisfaction de désirs sexuels. Au fil des ans, elle apprend à tolérer la présence de ses conquêtes sous son propre toit. La première à bénéficier de cette abnégation hors du commun est Lillie Langtry, une jeune actrice originaire des îles Jersey devenue la première maîtresse

1. *Ibid.*

« officielle » du prince de Galles en mai 1877 – la première, en tout cas, à être régulièrement conviée à Marlborough House. Au terme d'une liaison mouvementée et non exclusive de plus de treize ans, elle est remplacée dans le cœur de l'époux volage par lady Brooke, future comtesse de Warwick… Jusqu'en 1898, date à laquelle tous deux se prennent chacun de leur côté d'une autre passion. Daisy pour le socialisme. Edward pour Alice Keppel.

Lorsqu'il fait la connaissance de son dernier grand amour, l'héritier de la Couronne a déjà cinquante-sept ans et l'embonpoint des hommes habitués à goûter tous les plaisirs de la vie sans jamais parvenir à s'en rassasier vraiment. Les circonstances exactes de la première rencontre entre Mrs. Keppel, vingt-neuf ans, et le prince de Galles sont mal connues et ont fait l'objet de multiples témoignages contradictoires. La légende veut que le fils de la reine Victoria la remarque au tout début de l'année 1898, à l'occasion d'une tournée d'inspection de l'unité de cavalerie dans laquelle son mari sert alors en tant qu'officier. Ses courbes généreuses, son teint d'albâtre joliment souligné par le flot ondulant de ses cheveux châtains attirent le regard de Bertie, qui demande à lui être présenté. De petite taille, elle aussi, et dotée d'un charme sensuel qui contraste alors avec la beauté « classique » des ladies de son temps, Alice paraît posséder en abondance toutes les qualités que son illustre soupirant aime à trouver chez une femme. Son inépuisable énergie et sa formidable joie de vivre contribuent également pour une large part à la fascination qu'elle exerce immédiatement sur lui. Le 27 février, « Edward le Caresseur » se rend à dîner chez les Keppel. Quelques jours plus tard, un mot de son secrétaire particulier, sir Francis Knollys, avertit l'heureuse élue de la date et de l'heure de leur premier rendez-vous en tête à tête. Maîtresse, amie, confidente des bons et des mauvais jours… Elle est celle qu'il attendait. Sans le savoir encore, c'est à l'automne de son existence que le prince se prépare à vivre ses plus belles années.

La longue tradition de « service » royal des ancêtres d'Alice remonte au XIe siècle. En 1066, Edgar et Margaret, petits-enfants d'un certain Edmund Ironstone, fuient l'avancée des troupes de Guillaume le Conquérant, en passe d'envahir l'Angleterre avec son armée de Normands. Ils trouvent refuge à Dumfermline, en Écosse, où la jeune femme épouse le roi Malcolm Canmore. Au XVe siècle, la princesse Mary Stewart, fille de Robert III et sœur du futur James Ier, épouse en quatrièmes noces un Edmonstone originaire de Culloden, et reçoit en cadeau le château de Duntreath, sur les rives du loch Lomond, dans le comté écossais du Stirlingshire. De cette proximité savamment entretenue avec le pouvoir, le clan tire sa fortune et sa gloire. Membres du Parlement dès le XVIe siècle avant d'être appelés à d'importantes fonctions dans l'administration et l'armée, ses représentants jouissent naturellement d'une position dominante dans la haute société du royaume et, à ce titre, font régulièrement acte de présence à la Cour. À partir de 1842, date à laquelle la reine Victoria effectue son tout premier séjour au château écossais de Balmoral, les Edmonstone accompagnent chaque année les souverains d'Angleterre tout au long de leur migration estivale dans les collines des Highlands.

Alice Frederica Edmonstone vient au monde le 29 avril 1868 à Woolwich, une petite ville du Kent où son père, sir William, occupe un poste de haut fonctionnaire depuis deux ans. Fort de plus de quarante années de service actif dans la Marine royale, ce brillant officier a également rempli quelque temps les fonctions d'aide de camp de la reine Victoria et se trouve sur le point d'être promu au grade honorifique de contre-amiral. Un an après la naissance de la fillette, il décide de renouer avec ses racines et installe sa femme et ses neuf enfants à Colzium House, l'une des propriétés appartenant à sa famille, à côté de Kilsyth, dans le comté écossais du Stirlingshire. Aisés sans être fortunés, les Edmonstone jouissent dans la région du respect et de la considération accordés aux grands propriétaires terriens attentifs au bien-être de leurs fermiers et désireux de s'impliquer dans la vie de leur communauté. Sir William, dit-on, a les deux pieds sur terre. On le dit

« animé d'une saine aversion pour le gaspillage, l'oisiveté et l'extravagance sous toutes ses formes[1] ».

Dès son plus jeune âge, Alice paraît prendre son père pour modèle. Plus sa personnalité s'affirme, plus son entourage y décèle les traits de caractère si particuliers à « l'âme écossaise ». Les lettres et les témoignages de l'époque dressent le portrait d'une enfant « pleine d'énergie, honnête et droite », et qui, très tôt, se distingue de ses frères et sœurs comme de ses camarades de jeu par une gentillesse « exceptionnelle » et un tact que l'on qualifie déjà de « remarquable ». À la fréquentation de la salle de classe installée dans l'enceinte de la demeure familiale, la fillette préfère les longues marches dans la campagne environnante en compagnie des jardiniers et des gardes-chasse du domaine, ou l'une de ces interminables parties de cricket, âprement disputées des après-midi entiers et, s'il le faut, jusqu'à ce que la nuit tombe. Après tout, à quoi servent les précepteurs, sinon à préparer les jeunes demoiselles à l'existence oisive qui est traditionnellement le lot des femmes de leur condition ?

À la mort de son demi-frère Archibald, en 1871, sir William Edmonstone hérite de son titre de baronet et, six ans plus tard, s'établit avec les siens au château de Duntreath. Le monde dans lequel Alice s'apprête à faire son entrée se divise alors en classes sociales entre lesquelles l'austérité et l'intransigeance victoriennes ont dressé des barrières infranchissables. Considérés comme des privilèges de droit divin, la fortune et le rang font l'objet d'un culte sans précédent dans l'histoire du royaume. L'aristocratie croit encore pouvoir préserver son mode de vie en s'abritant des regards derrière les murs chargés d'Histoire de ses somptueuses résidences de campagne. Pour les mères de famille, les réceptions qui y sont données le week-end sont autant d'occasions de repérer les célibataires bien sous tous rapports susceptibles de faire un jour le bonheur de leurs filles – et de les encourager discrètement à demander leur main

1. Cité par Christopher Wilson dans *A Greater Love : Charles & Camilla.*

avant la fin des six mois qui suivront leur présentation dans la bonne société.

Chez tous les jeunes officiers régulièrement invités à Duntreath, Alice fait forte impression. En 1891, elle tombe amoureuse de l'honorable George Keppel, officier dans le régiment des Gordon Highlanders. Troisième fils du septième comte d'Albermarle et de Sophia Mary McNab, fille du Premier ministre canadien sir Allen McNab, il a été formé à l'Académie militaire royale de Sandhurst. De tous ses prétendants, il est l'un des moins fortunés, mais il est aussi le plus ardent et le plus dévoué. Consuelo Vanderbilt Balsan, duchesse de Marlborough, le décrit comme « l'un de ces Anglais grands et bien faits de leur personne, toujours vêtus à la perfection. En somme, l'incarnation du parfait gentleman ». Alice l'épouse le 1er juin en l'église Saint-Paul du quartier de Knightsbridge, à Londres. « Le jour de leur mariage, leur beauté suscite l'admiration de tous, écrira Sonia Keppel, leur fille cadette, dans ses Mémoires[1]. Du haut de son mètre quatre-vingt-treize, mon père paraissait faire encore cinquante centimètres de plus avec son bonnet des Gordon Highlanders. Et sa magnifique carrure n'en mettait que davantage en valeur la minceur de la silhouette de ma mère. »

En cette fin de XIXe siècle, les Keppel, bien que d'origine hollandaise, comptent au nombre des lignées les plus fameuses et les plus respectées de Grande-Bretagne. Page d'honneur du prince d'Orange, Arnold Joost von Keppel s'établit à Londres lorsque son maître accède au trône d'Angleterre sous le nom de William III, en 1689. Conseiller loyal et fidèle, il est fait comte d'Albermarle et chevalier de l'ordre de la Jarretière, l'un des ordres les plus prestigieux du royaume. Ses descendants s'appliquent à maintenir au fil des générations des liens étroits avec la Couronne. L'amiral sir Henry Keppel, grand-oncle de George, a d'ailleurs été l'une des grandes figures de la suite de la reine Victoria avant de devenir un ami intime

1. Sonia Keppel, *Edwardian Daughter*.

de son fils aîné, le prince Edward. Au début des années 1850, William Coutts Keppel, le père de George, est envoyé en Inde en tant qu'aide de camp de lord Frederick Fitzclarence, fils naturel du futur roi William IV et de l'actrice Dorothy Jordan. Il occupe pendant sept ans les fonctions de trésorier de la Maison royale entre 1859 et 1866 avant d'être nommé à son tour aide de camp de la reine Victoria en 1881. Pour Alice, ce mariage est la première étape de la longue quête d'ascension sociale à laquelle elle a décidé de consacrer son existence tout entière. Son union avec le fils du comte d'Albermarle lui garantit une place de choix au sein de cette noblesse dont elle entend bien faire rapidement la conquête.

Contrôlée par mille cinq cents familles, la haute société londonienne rechigne encore à s'ouvrir aux pionniers de la nouvelle « méritocratie », ces industriels, ces banquiers dont le prince de Galles, héritier de la Couronne, semble tant apprécier la compagnie. Ses représentants, écrit Vita Sackville-West dans son roman *The Edwardians* [1], « appartenaient tous à cette même aristocratie solide et respectable, farouchement attachée à ses terres comme à ses prérogatives et qui faisait peu de cas des "cercles" en vogue, des parvenus ou des dernières modes, mais poursuivait dignement son chemin dans le respect de lignes de conduite immuables. Ils connaissaient sur le bout des doigts les arbres généalogiques de leurs pairs et avaient plus de considération pour une famille modeste aux origines anciennes que pour une fortune récente, fût-elle immense. Leur solidarité était extraordinaire. La manière dont ils parlaient les uns des autres avait d'ailleurs le don de réduire le reste du monde à un simple accessoire, un élément décoratif à la fois vain et dérisoire ».

Le couple que forment Alice et George se révèle une illustration parfaite des mœurs de la bonne société victorienne, « l'incarnation vivante de l'état d'esprit de

---

1. Appellation désignant les Britanniques vivant sous le règne d'Edward VII.

l'époque, la preuve que deux conjoints peuvent être unis par un amour vrai sans pour autant être attirés physiquement l'un par l'autre, écrit Raymond Lamont-Brown, l'un des biographes d'Edward VII. S'il ne fait aucun doute que George aime profondément Alice, les commérages le disent peu intéressé par le sexe. Au contraire de son épouse, dont les appétits en la matière sont décrits comme débridés ». La rumeur veut en outre que la jeune femme, considérée comme « supérieure » à son mari sur le plan intellectuel, s'en aille aussi quérir auprès d'autres hommes de quoi nourrir son esprit vif et curieux de tout. Plusieurs gentlemen deviennent ainsi des habitués du 7, Halkin Street, la première résidence des Keppel, à proximité de Belgrave Square. Le plus régulier d'entre eux, un banquier richissime, veuf et influent du nom d'Ernest William Beckett dont Alice devient la maîtresse en 1893, est d'ailleurs considéré par la plupart des historiens comme le père biologique de Violet, sa première fille, née le 6 juin 1894. Non content de la couvrir de cadeaux et de remplir sa garde-robe de toilettes coûteuses, Ernest éveille chez sa compagne un sens aigu des affaires qu'elle s'emploiera, dès lors, à mettre au service de sa réussite personnelle.

Dans le même temps, elle développe une forme de conscience sociale relativement peu commune pour une personne de sa condition et tente de l'inculquer à son tour à ses soupirants fortunés. Sonia, sa fille cadette, racontera ainsi avoir vu sa mère traîner son ami le baron Alington jusqu'à Hoxton, un quartier pauvre, insalubre et surpeuplé de Londres où ce dernier compte alors de nombreuses propriétés louées à des familles sans le sou, dans le but de lui faire prendre conscience de ses responsabilités. Généreuse et pleine de bon sens, Alice se distingue par son aptitude naturelle à sympathiser sans effort avec tous ceux qui croisent sa route, quels que soient la classe dont ils sont issus ou le milieu dans lequel ils évoluent. Ses amants, beaucoup plus âgés qu'elle, contribuent par ailleurs à élargir sa vision du monde et lui apprennent à se poser en observatrice attentive et réfléchie de l'évolution de la société. Lorsque l'héritier de la Couronne fait sa connaissance, en 1898, il a face à lui une femme de vingt-neuf ans, étonnamment mûre pour son âge et déjà forte de convictions politiques qui la distinguent de ses semblables au sein de l'aristocratie du royaume.

Les visites du fils de la reine Victoria au 2, Wilton Crescent, résidence de la famille Keppel à partir de 1896, puis au 30, Portman Square, où elle emménage en 1899, s'entourent de quelques précautions élémentaires. Edward se rend chez sa maîtresse dans une modeste voiture à chevaux, qu'il laisse discrètement attendre un peu plus loin, à l'angle de la rue. Afin de s'assurer de l'absence de George, il a secrètement sponsorisé sa candidature au Club Saint James's de Piccadilly, l'un des cercles les plus fermés et les plus prestigieux de la capitale, où ce dernier tentait en vain de se faire admettre depuis deux ans. La facilité avec laquelle Mr. Keppel endosse les habits du mari trompé en dit long sur l'autorité – certains emploieraient le mot de tyrannie – exercée par le prince de Galles sur les classes dites « supérieures » de la société britannique en cette fin de XIXe siècle. Et sur les sacrifices que les aristocrates se révèlent prêts à consentir pour « mériter » les faveurs de l'héritier du trône. « Les règles étaient strictes, commente Vita Sackville-West dans son roman, conçu comme une critique sévère des mœurs de l'époque. Chacun était libre d'agir à sa guise. Mais il était clair qu'aucun scandale ne devait arriver jusqu'aux oreilles du non-initié. Si la morale était rarement sauve, les apparences, elles, devaient être scrupuleusement respectées[1]. »

Les jeux amoureux de Bertie obéissent à un cérémonial immuable. Après avoir apporté du thé accompagné d'un assortiment des pâtisseries préférées du prince, la femme de chambre quitte silencieusement la pièce en sachant qu'elle ne devra en aucun cas en ouvrir à nouveau la porte avant d'avoir été sonnée. Quelques minutes d'un aimable bavardage, une caresse ou deux suivies d'un débordement de baisers… Puis l'ivresse de la chair. À condition que la santé – et l'humeur – d'Edward s'y

1. Vita Sackville-West, *The Edwardians*.

prête. Posté sur le petit palier qui mène aux appartements d'Alice, Rolfe, le majordome, est chargé de faire le guet. Un jour qu'elle rendait visite à son amie Violet, Vita Sackville-West se souvient d'avoir été priée par ce dernier de « patienter une minute » dans un recoin discret du hall « le temps qu'un gentleman descende ». Après avoir pris sa canne, ses gants et son chapeau des mains du domestique, le prince s'en était allé, laissant derrière lui un sillage parfumé d'Eau de Portugal.

Le futur monarque aimant à s'entourer de fortes personnalités, l'ambiance qui règne à Marlborough House établit un contraste saisissant avec l'austérité apparente de la Cour de la reine Victoria. La curiosité d'Edward et son insatiable appétit de nouveauté ne pouvant se satisfaire de la seule compagnie de ces grands aristocrates, héritiers des plus anciennes familles du royaume, qui composent traditionnellement l'entourage des héritiers de la Couronne, le « cercle Marlborough » compte parmi ses membres les nouveaux leaders économiques d'une Angleterre entrée dans l'ère industrielle. À côté de ces nantis auxquels la fortune tient lieu de références, le prince a également ouvert son cercle d'intimes à plusieurs hauts fonctionnaires méritants, ainsi qu'à un certain nombre d'artistes considérés comme les meilleurs dans leur domaine. Aucun des clubs privés londoniens n'étant apparemment disposé à modifier son règlement intérieur pour satisfaire tous ses caprices, Bertie décide donc de fonder son propre établissement, Le Marlborough. Celui-ci est rapidement décrit comme le plus décontracté de la capitale. Personne ne peut y être admis sans son autorisation.

Le tempérament exubérant d'Alice et son humour « de sergent de la Garde » lui permettent de s'imposer rapidement comme l'un des piliers de l'entourage de son amant, et de gagner le respect de ses intimes. Dans *The Edwardians*, Vita Sackville-West fait vivre Mrs. Keppel sous les traits de Romola Cheyne : « Tout, dans sa nature, respirait la grandeur. Ses aspirations étaient magnifiques, ses errements ne l'étaient pas moins. Cette femme donnait à toute chose la beauté et la force des superlatifs. Elle ne pouvait concevoir d'être femme du monde sans mener grand train. Dès qu'il s'agissait d'argent, elle était capable de rivaliser avec les plus grosses fortunes. Lorsqu'elle tombait amoureuse, c'était forcément dans les sphères les plus inaccessibles. Ses ambitions, elle les réservait pour les plus hautes instances du pouvoir. Et ses souffrances avaient la couleur et le parfum de la tragédie. L'âme de Romola Cheyne, aussi dure et matérialiste soit-elle, était incapable de mesquinerie. »

Tenue de divertir son compagnon, Alice exige de son entourage d'être mise au courant des potins mondains, des dernières affaires de cœur et même de l'évolution des cours de la Bourse, dans le but de maintenir l'intérêt du futur roi en éveil au cours des longs et fastidieux dîners officiels. « Elle ne pouvait supporter l'idée que quelqu'un puisse être mieux renseigné qu'elle, poursuit Vita Sackville-West dans son roman, et se faisait un devoir d'être toujours en possession des nouvelles décisives, d'avoir toujours le dernier mot. Si elle n'hésitait pas à inventer lorsqu'elle avait peur de se trouver prise en défaut, elle préférait en général être sûre de la véracité de ses dires et se tournait toujours en priorité vers les informateurs les plus dignes de confiance. » Pour amuser son prince, la favorite a toujours en réserve un trait d'esprit ou une plaisanterie un peu leste. « Romola Cheyne disait que ces sièges que l'on appelle "conversations" avaient été conçus en forme de S parce que c'est par là que commence le Sexe. C'était le genre d'humour qui faisait rire Edward et le gardait de bonne humeur. »

Au contraire de la plupart des jeunes femmes qui l'avaient précédée dans le lit de l'héritier de la Couronne, Mrs. Keppel réussit l'exploit de se faire accepter – aussi – pour elle-même. Elle « était jolie et d'abord simple et chaleureux, raconte la duchesse de Marlborough. Elle traitait même ses ennemis avec gentillesse – ils étaient d'ailleurs peu nombreux –, ce qui, étant donné l'influence dont elle bénéficiait auprès du prince, dénotait une nature généreuse[1] ». Son statut de maîtresse royale

1. Raymond Lamont-Brown, *Edward VII's Last Loves* : *Alice Keppel & Agnes Keyser*.

fait d'elle l'une des figures incontournables de la vie mondaine. Le futur roi d'Angleterre désirant sa présence en toute occasion, Alice prend l'habitude de se renseigner à l'avance sur son emploi du temps de manière à pouvoir se rendre toujours disponible pour lui. « Elle était suffisamment belle pour l'intéresser sur le plan sexuel, mais elle savait aussi être amusante lorsqu'il s'ennuyait, patiente lorsqu'il était grincheux, compatissante lorsqu'il était malade, commente le biographe Theo Aronson. Comme toute bonne maîtresse, elle était à la fois l'amante, l'épouse et la mère[1]. » Trop épris de sa « Petite Mrs. George » pour lui imposer une vie amoureuse à jamais condamnée à une semi-clandestinité, Bertie emmène régulièrement sa jeune compagne à Paris et l'installe à l'hôtel Vendôme, non loin du Bristol, où il s'inscrit pour sa part sous le nom de baron Renfrew. Entre deux courses hippiques à Longchamp ou deux promenades sur les Grands Boulevards – au cours desquelles le prince est fréquemment interpellé par les passants –, Alice est reçue avec les honneurs dans les cercles les plus huppés de la capitale. Et se lie d'amitié avec l'impératrice Eugénie, veuve de Napoléon III.

Les amours d'Edward et la remarquable abnégation de George deviennent l'un des sujets de conversation favoris de la noblesse britannique. À la fin de l'année 1899, les rondeurs nouvelles de la silhouette de Mrs. Keppel rendent sa deuxième grossesse visible aux yeux de tous. Dans les dîners en ville, on fait semblant de s'interroger sur l'identité du père du bébé. Contrairement à l'attitude adoptée par Camilla près d'un siècle plus tard, la jeune femme ne se cache pas et prend même un plaisir manifeste à figurer sur toutes les photos réalisées à l'occasion des déplacements de l'héritier de la Couronne. Apparemment incapables de se passer l'un de l'autre, les deux amants multiplient les apparitions publiques côte à côte sans trop se soucier des conséquences pour leur entourage. Plus l'amour d'Alice pour son prince se fait

1. Theo Aronson, *The King in Love : Edward VII's Mistresses*.

fort, plus elle ressent l'impérieux besoin d'être vue en sa compagnie. La princesse Alexandra choisit d'en diminuer d'autant la fréquence de ses engagements officiels – son ressentiment à l'égard de sa rivale n'aura d'égal que l'application qu'elle mettra, jusqu'à la fin de son existence, à le dissimuler. Le 24 mai 1900, jour du quatre-vingt-unième anniversaire de la reine Victoria, la favorite donne naissance à une petite fille, Sonia Rosemary, dans son hôtel particulier du 30, Portman Square. La rumeur prête déjà à Bertie plusieurs enfants naturels, dont un, notamment, avec une princesse de nationalité française. Le Tout-Londres s'amuse à comparer les traits du bébé avec ceux d'Edward au même âge, tels qu'ils avaient été immortalisés cinquante-huit ans auparavant par les peintres de cour.

Le 22 janvier 1901, Alice et George sont informés du décès de la souveraine par un bref appel téléphonique du secrétaire particulier du prince de Galles. À l'annonce de cette nouvelle lourde de conséquences pour son propre avenir, la jeune femme se découvre envahie par des sentiments confus. À sa tristesse sincère s'ajoutent une appréhension nouvelle ainsi qu'une excitation qu'elle peine à réprimer. Proclamé roi le 24 janvier, Edward le Caresseur se retrouve en effet à la tête du plus grand empire que le monde ait jamais connu. En gage de sa confiance et de son estime, le monarque s'inspire des remarques et des conseils de sa maîtresse dans l'organisation de la nouvelle Maison royale.

La plupart des grandes familles du royaume s'affairent quant à elles à rénover leurs somptueuses demeures afin d'accueillir Edward VII dans le confort et le luxe dus à son rang. Parties de chasse dans la rigueur des petits matins d'automne, repas somptueux où les mets les plus fins précèdent les desserts les plus rares, promenades dans des parcs immenses envahis par le silence de la nuit et interminables parties de bridge à la lueur des feux de cheminée... Caractéristiques du mode de vie de l'aristocratie britannique et particulièrement appréciés par le souverain, les week-ends à la campagne sont autant d'occasions de se divertir entre gens du même monde. L'adultère y est toujours chose sérieuse, pratiqué selon des règles bien établies. « Le nom de chaque invité était écrit sur une petite carte, glissée dans un cadre de cuivre sur la porte de sa suite. L'attribution des chambres était d'ailleurs invariablement un sujet d'anxiété pour [la maîtresse de maison]. Il était essentiel que tout soit fait avec tact et discrétion. Le don Juan professionnel aurait été furieux de se retrouver entouré de ladies accompagnées par leur mari [1]. » Parfait dans le rôle de l'époux complaisant, George décline toutes les invitations – qui, pour la forme, lui sont également adressées –, de manière à laisser le champ libre à son roi. Les hôtes de Bertie et d'Alice déploient des trésors d'imagination afin d'épargner la susceptibilité de la reine Alexandra. En 1904, le duc et la duchesse de Devonshire organisent ainsi un spectacle musical à son intention dans l'un des salons de leur résidence de Chatsworth, pendant que le monarque et sa compagne s'adonnent au bridge – leur passe-temps favori – dans une pièce voisine.

Naturellement encline à protéger l'image et la respectabilité de l'institution monarchique, une partie de la noblesse décide toutefois de tenir désormais la jolie Alice à l'écart de ces festivités, même lorsque le souverain lui fait l'honneur d'être son hôte. Le marquis de Salisbury et le très catholique duc de Norfolk lui interdisent ainsi l'accès de leurs magnifiques propriétés. Sans jamais s'en plaindre, la favorite s'arrange toujours pour trouver hospitalité auprès d'amis compréhensifs installés dans le voisinage. En réalité, l'accession au trône du fils aîné de la reine Victoria se traduit pour la jeune femme par une abondance nouvelle de cadeaux et de privilèges. Une surdité croissante conduisant la reine Alexandra à refuser la plupart des invitations, Mrs. Keppel s'impose rapidement comme l'escorte attitrée du monarque. Mais son époux ne dispose pas de revenus suffisants pour subvenir à son nouveau train de vie. Elle

1. Vita Sackville-West, *op. cit.*

persuade donc Thomas Lipton, l'ex-petit épicier de Glasgow devenu millionnaire grâce à ses plantations de thé sur l'île de Ceylan, de lui trouver un emploi au sein de sa compagnie. Aux yeux du reste du monde, cette fois, l'humiliation de l'honorable George Keppel, fils du comte d'Albermarle, est totale.

Soucieux d'assurer l'avenir de sa protégée, Edward VII charge en parallèle son conseiller et ami, le banquier sir Ernest Cassel, de prendre en main ses intérêts financiers. Ce personnage influent et haut en couleur se fait dès lors un devoir – et ce jusqu'à sa mort, en 1921 – de veiller sur Alice et ses filles. Toutes trois sont régulièrement ses invitées dans sa résidence de Biarritz, villa Eugénie, et son appartement de la rue du Cirque, dans le VIIIe arrondissement de Paris. Sur ses conseils, la jeune femme investit massivement dans les « actions canadiennes » – elles feront sa fortune – et met en pratique son remarquable flair pour les bonnes affaires. De son côté, le souverain lui-même place d'importantes sommes d'argent à l'intention de Mrs. Keppel et de ses enfants sur un compte privé, dont il confie la gestion à son conseiller. « J'ai toujours ces ravissants petits œufs de Pâques en joaillerie que m'avaient offerts Kingy et sir Ernest, écrira Sonia dans ses Mémoires. Notamment un, une miniature exquise en émail bleu roi ornée d'un E en diamant et surmontée d'une petite couronne en or et rubis[1]. »

Reporté au 9 août 1902 pour cause de convalescence – le roi a en effet dû être opéré de l'appendicite à la fin du mois de juin –, le sacre d'Edward VII en l'abbaye de Westminster installe pour de bon sa « Petite Mrs. George » dans sa condition de maîtresse en titre. Cette dernière assiste à la cérémonie sans son mari, qui n'a pu être invité « faute de places disponibles ». Dans un flot ondulant de velours et d'hermine, son imposante carrure nimbée par le scintillement des couronnes des pairs du royaume assemblés autour de lui, le nouveau monarque prête ser-

1. Sonia Keppel, *op. cit.*

ment devant l'archevêque de Canterbury sous le regard d'Alice, muette d'adoration. Les deux amants, désormais, prendront plus souvent le thé au palais de Buckingham que dans le coquet hôtel particulier du 30, Portman Square. Mais le souverain, qui s'est pris d'affection pour la fille cadette des Keppel, n'entend pas pour autant mettre définitivement un terme à ses visites au domicile du couple. « Il arrivait qu'[il] soit encore là lorsqu'on m'amenait à maman, aux alentours de six heures, se souvient Sonia. Lui et moi, nous nous livrions alors à un jeu fascinant. Sans faire le moindre cas de la propreté de son pantalon, il me tendait une jambe, sur laquelle je plaçais côte à côte deux morceaux de pain beurré (la partie beurrée contre le tissu). Puis chacun de nous pariait un penny (une somme qui, en ce qui me concerne, était généreusement fournie par maman). L'ordre dans lequel les tartines arrivaient en bas dépendait évidemment de la quantité de beurre dont elles avaient été recouvertes. Pendant la course, notre enthousiasme et notre excitation étaient intenses[1]. »

Dès le début de son règne, Edward impose à la cour un style radicalement différent de celui inspiré par la reine Victoria tout au long de ses soixante-trois années de pouvoir. Afin de débarrasser les relations avec ses ministres du cérémonial contraignant en vigueur jusqu'alors, il décide de ne plus recevoir en audience les membres de son gouvernement. Réceptions, dîners en ville et week-ends à la campagne servent désormais de cadre aux discussions en matière de politique ou d'économie. Les conseillers du monarque ainsi que les représentants des chefs d'État étrangers choisissent de s'adresser à lui par l'intermédiaire des quelques rares personnes qu'ils savent bénéficier de sa confiance et de son estime. En tête de liste : Alice, décrite par plusieurs de ses contemporains comme « une parfaite diplomate amateur », « un officier de liaison accompli ».

1. Sonia Keppel, *op. cit.*

Sir Charles Hardinge, sous-secrétaire adjoint aux Affaires étrangères, confiera bien des années plus tard avoir admiré sa « merveilleuse discrétion » ainsi que « l'excellente influence » qu'elle exerce sur Edward VII. « Pas une seule fois elle n'a cherché à utiliser les informations en sa possession à son avantage ou à celui de ses amis. Et jamais je ne l'ai entendue répéter une parole médisante à propos de quelqu'un. Lorsque, à une ou deux reprises, le roi s'est trouvé en désaccord avec le ministère, j'ai pu, grâce à elle, lui faire parvenir des éléments qui l'ont ensuite convaincu de se ranger à la politique adoptée par le gouvernement. Elle était à la fois loyale envers le souverain et animée d'un fort esprit patriotique[1]. » Au fait – par la force des choses – de la conduite des affaires du royaume et considérée comme digne d'en partager les secrets, la jeune femme s'épanouit dans son rôle de messagère tout en influant discrètement sur les opinions et les décisions de son amant. Bien qu'issue d'un milieu traditionnellement conservateur, elle ouvre le monarque à certaines idées professées par les libéraux et contribue à faciliter ses relations avec ses deux derniers Premiers ministres, sir Henry Campbell-Bannerman, arrivé au pouvoir en 1906, et Herbert Henry Asquith, qui lui succède deux ans plus tard. La confiance d'Edward VII dans les multiples talents de Mrs. Keppel est telle que, un soir de décembre 1907, il insiste pour qu'elle soit placée à dîner à côté de son neveu, le kaiser Guillaume II, dont l'humeur imprévisible et le tempérament belliqueux l'inquiètent. « Il était amusant de voir qu'au mépris le plus absolu de toutes les règles de préséance, la favorite avait été installée à côté du kaiser de manière à pouvoir lui parler plus facilement, écrit dans son journal le comte Mensdorff, ambassadeur de l'empire d'Autriche-Hongrie à la cour de Saint-James. Je donnerais cher pour savoir quel genre de rapport elle a pu faire parvenir à Sandringham. »

1. Raymond Lamont-Brown, *op. cit.*

Dès 1906, Bertie délaisse le soleil et les palaces de la Riviera – où, de Cannes à Monte-Carlo, il était décrit comme « un habitué » par les plus grands restaurateurs et hôteliers – pour les eaux claires de la côte basque. Du début du mois de mars au début du mois d'avril, il établit ses quartiers de printemps au premier étage de l'Hôtel du Palais, à Biarritz, dans une suite spécialement aménagée à son intention. Il apprécie d'autant plus ses escapades dans le sud de la France qu'il peut s'y afficher librement en compagnie d'Alice. De son côté, la jeune femme chérit tendrement ces quelques semaines d'intimité au cours desquelles elle se sent, enfin, traitée comme son égale. « À Marienbad [ville thermale où il passait chaque année la plus grande partie du mois d'août], Edward était un invité de marque de Sa Majesté apostolique l'empereur François-Joseph, commente Gordon Brook-Shepherd, l'un de ses biographes. Ce dernier, qui avait toujours mené une vie austère, veillait avec soin à ce que les apparences soient toujours préservées et se montrait particulièrement intransigeant en matière de bienséance. Il n'aurait certainement pas toléré que le roi d'Angleterre s'affiche tous les étés sur ses terres en compagnie de sa célèbre maîtresse. Biarritz, elle, dépendait d'une république dont le président n'aurait jamais songé une seule seconde à émettre le moindre commentaire sur la conduite du monarque. De plus, cette république se trouvait être la France, nation riche d'une longue tradition d'adultère royal dont les ressortissants avaient toujours fait preuve de tolérance et de sympathie en la matière[1]. »

Les historiens britanniques remarquent d'ailleurs qu'à l'époque les autorités de l'Hexagone se comportent vis-à-vis de la maîtresse officielle du souverain comme si elles lui reconnaissaient un rôle politique ou constitutionnel de premier plan. Au pays de la Pompadour, Alice est traitée avec la déférence et les égards dus à sa condition de favorite. À leur arrivée à Calais, la jeune femme,

1. Gordon Brook-Shepherd, *op. cit.*

ses deux filles et leurs gouvernantes sont ainsi dispensées des formalités de douane habituelles avant d'être escortées par le chef de gare jusqu'à leur wagon-couchettes. Si chacun des séjours d'Edward VII dans le Sud fait toujours l'objet de comptes rendus officiels, ceux de Mrs. Keppel s'entourent en revanche de la discrétion la plus absolue. Soucieuse d'éviter les commérages des autres voyageurs, Alice ne s'aventure jamais jusqu'au wagon-restaurant. Son arrivée à Biarritz est, elle aussi, pudiquement passée sous silence par la presse anglaise. Sur place, la jeune femme et son entourage sont hébergés par sir Ernest Cassel dans la villa Eugénie, louée spécialement pour l'occasion par le conseiller financier de Sa Majesté. « Avec ses sols sans tapis et ses portes en verre, écrira Sonia, cette maison ressemblait à une vaste serre dont les rares occupants paraissaient avoir été plantés çà et là comme dans des pots [1]. »

Pendant trois ou quatre semaines, les deux amants profitent pleinement de cette vie de famille qui leur est interdite en Grande-Bretagne. Chaque jour, aux alentours de midi, ils quittent l'hôtel bras dessus, bras dessous et partent se promener en direction du port. Lorsque le temps le permet, les après-midi sont consacrés à de longues excursions dans la campagne environnante, qui, rapidement, deviennent l'un des rituels incontournables des séjours biarrots d'Edward VII. « Le dimanche de Pâques, raconte Sonia, avec Kingy, nous partions faire un pique-nique géant en compagnie de quelques invités. Sa voiture ouvrait la route, suivie par celles des autres convives. Le dernier véhicule était réservé au transport de la nourriture, gardée par un minimum de deux valets. Kingy scrutait le paysage alentour à la recherche d'un endroit approprié. À son signal, tout le monde s'arrêtait et les domestiques installaient le déjeuner. Une table, des chaises, des nappes en lin, des assiettes, des verres, de l'argenterie faisaient soudainement leur apparition, comme sortis de nulle part, et

1. Sonia Keppel, *op. cit.*

toutes les variétés possibles et imaginables de plats froids étaient offertes à l'appétit de notre petit groupe. Pour une raison qui nous échappait, Kingy choisissait de préférence de pique-niquer sur le bord de la route. Le jour de Pâques, celle-ci se trouvait invariablement encombrée de voitures attelées et de véhicules à moteur – les premiers du genre –, tous couverts de poussière. Si Kingy était heureux c'est en grande partie parce qu'il croyait être là incognito. Lorsqu'on s'adressait à lui en utilisant le nom d'emprunt [sous lequel il avait l'habitude de voyager], il répondait avec un plaisir visible de sa voix grave, reconnaissable entre toutes [1]. »

Au cours du printemps 1910, le temps sur la côte basque se fait plus capricieux encore qu'à l'accoutumée. Le 14 mars, après un week-end particulièrement froid, Edward, victime d'un mauvais rhume qui dégénère rapidement en bronchite, est consigné dans ses appartements par sir James Reid, son médecin personnel. « *Entre nous* [2], je suis assez inquiète et j'ai fait venir une infirmière », écrit Alice à l'un des amis proches du souverain. Comme mû par de vagues et sombres pressentiments, Bertie, une fois à peu près rétabli, prolonge de manière inhabituelle son séjour en France jusqu'à la fin du mois d'avril. Le 26, jour de son départ, le roi passe un long moment seul à contempler la mer depuis la terrasse de sa suite. « Je suis triste de quitter Biarritz, murmure-t-il à plusieurs reprises. Peut-être pour de bon. »

La bronchite chronique dont il est désormais la proie se réveille dès le week-end suivant au château de Sandringham, balayé par la pluie et le vent. Dès son retour à Londres, Mrs. Keppel, très alarmée, se rend plusieurs fois par jour au palais de Buckingham où son amant, bien que de plus en plus affaibli par une toux que rien ne vient plus enrayer, refuse de s'aliter. Le personnel de la Cour remarque l'agitation croissante de la jeune femme à mesure que l'état de santé du monarque se dégrade. Le 4 mai, tous deux dînent et jouent au

1. *Ibid.*
2. En français dans la lettre.

bridge dans le Salon chinois. En dépit des supplications de sa maîtresse, Edward continue de tirer de longues bouffées de ses cigares favoris. Alertée par son fils aîné, la reine interrompt précipitamment sa croisière en Méditerranée et regagne l'Angleterre le 5 mai. Ce jour-là, un premier bulletin médical officiel informe les Britanniques que la santé du souverain est devenue « préoccupante ». Le lendemain matin, son état est qualifié de « grave » à dix heures trente, puis de « critique » huit heures plus tard.

Alexandra fait appeler les meilleurs amis du roi afin qu'ils puissent lui rendre une dernière visite, mais tarde à convier Alice au chevet de son époux agonisant. « Dehors, des gens s'étaient massés sur le trottoir et les petits vendeurs de journaux à la criée couraient en tous sens en annonçant les dernières nouvelles de la maladie de Kingy, se souvient Sonia. À l'intérieur de la maison, la peur semblait avoir rendu tout le monde muet et, pour la première fois, j'hésitais à approcher ma mère, dont le sourire avait disparu et dont le visage était devenu sombre. Mon père essayait d'être plus disponible, mais je voyais bien son air grave, son regard distrait. Je comprenais qu'on me cachait quelque chose, un secret dont même ma sœur Violet semblait être au courant mais que l'on me jugeait trop jeune pour partager. J'en étais terriblement blessée[1]. » Décidée à tout tenter pour revoir une dernière fois son grand amour, Mrs. Keppel fait parvenir à la reine une lettre écrite de la main d'Edward quelques heures avant son opération de l'appendicite, en 1902. En quelques lignes, le monarque assurait la jeune femme qu'au jour de sa mort Alexandra n'aurait pas le cœur de la tenir éloignée de lui. La souveraine se laisse fléchir et autorise sir Francis Knollys à arranger une ultime entrevue entre les deux amants.

La description qu'en fera Alice par la suite contraste singulièrement avec les récits laissés par les rares

1. Sonia Keppel, *op. cit.*

témoins de la scène. À l'en croire, Bertie aurait demandé à son épouse d'embrasser sa rivale dans un grand élan de réconciliation. Alexandra, soucieuse de respecter les dernières volontés de son mari, aurait ensuite promis à la jeune femme que la famille royale continuerait de veiller sur elle. Une version des faits largement démentie par le vicomte Esher, l'un des membres les plus influents de la Cour. « La reine lui a serré la main et lui a dit quelque chose comme "Je suis sûre que vous avez toujours eu une bonne influence sur lui". Puis elle s'est éloignée en direction de la fenêtre. Les infirmières sont restées à côté du roi, qui n'a pas reconnu Mrs. K et ne cessait de s'affaisser dans son fauteuil. Au bout d'un moment, cette dernière a quitté la chambre en compagnie de la princesse Victoria[1]. Elle criait de douleur et, malgré la présence des pages et des valets postés dans le couloir, ne cessait de répéter "Je n'ai jamais causé de tort à personne, il n'y avait rien de mal entre nous", et "Que vais-je devenir à présent ?". La princesse a tenté de l'apaiser, mais elle a sombré dans une crise d'hystérie et a dû être transportée [dans une chambre], dont elle n'est pas sortie pendant plusieurs heures[2]. »

Prévenu du décès de Bertie par son secrétaire particulier, sir Francis Knollys, le 6 mai peu avant minuit, le couple Keppel quitte immédiatement sa demeure de Portman Square et trouve refuge chez des amis, dans Grafton Street, où il est rejoint dans la matinée du lendemain par ses deux filles. « La maison tout entière était plongée dans l'obscurité, raconte Sonia. Les stores étaient tirés, les lampes mises en veilleuse. Et les robes noires sont soudainement sorties des placards. On avait ajouté des rubans de couleur sombre jusque sur mes sous-vêtements. Maman était couchée. [Lorsque nous sommes entrées dans la pièce], elle a tourné la tête et a posé sur nous un regard vide de toute expression comme si elle ne nous reconnaissait pas, ou, plutôt, comme si nous étions devenues des intruses, comme si

1. L'avant-dernière fille d'Edward VII.
2. Raymond Lamont-Brown, *op. cit.*

elle nous en voulait d'être là[1]. » La mort d'Edward VII et l'avènement de George V marquent pour la monarchie britannique le retour à une ère d'austérité et de rigueur, et, pour Alice, l'arrêt brutal et définitif des honneurs et des privilèges associés à sa condition de maîtresse en titre. Le nouveau roi, qui n'avait jamais vu d'un très bon œil la liaison de son père avec Mrs. Keppel, lui interdit l'accès aux registres de condoléances installés dans l'enceinte de Marlborough House et lui refuse le droit de recueillir Caesar, le fox-terrier blanc du souverain disparu. « J'ignore où les gens trouvent encore la force d'avoir la moindre activité, écrit-elle à lady Knollys. En ce qui me concerne, la vie, et tous les bonheurs qui l'accompagnaient, sont bel et bien terminés. »

La dépression d'Alice est sévère. Mais courte. La jeune femme réalise qu'il lui faut à tout prix préserver sa position et son prestige au sein de la haute société du royaume. Comprenant qu'elle ne doit rien attendre de la famille régnante, elle tente, quelques jours avant les funérailles, d'obtenir une audience du kaiser Guillaume II à son arrivée à Londres. Mais ce dernier, à son tour, lui oppose une fin de non-recevoir. La loyauté et l'amitié que continuent de lui témoigner une partie des intimes du monarque défunt ne suffisent pas à apaiser l'immense chagrin de la favorite. Soucieux d'éviter tout scandale, les conseillers de la reine Alexandra la persuadent de l'autoriser à venir se recueillir devant la dépouille exposée dans l'enceinte de l'abbaye de Westminster, après la fermeture des lieux au public, dans la nuit du 17 mai.

Début novembre, Mrs. Keppel annonce qu'elle quitte l'Angleterre pour Ceylan, où elle a été invitée par sir Thomas Lipton à séjourner quelque temps, en compagnie de ses filles, dans le cadre enchanteur – et apaisant – de sa plantation de thé de Nuwara Eliya. Au bout de trois mois, Violet et Sonia sont envoyées à Hambourg pour y apprendre l'allemand. Alice, elle, décide de poursuivre son

1. Sonia Keppel, *op. cit.*

périple jusqu'en Chine, escortée par quelques proches. Aussi loin que la conduisent ses voyages, elle ne peut échapper au chagrin qui la ronge. À son retour en Grande-Bretagne, après avoir passé un an outre-Rhin, Sonia peine à reconnaître sa mère, dont les magnifiques cheveux châtains sont devenus blancs comme neige.

Violet et sa sœur font connaissance avec leur nouvelle résidence, un hôtel particulier au 16, Grosvenor Street. La maîtresse de maison y a somptueusement décoré ses appartements avec l'impressionnante collection d'objets d'art qu'elle a rapportée d'Asie – notamment une série de tentures murales en soie datant du XVIIIe siècle – et les nombreux bibelots offerts tout au long des douze dernières années par des « amis » soucieux de s'attirer, à travers elle, les faveurs d'Edward VII. Si Mrs. Keppel n'a plus ses entrées à la Cour, elle compte toujours au nombre des hôtesses les plus brillantes et les plus accomplies de la capitale et, à ce titre, continue de régner sur la bonne société londonienne. Les récits de l'époque témoignent de ses réceptions fastueuses où se côtoient les personnalités les plus en vue du moment et les ambitieux désireux de faire progresser leur carrière au plus vite.

Forte de son expérience unique, et convaincue que son passé de maîtresse royale fait d'elle une référence en la matière, Alice en profite pour prodiguer de généreux conseils aux épouses des jeunes Rastignac de son temps. Au cours du printemps 1914, elle recommande ainsi à la femme de Winston Churchill, Clementine, de prendre un amant riche et influent disposé à parrainer la carrière politique de son mari. À la stupéfaction de son interlocutrice, elle lui propose d'établir la liste des gentlemen répondant à ces critères. Et de l'aider à choisir le mieux placé. Après la mort d'Edward, Mrs. Keppel semble en outre retrouver sa « complicité » d'antan avec le banquier Ernest Beckett. George paraît s'en accommoder sans trop de difficultés. On le dit même plutôt content de ne pas avoir à travailler pour subvenir aux besoins de sa famille. Sa femme n'a-t-elle pas toujours le bon goût de choisir des « boyfriends » fortunés ?

Lorsque l'Angleterre entre en guerre, le 4 août 1914, nul ne peut encore imaginer que le conflit va faire voler en éclats la structure et les valeurs sur lesquelles reposait jusqu'ici l'organisation de la société britannique. Dans les salons, les tables de bridge laissent la place à des jeux de stratégie, les bouquets de fleurs à des petits soldats de plomb rangés en ordre de bataille. Les femmes s'émancipent. Alice part pour la France où elle a été affectée par la Croix-Rouge à l'hôpital n° 7, près de Boulogne-sur-Mer. Entre deux aller-retour sur le continent, elle continue de faire de son hôtel particulier de Grosvenor Street le lieu de rendez-vous le plus prisé du moment pour les politiciens, les diplomates et les militaires en charge de l'avenir du royaume. De son côté, George donne lui aussi un nouveau sens à son existence en s'engageant dans l'armée.

À l'annonce de la signature de l'Armistice, le 11 novembre 1918, la famille Keppel au grand complet se mêle à la foule massée devant les grilles du palais de Buckingham pour acclamer le roi George V et la reine Mary. Alice est récompensée de son dévouement par la médaille de guerre britannique et la médaille de la victoire. L'heure est venue pour ses filles de faire à leur tour leur entrée dans le monde. Le 16 juin 1919, Violet épouse Denys Trefusis, un officier des « Blues » – le régiment de cavalerie le plus prestigieux de la Garde royale – décoré de la médaille militaire pour sa bravoure pendant la guerre. En novembre 1920, Sonia convole en justes noces avec Roland Cubitt.

Fils du deuxième baron Ashcombe, « Rolie » est l'héritier de la prestigieuse lignée de bâtisseurs fondée à la fin du XVIIIe siècle par Thomas Cubitt, à qui la ville de Londres doit quelques-unes de ses plus belles réalisations architecturales – Eaton Square, le quartier de Belgravia et le palais de Buckingham tel que nous le connaissons aujourd'hui. En plus d'une dot confortable, Alice fait présent à sa fille cadette d'une tiare de diamant, d'un pendentif en émeraude et diamant, ainsi que d'une précieuse broche ancienne en forme de gerbe de blé. Dans la chapelle des Gardes pleine à craquer, le chanoine Roland

Errington énonce lentement un à un les principes fondateurs du mariage, « condition nécessaire à la procréation des enfants », et « remède à tous les péchés » destiné à assurer aux deux époux « la compagnie, l'aide et le réconfort qu'ils se doivent mutuellement ». « Avec ferveur, raconte Sonia, je priai pour que Rolie et moi nous nous montrions à la hauteur de la tâche qui nous attendait[1]. »

Un vent de modernité venu des États-Unis se met à souffler sur la Grande-Bretagne comme sur le reste de l'Europe. L'amour et les jeux de la séduction se libèrent des anciens tabous liés à l'appartenance sociale. Les night-clubs et les danses venues d'outre-Atlantique sont adoptés par l'aristocratie comme autant de remèdes aux traumatismes laissés par la Première Guerre mondiale. Une nouvelle génération de débutantes fait ses premiers pas dans le beau monde au son des orchestres de jazz. Confrontées à des difficultés financières, de nombreuses grandes familles se retrouvent contraintes de vendre leurs propriétés à la campagne – celles-là mêmes où Edward VII et sa maîtresse aimaient tant se retrouver le week-end – à des « nouveaux riches », nantis de fortunes colossales gagnées en Bourse. Les temps changent. Alice en déduit qu'il lui faut se retirer pour de bon.

Après avoir cédé le bail du 16, Grosvenor Street, à un officier du nom de Gerard Leigh, elle quitte l'Angleterre. En 1925, grâce à l'argent autrefois placé à son intention par son royal amant, elle achète à une comtesse russe la Villa dell'Ombrellino, une très belle demeure située sur les hauteurs de Florence, en Italie. Résidence de l'astronome Galilée entre 1616 et 1631, ce petit palais construit au sommet de la colline Bellosguardo doit son nom au pavillon chinois en forme d'ombrelle installé dans ses jardins au XIXe siècle. À l'invitation de Mrs. Keppel, Winston Churchill, le roi de Roumanie et son épouse, ainsi que le prince Paul de Yougoslavie viennent y rencontrer écrivains, membres de la jet-set et représentants des plus anciennes familles de Toscane. George, lui, s'improvise

1. Sonia Keppel, *op. cit.*

photographe et aménage son studio d'artiste dans un petit appartement du quartier historique de la ville, où il entreprend de faire poser nues les jeunes beautés de la région. Comme pour échapper au souvenir obsédant de son amour perdu, Alice court le monde au gré des changements de saison, visite l'Égypte, séjourne en Espagne où un jeune peintre du nom de Pablo Picasso demande à faire son portrait. Le 10 décembre 1936, après moins d'un an de règne, le roi Edward VIII[1] abdique en faveur de son frère Albert, duc d'York, pour pouvoir épouser Wallis Simpson, une Américaine deux fois divorcée. « Les choses étaient décidément mieux faites de mon temps », commente Mrs. Keppel sobrement.

Lorsque l'Italie entre en guerre au côté de l'Allemagne nazie, en juin 1940, les Keppel ferment la Villa dell'Ombrellino et rentrent à Londres, où ils s'installent à l'hôtel Ritz dans une suite avec vue sur le palais de Buckingham. L'établissement devient le lieu de ralliement des familles royales européennes chassées de leur pays par l'avancée des troupes ennemies. Son éternel fume-cigarette à la main, Alice, désœuvrée, passe le plus clair de ses journées à arpenter les corridors et les salons de l'hôtel. « Quand elle s'asseyait, la vieille dame aux cheveux blancs et à la mise soignée avait le dos aussi droit que lorsqu'elle servait le thé au roi Edward. Et lorsque les bombes nazies s'abattaient sur la capitale, le visage d'Alice Keppel, ce visage qui n'avait pourtant jamais montré le moindre dédain pour qui que ce soit, devenait l'expression du mépris le plus absolu[2]. » Elle fume trop, boit un peu plus que de raison. À la fin de la guerre, elle apprend qu'elle est atteinte d'une cirrhose du foie. La favorite meurt à l'âge de soixante-dix-neuf ans, le 11 septembre 1947, quelques mois seulement après son retour en Italie. Sans avoir eu le temps de tenir dans ses bras son arrière-petite-fille, Camilla, née le 17 juillet à l'hôpital King's College de Londres. Ainsi qu'elle le souhaitait, elle est enterrée à Florence au cimetière protestant des Allori.

1. Successeur du roi George V.
2. Raymond Lamont-Brown, *op. cit.*

Avec Alice s'éteint le temps des courtisanes. Fidèle jusqu'au bout à la ligne de conduite qu'elle s'était fixée, le dernier grand amour d'Edward VII ne s'est jamais confié à quiconque et n'a pas tenu de journal intime de peur que son contenu puisse un jour être porté à la connaissance du public. George, qui, à sa manière, n'avait jamais cessé de l'aimer tout au long de leurs cinquante-six années de mariage, lui survit à peine plus de deux mois. Le 22 novembre, il succombe à une pneumonie – certains diront d'avoir eu le cœur brisé – dans sa chambre de l'hôtel Ritz. Conformément à ses dernières volontés, son corps est inhumé à côté de celui de son épouse. Mrs. Keppel laisse à ses filles la coquette somme de 177 637 livres – une fortune, pour l'époque –, sans compter sa propriété en Italie, ses collections de bibelots, d'œuvres d'art et de pièces de joaillerie Fabergé, ainsi qu'une série d'investissements fructueux en Amérique du Nord. Violet hérite de la Villa dell'Ombrellino, dont elle disperse le mobilier à la demande de sa sœur. Au lendemain de la disparition de George, la plupart des bijoux d'Alice ainsi qu'un nombre important d'objets de valeur sont déposés dans un coffre à la banque Drummond's, où ils resteront pendant près de quarante ans.

Peu de temps après la mort de ses parents, Sonia divorce de Roland Cubitt, avec qui elle a eu trois enfants, Henry, Jeremy et Rosalind. Elle partage dès lors son temps entre sa maison du Hampshire, située dans les environs de Petersfield, et sa résidence de Hyde Park Gardens, à Londres, où elle s'impose comme la digne héritière de sa mère en organisant de fastueuses réceptions. Curieusement, alors que Mrs. Keppel avait été tenue à l'écart de la famille royale après le décès d'Edward VII, sa fille cadette est parvenue à s'attirer les bonnes grâces des Windsor. Dans les années 1930, le duc et la duchesse d'York[1] sont régulièrement les invités d'honneur des déjeuners organisés par Sonia. Leur accession au trône en 1936, à la suite de l'abdication d'Edward VIII, ne rompt pas pour autant

1. Née Elizabeth Bowes-Lyon, mère de la future reine Elizabeth II.

leurs liens avec les Cubitt. Le 6 juillet 1939, jour de l'entrée officielle dans le monde de Rosalind, le nouveau roi George VI et son épouse assistent à la réception donnée en l'honneur de la jeune fille à Holland House. Ce soir-là, dans les salons de la très belle demeure du comte d'Ilchester, les commérages vont bon train. Après tout, si Sonia est bien la fille d'Edward VII, alors Rosalind est aussi la cousine germaine du souverain.

Jusqu'à sa mort, Mrs. Cubitt entretient brillamment le doute sur sa véritable filiation. Après un premier roman, *Sister of the Sun*, paru en 1932, elle publie ses Mémoires en 1958 sous le titre ambigu d'*Edwardian Daughter*. Écrivain reconnu, auteur elle-même de plusieurs romans à succès, sa sœur Violet décède le 1er mars 1972 au terme d'une vie de bohème et d'excès marquée par une série de scandales liés à son homosexualité. Leurs relations étaient depuis longtemps quasiment inexistantes. Sonia se sépare de la Villa dell'Ombrellino. Laissée à l'abandon pendant plusieurs années, la propriété a été récemment restaurée et abrite aujourd'hui un restaurant et un centre de congrès. La grand-mère de Camilla s'éteint le 2 août 1986, épuisée par plusieurs années de lutte contre l'ostéoporose. Le contenu du coffre de la banque Drummond's est dispersé trois ans plus tard au cours d'une vente aux enchères organisée par Sotheby's à l'hôtel Beau-Rivage de Genève, en Suisse.

2

Plumpton Green

« Camilla n'appartenait pas à la crème de la crème de l'aristocratie. Pour la famille royale, elle ne convenait pas, un point c'est tout. »
Une ancienne voisine de la famille Shand

Des champs vallonnés partout où vagabonde le regard. Au loin, le relief bleuté des Downs. À flanc de colline, deux immenses rangées d'arbres plantées en forme de V en hommage à la reine Victoria. Plumpton Green. Une gare aux allures de maison de poupée, un pont de bois blanc enjambant la voie ferrée. De là-haut, vue imprenable sur le champ de courses, désert de mai jusqu'à août. Le vent apporte avec lui une odeur d'herbe fraîchement coupée. Une route étroite aux ondulations douces file à travers une rangée de maisons en brique rouge bien alignées, nichées au creux de jardins dont les pelouses paraissent avoir été égalisées au ciseau le matin même. Deux églises, quatre pubs fleuris comme des auberges de campagne, une épicerie dont les locaux exigus abritent un minuscule bureau de poste. Un silence particulier. Les guides de la région évoquent le sentiment d'isolement qui, parfois, étreint le promeneur lorsqu'il s'arrête à Plumpton, East Sussex. La bourgade compte moins de mille cinq cents habitants, animés, paraît-il, d'une « résistance naturelle et instinctive » à toute forme d'expansion géographique. Une petite communauté soudée, qui veille à la préservation de son havre de paix.

En 1951, Rosalind et son époux, Bruce Shand, achètent The Laines, une imposante demeure située un peu à l'écart du village et abritée des regards par un aimable fouillis de verdure. Précédemment établis dans la localité voisine de Westdean, les deux jeunes gens, mariés depuis cinq ans, sont déjà parents de trois enfants, Camilla, née en juillet 1947, Annabel, de deux ans sa cadette, et Mark, âgé d'un an à peine. Lointain descendant d'un clan de marchands écossais, Bruce compte parmi ses aïeuls quelques personnages hauts en couleur qui ont eu une manière bien à eux de marquer leur époque. À l'origine du patrimoine familial : son arrière-grand-père, Hugh Morton Shand. Après avoir fait fortune en Inde, ce dernier achète aux alentours de 1850 un très bel ensemble de résidences dans Edwardes Place, au cœur du quartier chic de Kensington, à Londres, assurant ainsi l'avenir de ses descendants. Avocat de formation, son fils aîné, Alexander Faulkner Shand, se fait connaître grâce à sa passion pour l'œnologie, rapidement plus lucrative que ses talents d'homme de loi. À la fin des années 1880, il acquiert également une petite notoriété dans la bonne société en raison de son appartenance à la Fabian Society, un cercle d'intellectuels fondé par Beatrice et Sidney Webb dans le but de rallier l'élite économique et politique britannique au socialisme. Il se fiance avec une jeune beauté aux yeux violets répondant au doux nom de Constance Lloyd, qui le quitte peu de temps après pour l'écrivain Oscar Wilde. Décidément malheureux en amour, il épouse par dépit une certaine Augusta Mary Coates qui, à défaut de lui apporter le bonheur, lui donne un fils, Philip.

Éduqué au collège d'Eton, un établissement huppé fréquenté par les héritiers des plus anciennes et des plus nobles familles du royaume, puis au King's College de l'université de Cambridge, ce dernier a laissé son nom dans l'Histoire comme l'un des auteurs les plus remarquables et les plus prolifiques ayant jamais écrit sur l'architecture moderne. Ami de Walter Gropius et de Le Corbusier, il a hérité de son propre père une fibre hédoniste qui fait rapidement de lui un expert reconnu dans le domaine de la gastronomie et du vin – sujets qui lui inspirent de nombreux ouvrages. Sa personnalité controversée – on le dit raciste et antisémite –, son excentricité légendaire et ses errances de cavaleur – il se mariera quatre fois – le coupent progressivement de ses parents, qui le déshéritent. Sa première femme, Edith Marguerite Harrington, donne naissance à Bruce le 22 janvier 1917. Après leur divorce, en 1920, elle se remarie et part s'installer en Amérique, laissant derrière elle son petit garçon. Trois ans plus tard, Philip Shand quitte à son tour l'Angleterre pour s'installer en France, patrie des grands crus, de la bonne bouffe et des jolies filles. Il ne reverra son fils qu'en 1935.

Élevé par ses grands-parents, Bruce est d'abord envoyé au collège de Rugby – qu'il avouera plus tard avoir détesté cordialement – avant d'entrer à l'Académie militaire royale de Sandhurst. En 1937, il intègre le 12e régiment des lanciers de Sa Majesté au grade de sous-lieutenant. Doté d'un physique avantageux et de manières impeccables, le jeune homme allie le charme à la distinction et se fait rapidement de nombreux amis au sein du très élitiste groupe de fêtards auquel les nuits du quartier de Saint-James doivent leur réputation. Sa naissance paraît bien modeste comparée aux origines hautement aristocratiques de ses compagnons de virée, mais personne n'en a cure. Afin de pouvoir financer son train de vie, tout en restaurants chics et bars à la mode, Bruce doit parfois, dit-on, faire appel à leur générosité. Ses exploits au cours de la Seconde Guerre mondiale lui valent d'être décoré par deux fois de la Croix militaire et d'être promu au grade de major en 1942. Cette année-là, il est blessé avant d'être emprisonné par les Allemands à Spangenburg. À son retour, il est fêté comme un héros par ses camarades, mais ne semble pas obtenir des siens la considération qu'il est alors en droit d'attendre d'eux. Lorsqu'il épouse Rosalind Cubitt, en janvier 1946, à l'église Saint-Paul du quartier de Knightsbridge, à Londres, aucun de ses proches ne prend la peine d'assister à la cérémonie.

Lorsque « Milla » vient au monde, Bruce a déjà démissionné de l'armée et se révèle trop pris par son nouveau métier de représentant en films éducatifs pour trouver le temps de déclarer le nom du bébé à l'état civil. C'est donc Rosalind qui s'en charge, à sa sortie de l'hôpital. Abandonné par ses parents lorsqu'il était enfant, Mr. Shand fait en sorte que son aînée connaisse dès sa naissance une vie de famille heureuse et épanouissante. « Si j'ai l'image d'une femme forte, c'est entièrement à [cela] que je le dois, confiera bien des années plus tard cette dernière à l'une de ses amies. J'ai grandi entourée d'amour et dans un sentiment de totale sécurité. Je n'ai jamais douté que mes proches seraient toujours là pour moi dans les moments difficiles. [...] J'ai eu le meilleur départ dans l'existence dont on puisse rêver[1]. » Une intense complicité lie bientôt père et fille. Bruce et Camilla se ressemblent et se comprennent. Leurs relations sont privilégiées. Et le resteront. En 1952, la fillette est envoyée à Dumbrells, un ancien pensionnat situé dans la petite localité voisine de Ditchling, à cinq kilomètres de chez elle. Fondée dans les années 1880 par trois sœurs, miss Mary, miss Edith et miss May, cette école, installée dans un ancien corps de ferme, est alors généralement considérée comme « un établissement pour apprenties femmes du monde ». « On nous y apprenait à souffrir, se souvient l'une d'entre elles. En silence. »

« Les dix premières années, les journées commençaient à six heures trente par un bain froid, raconte un habitant du village, John Stenning, dans ses Mémoires. Seules quelques chanceuses avaient droit à un pot d'eau chaude, apporté par une bonne. Aucune des chambres n'était chauffée. À sept heures trente, la cloche sonnait le début de vingt minutes d'exercices physiques, suivis d'une prière. En guise de petit déjeuner, les pensionnaires

1. Caroline Graham, *Camilla : Her True Story*.

avaient le choix entre du pain et du lait ou du porridge. Le bacon et les œufs n'étaient servis que les vendredis et samedis[1]. » À la disparition de la dernière des sœurs Dumbrells, peu après la fin de la Seconde Guerre mondiale, l'une des enseignantes, miss Helen Knowles, fait vœu de poursuivre leur œuvre en éduquant la jeune génération du royaume dans le respect de règles empreintes d'une rigueur et d'une austérité toutes victoriennes.

Un sol en pierre lisse, glissant et inégal. Des murs que traversent par endroits les plantes grimpantes qui encombrent la façade. Une odeur entêtante de nourriture bouillie. À l'entrée, une énorme chauve-souris empaillée dont les ailes se déploient au-dessus de la cheminée. Dans cette institution où le temps paraît s'être arrêté depuis plus d'un demi-siècle, Camilla se plie à des conditions de vie d'un autre âge. Très tôt, elle fait preuve d'une étonnante aptitude à endurer le froid. Dans les classes, elle apprend à briser la glace qui s'est formée dans les encriers pendant la nuit comme à supporter les châtiments corporels qui viennent sanctionner le moindre écart de conduite. La discipline est la même pour tout le monde et s'applique sans distinction d'âge à l'ensemble des élèves. Les plus jeunes, elles non plus, n'échappent pas aux coups de baguette. « Si Camilla s'attirait parfois ce genre d'ennuis, raconte l'une de ses camarades de l'époque, c'est parce qu'elle était un vrai moulin à paroles. Son énergie était telle qu'il lui était difficile de se tenir tranquille, même pendant un court moment[2]. »

Chaque matin, les élèves se rassemblent dans la plus grande pièce du bâtiment, au centre de laquelle trône le bureau de miss Knowles. Une à une, les fillettes s'avancent et serrent la main de la directrice avant d'esquisser une courte révérence. Les plus âgées vont ensuite s'installer devant leur pupitre. Leurs cadettes, sur des bancs disposés le long des murs. Après une courte prière commune, ces dernières sont ensuite emmenées jusqu'à leur classe par leur professeur. Juste avant l'heure du déjeu-

1. John Stenning, *A Countryman's Further Reminiscences of Mid-Sussex*.
2. Caroline Graham, *op. cit*.

ner, les écolières se retrouvent à nouveau réunies dans la salle de cours principale, et sont alors autorisées, pour la première fois de la matinée, à se rendre aux toilettes. À l'appel de leur nom, il leur faut dire si elles souhaitent « être excusées » quelques minutes. « Mieux valait être attentive, se souvient l'une d'entre elles. Car, après, ce n'était plus possible. En cas d'"accident", les sous-vêtements étaient mis à sécher devant tout le monde face à un énorme poêle. Et, pour ajouter encore à l'humiliation, nous devions porter ces espèces de culottes bouffantes totalement démodées qui s'arrêtaient à mi-mollet [1]. »

Dans cet établissement sorti tout droit d'un roman de Dickens, les enfants comprennent très vite qu'il leur faudra s'endurcir pour « tenir le coup ». « Si vous ne vous sentiez pas bien, on vous envoyait vous allonger sur le lit de miss Dumbrells, dans cette chambre où rien n'avait été touché depuis sa mort, raconte une autre. Inutile de dire que nous le vivions comme une expérience terrifiante. » Pendant les cours, les jeunes filles n'ont pas la permission de poser la moindre question. « Miss Knowles se serait alors fait un plaisir de tourner son auteur en ridicule, poursuit-elle. En revanche, lorsqu'elle nous interrogeait et que nous avions le malheur de répondre de travers, elle nous punissait en nous obligeant à nous mettre debout sur notre chaise, les deux mains sur la tête. » La récréation du milieu de matinée n'offre aux élèves qu'un piètre répit. « Nous devions toujours porter des bottes en caoutchouc à cause des serpents que l'on disait cachés dans l'herbe. »

Certaines repensent en riant au « tailleur bleu » de la directrice, « le même tous les jours, été comme hiver ». D'autres évoquent en grimaçant le supplice des repas pris en groupe dans le réfectoire. « Une nourriture, comment dire... à l'ancienne. Révoltante. Du vieux bœuf et des carottes bouillies, du pudding farineux... Miss Knowles attendait de nous que nous nous conduisions comme des grandes personnes distinguées invitées à une

1. Conversation avec l'auteur.

réception chic. Elle nous répétait qu'il fallait toujours finir notre assiette, quoi qu'il y ait dedans. Le bœuf, par exemple, souvent plein de nerfs, était coupé en tout petits morceaux que nous devions avaler jusqu'au dernier. En laisser ne serait-ce qu'un seul aurait été, à ses yeux, d'une extrême grossièreté. Lorsque vous disiez ne pas aimer du tout tel ou tel plat, on vous en servait une double ration. Et inutile d'essayer de noyer le goût de la nourriture en avalant des litres d'eau. Cela était aussi considéré comme très mal élevé. »

Les fortes têtes, les indisciplinées ou les distraites se retrouvent placées à « la table de la honte », dans un coin sombre de la cantine. Les repas sont expédiés dans un silence religieux, que seules les fillettes assises à la table de la directrice ont l'autorisation de troubler. « Il fallait faire comme si nous assistions à un dîner mondain, se souvient une ex-pensionnaire. Pour nous apprendre à tenir une conversation, à nous comporter avec aisance en société, elle nous bombardait de questions. En soi, ce n'était pas une mauvaise approche des choses. Même si, chaque jour ou presque, elle réussissait à faire pleurer l'une d'entre nous. » Car la responsable de Dumbrells perd facilement son calme. « Lorsque quelqu'un la contrariait, elle devenait de plus en plus rouge, jusqu'à trembler littéralement sous l'effet de la colère. Un jour, elle m'a giflée. Comme nous n'avions rien connu d'autre, nous pensions que tout cela était parfaitement normal. Et inutile d'essayer d'en parler à nos parents. La plupart d'entre eux préféraient ne rien savoir. C'était un sujet de conversation qu'il valait mieux éviter[1]. »

---

1. Une ancienne élève se souvient des « horribles punitions » infligées aux garçons une fois l'établissement devenu mixte. « Miss Knowles leur disait : "Vous vous comportez en animal, vous serez donc traité comme un animal." L'un d'eux avait été enfermé dans un placard un après-midi entier, simplement parce qu'il avait marché sur une partie défendue de la pelouse. Et je me souviens surtout de ce petit bonhomme qui avait embrassé innocemment une fillette sur la joue. Il avait été obligé d'embrasser miss Knowles plusieurs fois, en essuyant chaque fois l'emplacement du baiser avec un mouchoir. Comme si ce geste affectueux était en soi quelque chose de mauvais ou de répréhensible. »

« Miss Knowles détestait les enfants un peu faibles ou un peu timides, renchérit cette “ancienne”. En fait, je crois qu’elle adorait qu’on lui résiste. Elle avait d’ailleurs ses chouchous, le plus souvent issus de familles titrées et fortunées. » Certains, incapables de supporter les pressions et les brimades, quittent l’institution en cours d’année. « En ce qui me concerne, je me levais tous les matins terrifiée à l’idée de la journée qui m’attendait, confie une contemporaine de Camilla. Et si nous nous appliquions dans notre travail, c’était justement parce que nous avions peur [1]. » Bien des années plus tard, Bruce Shand se souviendra pourtant de la directrice comme d’« une enseignante remarquable ». « Elle aurait pu, effectivement, être un professeur fantastique, poursuit cette élève. Notre anglais est parfait car elle adorait cette langue et était déterminée à ce que nous l’apprenions le mieux possible. À bien y réfléchir, l’éducation dispensée à Dumbrells était excellente. Mais envoyer les enfants là-bas avait aussi un petit côté snob. Leurs familles tenaient clairement à montrer qu’elles n’étaient pas disposées à les mélanger avec ceux de “monsieur et madame Tout-le-monde”, sur les bancs de l’école du coin. Une année, miss Knowles avait d’ailleurs écrit à tous les parents pour leur demander s’ils voyaient un inconvénient à ce qu’une fille de commerçant intègre l’établissement. »

Seule l’approche des fêtes de Noël adoucit l’humeur de la maîtresse des lieux. Le dernier jour du trimestre, en fin d’après-midi, elle dispose invariablement au pied du sapin cinquante poupées – une pour chaque fillette –, dont les robes, toutes différentes, ont été confectionnées par « Cook », la cuisinière. À côté de l’arbre, illuminé par des bougies, se tient un homme de service muni d’un seau d’eau, prêt à intervenir en cas de début d’incendie. « Il y avait toujours une poupée plus grande et plus belle que les autres, qui excitait toutes les convoitises, se souvient une élève. Une année sur deux, miss Knowles demandait à la plus jeune ou à la plus

---

1. Conversation avec l’auteur.

âgée d'entre nous de choisir en premier. Histoire d'éviter les chamailleries. » Tous les témoignages s'accordent sur le fait qu'une « affinité particulière » unit à jamais les anciennes de Dumbrells. « Celles qui sont passées par là sont ensuite capables d'affronter n'importe quoi. » Si difficile qu'elle soit, l'expérience contribue à rapprocher encore davantage Camilla de son père. Leur entourage leur reconnaît la même force de caractère, la même volonté. La même capacité à ne jamais plier devant l'adversité.

Le 14 novembre 1948 à vingt et une heures quatorze, la princesse Elizabeth, héritière de la maison Windsor, met au monde son premier enfant, un fils, au palais de Buckingham. Son mari, le prince Philip, duc d'Édimbourg, n'a pas assisté à l'accouchement. Lassé d'attendre, il est parti faire une partie de squash. Les deux époux ont volontairement tenu leur entourage dans l'ignorance du prénom qu'ils ont choisi pour leur bébé. Prénom qui, apparemment, n'a jamais porté chance aux rois d'Angleterre… Sacré en 1625, Charles Ier est en effet décapité en 1649, au terme d'une longue guerre civile. Contraint à l'exil, son fils, Charles II, tente en vain de reconquérir le pouvoir par les armes avant de trouver refuge en France et en Belgique. Il mène une existence pauvre et dissolue sur le continent jusqu'en 1661, année où il est enfin coiffé de la couronne de ses ancêtres en l'abbaye de Westminster. Prétendant malheureux au trône, son neveu, le prince Charles Edward Stuart, qui tentera de se faire reconnaître sous le nom de Charles III, finira quant à lui ses jours alcoolique et ruiné.

Lorsque les jeunes parents se décident à révéler le nom de leur premier-né à leurs conseillers, la réaction de ces derniers est à la mesure du choc causé par la nouvelle. « Mauvais présage », commente l'un d'eux. Les travaux de rénovation de Clarence House, sa nouvelle demeure, n'étant pas terminés, le couple envoie son aîné à la campagne, dans le comté du Surrey, où il fait son possible pour le rejoindre tous les week-ends. Lorsque la famille emménage enfin dans son somptueux hôtel particulier londonien, en juin 1949, le petit prince prend ses quartiers dans une nursery aux murs blancs, dont les moulures du plafond ont été joliment soulignées d'une touche de bleu pâle. Le 15 décembre, il est baptisé dans le salon de musique du palais.

Dans l'entourage des Windsor, on s'accorde à dire que la future reine et son époux élèvent leur progéniture « à la dure ». Très tôt, Charles réalise qu'il n'est pas un enfant comme les autres. En ce début des années 1950, les rares moments d'intimité entre Elizabeth et son fils sont programmés tous les matins entre neuf heures et neuf heures trente, et chaque fin d'après-midi, parfois pendant un peu plus d'une heure, avant qu'il se mette au lit. « Lilibet » se prépare activement à succéder à son père, le roi George VI, dont la santé décline de manière alarmante, et assume désormais à sa place la plupart de ses engagements officiels. Officier de marine, le duc d'Édimbourg passe quant à lui le plus clair de son temps à sillonner la Méditerranée aux commandes du navire de guerre HMS *Chequers*. Souvent privé de la présence de ses parents, parfois pendant plusieurs mois d'affilée, Charles, qui a maintenant une petite sœur, Anne, trouve l'affection dont il a besoin auprès de ses nurses, Helen Lightbody et Mabel Anderson.

La bienséance veut qu'en présence du monarque et de son épouse l'enfant s'incline respectueusement avant d'être autorisé à grimper sur les genoux de sa grand-mère. Les relations établies dès cette époque par le garçonnet avec la future « Queen Mum » s'épanouiront bientôt en des liens d'une tendresse et d'une complicité rares, du moins au regard des « normes » en vigueur au sein de la famille royale. Pour l'heure, « Granny » est la seule à comprendre véritablement la personnalité du petit prince et à reconnaître en lui ces qualités qui font l'étoffe des grands rois. La seule à pardonner ses caprices et ses faiblesses. La seule, aussi, à s'intéresser à ses aspirations et à ses envies. Le 8 février 1952, deux jours après la disparition de George VI, « la très noble et très majestueuse princesse Elizabeth Alexandra Mary » devient officiellement la « reine Elizabeth, deuxième du nom, reine de ce royaume et de tous ses autres royaumes et territoires par la grâce de Dieu, chef du Commonwealth et défenseur de la foi ». Au jeune Charles revient le titre de duc de Cornouailles, réservé au premier-né des fils de monarque en exercice, et de duc de Rothesay, comte de Carrick, baron Renfrew, seigneur des îles, prince et grand intendant d'Écosse.

À Pâques, la famille régnante emménage à Buckingham. L'une des toutes premières décisions prises par la nouvelle souveraine est de dispenser ses enfants de s'incliner devant elle. La nouvelle est aussitôt interprétée comme le signe avant-coureur d'une formidable ère de modernité. Âgé de quatre ans à l'époque du couronnement de sa mère, le 2 juin 1953, Charles ne gardera pratiquement aucun souvenir de la cérémonie, si ce n'est la coupe de cheveux horriblement dégagée autour des oreilles pratiquée sur sa petite tête par le barbier de la Cour, et « l'épouvantable substance graisseuse[1] » dont cette dernière sera ensuite abondamment enduite. Aux acclamations de la foule massée devant les grilles du palais, le garçonnet, invité à faire son entrée sur le balcon principal de l'édifice en compagnie de ses parents, répond par un sourire timide, rendu plus hésitant encore par la soudaine révélation de cette adoration populaire. Loin de s'épanouir dans le cocon protecteur tissé autour du clan Windsor par l'armée de dignitaires, de courtisans et de domestiques sur laquelle repose l'organisation de la Maison royale, l'enfant manifeste en grandissant une propension inquiétante à l'autodévalorisation, conséquence plus ou moins directe de la certitude qu'il a, désormais, d'être différent.

Soucieux de préparer son aîné aux obligations auxquelles sa naissance le destine, Philip interprète hâtivement son hypersensibilité comme un manque désolant de caractère et de vigueur morale. Le jeune héritier de la Couronne souffre en outre de la comparaison avec sa cadette, la princesse Anne, dont l'intrépidité, la nature

---

1. Jonathan Dimbleby, *The Prince of Wales : A Biography.*

turbulente et la personnalité très affirmée font l'admiration du couple régnant. En privé comme en présence de personnes étrangères à la famille, les humiliations et les remontrances du duc d'Édimbourg s'abattent sur son fils qui, loin de s'endurcir au contact de l'autorité paternelle, ne s'en sous-estime que davantage. À l'automne 1953, la scolarité de Charles débute dans l'une des six pièces de la nursery, transformée pour l'occasion en salle de classe, sous la houlette de sa gouvernante, miss Catherine Peebles, fraîchement nommée par la reine Elizabeth. Le 14 novembre, les parents du petit prince choisissent de demeurer dans leur résidence de Sandringham, dans le comté du Norfolk, plutôt que de rentrer à Londres fêter le cinquième anniversaire de leur aîné – le prince Philip avait assisté pour la première fois à l'anniversaire de son fils l'année précédente. Neuf jours plus tard, tous deux embarquent pour une tournée des pays du Commonwealth qui va les éloigner de leur progéniture pendant près de six mois.

Rien d'étonnant, donc, à ce que la plupart des membres de la Cour estiment que la famille royale n'a de famille que le nom. Elizabeth II est encore une très jeune femme lorsqu'elle monte sur le trône. Une fois la période d'« apprentissage » de ses nouvelles fonctions terminée, elle fait preuve d'un dévouement de chaque instant à sa tâche. On raconte que ses nombreuses obligations ne lui permettent pas de profiter pleinement des joies de la maternité. Des bonheurs simples auxquels son éducation et son tempérament ne l'avaient, en réalité, pas particulièrement prédisposée. « Elle adore être reine, c'est aussi simple que ça », expliquera un jour l'un de ses proches. Selon sir Anthony Jay, auteur de quelques-uns des plus célèbres documentaires télévisés sur la souveraine, elle fait tout simplement partie de « ces gens qui ne trahissent jamais aucune émotion. Au temps où nous avions encore un empire, les représentants des classes dites supérieures devaient se construire une carapace qui les rendait aptes à devenir gouverneur général des Indes ou haut fonctionnaire en Tanzanie. Cela leur permettait d'avoir un équilibre et un recul sur les choses, mais ils devenaient du même coup des êtres froids. Pour tous ceux qui parviennent à un tel détachement sur le plan émotionnel, la bonne marche des institutions est toujours plus importante que la famille. Lorsque les enfants de la reine ont été confiés à des nurses, il s'est produit une sorte de cautérisation affective. C'était fait, on n'y pensait plus. [Elizabeth II] voit d'ailleurs ça comme une force, sans laquelle elle ne pourrait pas faire son travail[1] ».

Le 10 mai 1955, Buckingham révèle que Charles se prépare à entrer à l'école. La coutume voulait jusqu'ici que les futurs monarques suivent les leçons de professeurs particuliers dans l'enceinte protectrice de la résidence royale. Mais Lilibet et Philip pensent qu'il est temps pour lui de se frotter aux gamins de son âge. Les nurses du garçonnet sont affectées au service exclusif de la princesse Anne et un précepteur, Michael Farebrother, prend temporairement le relais de miss Peebles auprès de lui. La souveraine charge son responsable des relations avec la presse, Richard Colville, d'écrire en ces termes au secrétaire général de l'Association des propriétaires de journaux : « Sa Majesté et le duc d'Édimbourg pensent que leur fils a atteint un âge où il est souhaitable qu'il participe à des activités éducatives plus adaptées, en compagnie d'autres enfants. » La lettre précise que le jeune prince sera sans doute amené à se rendre dans un certain nombre de lieux publics, notamment des théâtres ou des musées, et plaide pour que lui soit épargné « l'embarras » causé par un éventuel excès de publicité.

Le 28 janvier 1957, Charles effectue sa première rentrée à Hill House, un établissement réputé « chic mais pas snob » dont le directeur, le colonel Townend, veille à n'instaurer aucun esprit de compétition entre les élèves. Elizabeth II souhaite que son aîné puisse bénéficier d'une scolarité aussi « normale » que possible. Afin d'éviter à l'héritier de la Couronne la promiscuité des bains publics

1. Graham Turner, « The Real Elizabeth II (part 2) », The Daily Telegraph, 8 janvier 2002.

londoniens, ses camarades de classe sont toutefois invités à venir apprendre à nager dans la piscine du palais. Le petit prince comprend qu'en dépit des efforts déployés en ce sens par le personnel de l'école personne, non, personne, ne le traitera jamais comme un enfant « normal ». Loin de l'agitation de la ville et de la rigueur protocolaire de la vie de Cour, c'est à Balmoral, la résidence écossaise des Windsor, qu'il laisse enfin s'épanouir son naturel romantique et rêveur. Sa grand-mère maternelle lui offre une batterie complète d'outils de jardinage. Au contact des gardes forestiers du domaine, il apprend à communier avec la nature. Le futur roi d'Angleterre est bientôt jugé assez grand pour accompagner les membres de sa famille dans les longues parties de chasse qui rythment les vacances d'été sur les bords de la rivière Dee. Philip s'avoue content de voir que son fils fait preuve d'une dextérité prometteuse dans le maniement du fusil.

À sept cents kilomètres de là, au sud du royaume, l'arrivée des Shand à Plumpton se traduit pour la petite communauté par un regain d'activité sociale. « Rosalind donnait de grandes réceptions, des soirées magnifiques, se souvient l'une des habitantes du village. Elle faisait installer des marquises dans le jardin et les convives valsaient, parfois jusqu'au petit matin. Elle aimait beaucoup faire la fête. Ma mère, qui était régulièrement invitée, m'avait raconté qu'un soir elle l'avait vue danser sur le piano[1]. » Dans l'entourage de la famille, on souligne la ressemblance qui, très tôt, unit « Rose » à sa fille aînée. « Elle était mince, pas très grande, décrit l'une de ses anciennes voisines. Ce qui frappait au premier abord, c'était son sourire. Un sourire magnifique qui semblait illuminer tout son visage. Il émanait d'elle ce charme particulier dont a hérité Camilla. Elle avait une forte présence, beaucoup de charisme, en fait. Et puis, elle était très drôle, elle savait faire rire ses interlocuteurs. Il faut bien avouer qu'elle était également capable

1. Conversation avec l'auteur.

de porter des jugements très durs sur les autres. Elle avait beaucoup d'esprit, mais il pouvait se révéler, disons… mordant. »

Élégants et distingués, courtois en toutes circonstances et auréolés par le prestige d'une vie mondaine bien remplie, les Shand incarnent l'alliance parfaite entre le glamour des années 1950 et la légèreté des sixties. « On flirtait beaucoup dans ces soirées, confie cet autre résident de Plumpton. Mes parents avaient l'habitude de plaisanter en disant que, aux Laines, il se passait toujours quelque chose au fond du jardin. Mais c'était une époque très différente de la nôtre. Dans le milieu que fréquentaient Bruce et Rosalind, l'argent n'était jamais un problème. Les gens se mariaient jeunes, les femmes ne travaillaient pas. Une fois leur progéniture partie en pension, elles se retrouvaient avec beaucoup de temps libre et suffisamment de moyens financiers pour l'occuper agréablement. Les tentations étaient nombreuses. La plupart du temps, leur époux avait été leur premier amant. Au bout d'un certain temps, elles réalisaient qu'il y avait… autre chose. »

Unanimement décrite comme une mère aimante et dévouée, Rosalind exprime par ailleurs son amour des enfants en travaillant en tant que bénévole pour la Chailey Heritage School, un établissement scolaire situé dans la ville voisine de Lewes, spécialisé dans l'accueil, l'éducation et le suivi médical de jeunes handicapés. L'investissement personnel dont elle fait preuve lui vaut l'admiration et l'estime de tous. Lors d'une soirée de charité organisée au profit de l'institution, Rose insiste ainsi pour faire elle-même le service. Au plus grand étonnement du duc de Norfolk, invité de marque de la manifestation. En dépit de ses nombreuses activités, Bruce trouve quant à lui le temps de s'impliquer dans la gestion du Henry Smith Estates, un fonds ayant pour vocation de venir en aide à des organismes caritatifs. Chaque année, au printemps, le couple ouvre son magnifique jardin aux visiteurs en échange de modestes droits d'entrée, intégralement reversés à la Chailey Heritage School ainsi qu'à la NSPCC, la principale association britannique de protection de l'enfance.

Le dimanche, Camilla assiste sagement à l'office religieux célébré à Old Church Saint Michael – la vieille église Saint-Michel – au côté d'Annabel, de Mark et de leurs parents. « Le reste de la semaine, elle se conduisait comme un vrai garçon manqué, raconte un ancien voisin. Pendant que les autres fillettes passaient du temps à lire ou à jouer avec leurs poupées, Camilla, elle, préférait les jeux de garçons. [...] Elle avait une confiance inébranlable dans ses propres capacités[1]. » « À l'époque, les gamins étaient davantage laissés à eux-mêmes, ils étaient libres d'aller et venir comme ils l'entendaient, renchérit cet autre. Les parents ne se mettaient pas tout de suite à craindre le pire dès qu'ils les perdaient de vue, comme c'est souvent le cas aujourd'hui[2]. »

Aux Laines, l'équitation tient une place importante dans la vie de famille. Bruce dispose de suffisamment de terrain autour de la maison pour y garder ses chevaux. Plusieurs fois par semaine, il sacrifie à sa passion pour la chasse à courre en compagnie des membres de l'East Sussex Foxhounds[3]. « Comme la plupart des personnes de sa condition, se souvient l'un deux, il avait une grande facilité à communiquer avec des gens de tous horizons. Les différences de milieu social n'avaient aucune importance pour lui. C'était un homme très agréable. Nous discutions de tout et de rien. Mais il ne parlait jamais de ses enfants[4]. » Les habitants de Plumpton le décrivent comme ayant « le profil type de l'officier de l'armée anglaise. Chaleureux, parlant bien, et fort d'une grande confiance en lui[5] ».

En 1950, ses talents de cavalier, sa ténacité dans la poursuite du renard et son autorité naturelle valent à Mr. Shand d'être nommé maître adjoint de l'East Sussex Foxhounds. Les nombreuses tâches qui lui incombent désormais – la gestion des chenils et des écuries, la

1. Caroline Graham, *op. cit.*
2. Conversation avec l'auteur.
3. Les meutes de l'East Sussex.
4. Conversation avec l'auteur.
5. Conversation avec l'auteur.

coopération avec les fermiers et les propriétaires des terres traversées par les équipages, la mise en place de mesures de protection de la faune et de la flore, la plantation de haies ou encore l'aménagement de nouveaux espaces boisés – occupent une grande partie de ses heures de loisir. Bruce a transmis son don pour l'équitation à Camilla. La fillette a son propre poney et se familiarise très tôt avec la technique et les traditions de la chasse à courre. Les débuts du prince Charles dans ce domaine sont quant à eux abondamment commentés dans la presse. En 1960, sa première participation à un rassemblement de passionnés de la discipline lui vaut d'être sévèrement critiqué par le président de la Société nationale pour l'abolition des sports cruels.

« Milla » accompagne souvent son père dans ses longues promenades à travers la campagne environnante. De la fenêtre de sa maison, tout en haut de la colline, Mary, une habitante de Plumpton, dit les avoir souvent vus passer à cheval sur la route qui mène au village voisin de Ditchling. Au cours de leurs longues chevauchées côte à côte, l'ancien officier dévoile peu à peu à son aînée l'histoire de sa famille et la gloire passée de leurs aïeuls. L'enfant écoute avec passion le récit de ses aventures pendant la guerre. En secret, elle se prend à rêver d'une grande et belle histoire d'amour avec un séduisant militaire. Le soir, après dîner, la fillette demande souvent à sa mère de lui raconter encore et encore l'histoire d'Alice Keppel, impératrice sans couronne, souveraine dans le cœur d'un roi.

En 1958, Bruce trouve un emploi chez le célèbre marchand de vin Block, Grey & Block, dans le quartier londonien de Mayfair. Il en devient rapidement l'un des associés, puis prend le contrôle de sa filiale Ellis Son and Widler, dont il organise le transfert à Lewes. L'argent hérité de Sonia Cubitt donne à la famille Shand une sécurité financière qui lui permet de disposer d'un appartement dans le quartier cossu de Chelsea tout en maintenant sa position dans la bonne société de l'East Sussex.

Au contraire de ses frère et sœur, Camilla s'épanouit dans le strict respect des coutumes et des règles de vie empruntées à l'aristocratie. « Elle a toujours été la plus attachée aux conventions de nous trois, commentera plus tard Mark. Annabel et moi avions un tempérament plus rebelle. Du coup, nous étions plus proches l'un de l'autre[1]. » Dans l'un des ouvrages qu'il écrira par la suite, le jeune homme raconte avoir tenté de poignarder une de ses sœurs une nuit de 1959, alors qu'il était âgé de huit ans. « Je la détestais avec une passion qui confinait à l'obsession, confie-t-il alors. Tout ce qu'elle faisait trouvait toujours grâce aux yeux de tout le monde. Et lorsque ce n'était pas le cas, la faute me retombait dessus[2]. » S'étant blessé lui-même par inadvertance, il ne parviendra pas à mettre ses sombres projets à exécution. Et ne révélera jamais qui, d'Annabel ou de Milla, déchaînait tant d'agressivité et d'envie dans sa petite tête d'enfant.

À l'époque, Rose essaie tant bien que mal de canaliser les ardeurs de son fils. « Elle était très stricte, raconte une ancienne voisine. Elle lui donnait souvent des tapes sur la joue ou sur l'oreille, parce qu'il était affreusement turbulent. C'était plutôt une petite femme et il lui était très difficile, voire impossible, de le garder sous son contrôle[3]. » Déjà passionnée par l'art, et plus « cérébrale », dit-on, que sa sœur, la fille cadette des Shand poursuit ses études avec plus d'assiduité que son aînée. Annabel apprend elle aussi à monter à cheval, mais ne manifeste aucun goût particulier pour la chasse à courre. Comme Camilla, elle fait preuve, très tôt, d'une grande confiance en elle. « Tous les trois, ils étaient aimés de manière absolue, inconditionnelle, ce qui, à l'époque, était plutôt inhabituel chez les gens de leur condition, témoigne l'une de leurs anciennes camarades. [Leurs parents] les encourageaient en permanence à être eux-mêmes. La plupart d'entre nous étions élevés à coups de critiques. Eux, ils n'avaient toujours que des éloges. Et ça se voyait[4]. »

1. *Daily Mail*, 30 avril 2002.
2. *Ibid.*
3. Conversation avec l'auteur.
4. *Daily Mail*, 28 janvier 1999.

À la fin de l'année 1957, Charles Windsor est envoyé en pension à Cheam, un établissement préparatoire à l'entrée au collège situé à Headley, dans le comté du Berkshire, et surnommé au XIXe siècle « la petite Chambre des lords ». Son père, Philip, y a lui-même été élève de 1930 à 1933. Le jour de la rentrée, Elizabeth II et son époux interrompent brièvement leur séjour à Balmoral afin d'accompagner leur fils. En dépit de nouveaux appels à la modération lancés aux médias britanniques, le jeune prince se présente à la porte de l'école devant une foule compacte de journalistes, de parents d'élèves et de curieux. Le couple royal visite les locaux et notamment le dortoir de huit lits où a été affecté son aîné. Buckingham fait savoir que les camarades du garçonnet seront invités à l'appeler tout simplement par son prénom, ses professeurs étant priés de s'adresser à lui en les termes plus respectueux de « prince Charles ».

La cloche sonne le réveil tous les matins à sept heures quinze. Prière obligatoire trente minutes plus tard, petit déjeuner à huit heures, début des cours à neuf. Tenu à l'écart par les autres pensionnaires, l'enfant fait bientôt l'objet d'une forme particulièrement virulente de harcèlement physique et moral, et la cible de quolibets incessants. « Ce n'était pas facile de se faire beaucoup d'amis, confiera-t-il. Je ne suis pas une personne naturellement sociable et j'ai toujours eu horreur des bandes. J'ai tendance à préférer ma propre compagnie, ou les tête-à-tête [1]. » Le garçonnet est décrit comme gentil, prévenant, humble, et d'une courtoisie surprenante pour son âge. Mais il a trop peu d'assurance et de confiance en lui pour essayer de gagner l'amitié de ceux – peu nombreux – qui se risquent de temps à autre à lui témoigner un peu de sympathie. Au fil des mois, il se persuade qu'on ne l'aimera jamais pour lui-même. La souveraine a conscience de l'épreuve que traverse son fils, mais la juge nécessaire à sa préparation de futur monarque. Le 26 juillet 1958, elle le crée prince de Galles – et, accessoirement, comte

1. Jonathan Dimbleby, *op. cit.*

de Chester et compagnon chevalier du très noble ordre de la Jarretière – à l'occasion de la cérémonie de clôture des Jeux de l'empire et du Commonwealth, à Cardiff. Pris par surprise, Charles assiste à l'événement en direct devant son poste de télévision, en compagnie de plusieurs autres élèves de sa classe. Son embarras est immense. Et surtout, son destin lui apparaît scellé pour de bon. Il haïra à tout jamais le souvenir de ses cinq années à Cheam avec autant de désespoir et de force qu'il va maintenant maudire le collège de Gordonstoun.

La reine de tous les Anglais est une mère bien plus permissive qu'il n'y paraît. Par principe, ou par une trop grande indulgence du cœur, Lilibet répugne depuis toujours à régenter le comportement ou la vie privée de sa progéniture, abandonnant le plus souvent aux mains de son mari les menus problèmes inhérents à leur vie quotidienne. Soigneusement tenu à l'écart par sa femme de la gestion des affaires de la Couronne et de l'État, Philip fait un usage maximal de l'autorité qui lui est laissée dans ce domaine. « C'est d'autant plus important pour lui qu'il n'a jamais eu de vie de famille étant jeune », confie un jour la souveraine à l'une de ses amies. Emberlificotés dans un formalisme excessif, les liens qui unissent les Windsor demeurent une insulte permanente et définitive à la modernité, à la science de Françoise Dolto comme au temps qui passe... Très tôt, les enfants du couple royal comprennent qu'ils devront faire face aux difficultés de l'existence seuls, sans pouvoir espérer compter sur l'aide de leurs parents.

« La reine a laissé ses enfants aux mains de Philip, et Philip, à son tour, les a abandonnés à la vie », écrit le journaliste et écrivain Graham Turner dans un portrait d'Elizabeth II publié dans le quotidien *The Daily Telegraph*[1]. « Il pensait qu'il ne serait pas bon d'essayer de les façonner d'une manière ou d'une autre, et que, pour eux, la meilleure manière d'apprendre serait de se débrouiller par eux-mêmes, raconte une ancienne dame d'honneur citée

1. 8 janvier 2002.

dans l'article. Dès le départ, on leur a laissé la bride sur le cou. Même lorsqu'ils étaient très jeunes, Charles et Anne bénéficiaient d'une grande autonomie et n'avaient jamais recours à leurs parents pour quoi que ce soit. Rapidement, ils ont eu leur propre bureau, leurs propres secrétaires, leur propre emploi du temps. La reine et le prince Philip paraissaient tous deux se sentir assez peu concernés. La plupart du temps, ils ignoraient d'ailleurs complètement ce que faisaient leurs enfants. [...] En raison de cette indépendance précoce, [les Windsor] se sont bientôt mis à ressembler davantage à un club qu'à une famille. Ils n'ont jamais eu grand-chose en commun les uns avec les autres et n'ont donc jamais pris l'habitude de communiquer entre eux, si ce n'est pour des choses totalement triviales. »

Débarrassés de tous les petits tracas matériels qui polluent le quotidien, propulsés dès la naissance au sommet de l'échelle sociale avec la certitude absolue de ne jamais en être délogés, les rois et les reines ont, semble-t-il, la chance inouïe de bénéficier de conditions idéales pour l'épanouissement de leur couple ainsi que pour leur réussite en tant que parents. Comment croire, en effet, que Margrethe de Danemark puisse être lâchée par sa babysitter une demi-heure avant le début des cérémonies de son couronnement ? Comment imaginer Harald de Norvège aux prises avec un banquier hargneux après des vacances aux sports d'hiver plus coûteuses que prévu ? Comment ne pas se tenir les côtes à la pensée de Carl XVI Gustav s'empoignant rageusement avec un collègue de bureau, ou de la reine Beatrix des Pays-Bas émergeant ivre de fatigue d'une bouche de métro noire de monde au terme d'une journée de mouvement social à La Haye ? Et pourtant... Aigreurs, non-dits, rivalités qui n'osent pas avouer leur nom, partages hasardeux des responsabilités et ambitions bafouées... Les monarques connaissent eux aussi leur lot de frictions conjugales. Mariés bidons prisonniers de leur image, amours vraies passées à la moulinette du protocole ou complicités affectueuses hachées menu par la raison d'État ? En réalité, des couples très ordinaires, et dont les vrais problèmes ne sont pas là où on le croit.

Lilibet n'aime pas les démonstrations d'affection. Philip, lui, est d'un tempérament plutôt ronchon et s'emporte facilement. Plusieurs membres de l'entourage de la famille royale témoignent à l'époque de l'impatience et de l'irritation qu'il manifeste en toutes circonstances à l'égard de son fils aîné. Un comportement sans doute dû aux frustrations qu'il n'a lui-même cessé d'endurer tout au long de son existence… Le duc d'Édimbourg, comte de Merioneth et baron Greenwich, est né prince de Grèce et Danemark le 10 juin 1921, à Corfou. L'exil forcé au côté de son père, le prince Andrew de Grèce, forcé de quitter son pays par un coup d'État militaire, le décès prématuré de ce dernier en 1944, l'internement de sa mère, ainsi que ses années d'errance et de pauvreté jusqu'à son admission dans la Marine royale en 1939, demeurent autant de souvenirs amers. Huit ans plus tard, son entrée dans la famille régnante se révèle elle aussi source de bien des déconvenues pour le jeune et fringant officier, contraint de renoncer à ses précédents titres de noblesse, de changer de nationalité et de religion, et d'accepter que ses propres enfants portent le nom de sa femme plutôt que le sien. Un malheur n'arrivant jamais seul, il ne peut faire autrement que de renoncer à sa carrière militaire après l'accession au trône de son épouse, et se voit dès lors relégué dans l'ombre de la souveraine. « Une amibe, je ne suis plus qu'une amibe », l'entend-on se plaindre à plusieurs reprises.

L'exemple de ses parents imprime durablement dans l'esprit de Charles une vision dépassionnée du mariage. Pourtant, au dire de Sarah Bradford, auteur d'une biographie monumentale de la reine d'Angleterre[1], leur union « se révèle un succès sur tous les plans ». Elizabeth est folle de son époux depuis leur première rencontre – en juillet 1939, elle avait treize ans, lui dix-huit – et s'applique à lui en donner la preuve aussi souvent que possible. « Philip, visiblement amoureux lui aussi, quoique de manière sans doute un peu moins passionnée, la

1. Sarah Bradford, *Elizabeth : A Biography of Her Majesty The Queen.*

trouve sexuellement attrayante. » S'il méprise toute forme d'expression de sentiments intérieurs, c'est autant par tempérament qu'en raison de l'extrême rigidité de l'éducation qui a été la sienne. En dépit des supplications de son entourage – « Faites quelque chose, je ne sais pas, passez-lui votre bras autour de la taille par exemple », lui suggère un jour son aide de camp –, le prince, jusque très récemment, n'a jamais pu se résoudre à faire preuve de tendresse envers sa femme en présence d'autres gens.

De temps à autre, il l'apostrophe d'ailleurs publiquement – « Cessez donc d'être aussi stupide, souriez, mais souriez donc ! » – d'une manière qui traduit le sens du commandement propre aux officiers supérieurs de la Royal Navy. Un soir où ils rentrent tous deux en voiture en compagnie de l'un de leurs proches, un virage un peu sec pris par son mari à une vitesse excessive provoque chez Lilibet une sorte de petit cri étranglé qui met Philip hors de lui. « Refaites ça encore une fois, et je vous fiche dehors ! » prévient-il sèchement devant leur passager ébahi. Plusieurs proches du couple royal témoignent toutefois de la manière tout aussi directe avec laquelle la reine envoie promener son époux lorsqu'elle l'estime justifié. « La ferme ! Tu ne sais pas de quoi tu parles... », l'entend-on dire un jour en présence du Premier ministre australien Bob Hawke, alors que le prince se hasardait à exprimer quelques vues très personnelles sur le Commonwealth.

Objet de commentaires souvent peu flatteurs dans les colonnes de la presse du royaume, le duc d'Édimbourg n'a pourtant jamais cessé de manifester une loyauté exemplaire à l'égard de sa femme. Tout comme Queen Mum l'avait fait pour son mari, le roi George VI, il a épaulé Elizabeth dans l'accomplissement de ses devoirs officiels dès son accession au trône – notamment en relisant ses discours, en lui apprenant à travailler sa diction ainsi qu'en l'aidant à corriger son timbre de voix naturellement haut perché. Mais les salons londoniens bruissent régulièrement de rumeurs sur son incapacité notoire à lui demeurer fidèle. Un soir de réception, Philip se jette, à genoux, aux pieds du prince Bernhard, époux de la reine Juliana de Hollande, et gémit : « Vous n'imaginez pas la chance que vous avez… Personne ne vous reconnaît, vous pouvez avoir autant de petites amies qu'il vous plaît. Moi, je suis suivi en permanence par six gardes du corps… » Si la souveraine ne sait que trop combien son mari est bel homme, elle sait aussi qu'il lui reviendra toujours. La discrétion avec laquelle il conduit ses affaires de cœur est une preuve d'amour comme une autre.

À sa sortie de Dumbrells, en 1958, Camilla entre à Southover Manor, à Lewes – une école dont la cote au sein de l'establishment est telle que le couple royal songe, un temps, à y inscrire la princesse Anne. Mais elle brûle de connaître l'excitation et l'effervescence de la vie londonienne et finit par obtenir de ses parents l'autorisation de continuer ses études dans la capitale. Bruce et Rosalind l'envoient poursuivre son apprentissage de jeune fille du monde à Queen's Gate, dans le quartier de Kensington. La réputation du collège est alors de « fournir en épouses la moitié du ministère des Affaires étrangères » de Sa Très Gracieuse Majesté. « L'enseignement qui y était dispensé commençait alors seulement à se moderniser, commente l'un des professeurs. Jusque-là, l'établissement était surtout connu pour apprendre aux adolescentes à jouer au bridge et à signer des chèques[1]. » Aux yeux de ses camarades, Milla appartient à « cette catégorie de gens à part », qui, très tôt, acquièrent la certitude d'être promis à une existence hors du commun. Elle est décrite à l'époque comme « la plus cool » et « la plus casse-cou » de l'école, mais aussi comme « une petite demoiselle un peu bêcheuse », une Sloane Ranger avant l'heure. On la dit dotée d'un « certain magnétisme », d'une confiance en elle que les autres lui envient par-dessus tout.

« Les filles ne se sentaient pas dans l'obligation d'apprendre grand-chose, se souvient l'actrice britannique

1. Nigel Dempster et Peter Evans, *Behind Palace Doors.*

Lynn Redgrave, une ancienne élève de Queen's Gate. En fait, elles ne pensaient qu'à être invitées dans des soirées. Faire ses débuts dans le monde et se trouver un mari fortuné, voilà quelles étaient leurs priorités. Nous avions d'ailleurs des heures et des heures de leçons destinées à nous expliquer comment devenir de bonnes épouses et de bonnes mères[1]. » Une ou deux fois par semaine, miss Shand suit des cours de « danses de salon » dans la salle paroissiale de Hassocks, à quelques kilomètres de Plumpton. Le week-end, il arrive que Bruce et Rosalind organisent de petites réceptions pour leurs enfants et leurs amis. « Des gelées et des glaces en guise de buffet, des danses soigneusement organisées, avec les garçons d'un côté et les filles de l'autre..., raconte Broderick Munro Wilson, un ami d'enfance. Il y avait de temps en temps un orchestre de trois musiciens, sinon la musique était assurée par un vieux gramophone. Personne ne se bécotait. Tout cela restait très bien élevé[2]. »

Soucieux de préparer Camilla à ses futures obligations de parfaite maîtresse de maison, ses parents font appel aux services d'une voisine, Julia Roper-Caldbeck, dans le but de lui apprendre la cuisine. Décorée par le roi George VI pour son efficacité admirable dans l'organisation du ravitaillement des troupes basées dans l'East-Sussex tout au long de la Seconde Guerre mondiale, « Dida » a ouvert un salon de thé très réputé à Ditchling, aux alentours de 1950, avant de monter un commerce de traiteur. On y vient à l'époque de toute la région pour faire provision de quelques-unes de ses merveilleuses pâtisseries. Julia est d'ailleurs fière de compter plusieurs personnalités au nombre de ses clients, notamment la famille de Winston Churchill. Mais, en dépit de tous ses efforts, Milla a l'esprit ailleurs et ne manifeste qu'un intérêt très relatif pour l'art et la manière de préparer un pudding ou de mijoter un plat en sauce. On raconte toutefois qu'elle aurait fini par maîtriser la recette du « Poulet du couronnement »,

1. Caroline Graham, *op. cit.*
2. Rebecca Tyrrel, *Camilla : An Intimate Portrait.*

une recette inventée peu de temps avant le couronnement de la reine Elizabeth par Constance Spry et Marguerite Patten, et conçue pour pouvoir être préparée à l'avance pour un grand nombre de convives.

Le 1er mai 1962 restera à jamais dans l'esprit du jeune prince de Galles comme l'une des journées les plus sombres de son existence. L'héritier de la Couronne fait sa rentrée au collège de Gordonstoun. Il est accompagné par son père, qui a tenu à piloter lui-même l'avion qui les a conduits de l'aéroport d'Heathrow, dans les faubourgs de Londres, à la base aérienne de Lossiemouth, en Écosse. Le duc d'Édimbourg dit avoir passé quelques-unes des années les plus heureuses de sa vie dans cet établissement, dont il a été l'un des tout premiers élèves. Il ne peut donc en être autrement pour son fils. Fondée en 1934 par le Dr Kurt Hahn, un réfugié de l'Allemagne nazie, l'école dispense depuis l'origine un enseignement inspiré de *La République* de Platon, dont le but avoué est de développer l'affirmation de la personnalité, la confiance en soi ainsi que de saines habitudes d'autodiscipline chez tous les pensionnaires. Ces derniers sont par ailleurs vivement encouragés à adhérer à un certain nombre de principes – le fort ne doit pas mépriser le faible, le service des autres doit toujours primer sur la satisfaction de besoins personnels, etc. – destinés à favoriser l'émergence d'une société égalitaire où la seule hiérarchie en vigueur serait celle du mérite. L'enfer que, de son propre aveu, va y connaître le prince sera sans commune mesure avec les petits tracas de Cheam.

Il y a des expériences qui marquent pour la vie entière. Entassés dans des dortoirs aux murs nus éclairés par de simples ampoules électriques, les adolescents dorment la fenêtre ouverte, même lorsqu'il gèle à pierre fendre ou que des paquets de pluie, poussés par le vent, s'engouffrent dans la pièce. Rejeté par ses camarades et victime de brutalités physiques le jour comme la nuit, Charles paie un bien lourd tribut de larmes et d'humiliations à sa condition de futur roi. Dans ce collège aux conditions de vie spartiates et à la discipline de fer, le sexe est considéré comme une forme de perversion. Pendant près de cinq ans, le fils de la souveraine est soigneusement tenu à l'écart de toute présence féminine. Il ne faut pas plus de quelques mois à Elizabeth et Philip pour comprendre qu'ils ont commis une terrible erreur en le soumettant à ce régime, digne des maisons de correction d'autrefois.

En 1964, leur aîné entre dans les annales de la monarchie britannique comme le premier héritier du trône titulaire des *O Levels* – la première partie du certificat de fin d'études secondaires –, après qu'il eut obtenu la moyenne dans les épreuves de grammaire, littérature, latin, français, histoire et mathématiques. Entre février et juillet 1966, il est envoyé en Australie afin d'avoir un aperçu de l'enseignement en vigueur dans un pays du Commonwealth. Dans les montagnes du nord-est de Melbourne, l'adolescent fait l'expérience de la vie à la dure des pensionnaires de Timbertop, un collège dont la particularité est de forger le caractère de ses élèves en leur apprenant à survivre en milieu hostile. Livré à lui-même dans cette nature sauvage et contrastée, il apprend à couper du bois pour se chauffer ainsi qu'à résister aux interminables randonnées par près de quarante-cinq degrés à l'ombre inscrites au programme éducatif de l'établissement.

À son retour à Gordonstoun, il est nommé *Head boy* [1], ce qui l'oblige à faire régner la discipline, lui confère le droit d'occuper une petite chambre individuelle, et lui épargne donc désormais les rigueurs de la vie de dortoir. La presse s'interroge à mots couverts sur la capacité du fils de la reine Elizabeth à assumer ce nouveau rôle et parle de favoritisme. Charles n'en a cure. En juillet 1967, il est à nouveau le premier héritier de la Couronne à s'exposer au verdict impitoyable des *A Levels* – l'équivalent du baccalauréat. Il obtient un B en histoire, sa matière de prédilection, et un C en français. Deux ans plus tôt, une réunion au sommet entre le duc d'Édimbourg, l'archevêque de Canterbury, le Premier ministre Harold Wilson et le doyen de Windsor s'est déjà tenue

1. L'équivalent de délégué ou de chef de classe.

au palais de Buckingham afin de décider de l'orientation du prince de Galles à l'issue de ses études secondaires. Charles n'est pas plus libre d'influer sur le cours de sa propre existence qu'il n'a la maîtrise de son destin. Neuf mois de discussions ont été nécessaires avant de rendre enfin officielle son inscription au Trinity College de l'université de Cambridge, où son grand-père, le roi George VI, avait étudié l'histoire et l'économie et suivi des cours d'instruction civique en 1920.

Le 25 avril 1967, l'établissement organise une journée portes ouvertes à l'intention de la presse. La direction précise que le prince disposera d'un petit appartement de deux pièces – une chambre pourvue d'un lit en fer, ainsi qu'un salon équipé d'un poêle et meublé de deux fauteuils, d'un canapé, d'une table et d'un bureau. Le prince Philip entend bien imposer à son fils une sélection de matières choisies par les têtes pensantes de son entourage. Cette fois, c'en est trop. Pour la première fois de sa jeune existence, Charles s'oppose à son père. Début mai, Trinity annonce qu'il suivra une première année de cours en archéologie ainsi qu'en anthropologie physique et sociale, et publie le communiqué suivant : « En temps normal, ces matières ne sont pas étudiées à l'école, mais leur combinaison constitue un mélange de disciplines scientifiques et artistiques particulièrement bien approprié pour quiconque s'intéresse aux peuples et à la manière dont leurs sociétés se sont développées. »

« Personne ne peut comprendre la difficulté qu'il y a à voir son existence constamment planifiée par d'autres. Il est si terrible de se sentir programmé... », confie l'héritier de la Couronne dans un mauvais jour. En novembre 1966, au lendemain de son dix-huitième anniversaire, Charles avait déjà appris en regardant le journal télévisé qu'il héritait du titre de Conseiller d'État, traditionnellement réservé aux membres de la famille royale occupant les quatre premières places dans l'ordre d'accession au trône d'Angleterre[1]. L'année 1967 voit le fils aîné d'Eli-

1. Ce titre l'autorise à agir ou à prendre seul un certain nombre de décisions lorsque la reine se trouve hors des frontières du royaume.

zabeth II faire des débuts timides dans la vie publique du royaume. Il assiste pour la première fois à la cérémonie d'ouverture du Parlement britannique avant de représenter la souveraine aux funérailles du Premier ministre australien Harold Holt. Le 8 octobre, il effectue sa rentrée à l'université. Il se présente aux portes du campus de Cambridge dans une Mini rouge conduite par son écuyer, David Checketts[1], et prend possession de ses quartiers d'étudiant, chambre 6, premier étage, escalier E. Au printemps, il visite quelques-uns des plus beaux sites archéologiques de France et participe à des fouilles sur l'île de Jersey. Le 8 avril, le palais révèle que le futur monarque a finalement décidé de changer son fusil d'épaule et d'entamer, dès la rentrée suivante, un cursus d'histoire.

Mais Buckingham a en réalité d'autres projets pour lui. En 1969, Charles, à qui personne n'a pris la peine de demander son avis, se retrouve contraint d'aller passer près de trois mois au Collège universitaire d'Aberystwyth, au pays de Galles. À l'époque, le regain de vigueur du mouvement séparatiste Plaid Cymru et la soudaine flambée d'attentats terroristes qui l'accompagne inquiètent le gouvernement tout autant que les conseillers de Sa Majesté, qui s'affairent déjà à la préparation de l'investiture officielle du jeune homme en tant que prince de Galles, prévue le 1er juillet au château de Caernarvon. En moins d'un trimestre, l'héritier du trône est prié de devenir un spécialiste de l'histoire de la principauté et d'en maîtriser la langue, afin de prononcer dans les meilleurs délais son tout premier discours en gallois. Aux yeux de nombreux observateurs politiques, il fait alors l'effet d'une marionnette parachutée par les autorités à des fins politiques. Mais la politique est bel et bien indissociable de l'exercice du métier de roi.

Cette année-là, Bruce Shand intègre le très prestigieux Queen's Body Guard of the Yeomen of the Guard – le

1. David Checketts deviendra son secrétaire particulier en 1970 et le restera jusqu'en 1979.

corps des Yeomen de la garde rapprochée de la reine – constitué en 1485 par Henry VII « pour défendre la dignité et la grandeur de la couronne d'Angleterre ainsi que celles des rois et des reines de ce royaume, et ce pour l'éternité ». Responsables, à l'origine, de la sécurité du monarque dans tous ses déplacements mais aussi sur les champs de bataille, les Yeomen assurent la garde de ses palais, goûtent sa nourriture et sont les seuls habilités à faire son lit[1]. La sécurité des souverains étant désormais confiée à plusieurs départements spécialisés de Scotland Yard et des services secrets, les Yeomen sont aujourd'hui assignés principalement à des fonctions de représentation lors de visites de chefs d'État étrangers, de banquets ou de cérémonies officielles. Tout honorifique qu'elle soit, l'admission au sein de ce corps prestigieux nécessite de remplir au préalable un certain nombre de conditions d'aptitude au port de l'uniforme rouge et or : avoir servi au minimum vingt-deux ans dans les forces armées de Sa Majesté et y avoir été impeccablement noté par ses supérieurs, être âgé de moins de cinquante-cinq ans, mesurer au moins un mètre soixante-dix-huit sans ses bottes et – détail qui a son importance – ne pas faire moins de quatre-vingt-onze centimètres cinq de tour de poitrine. Là encore, la bonne humeur, la distinction et l'autorité naturelle du père de Camilla font merveille. Son ascension dans la hiérarchie du régiment est rapide. En 1971, il est nommé *exon*, l'équivalent de caporal-chef, et occupera par la suite les fonctions d'enseigne, ou porte-étendard, à partir de 1978.

Alors que les responsables du collège écossais de Gordonstoun s'évertuent à éliminer toute présence féminine de l'entourage du fils aîné de la reine Elizabeth dans le but de préserver sa vertu, miss Shand entame de son côté un apprentissage des jeux de la séduction pour lesquels elle se révèle, d'emblée, particulièrement douée.

---

1. Sous le règne des Tudor, l'opération obéissait à un cérémonial long et compliqué. Au sein du régiment, les titres, toujours en vigueur, de Yeoman Bed-Hanger et de Yeoman Bed-Goer sont directement hérités de cette époque.

À la sortie des cours, l'adolescente croise le chemin des externes des écoles de Westminster et de Saint-Paul. « Camilla était intelligente et drôle, raconte Carolyn Benson, son amie d'enfance. Elle se faisait toujours beaucoup d'amis parmi les garçons, même lorsqu'elle était encore trop jeune pour éveiller leur intérêt sur le plan physique. Elle savait toujours leur parler de sujets qui les intéressaient. Elle était presque plus à l'aise avec eux qu'avec les filles[1]. » Au début de l'année 1964, Milla quitte Queen's Gate sans prendre la peine de passer ses diplômes de fin d'études et part peaufiner son éducation à Mon Fertile, une institution privée pour jeunes filles établie à Genève, en Suisse, avant de passer quelque temps à Paris.

À son retour à Londres, huit mois plus tard, elle a perdu ses dernières rondeurs d'adolescente et gagné en élégance et en sophistication. Elle s'affiche quelque temps au bras d'un certain Simon Parker Bowles, l'un des employés de son père chez Block, Grey & Block. Le 25 mars 1965, miss Shand fait officiellement son entrée dans le monde au cours d'une réception donnée par sa mère au 30, Pavilion Road, dans le quartier de Knightsbridge. En compagnie de ses amies Fiona Mc Gowan, Kirstie Aitken et Carolyn Gerard Leigh, trois aristocrates au pedigree impeccable, elle compte alors au nombre des cent cinquante « débutantes » reconnues comme les jeunes filles les plus « socialement désirables » du moment, prêtes à mettre à profit la saison qui s'annonce pour faire connaissance avec des célibataires bien sous tous rapports. Camilla n'est peut-être pas assez jolie pour accéder à la distinction de « débutante » de l'année décernée par les magazines mondains, mais son aplomb, sa joie de vivre, son charisme et son formidable humour lui attirent de nombreuses sympathies. Et des soupirants en pagaille.

« Elle était extraordinairement populaire, et bien qu'elle ne soit pas considérée comme une beauté au sens

1. Caroline Graham, *op. cit.*

classique du terme, elle était séduisante et sexy[1], raconte son premier boyfriend, Kevin Burke, le fils de l'un des pionniers de l'aviation britannique. Tous les soirs, nous avions le choix entre deux ou trois cocktails et une soirée dansante, sans compter les bals organisés le week-end à la campagne. Tout ce dont vous aviez alors besoin, c'était de suffisamment d'argent pour remplir le réservoir de la voiture » – une Jaguar type E jaune que Milla surnomme « l'œuf ». Il arrive que la jeune fille lui parle de son aïeule Alice Keppel, prononçant parfois son nom à plusieurs reprises comme s'il avait à ses yeux valeur de talisman. « J'avais la meilleure et la plus drôle des partenaires dont je puisse rêver, confie Kevin. Je suppose qu'à l'époque nous étions amoureux l'un de l'autre. Nous sommes restés ensemble pendant un an. Et puis, elle m'a quitté. » Miss Shand a dix-huit ans et s'apprête à connaître la première grande passion de sa vie.

1. Nigel Dempster et Peter Evans, *op. cit.*

3

Andrew

« Comme c'est drôle... Vous avez le même nom que la maîtresse du roi ! »
Réflexion faite à George Keppel
par une dame un peu âgée
à laquelle il venait d'être présenté

« S'il te plaît, présente-moi à ton frère tout de suite. » Camilla agrippe le bras de Simon et entraîne son cavalier en direction de l'entrée du salon où Andrew Parker Bowles vient de faire son apparition. Le jeune officier, tout juste promu au grade de capitaine du régiment de cavalerie de la Garde royale, rentre de Nouvelle-Zélande où il a effectué une mission de quelques mois en tant qu'aide de camp du gouverneur général sir Bernard Fergusson. Ses grands yeux bleus, son éternel sourire et ses expressions juvéniles dont il sait si bien jouer pour gagner le cœur de ses conquêtes ont fait de lui le célibataire le plus redoutable de toute la bonne société londonienne. Andrew et Milla se ressemblent et le comprennent au premier regard. L'attraction qu'ils exercent l'un sur l'autre est immédiate, fusionnelle, irrésistible. À vingt-sept ans, le capitaine Parker Bowles est un homme à femmes dont la réputation de séducteur impénitent n'est plus à faire, mais miss

Shand se sent suffisamment forte et sûre de ses propres atouts pour espérer construire une relation durable. Située sur Portobello Road, dans le quartier de Notting Hill, la garçonnière de l'officier abrite bientôt leurs amours passionnées. Plusieurs membres de leur entourage qualifient leur liaison de « torride ». Il est l'amant expérimenté, infidèle et merveilleux. Elle l'amuse. Il l'envoûte. Dans la journée, Camilla suit en dilettante quelques cours de secrétariat et passe le plus clair de son temps dans le petit appartement de son compagnon, une chemise d'Andrew négligemment boutonnée sur un jean, une cigarette toujours à la main. Le soir, le charisme, l'élégance et le charme naturels du couple en font l'un des piliers du « Swinging London ».

Très amoureuse, Milla sait aussi que cette nouvelle idylle lui permet enfin d'approcher cet univers merveilleux et fantasmé dans lequel évoluait autrefois son aïeule Alice Keppel. La famille Parker Bowles s'enorgueillit en effet d'avoir l'estime et – plus rare encore – l'amitié des souverains d'Angleterre depuis le XVIIIe siècle. En 1716, le roi George Ier récompense la loyauté de sir Thomas Parker, alors lord chancelier de Grande-Bretagne[1], en lui offrant le titre de baron, avant de l'élever, en 1721, au titre de vicomte Parker, comte de Macclesfield. Six générations plus tard, l'un de ses descendants, Algernon, épouse Emma Jane Kenyon, fille de lord Kenyon, aide de camp de la reine Victoria et de ses successeurs Edward VII et George V. Leur fils, Eustace, s'unit le 11 juin 1913 avec une riche et jeune héritière du nom de Wilma Mary Garnault Bowles, et adopte lui-même le nom de Parker Bowles en août 1920. Les aléas de la généalogie des grandes familles du royaume font également d'Andrew un lointain parent de la reine mère et des ducs de Marlborough. Sa mère, dame Ann, fille aînée de sir Humphrey de Trafford, figure légendaire du circuit hippique anglais, compte au nombre des intimes de l'actuelle souveraine, dont elle est, sans doute aussi,

1. Fonction équivalente à celle de ministre de la Justice.

l'une des principales confidentes. Derek, son père, est considéré depuis la disparition du roi George VI comme « l'un des amis les plus proches » de Queen Mum.

Aîné de quatre enfants, le garçonnet grandit à Donnington, la très belle propriété familiale du Berkshire – où la doyenne des Windsor effectue d'ailleurs des séjours réguliers –, avant d'être envoyé au collège d'Ampleforth, considéré comme le meilleur pensionnat du pays pour les jeunes gens de religion catholique. La longue tradition de service royal des Parker Bowles est récompensée en 1953 lorsque Andrew, alors âgé de quatorze ans, se voit confier un rôle de page au cours de la cérémonie du couronnement d'Elizabeth II. Dès la fin de ses études, il entre à l'Académie militaire de Sandhurst et embrasse une carrière dans les Royal Horse Guards, le régiment de cavalerie de Sa Très Gracieuse Majesté. Divisés en sept unités – deux de cavalerie et cinq d'infanterie –, les régiments de la Garde royale ont pour vocation de remplir un certain nombre de fonctions logistiques et militaires sur les théâtres d'opérations du monde entier, mais aussi d'accompagner la souveraine dans l'exercice de ses obligations de chef d'État et de perpétuer la longue tradition des parades militaires emblématiques du style de la monarchie britannique. C'est sans doute à son père, longtemps membre du prestigieux Jockey Club, qu'Andrew doit sa passion pour l'équitation. En 1967, il se blesse assez sérieusement dans une mauvaise chute au cours du meeting d'Ascot. En 1969, à Aintree, dans la banlieue de Liverpool, il monte son propre cheval, The Fossa, dans le Grand National, la plus célèbre course d'obstacles de Grande-Bretagne. Cette année-là, le régiment des Royal Horse Guards est rebaptisé Blues and Royals[1].

Conscient du prestige associé à son affectation tout autant que de son physique avantageux, le jeune homme

1. Ses cavaliers se distinguent de leurs pairs des Life Guards – tunique rouge, plumet blanc – par leurs tuniques bleu sombre et le plumet rouge de leur casque. L'uniforme des deux régiments a pour particularités essentielles ses cuissardes d'un noir brillant, cirées et lustrées à l'extrême, et sa cuirasse, dernier vestige des armures d'antan.

est doué d'un pouvoir de fascination sur la gent féminine dont il fait depuis toujours un usage maximal. Dans *Behind Palace Doors*, le journaliste et chroniqueur mondain Nigel Dempster évoque l'attraction magnétique qu'il exerce sur ses conquêtes. « Le plus beau cadeau qu'Andrew Parker Bowles offrait à ses femmes était "la découverte du sexe comme d'une chose parfaitement naturelle, agréable, saine et qui valait la peine qu'on s'y intéresse." » Déjà fiancé par le passé [1], il apprécie pardessus tout la compagnie des « ladies », ces demoiselles à la beauté renversante nanties de titres de noblesse au pouvoir envoûtant. On le sait sincèrement épris de Camilla, mais on le dit aussi entiché de Caroline Percy, fille du comte de Northumberland, et d'une femme plus âgée que lui.

Un jour, miss Shand surprend son amant en flagrant délit d'infidélité en compagnie de l'une des filles du comte de Hardwicke, passablement embarrassée par l'irruption inattendue de cette demoiselle échevelée dans l'appartement de Portobello Road, et non moins surprise qu'elle en possédât la clé. Dans les salons londoniens tendus de soies crème et vieux rose, Milla provoque ouvertement ses rivales. « Lorsque nous nous croisions dans des soirées, elle venait vers moi et me demandait ce que je faisais avec son petit ami, se souvient lady Caroline. Au bout d'un moment, j'en ai eu assez, et je lui ai dit qu'elle pourrait le reprendre une fois que j'en aurais fini avec lui. Andrew se comportait de manière abominable avec elle. Mais elle n'avait qu'une seule idée en tête : l'épouser. Pendant que nous étions ensemble, j'avais moi aussi découvert qu'il avait une liaison avec une femme mariée. Je me suis vengée en allant à Paris avec Mickey Suffolk. Lorsque Andrew a eu vent de ma petite escapade, il s'est aussitôt remis avec Camilla. Elle l'a donc récupéré lorsque moi-même j'en ai eu terminé avec lui, exactement comme je le lui avais promis [2]. »

---

1. À une certaine Sue Morley, fille d'un général de brigade. Andrew aurait rompu leur engagement après quelques semaines seulement.
2. Citée par Nigel Dempster et Peter Evans, *op. cit.*

Déterminée à punir son indécrottable cavaleur, miss Shand décide de s'afficher à son tour en compagnie d'autres hommes, comme Rupert Hambro, le séduisant héritier d'une famille de banquiers. Autant de soupirants qu'elle laisse toutefois sans illusions sur leur capacité à lui faire oublier son bel officier. Pendant cinq ans, les deux jeunes gens se mesurent l'un à l'autre dans un interminable chassé-croisé fait de brouilles passagères et de retrouvailles passionnées. En 1971, le capitaine Parker Bowles sort une nouvelle fois de l'existence de Milla pour vivre une liaison romantique et folle avec la princesse Anne. Il la connaît depuis de nombreuses années, mais semble la redécouvrir à l'occasion d'une rencontre impromptue à Royal Lodge, l'une des résidences de la reine mère, sur les terres du château de Windsor. Âgée de vingt ans à peine, la fille de Sa Très Gracieuse Majesté vient de mettre fin à une liaison d'un peu plus d'un an avec Brian Alexander, fils d'un héros britannique de la Seconde Guerre mondiale, et ne cherche pas à résister au charme du cavalier des Blues and Royals. Tous deux se savent liés par une passion commune pour les chevaux et le saut d'obstacles. On les dit aussi animés de la même libido ravageuse et sans complexes. À l'époque, leurs familles respectives sous-estiment la profondeur des sentiments qu'ils éprouvent en réalité l'un pour l'autre. Pour beaucoup, il ne fait aucun doute que, s'il n'avait pas été de religion catholique – une source d'embarras potentiel pour la reine Elizabeth –, le jeune Parker Bowles aurait demandé la main de la princesse.

Avant elle, Camilla avait toujours su pouvoir lutter à armes égales avec les maîtresses d'Andrew et ne s'était jamais sentie réellement menacée. Dans l'interminable joute amoureuse qui les oppose depuis leur rencontre, elle se trouve pour la première fois en proie à un douloureux sentiment d'infériorité. Miss Shand souffre. En secret, elle fait serment de se venger. La mutation de l'infidèle à Hanovre, en Allemagne, lui en fournit l'occasion rêvée. Désœuvrée, la jeune femme passe le plus clair de l'été 1971 aux abords du terrain de polo de Smiths Lawn, à l'invitation de son amie Carolyn Gerard Leigh, fille du colonel Gerard Leigh, ancien commandant de la cavalerie de la Maison royale et président du très prestigieux Club de polo des Gardes, à Windsor. Les matchs qui s'y déroulent sont, pour l'aristocratie britannique, autant d'occasions de se retrouver entre gens du même monde. Si le prince Charles est devenu un habitué des lieux, c'est bien sûr pour l'intérêt sportif d'une discipline dans laquelle il excelle – il sera d'ailleurs nommé capitaine de l'équipe d'Angleterre « Jeunes » en 1972. Mais c'est aussi pour profiter de la compagnie de jeunes femmes au pedigree impeccable, parfaitement éduquées et, surtout, toujours enthousiasmées par ses prouesses athlétiques et son goût du danger. De toutes les admiratrices du prince de Galles présentes cet été-là, Camilla est sans doute la plus attentive à ses exploits.

La rencontre qui va bouleverser à jamais le cours de l'institution monarchique se déroule par une fin d'après-midi pluvieuse. Au dire de plusieurs personnes présentes ce jour-là, Milla traverse le terrain détrempé et s'approche de l'héritier de la Couronne : « Mon arrière-grand-mère était la maîtresse de votre arrière-arrière-grand-père. Qu'est-ce que vous dites de ça ? » Charles se retourne, sans pour autant cesser de flatter l'encolure de son poney. « Mon nom est Camilla Shand et je suis ravie de faire votre connaissance. » Le fils de la reine Elizabeth dévisage sans mot dire cette jeune personne à la voix engageante et au minois effronté. Personne n'a jamais eu l'audace de l'aborder de cette manière. Il est surpris. Conquis bien malgré lui. Les cheveux en désordre et dégoulinant le long du visage, son T-shirt clair échappé d'un jean troué par endroits, Milla soutient le regard du prince comme si elle y trouvait déjà le remède à ses tourments. « Il s'est tout de suite passé quelque chose entre eux », racontera plus tard l'un des témoins de la scène. Doué d'une nature sensible et romantique, Charles est habité par un sentiment de solitude effroyable qu'aucune des filles de bonne famille que l'on s'évertue à lui présenter n'est jamais vraiment parvenue à dissiper. Charles, lui aussi, sent bien que quelque chose est en train de se passer[1].

En fait, les deux jeunes gens éprouvent confusément le sentiment de se connaître de longue date. Au fil de la conversation, ils se découvrent des goûts et des amis communs. Leur complicité est immédiate parce que instinctive. « Il l'a aimée tout de suite, raconte l'un des proches du prince de Galles. Ils venaient à peine de se rencontrer, et déjà Camilla réussissait à le faire rire. Elle a toujours eu un esprit vif et acéré, doublé d'un formidable sens de la formule. C'était une fille qui était capable de se moquer de tout, mais jamais de manière cruelle. Elle était plutôt du style à faire des remarques pince-sans-rire sur des sujets totalement absurdes, ou des plaisanteries à ses propres dépens. C'est ce qui a séduit Charles au premier abord. Et ne dit-on pas que les couples qui rient ensemble sont sûrs de rester soudés pour la vie[2] ? »

Mû par le besoin irrépressible de revoir miss Shand, l'héritier de la Couronne entreprend dès lors de rechercher sa présence en toute occasion. Sur les quelques rares photos en noir et blanc prises à l'époque, Camilla, enveloppée dans un manteau de tweed et les cheveux en désordre, prend place dans une limousine au côté de son prince. Dans leur sourire se lit l'insouciance des jeunes gens étourdis par la magie d'un amour naissant. La presse du royaume, pourtant déterminée à ne rater aucun des épisodes de la vie affective du futur roi, ne prête étrangement aucune attention à la jeune femme. Au cours du mois d'octobre, le fils de la reine Elizabeth invite Milla à se rendre chez Annabel's, l'une des boîtes de nuit les plus sélectes de Londres, en compagnie de la princesse Anne et de Gerald Ward, fils d'un grand propriétaire terrien du comté du Berkshire. Leur passion s'exprime pour la première fois dans la pénombre de la piste de danse.

---

1. À en croire une version « autorisée », et beaucoup moins romanesque, de la première rencontre entre Charles et Camilla, les deux jeunes gens auraient été présentés l'un à l'autre par Lucia Santa Cruz, une ex-petite amie du prince, au cours d'une soirée.
2. Caroline Graham, *op. cit.*

« Il ne faut pas désespérer de l'avenir, confie Camilla quelques jours plus tard à l'une de ses proches. Il ressemble rarement à l'idée qu'on s'en fait. » Plus que jamais, elle se sent unie à Alice Keppel par un lien mystérieux. Séduire le prince de Galles lui permet en outre de reprendre confiance dans sa capacité à retrouver un jour le chemin du cœur d'Andrew. Car, si elle s'abandonne sans arrière-pensée à l'ivresse de son flirt avec Charles, elle n'imagine pas avoir le moindre avenir à ses côtés et se sait toujours prise au piège du charme ravageur de son bel officier. Miss Shand aime deux hommes. Pour l'heure, le plus inaccessible des deux est forcément celui dont elle ne peut s'empêcher de rêver.

Avant de la rencontrer, le prince de Galles avait-il connu le véritable sentiment amoureux ? La tradition veut que les fils des grandes familles du royaume soient initiés à leur entrée dans l'âge adulte par des femmes – mariées ou non – plus expérimentées qu'eux en la matière. Le jeune homme aurait ainsi fait son apprentissage de séducteur en 1967 avec Lucia Santa Cruz, la fille de l'ambassadeur du Chili à Londres, lors de sa première année d'études à l'université de Cambridge. À l'époque, Lucia travaille en tant que documentaliste sur les Mémoires de lord Butler, principal du collège de Trinity, où Charles suit un cursus d'histoire. Selon ses propres mots, lord Butler se fait alors « un devoir d'aider le prince à profiter pleinement de ces jours, de plus en plus rares, au cours desquels il lui sera donné d'avoir une vie privée – du moins aussi privée que possible[1] ». Au cours des trois années suivantes, l'héritier du trône nouera ensuite une tendre amitié avec Lucinda Buxton, appelée à devenir l'une des réalisatrices de télévision les plus renommées du royaume, puis une idylle de quelques mois avec Sybilla Dorman, la fille du gouverneur général de Malte, sir Maurice Dorman.

Mais ses multiples obligations officielles, et notamment la fréquence croissante de ses déplacements à l'étranger, se révèlent rapidement autant d'obstacles à l'épanouisse-

---

1. Anthony Holden, *Charles : A Biography.*

ment de sa vie affective. En juillet 1970, il est reçu à la Maison-Blanche par le président Nixon à l'occasion d'un déplacement au Canada et aux États-Unis. À l'automne, il est désigné pour représenter la reine aux cérémonies d'indépendance des îles Fidji avant de repartir pour Paris, où il assiste aux funérailles du général de Gaulle. Dès le début de l'année suivante, il est tenu éloigné de Londres par plusieurs mois d'entraînement à l'école des officiers de la Royal Air Force de Cranwell, dans le comté du Lincolnshire, avant de poursuivre sa formation militaire dans la Marine royale – six semaines au Collège naval royal de Dartmouth, suivies de neuf mois en mer sur le HMS *Norfolk*. En mai 1972, il accompagne ses parents en visite officielle en France. Lorsqu'il fait la connaissance de Camilla, Charles, à vingt-deux ans, a moins d'expérience en amour que la grande majorité des jeunes gens de son âge, et désespère de trouver la compagne compréhensive et aimante avec laquelle partager son existence hors du commun. Sa rencontre avec Milla est un choc. Le remède inespéré à ses angoisses, la preuve qu'il n'est pas seul. Mais rien ne l'a préparé à faire face à la violence des sentiments qu'il éprouve.

Dans sa biographie « autorisée » du prince de Galles [1], le journaliste et auteur Jonathan Dimbleby dresse le portrait psychologique de la jeune femme à l'époque de leur rencontre. « Camilla Shand était jolie et pétillante, et le sourire qui s'affichait en permanence sur ses lèvres se lisait jusque dans ses yeux. Contrairement à la plupart des femmes qu'il avait rencontrées, elle ne faisait preuve d'aucune coquetterie et n'était pas du genre à se pomponner. Elle riait pour un rien et, surtout, pour les mêmes bêtises que lui. Leur humour n'était ni sophistiqué, ni froid, ni condescendant, et était totalement dépourvu de malveillance ou de méchanceté. Comme lui, elle pleurait de rire en écoutant les Goons [2] et ne pouvait résister aux imitations. Le goût prononcé du prince pour

1. Jonathan Dimbleby, *op. cit.*
2. Feuilleton radiophonique diffusé sur la BBC mettant en vedette Peter Sellers, Harry Secombe et Spike Milligan.

l'absurde et l'irrévérence naturelle de Camilla se complétaient à merveille. Elle ne se souciait ni de mode ni de style, et ne se sentait véritablement dans son élément qu'à la campagne, où elle pouvait s'adonner à sa passion pour les chevaux et la chasse. Parfaitement à son aise au contact des classes dirigeantes de la société britannique, elle était en outre familière de leurs traditions. Elle était affectueuse et humble. Avec cette force et cette générosité si caractéristiques du premier grand amour, il comprit, dès le premier regard, que son cœur lui appartiendrait désormais. »

Miss Shand réside à l'époque dans un petit appartement au rez-de-chaussée de Stack House – un immeuble en brique rouge de Cundy Street, dans le quartier de Belgravia –, loué à lady Moyra Campbell, fille du quatrième duc d'Abercorn et d'une proche de Queen Mum. Elle a pour colocataire Virginia Carrington, la fille de lord Carrington, grande figure de la vie politique du royaume et membre du parti conservateur. Jugeant l'endroit peu sûr, et surtout peu discret, Charles demande à sa mère de pouvoir enfin disposer d'appartements privés et indépendants au palais de Buckingham, et persuade son grand-oncle, lord Mountbatten, d'intercéder en sa faveur. Si le vieux lord accède volontiers à la requête du prince, c'est parce qu'il s'avoue particulièrement satisfait du choix de sa dernière conquête. L'héritier de la Couronne semble en effet avoir suivi ses conseils en jetant son dévolu sur une jeune femme dont l'origine sociale garantit la discrétion. À John Barratt, son secrétaire particulier, il confie en outre retrouver en Milla tout ce qui faisait autrefois le charme d'Alice Keppel, qualifiant même leur apparence physique et leur manière d'être d'« extraordinairement ressemblantes ». Mais il sait aussi que l'existence tumultueuse de certains membres de la famille de Camilla – les liaisons « coupables » de Violet Trefusis, ou encore le passé de tombeur impénitent de son grand-père paternel – ne peut lui permettre d'envisager sérieusement un avenir au côté de Charles.

Si la liaison entretenue par miss Shand pendant plusieurs années avec Andrew Parker Bowles fait d'elle une maîtresse expérimentée, capable d'aider le prince à acquérir cette maturité amoureuse qui lui fait encore défaut, elle l'écarte aussi de manière irrémédiable de la liste des candidates au titre de princesse de Galles « agréées » par le palais. En secret, l'ex-vice-roi des Indes espère en fait voir un jour sa petite-fille, Amanda Knatchbull, épouser le fils de la reine Elizabeth. Mais l'adolescente est encore trop jeune pour songer au mariage. En attendant, Milla fera fort bien l'affaire. Leur entourage témoigne de l'« attraction animale » qu'ils exercent l'un sur l'autre. Grâce à sa compagne, l'héritier du trône explore pour la première fois la richesse émotionnelle infinie de l'amour physique. Le prince et sa favorite s'épanouissent par ailleurs dans leur passion commune pour l'architecture, la chasse à courre et l'aquarelle. Sur le plan sexuel comme sur le plan intellectuel, leur complicité est parfaite.

Pendant plusieurs mois, Broadlands, la somptueuse demeure de lord Mountbatten dans le comté du Hampshire, abrite à intervalles réguliers la liaison de Charles et Camilla. Officiellement, les deux jeunes gens sont hébergés dans des chambres séparées, mais les stratagèmes d'« Oncle Dickie » ne trompent personne. « Bien sûr, tout le monde savait qu'ils passaient leurs nuits ensemble, mais c'était le genre de chose dont on ne parlait pas, confie John Barratt. Cela n'avait rien d'étonnant, et personne ne s'en offusquait. C'était comme ça, c'est tout. Camilla était d'ailleurs appréciée de tous. Elle n'avait rien d'une snob, et se montrait toujours charmante avec tout le monde. Elle était aimée du futur roi d'Angleterre, mais n'en profitait pas pour faire valoir une quelconque supériorité sur qui que ce soit [1]. » Le prince de Galles et sa compagne passent aussi plusieurs week-ends à Plumpton. En compagnie des parents de Milla et de ses frère et sœur, Charles goûte aux joies simples de la vie de famille. Tôt le dimanche matin, les habitants du village prennent l'habitude de les voir partir main dans la main pour une longue promenade dans la campagne environnante. Le

1. Caroline Graham, *op. cit.*

prince a l'intime conviction qu'il vient de trouver celle à qui confier ses doutes et ses angoisses, la seule femme au monde capable de l'aider à assumer sereinement son destin de roi, la seule à pouvoir combler le vide affectif dans lequel il n'a jamais cessé de se débattre. Il se sent libre. Fort, enfin. Ses amis lui découvrent une « légèreté nouvelle », comme si la seule présence de Camilla le libérait de « cet égocentrisme forcené où semblait jusqu'ici le cantonner sa condition ». Elle se dit son égale. Elle est en fait la femme de sa vie, son idéal.

Pour quelles raisons accepte-t-elle de revoir Andrew Parker Bowles à son retour d'Allemagne ? Certains membres de leur entourage blâment l'indécision du fils de la reine Elizabeth, incapable, par peur ou par manque de maturité, de proposer à sa maîtresse d'engager sa vie entière à ses côtés. John Barratt affirme quant à lui que l'héritier du trône aurait sauté le pas au cours d'un weekend à Broadlands, en janvier 1972. « Ils étaient tous les deux dans sa chambre. Charles a pris sa main et a murmuré : "Accepterais-tu de m'épouser ?" Elle lui a répondu qu'elle l'aimait, mais qu'elle ne pouvait s'unir à lui[1]. » Au sein d'une famille royale encore empêtrée dans des règles de vie et des traditions d'un autre âge, Milla ne sait que trop bien ce qui l'attend. « À l'époque, il n'a jamais été question de mariage, témoigne Carolyn Benson, l'une de ses amies de longue date. Camilla avait conscience de son statut privilégié, mais elle ne voulait en aucun cas devenir reine[2]. » En fait, elle n'est jamais parvenue à oublier Andrew. Si tendres et sincères soient-ils, les sentiments qu'elle éprouve pour le prince de Galles ne sont en rien comparables à la passion dévorante qui s'est emparée du cœur de Charles. Pour beaucoup, la fin de leur idylle en paraît alors d'autant plus inéluctable.

Dans les dîners en ville, on prétend que miss Shand n'aurait cherché à séduire l'héritier de la Couronne que pour se venger de bien belle façon de la liaison entrete-

---

1. *Ibid.*
2. Nigel Dempster et Peter Evans, *op. cit.*

nue par Andrew avec la princesse Anne pendant plus d'un an. On la dit combative, on la croit surtout déterminée à prouver à l'infidèle sa formidable aptitude à rivaliser avec lui, quel qu'en soit le prix. Milla sait que la fille d'Elizabeth II file désormais le parfait amour avec Mark Phillips, un lieutenant des Dragons de Sa Très Gracieuse Majesté. De son côté, le jeune Parker Bowles s'avoue troublé par le récit des exploits de son ex-compagne. Il est flatté, jaloux, veut la revoir. Au cours des émeutes de Londonderry, en Irlande du Nord, il s'illustre à la tête de son escadron et s'attire, par son courage, la considération et l'estime de sa hiérarchie. Il était sexy, brillant, cavaleur, irrésistible. Le voilà auréolé de prestige et fort de nouvelles victoires. Camilla et Andrew se redécouvrent l'un l'autre, encore plus désirables qu'avant.

En décembre 1972, le prince de Galles embarque sur le HMS *Minerva* en destination des Caraïbes. Considérée comme une étape importante de sa formation de futur chef des armées, cette mission doit l'emmener jusqu'en Amérique du Sud, où, en juillet suivant, il représentera notamment la souveraine lors des cérémonies d'indépendance des Bahamas. Milla vient à bord lui faire ses adieux. « Il me faudra attendre huit mois avant de la revoir », écrit-il tristement à Oncle Dickie. Lord Mountbatten, qui a averti son protégé du danger de laisser sa relation avec miss Shand « devenir trop sérieuse », le croit capable de renoncer à elle sans trop de difficultés. À tort. Le 15 mars 1973, le quotidien *The Times* annonce les fiançailles de Milla et Andrew[1]. Désespéré, Charles s'isole du reste de l'équipage pour tenter de dissimuler son chagrin. Pendant plusieurs semaines, il prend l'habitude de rester chaque jour cloîtré durant de longues heures entre les

---

1. Dans le dernier tome de son *Journal*, l'ancien député Woodrow Wyatt, disparu en 1997, affirme avoir appris d'un proche de la reine mère que Rosalind et Bruce Shand, « qui tenaient beaucoup à ce mariage », auraient plus ou moins forcé la main à leur futur gendre en officialisant ses fiançailles avec leur fille sans l'en avertir au préalable. « Une fois la nouvelle rendue publique, Andrew s'est dit qu'il ne pouvait plus reculer. »

quatre murs de sa cabine. Se blâme-t-il alors de n'avoir pas fait preuve de plus de persuasion dans ses efforts pour convaincre la jeune femme de l'épouser ? Sa fierté et son honneur lui interdisent désormais de lui montrer son amour puisqu'elle est partie pour un autre. Mais il sait aussi qu'il ne l'en désire que davantage.

Le prince est convaincu que cette liaison, qui, en l'espace de six mois, avait déjà réussi à lui donner tant de bonheur, aurait pu durer bien des années encore. « Je suppose que le sentiment de vide que j'éprouve finira par disparaître un jour ou l'autre [1] », écrit-il dans son journal de bord le 27 avril. Début mai, il apprend par une lettre de son père l'annonce imminente des fiançailles de sa sœur, la princesse Anne, avec Mark Phillips. Pour Charles, la nouvelle est un nouveau choc. À ses yeux, ce mariage a tout d'une mésalliance. Plus égoïstement, il craint également que ces premières noces royales n'incitent son entourage à considérer d'un œil moins indulgent son propre statut de célibataire endurci. Lord Mountbatten l'engage à devenir une « cible mouvante », à la fois inaccessible et mystérieuse, forcément irrésistible aux yeux du sexe faible. Toujours prompt à mettre en pratique les conseils de son mentor, Charles se convainc qu'il peut étouffer sa détresse de prétendant éconduit en multipliant les conquêtes sans lendemain.

« Évidemment, il lui était très facile de séduire les femmes, raconte un ancien membre de la Cour. Il lui suffisait de hausser un sourcil ou de claquer des doigts pour qu'elles se plient à ses moindres désirs. Celles d'origine un peu plus modeste, mariées ou pas, tombaient comme des mouches. Il aurait fallu qu'il soit incroyablement fort de caractère pour ne pas coucher dans son lit toutes ces beautés qui se jetaient ainsi à son cou [2]. » Au cours de l'automne 1973, la ravissante Rosie Clifton, fille d'un colonel de l'armée britannique, est régulièrement aperçue au bras du fils de la reine Elizabeth. Leur idylle sera brève. La

---

1. Jonathan Dimbleby, *op. cit.*
2. Graham Turner, « Charles in the Years of Living dangerously », *The Daily Telegraph*, 20 octobre 1998.

jeune femme épousera par la suite Mark Vestey, un partenaire de polo du prince. Georgiana Russell, la fille de l'ambassadeur de Grande-Bretagne en Espagne, sir John Russell, et d'une ex-miss Europe, est elle aussi l'une des premières à bénéficier des faveurs de l'héritier de la Couronne. Présentée par les médias comme parée de toutes les vertus qui font les grandes princesses de Galles, lady Jane Wellesley, fille du huitième duc de Wellington – vingt-deux ans, intelligente et sexy, mais trop attachée à sa liberté de parole et d'action pour songer sérieusement à entrer dans la famille royale –, reste ensuite intimement liée au prince pendant près de trois ans. En décembre 1975, les rédactions de Fleet Street [1] bruissent même de rumeurs faisant état de l'annonce prochaine de leurs fiançailles. « Elle avait le soutien et l'approbation de la reine et du prince Philip, qui, comme tout le monde, trouvait que Jane était une fille splendide, raconte le chroniqueur royal James Whitaker dans son livre, *Settling Down*. En ce qui me concerne, il n'a jamais fait le moindre doute que si Charles l'avait rencontrée six ans plus tard, il aurait fini par l'épouser. » Sans oublier Laura-Jo Watkins, une Américaine, fille de contre-amiral, rencontrée en mars 1974 à l'occasion d'une escale du HMS *Minerva* à San Diego, et méchamment décrite par les tabloïds comme une « Wallis Simpson célibataire » en raison de ses origines. Ni la très belle Davina Sheffield, présentée au prince lors d'une réception chez Jane Wellesley au cours de l'été.

L'héritier du trône s'éprend d'autant plus rapidement d'elle qu'il la découvre pleine d'esprit et douée de grandes qualités de cœur. Après avoir brillamment passé tous les « tests » imposés par le prince à ses petites amies « sérieuses » – un match de polo, une partie de pêche, un week-end à Balmoral et un déjeuner avec la souveraine au château de Windsor –, Davina voit ses espoirs brutalement anéantis par les déclarations dans la presse de l'un de ses

---

1. Au XIXe siècle, cette rue du quartier de Holborn et ses environs immédiats abritaient le siège de la quasi-totalité des grands quotidiens du royaume, ainsi que leurs imprimeries. La plupart des groupes de presse ont quitté le quartier après la fin de la Seconde Guerre mondiale.

anciens soupirants. Interrogé par un tabloïd, ce dernier raconte avoir vécu quelque temps avec miss Sheffield dans un ravissant cottage des environs de Winchester. L'information jetant un doute raisonnable sur la virginité de l'intéressée, Oncle Dickie obtient, non sans mal, de son « neveu » qu'il mette un terme à leur relation. « Je suis tombé amoureux de jeunes filles toutes très différentes les unes des autres, et j'ai fermement l'intention de continuer, déclare le futur roi dans une interview. J'ai surtout pris garde à ne pas épouser la première d'entre elles, car la passion ne mène pas forcément au mariage. À partir de trente ans, c'est différent. Vous êtes sûr d'avoir déjà une solide expérience de la vie, vous avez fréquenté un certain nombre de femmes, cerné leur personnalité, appris à les connaître. En bref, vous avez eu le temps et la possibilité de vous faire une idée assez complète sur la question. C'est pourquoi je ne conseillerais à personne de se marier trop jeune. On doit alors passer à côté de tant de choses[1]... »

Le 4 juillet 1973, Camilla épouse Andrew Parker Bowles à la Chapelle des Gardes située dans Birdcage Walk, à deux pas du palais de Buckingham. L'événement est alors présenté comme « le mariage de l'année ». Bien que trois cents chaises supplémentaires aient été disposées dans la nef, plusieurs dizaines d'invités, ne sachant où prendre place, se retrouvent contraints d'assister à la cérémonie debout au fond de l'église. Ce jour-là, la présence de la reine mère et de la princesse Anne, installées comme il se doit au premier rang de l'assistance, témoigne de l'approbation de la famille royale. La réception donnée au Saint-James Club réunit tout ce que le Londres de l'époque compte de gens influents et bien nés. On y voit même la princesse Margaret lever son verre en l'honneur du couple. Resplendissante dans une robe dessinée par Belville Sassoon, l'un des créateurs attitrés d'Elizabeth II, Camilla, tout à son nouveau bonheur, ne paraît pas affectée outre mesure par l'absence de Charles. Le prince de Galles, toujours posté à bord du HMS *Minerva*, a envoyé un télé-

---

1. Nigel Dempster et Peter Evans, *op. cit.*

gramme de félicitations dans lequel il se dit retenu par ses obligations. Mais personne n'est dupe. L'héritier de la Couronne est maintenant convaincu que sa formation de futur roi ne pourra s'accomplir qu'au détriment de son épanouissement personnel. Il se sait incapable de partager le bonheur de son ex-compagne, incapable, aussi, d'affronter les regards compatissants des membres de sa famille et de tous ces invités qui, il en est sûr, n'ignorent rien de son désarroi.

Après une courte lune de miel au Cap-d'Ail, dans le sud de la France, le couple Parker Bowles emménage à Bolehyde Manor, une magnifique demeure de style Tudor située dans les environs de Chippenham, dans le comté du Wiltshire. Promu au rang de major, Andrew est cantonné tout au long de la semaine dans sa caserne londonienne et ne rejoint sa jeune épouse que le vendredi en fin de journée. Au cours des premiers mois de son mariage, Milla passe le plus clair de son temps à travailler à l'aménagement et à la décoration de sa nouvelle maison. Rapidement, elle se distingue des autres femmes d'officier en boudant les manifestations qui rythment la vie du régiment. « Elle était beaucoup plus heureuse lorsqu'elle restait chez elle à jardiner entourée de ses chiens, se souvient l'une d'entre elles. Dans le fond, elle a toujours été faite pour vivre à la campagne[1]. »

En décembre 1973, le prince renoue le contact avec son ex-compagne. Charles et Camilla prennent l'habitude de s'écrire de longues lettres. Elle lui raconte les mille petits bonheurs de son quotidien. Il lui confie ses doutes et ses espoirs, et, surtout, sa peur de l'avenir. Entre eux subsiste cette délicieuse intimité que l'on dit propre aux anciens amants. Tour à tour complice et figure maternelle, Mrs. Parker Bowles se montre loyale, tendre, attentive et bienveillante. Avec elle, le fils aîné de la souveraine peut enfin partager la tristesse et les désillusions de ses amours de passage. « Camilla ne juge jamais Charles, témoigne l'un de leurs proches. Il lui arrive d'être ferme

1. Caroline Graham, *op. cit.*

avec lui, mais ses remarques sont justes et objectives, et ses commentaires toujours bien vus. D'ailleurs, il la sait totalement désintéressée. Elle fera toujours en sorte de lui donner le meilleur conseil possible. Elle est la seule à lui dire toujours la vérité[1]. » Bientôt, plus un seul jour ne passe sans que l'héritier de la Couronne téléphone à Bolehyde Manor. Pendant cinq ans, les deux anciens amants se voient peu, mais ne se cachent rien de leurs vies privées respectives. Le 18 décembre 1974, la jeune femme donne naissance à un petit garçon baptisé Thomas Henry Charles. À la demande d'Andrew et de Milla, le successeur d'Elizabeth II accepte d'être son parrain.

Le prince admet volontiers « tomber amoureux facilement ». Toute à sa hâte de le voir marié, la presse du royaume dresse régulièrement la liste de ses conquêtes – avérées ou non. À la fin des années 1970, elle en a déjà dénombré plus de soixante. Qui sont-elles ? Lady Leonora Grosvenor, fille du duc de Westminster, et sa sœur lady Jane ; lady Victoria et lady Caroline Percy – elle-même un ancien flirt d'Andrew Parker Bowles –, filles du duc de Northumberland ; la très souriante Bettina Lindsay, la fille de lord Balniel, pour qui Charles, dit-on, eut un temps « beaucoup d'affection » ; lady Cecil Kerr, la fille du marquis de Lothian ; lady Henrietta Fitzroy, la fille du duc de Grafton ; lady Charlotte Manners, la fille du duc de Rutland ; Angela Nevill, la fille de lord Rupert Nevill, alors secrétaire particulier du prince Philip. « Son altesse royale est un homme qui fait la cour avec des fleurs et des mots tendres à la lumière tamisée des chandelles, raconte le chroniqueur royal James Whitaker en observateur averti de la vie affective de son futur roi. En fin de soirée, il dépose sa petite amie chez elle et, souvent, il n'est pas plus tôt de retour dans ses appartements du palais de Buckingham qu'il la rappelle au téléphone, parfois pendant plus d'une heure, pour lui dire à nouveau des mots doux[2]. » En matière de séduction, le prince aime prendre son temps.

Quelques jeunes femmes connaissent l'insigne honneur

---

1. *Ibid.*
2. James Whitaker, *Settling Down.*

d'être invitées aux châteaux de Sandringham, dans le Norfolk, ou de Balmoral, en Écosse. Certaines ont le bonheur de plaire à la reine Elizabeth et au duc d'Édimbourg. D'autres pas. La pêche à la truite ou au saumon étant l'un des passe-temps favoris de Charles, les postulantes au « job » de princesse de Galles – une expression employée par l'ensemble du personnel de la Maison royale – voient leur patience éprouvée par de longs après-midis passés à contempler leur compagnon plongé jusqu'à mi-cuisse dans les eaux glacées de la rivière Dee. Plusieurs avoueront en outre, par la suite, avoir eu les plus grandes difficultés à composer avec la présence permanente des officiers de Scotland Yard chargés de veiller à la sécurité du jeune Windsor. « Le fait de se retrouver dans l'intimité avec l'héritier du trône est déjà suffisamment inhibant en soi sans avoir en plus à penser constamment que vous faites attendre quelqu'un derrière la porte », confiera l'une d'entre elles à James Whitaker[1].

À l'approche de son trentième anniversaire – limite qu'il s'est lui-même fixée pour convoler en justes noces –, Charles se découvre un intérêt nouveau pour les actrices. En 1977, il fait la connaissance de Farrah Fawcett lors d'un séjour aux États-Unis. La star de *Drôles de dames* donnera plusieurs interviews témoignant de son « admiration » pour le fils de la reine Elizabeth, ce qui, apparemment, contribuera à mettre un terme prématuré à leur amitié. Un an plus tard, le prince s'éprend de Susan George, une ravissante comédienne britannique qui, à l'époque, doit sa notoriété au viol dont elle est victime dans *Les Chiens de paille*, le film de Sam Peckinpah. Entre-temps, la presse lui prête une relation stable avec lady Sarah, la fille aînée du comte Spencer. Au bout de quelques mois, cette dernière se laisse imprudemment aller à quelques confidences en présence d'un journaliste. « Je le considère comme ce grand frère que je n'ai jamais eu. En aucun cas je ne me marierais avec un homme pour lequel je n'éprouve pas d'amour, qu'il soit

1. *Ibid.*

l'homme de ménage ou le roi d'Angleterre. S'il me demandait de l'épouser, je lui dirais non. » Sarah ne s'est pas contentée de ne pas respecter la consigne de silence imposée à toutes les conquêtes du prince. Elle a surtout commis l'impardonnable en froissant son amour-propre.

Irrésistiblement attiré par le modèle de vie de famille incarné par Andrew et Camilla, Charles se fait un visiteur de plus en plus régulier à Bolehyde Manor. L'héritier du trône a le sentiment d'avoir été privé d'affection maternelle lorsqu'il était enfant et s'estime incompris de son père, le prince Philip. C'est avec un mélange d'envie et d'admiration qu'il observe Milla partager les jeux de son fils, assise sur le tapis du salon éclairé par un grand feu de cheminée. « On voyait le prince tourner en rond dans la cuisine pendant qu'elle préparait le dîner, se souvient aussi l'un de ses amis. Lorsque les invités arrivaient, il disparaissait à l'étage en emportant son repas sur un plateau. Lorsqu'ils partaient, il redescendait et reprenait la conversation là où il l'avait laissée[1]. » Andrew ne paraît pas s'émouvoir outre mesure de la fréquence des visites de Charles. Les deux hommes se connaissent depuis longtemps et s'apprécient. De parties de pique-nique en longues promenades dans la campagne du Wiltshire, le prince de Galles est de toutes les sorties en famille. De nombreux camarades de l'officier désapprouvent pourtant la tolérance « excessive » dont il fait preuve, tout comme son empressement à se montrer un hôte irréprochable vis-à-vis de son illustre ami. « Souvent, raconte l'un des anciens membres du Club de polo des gardes, quand on lui demandait d'arbitrer une rencontre après qu'il eut lui-même fini de jouer, il nous faisait la réponse suivante : "Vous me voyez terriblement désolé, mais le devoir royal m'appelle ailleurs." Et il repartait, sans doute parce que Charles attendait qu'il vienne lui servir à boire[2]. »

Lorsque, en 1979, Mrs. Parker Bowles donne naissance à une petite fille prénommée Laura Rose, il est probable

---

1. Christopher Wilson, *A Greater Love : Charles & Camilla.*
2. *Ibid.*

qu'elle occupe à nouveau jour et nuit les pensées du fils de la reine Elizabeth. Bientôt, Charles et Camilla admettent qu'ils ne peuvent résister plus longtemps à leurs sentiments. La liberté que s'autorisent mutuellement les Parker Bowles n'est considérée par personne comme un manquement au code de bonne conduite traditionnellement adopté par les gens de leur condition. La promiscuité sexuelle entre gens du beau monde se pratique selon des règles bien établies et communément admises par tous. Certains voient dans les vœux de fidélité prononcés par les époux autant de faux-semblants destinés à préserver la suprématie des apparences. D'autres considèrent paradoxalement la vénérable institution du mariage comme la seule capable de permettre aux femmes d'affirmer leur indépendance, sans pour autant compromettre leur respectabilité. La presse satirique du royaume peut bien s'étonner de voir l'Aston Martin Volante du prince de Galles aussi souvent garée à proximité de Bolehyde Manor, Andrew et Camilla ne songent pas un instant à divorcer. S'ils mènent désormais deux existences parallèles, leur connivence reste parfaite. L'affection qu'ils éprouvent l'un pour l'autre, intacte.

Monarchiste dans l'âme et déterminée à servir la Couronne à sa manière, Milla encourage son amant à chercher une épouse et se fait plus que jamais le juge impitoyable de chacune de ses conquêtes. Épanouie dans son rôle de mère et, surtout, persuadée de la solidité de son mariage, elle se sent enfin libre de prendre dans la vie du prince la place autrefois occupée par Alice Keppel dans celle du fils aîné de la reine Victoria. De son côté, Andrew a parfaitement conscience de la véritable nature des liens qui unissent sa femme à l'héritier du trône d'Angleterre et entend bien continuer à gérer la situation avec le panache dont il est coutumier. Au début de l'année 1980, le lieutenant-colonel Parker Bowles est muté en Rhodésie auprès du gouverneur lord Soames, chargé par le gouvernement de Margaret Thatcher de guider le pays sur la voie de l'indépendance. Sa mission : assurer la liaison entre les autorités britanniques et la guérilla. Peu de temps après son arrivée, il tombe éperdument amoureux de Charlotte, la fille du gouverneur. Au sein de la petite communauté anglaise de Salisbury, de nombreux récits font état des courageuses expéditions menées en solitaire par Andrew à la rencontre des groupes armés retranchés dans la brousse. Subjuguée, Charlotte ne peut lui résister.

Charles et sa maîtresse prennent l'habitude de se retrouver chez Sonia Cubitt, la grand-mère de Camilla, dans sa résidence de Hall Place, située à East Meon, dans le comté du Hampshire. Le fils de la reine Elizabeth peut rarement se rendre disponible avant la fin de l'après-midi, mais prend toujours le temps de discuter avec son hôtesse avant de disparaître pour quelques heures en compagnie de son grand amour. En mars, tous deux font leur première apparition publique à Plumpton. L'héritier de la Couronne crée l'événement en participant à une course de chevaux organisée au profit du Fonds de soutien aux jockeys handicapés. « Le prince arborait ce jour-là les couleurs noir et or du millionnaire américain Paul Mellon, raconte Brigid Chapman, spécialiste de l'histoire du comté du Sussex. Bien que grand favori, il n'a terminé que deuxième sur Long Wharf derrière un outsider monté par un journaliste sportif de la BBC. Du coup, à l'arrivée, il a tenu à s'adresser aux cinq mille spectateurs qui s'étaient déplacés pour le voir. “Je me suis beaucoup amusé, a-t-il dit, mais je présente mes excuses à ceux qui ont misé de l'argent sur mon cheval [1].” » Ce jour-là, les correspondants de la presse locale font mine de ne pas prêter attention à la présence de Mrs. Parker Bowles à ses côtés. Le petit village coquet du Sussex où a grandi la jeune femme est redevenu l'un des lieux de retrouvailles favoris des deux amants. Même si Rosalind Shand s'avoue plus troublée que son mari par cette idylle aux allures de pirouette de l'Histoire, l'héritier du trône est toujours accueilli chaleureusement aux Laines. Les habitants de Plumpton font vœu de protéger de leur silence les rendez-vous de Charles et Milla. Leur passion renaissante est rendue plus forte encore par leur nouvelle maturité. Ils se découvrent des sentiments plus

1. Brigid Chapman, *Royal Visitors to Sussex*, CGB Cliffe.

intenses et plus profonds que ceux qui les avaient déjà unis par le passé.

Mi-avril, le futur roi s'envole pour la Rhodésie[1], dont il doit présider les cérémonies d'indépendance. Sur place, son escorte officielle n'est autre que Mrs. Parker Bowles, dont le mari, lui, vient pourtant tout juste de regagner Londres. Le ministère des Affaires étrangères s'émeut et les conseillers de la reine Elizabeth enragent, mais tout ce petit monde s'applique en priorité à donner à l'affaire une apparence de respectabilité. « À Buckingham, on a toujours été plutôt content de voir Charles s'afficher en compagnie de femmes mariées et heureuses en ménage, pour la bonne raison que cela ne peut donner lieu à des rumeurs », commente sobrement le quotidien *Daily Mail*, le 11 avril 1980. De toute façon, le prince et sa maîtresse se moquent du qu'en-dira-t-on et n'ont pas l'intention de chercher à cacher plus longtemps leur amour. Afin de s'épargner un embarras supplémentaire, le gouverneur Soames et sa femme persuadent leur fille, Charlotte, de rentrer en Angleterre avant l'arrivée de Camilla.

Quelques semaines après son retour d'Afrique, l'héritier de la Couronne est l'invité d'honneur du grand bal donné par le Club de polo de Cirencester. Organisée deux fois par an, la manifestation réunit quelque trois cent cinquante convives triés sur le volet à l'abri d'une large tente, dressée sur la pelouse du parc de la somptueuse demeure du comte Bathurst. « Ce qui s'est passé ce soir-là était pour le moins ahurissant, se souvient l'un des convives. Charles était à la même table que les Parker Bowles et a passé toute la soirée à danser avec Milla. On les voyait s'embrasser avec passion, et Andrew ne savait trop comment réagir. Il restait assis et souriait tout en répétant à qui voulait l'entendre : "Son altesse royale a beaucoup d'affection pour ma femme, et apparemment, c'est réciproque[2]." »

---

1. Qui accède à l'indépendance le 18 avril sous le nom de Zimbabwe.
2. Christopher Wilson, *A Greater Love : Charles and Camilla*.

Elizabeth II a-t-elle été informée de la conduite de son fils ? Si tel est le cas, elle n'en montre rien. « Ceux qui connaissent bien la reine pensent qu'elle aurait considéré [cette affaire] comme parfaitement inoffensive, affirme le journaliste et écrivain Graham Turner dans le quotidien *The Daily Telegraph*. Camilla étant mariée, leur liaison, à ses yeux, n'avait forcément aucun avenir. "La nouvelle n'aurait en aucun cas surpris la souveraine, témoigne un représentant du clergé dont cette dernière a été proche pendant de nombreuses années. Sa réaction aurait été de trouver tout cela finalement très naturel venant d'un jeune homme aussi passionné. Je me souviens d'ailleurs d'un commentaire qu'elle avait fait un jour à propos de quelqu'un d'autre : "Il a une maîtresse, la belle affaire[1]..." »

L'histoire de la famille royale d'Angleterre montre que les princes de Galles qui se sont succédé ont souvent eu un faible pour les femmes mariées. La vie affective mouvementée du prédécesseur de Charles, appelé à régner brièvement sous le nom d'Edward VIII avant de devenir l'un des grands parias de l'institution monarchique en tant que duc de Windsor, est elle aussi révélatrice de leur empressement à rechercher la compagnie de ces « amies » à la dévotion et à la discrétion sans faille. Si Parker Bowles occupe une place à part dans le cœur de son amant, lady Tryon, dite « Kanga », l'épouse de l'un des amis proches du prince, réputée comme l'une des hôtesses les plus brillantes de la haute société londonienne, remplit elle aussi depuis longtemps la fonction enviée entre toutes de confidente de l'héritier du trône. L'une et l'autre connaissent les goûts du jeune homme en matière de femmes et, conscientes de leurs « responsabilités » envers la Couronne, se sont donné pour mission de l'aider à dénicher la compagne idéale. « Camilla a toujours conseillé à Charles de se trouver une épouse plus jeune que lui, trop jeune en tout cas pour avoir eu le temps d'affirmer sa personnalité ou de se forger des opinions personnelles sur un certain

1. *The Daily Telegraph*, 8 janvier 2002.

nombre de questions, raconte l'un des membres de son entourage. Son expression favorite était "une femme dont la présence ne causerait pas trop de dérangement[1]". »

En novembre 1978, Queen Mum suggère à son petit-fils d'inviter les trois filles du comte Spencer à la réception donnée au palais de Buckingham en l'honneur de son trentième anniversaire. Bien que presque octogénaire, la reine mère n'a rien perdu de son talent ni de son goût pour les intrigues de Cour, et cette initiative est en fait bien moins désintéressée qu'il n'y paraît au premier abord. La doyenne des Windsor entend bien contrecarrer par tous les moyens les stratagèmes échafaudés par lord Mountbatten – pour lequel elle éprouve depuis toujours une franche antipathie – dans le but de jeter Amanda Knatchbull, maintenant âgée de vingt et un ans, dans les bras de l'héritier de la Couronne. Elle reproche à l'ancien vice-roi des Indes d'avoir bradé avec légèreté les derniers vestiges de l'Empire, et en veut à Oncle Dickie d'inspirer au prince de Galles des théories qu'elle désapprouve sur la réforme, pourtant nécessaire, de la monarchie. Mais, plus que tout, Queen Mum n'a jamais pardonné au vieux lord d'avoir imposé à la famille royale son très séduisant neveu, le prince Philip, après avoir tout fait pour que la future Elizabeth II en tombe éperdument amoureuse. Cette fois, « Granny » entend bien voir son petit-fils épouser la femme qu'*elle* aura choisie pour lui, ou tout au moins celle dont les qualités – et le pedigree – mériteront son approbation.

La reine mère remarque pour la première fois Diana en 1972, lors d'un service religieux célébré en mémoire de la grand-mère paternelle de celle-ci. Six ans plus tard, le mariage de Jane Spencer et de Robert Fellowes lui donne l'occasion d'échanger quelques mots avec l'adolescente, dont le naturel, la beauté et la grâce tout aristocratique lui font alors forte impression. Selon Nigel Dempster, le mieux informé des chroniqueurs mondains de l'époque, « plus elle y pensait, et plus Diana Spencer lui paraissait être la jeune femme idéale. La chère petite était bien "l'une

1. Caroline Graham, *op. cit.*

des nôtres" et, à y regarder d'un peu plus près, n'était pas sans lui ressembler à la veille de son propre mariage. Jolie, vierge et fille de comte… Avec un peu d'entraînement et quelques conseils – qu'elle se faisait par avance une joie de lui prodiguer –, Diana serait parfaite pour lui succéder[1] ».

Si, de tous ses petits-enfants, Charles est le préféré de Queen Mum, c'est sans doute parce qu'elle détecte en lui nombre de traits de personnalité semblables à ceux de son défunt mari, le roi George VI. Comme son grand-père, le jeune prince de Galles est un être sensible et doux, plutôt timide et nerveux de nature. La doyenne des Windsor, qui ne s'est jamais très bien entendue avec son gendre, croit en outre pouvoir comparer la tyrannie et les pressions autrefois exercées par son beau-père, le roi George V, sur ses fils, avec celles subies par Charles lorsqu'il était enfant. Depuis longtemps, elle s'est donné pour mission de tenir auprès de son petit-fils le rôle qu'elle avait eu tant de plaisir et de fierté à remplir au côté de son époux. Elle sait être la seule personne au monde capable de fléchir la volonté de la reine Elizabeth, et ne craint pas les colères du prince Philip. De toute évidence, l'héritier de la Couronne aura besoin de la force de sa grand-mère s'il veut, à terme, réussir à imposer ses propres choix. Elle est sa meilleure amie, son alliée. Son plus indispensable soutien. Décrite par la suite comme la plus belle et la plus réussie de toutes les fêtes données à Londres en 1978, la soirée d'anniversaire en l'honneur de Charles réunit les représentants des principales cours royales d'Europe et tout ce que le royaume compte de personnalités influentes, d'artistes connus et d'aristocrates distingués. Des trois sœurs Spencer, seule Sarah a le privilège de danser avec le prince de Galles. Tout à sa joie de se retrouver en compagnie de Camilla Parker Bowles et de Kanga Tryon, et tout à son plaisir de flirter avec l'actrice Susan George, l'héritier du trône ne remarque pas la présence de Diana. Mais il en faudrait davantage pour entamer la détermination de Queen Mum à mener à bien ses projets.

---

1. Nigel Dempster et Peter Evans, *op. cit.*

Née le 1er juillet 1961 à Park House, sur les terres du château de Sandringham, la cadette du huitième comte Spencer est l'une de ces jeunes femmes bien nées personnifiant les valeurs de l'aristocratie britannique et consciente de la mission dont elle a été investie à la naissance : grandir dans le respect des principes inculqués par ses parents, se marier, et avoir des enfants auxquels elle se devra d'enseigner à son tour le mode de vie des gens de leur condition. Éleveurs de moutons au XVe siècle, les Spencer ont fait fortune et uni leurs filles aux héritiers de quelques-unes des plus nobles et plus anciennes familles de Grande-Bretagne avant de se retrouver affectés à de prestigieuses fonctions dans l'entourage des rois d'Angleterre. En juin 1954, la reine Elizabeth en personne assiste au « mariage de l'année » entre Edward John Spencer, alors vicomte d'Althorp, et l'honorable Frances Roche, fille du quatrième baron Fermoy, grand propriétaire terrien du Norfolk et ami du roi George VI. Quinze ans plus tard, au terme d'une longue et douloureuse procédure de divorce qui verra la haute société du royaume prendre unanimement – et particulièrement injustement – fait et cause pour « Johnnie », les quatre enfants du couple, Sarah, Jane, Diana et Charles sont confiés à la garde de ce dernier. « Je ne me marierai que le jour où je serai certaine d'être amoureuse, déclare la future princesse de Galles à sa nurse. Comme ça, je serai sûre de ne jamais divorcer. »

En 1975, le vicomte hérite du titre de comte Spencer à la mort de son père, ainsi que du somptueux domaine familial d'Althorp, dans le comté du Northamptonshire. Deux ans plus tard, il épouse en secondes noces la fille de Barbara Cartland, Raine, dont le moins que l'on puisse dire est qu'elle s'attire d'emblée l'antipathie des enfants de son nouveau mari. À dix-sept ans, Diana obtient de ses parents l'autorisation de s'installer pour quelque temps dans le pied-à-terre londonien de sa mère, situé sur Cadogan Square, dans le quartier de Chelsea, en compagnie de deux colocataires, Laura Greig, une amie d'enfance, et Sophie Kimball, la fille d'un député conservateur, dont elle a fait la connaissance en Suisse quelques mois plus tôt. Sans diplôme ni idée précise sur la manière dont elle souhaiterait conduire sa vie, la jeune femme enchaîne les petits boulots – hôtesse, serveuse dans des dîners chics, baby-sitter au service de familles comme il faut –, en attendant de trouver le moyen d'accomplir enfin sa légende personnelle. L'existence que mène alors Diana est décrite comme « calme, presque ordinaire. Elle ne fume pas, ne boit jamais d'alcool et préfère passer son temps libre à lire, à regarder la télévision, à rendre visite à des amis ou à sortir dîner dans de modestes bistros [1] ». La jeune lady se dit elle-même « pas intéressée du tout par le fait d'avoir un agenda bien rempli », et se dépeint comme « une solitaire, à la fois par inclination et par habitude [2] ».

À l'automne 1978, la cadette des Spencer s'inscrit à des cours de cuisine à Wimbledon et accepte d'être engagée comme femme de ménage par sa sœur aînée, lady Jane – mariée depuis peu à Robert Fellowes, secrétaire particulier adjoint de la reine Elizabeth –, au tarif de 10 francs l'heure. Le 15 novembre, date de la grande soirée organisée en l'honneur du trentième anniversaire de Charles au palais de Buckingham, c'est en quelque sorte une Cendrillon des temps modernes qui se rend au bal. Surprise d'y avoir été invitée. Follement heureuse à la pensée de faire enfin ses premiers pas au sein de cette brillante société dont il lui reste encore tout à apprendre. Son cavalier d'un soir, le joueur de polo Luis Basualdo, la décrira comme « très timide et très naïve ». Le monde devra encore patienter dix-huit mois avant que le prince de Galles remarque enfin sa lady Di.

Une légende tenace veut que le fils aîné de la souveraine se soit penché au-dessus du berceau de sa future femme quelques semaines seulement après sa naissance, dans une chambre de Park House. Les deux jeunes gens se croisent à nouveau seize ans plus tard, lors d'un week-end de chasse sur les terres d'Althorp auquel le prince a été convié par Sarah. « Ma première impression a été :

---

1. Anthony Holden, *op. cit.*
2. Andrew Morton, *Diana : Her True Story In Her Own Words.*

“mon Dieu, que cet homme a l’air triste”, racontera Diana. Ma sœur était tout le temps après lui, et je me disais qu’il devait sûrement détester ça. Moi, je me tenais à l’écart. À l’époque, j’étais un peu grassouillette, je ne portais pas de maquillage, mais je faisais beaucoup de bruit à moi toute seule et je crois qu’il aimait ça. Après dîner, il est venu vers moi, nous avons dansé un long moment, et puis il m’a demandé si j’accepterais de lui faire visiter la galerie du château. C’est là que Sarah est arrivée et m’a demandé de filer. Je lui ai dit : “Au moins, laisse-moi te montrer où sont les interrupteurs, parce que, sinon, tu ne les trouveras pas.” Et je suis partie. Je me souviens d’avoir pensé que Charles était le charme fait homme[1]. »

En janvier 1978, Diana est invitée à son tour à un long week-end de chasse et de fêtes organisé par Elizabeth II au château de Sandringham. À l’époque, les chroniqueurs royaux en déduisent qu’elle a été repérée par la reine comme une future femme possible pour son deuxième fils, le prince Andrew. De son côté, le prince de Galles admet pour la première fois publiquement qu’il lui faut songer sérieusement à se marier. Devant l’Association des proviseurs de Grande-Bretagne, il raconte avoir reçu une carte postale portant ces mots : « Ce dont vous avez besoin, c’est d’une bonne épouse », et se déclare « tout à fait d’accord ». En privé, le jeune homme avoue pourtant peiner encore à s’en convaincre lui-même. « Quelle femme au monde pourrait supporter tout ça ? demande-t-il à l’une des amies de sa mère au cours d’un déjeuner au château de Windsor. Et surtout, me supporter moi[2] ? »

À ses yeux, personne ne sera jamais capable de rivaliser avec Camilla Parker Bowles, sa « meilleure amie », sa confidente, devenue au fil des années « une source de réconfort vitale ». Cédant à l’affectueuse pression de lord Mountbatten, il entreprend toutefois de faire mieux connaissance avec Amanda Knatchbull, et, séduit par son

---

1. *Ibid.*
2. Anthony Holden, *op. cit.*

esprit tout autant que par ses grandes qualités de cœur, croit déceler en elle l'étoffe d'une princesse. Au cours de l'été 1979, Charles la demande en mariage à bord du yacht royal *Britannia*. Trop sensée pour se laisser prendre au piège d'un fabuleux destin dont elle n'a jamais réellement voulu, trop intelligente, aussi, pour croire que la profonde amitié qui l'unit depuis des années à l'héritier de la Couronne peut encore se changer en amour, la petite-fille d'Oncle Dickie décline gentiment la proposition qui lui est faite. Quelques semaines plus tard, l'ex-vice-roi des Indes est victime d'un attentat de l'IRA au cours duquel périt également le petit frère d'Amanda, Nicolas. Assommés par le chagrin, les deux jeunes gens comprennent aussi que leur idylle ne survivra pas au drame.

Dans cette épreuve, Camilla s'impose encore une fois aux yeux de Charles comme son meilleur et plus sûr soutien. Il la supplie de quitter son mari. Mais elle craint le scandale, et ne peut se résoudre au divorce. Désemparé, en proie à un sentiment de solitude et d'abandon contre lequel il se sent impuissant à lutter, le prince n'en mesure que davantage la force des sentiments qu'il éprouve pour Mrs. Parker Bowles, et tente d'échapper à son désespoir dans la compagnie d'autres femmes. La quête spirituelle et mystique qu'il entame à cette époque est interprétée par plusieurs membres de son entourage comme la manifestation de son immense détresse affective. Zoe Sallis, une actrice d'origine indienne, devient sa maîtresse et entreprend de lui faire découvrir l'enseignement des sages de l'Orient. Le futur roi se fait végétarien, laisse tomber la chasse et tente de familiariser certains de ses conseillers avec le concept de transmigration des âmes. Edward Adeane, son secrétaire particulier, supplie les amis de l'héritier du trône d'intervenir. Devant leur impuissance, il en appelle à la souveraine. Charles plie devant les remontrances de sa mère. Au moins pour un temps.

Deuxième sujet d'irritation et d'inquiétude pour le palais : une liaison, abondamment commentée par les chroniqueurs royaux de Fleet Street, avec Sabrina Guinness. Issue de la célèbre famille de brasseurs irlandais, cette dernière a le tort d'avoir « un passé ». Longtemps décrite comme une figure incontournable de la vie nocturne londonienne, elle a eu pour « amis » David Bowie, Mick Jagger, Rod Stewart et Jack Nicholson. Pendant plusieurs mois, la jeune femme tente de modifier radicalement son image en troquant sa garde-robe de night-clubeuse contre des imperméables, des robes à fleurs et des tailleurs de tweed. En vain. Lors d'un séjour à Balmoral, elle commet la double erreur de s'asseoir, sans y avoir été priée au préalable par Elizabeth II, sur une chaise ayant autrefois appartenu à la reine Victoria. Sa Très Gracieuse Majesté en profite pour assener à Sabrina un « Veuillez vous installer ailleurs ! » qui ne laisse personne dans l'ignorance du peu de considération qu'elle lui porte. Selon le biographe Anthony Holden, le prince Philip l'attire alors discrètement à l'écart et lui demande de sortir de l'existence de son fils. Au cours de l'été 1979, la relation du prince de Galles avec Jane Ward, la ravissante adjointe du directeur du Club de polo des gardes de Windsor, alimente à son tour les conversations de couloir à Buckingham, et donne à Queen Mum quelque raison supplémentaire de se faire du souci. Charmante, mais fâcheusement divorcée d'un capitaine des hussards, Jane, assiégée par les journalistes, livre à la presse quelques impressions anodines sur sa relation avec l'héritier de la Couronne et se retrouve immédiatement bannie de son entourage. Sans même avoir eu ni le temps ni la possibilité de s'expliquer.

En novembre, Charles tombe amoureux de la très belle Anna Wallace. D'origine écossaise, sa nouvelle conquête a trop de tempérament pour songer sérieusement à entrer dans la famille royale – elle déclinera d'ailleurs sa demande en mariage – et, surtout, pour tolérer la légèreté avec laquelle le jeune homme agit parfois vis-à-vis de ses petites amies. En juin 1980, lors d'un bal organisé en l'honneur du quatre-vingtième anniversaire de la reine mère, elle s'en prend bruyamment au prince en l'accusant de la délaisser au profit de ses autres invités. « Je ne laisserai jamais personne me traiter de la sorte, lui criet-elle. Pas même vous ! » Quelques semaines plus tard, le fils de la reine Elizabeth retrouve Mrs. Parker Bowles à l'occasion d'un autre bal, donné cette fois par lord Vestey dans sa propriété du Gloucestershire. Danse après danse, Charles en oublie la présence d'Anna qui, humiliée, quitte la réception et fait le serment de ne plus jamais le revoir. Mais qu'importe. Puisque, de toute façon, elle ne s'entendait pas avec Camilla. Dès le début de son idylle avec l'héritier du trône, miss Wallace s'était en effet rendu compte de l'emprise exercée sur lui par sa « meilleure amie », et avait jugé parfaitement inconcevable d'avoir à partager sa vie de couple avec une autre. De son côté, Milla, qui craignait peut-être le tempérament très affirmé d'Anna tout comme la séduction qu'elle exerçait naturellement sur les hommes, avait rangé sa rivale dans la catégorie des femmes « inconstantes », pour ne pas dire volages.

Après ce nouvel échec, le prince semble renoncer pour un temps à faire des projets sérieux de mariage, et paraît même prêt à tout pour décourager les jeunes filles qu'il rencontre de s'intéresser à lui. « Pour ses amis, il ne fait alors plus aucun doute que la nature profonde de Charles est en fait celle d'un célibataire, raconte Anthony Holden. Sans la malheureuse obligation dans laquelle il se trouvait alors d'avoir des héritiers, il n'est pas impensable que le prince ait finalement décidé de vivre seul, choisissant pour se divertir la compagnie de femmes discrètes et bien nées, mariées ou non, et pour cadre de ses amours les résidences de campagne de ses amis, loin des regards trop curieux. Dans ces milieux aveuglément dévoués à la monarchie, Andrew Parker Bowles n'était pas le seul mari préparé à fermer les yeux[1]. »

---

1. Anthony Holden, *op. cit.*

4

Diana

« Il comprit que s'il décidait de tout annuler,
il ruinerait l'avenir de Diana.
Qui pourrait vouloir
d'une femme rejetée par le prince de Galles[1] *? »*
Un membre du clan Windsor

Dans l'ombre, la reine mère fourbit son make-up et ses dentelles, fait l'inventaire de ses bibis, demande qu'on lui serve un scotch. Granny est une pro. La monarchie est sa passion, en garantir la pérennité, son business. Mieux que quiconque, elle sait qu'il n'est rien de tel qu'un beau mariage pour relancer les affaires. Et le temps presse.

Petit retour en arrière… Au début des années 1970, la royauté traverse l'une de ces crises d'impopularité passagères qui n'ont jamais cessé, à intervalles réguliers, d'émailler son histoire. Les noces de la princesse Margaret, en mai 1960, et l'intronisation de Charles, devenu prince de Galles le 1er juillet 1969, n'ont pas rencontré le succès populaire escompté. Dieu merci, la princesse Anne est amoureuse. Du fils d'un fabricant de saucisses, certes,

1. Cité par Graham Turner, « Charles in the Years of Living Dangerously », *The Daily Telegraph*, 20 octobre 1998.

mais amoureuse. Le prétendant en question, un certain Mark Phillips, a pour tout pedigree des études secondaires convenables, le diplôme de l'Académie militaire de Sandhurst et des talents de cavalier qui lui ont déjà valu une double sélection aux jeux Olympiques de Mexico et de Munich. On tâchera de faire avec. Après tout, la princesse n'a pas la moindre chance de monter un jour sur le trône...

Pourtant, Granny sent confusément qu'il lui sera difficile de sensibiliser les Britanniques à cette romance désespérément peu engageante entre une jeune princesse brouillonne au physique passe-partout et son soupirant taciturne, déjà surnommé « Cap'tain Fog » par Charles, son futur beau-frère, en raison de son aspect « humide et épais ». Ce mariage est un défi. La reine mère va le relever. La veille de ses noces, Anne est prise en main par une armée de relookeurs patentés. En fin de journée, Norman Parkinson, le photographe préféré de Queen Mum, immortalise le jeune couple dans une série d'attitudes qui font enfin honneur à la famille. Le résultat ? Un triomphe... Le 14 novembre 1973, un demi-milliard de téléspectateurs fascinés assistent en direct à la célébration en l'abbaye de Westminster de l'union entre la fille unique de Sa très Gracieuse Majesté et son bel officier. Mais, depuis, l'enthousiasme des Anglais pour les affaires de la Couronne est quelque peu retombé. Seules les festivités du vingt-cinquième anniversaire de l'accession au trône de la reine Elizabeth, au cours de l'été 1977, ont su recréer cette atmosphère de liesse indissociable des grandes heures de la monarchie. De nouvelles noces princières, voilà qui tomberait à pic pour raviver la ferveur populaire. Granny a de nouveau du pain sur la planche...

Au cours de l'été 1980, Diana Spencer, dix-neuf ans, est invitée par un certain Philip de Pass, dont elle vient tout juste de faire la connaissance par l'intermédiaire d'un ami commun, à passer le week-end à New Grove, la propriété de sa famille, dans le comté du Sussex. Heureuse coïncidence... En cette fin de semaine, il est prévu que le prince de Galles séjourne lui aussi chez les de Pass –

leur résidence présente l'avantage d'être toute proche du terrain de polo de Cowdray Park, où il doit participer à l'un des tournois les plus prestigieux du royaume avec son équipe, Les Diables bleus. « Tu vas bien l'aimer, j'en suis sûr », déclare Philip à sa jeune amie.

Bien que le palais de Buckingham ait tout fait, par la suite, pour convaincre la presse du monde entier du caractère fortuit de la rencontre entre Charles et Diana, il est plus que probable que la reine mère lui a donné le petit « coup de pouce » nécessaire. À en croire l'un de ses proches conseillers, la doyenne des Windsor aurait en effet chargé Philippa de Pass, dame d'honneur d'Elizabeth II depuis de nombreuses années, de s'assurer de la présence de la cadette des Spencer à New Grove par l'intermédiaire de son fils. « En matière de politique ou de diplomatie, elle aurait pu donner des leçons à Machiavel lui-même, commente le chroniqueur mondain Nigel Dempster. Elle donne aux gens l'image d'une charmante et adorable vieille dame, mais dès qu'on touche à la famille royale, elle se transforme en tigre[1]. »

Le succès de son entreprise sera à la mesure de ses espérances. En début de soirée, lady Di est surprise « en grande conversation » avec l'héritier de la Couronne par l'un des invités. Adossés à un petit monticule de paille, tous deux se sont placés à l'écart des autres convives, rassemblés autour du barbecue géant organisé sur les pelouses de la propriété. Miss Spencer sent confusément qu'elle tient là la chance de sa vie. Elle entend bien la saisir. D'entrée, elle a l'intelligence de faire fi de la différence d'âge et de rang en donnant à la conversation un caractère amical, presque intime, qui brise instantanément les barrières qui se dressent entre eux. Le jour des funérailles de lord Mountbatten[2], lui dit-elle gentiment, « vous aviez l'air si triste en traversant l'église… C'était bien la chose la plus dramatique que j'aie jamais vue et mon cœur saignait… Je me disais non vraiment ce n'est pas juste, vous

1. Nigel Dempster et Peter Evans, *op. cit*.
2. Assassiné par l'IRA en août 1979.

êtes seul, il faudrait que quelqu'un prenne soin de vous». Son apparente maturité tout comme son inclination naturelle à laisser parler son cœur font forte impression sur le prince. L'adolescente rigolote et enjouée dont il avait croisé le chemin trois ans plus tôt à Althorp a laissé la place à une ravissante demoiselle pleine de douceur et de sensibilité. Il n'en faut pas davantage pour que Charles se reprenne à espérer en un avenir conjugal radieux. Après tout, Granny paraît déjà dans d'excellentes dispositions à l'égard de Diana. Il est donc sûr que celle-ci parviendra sans trop de difficultés à faire la conquête de Camilla.

La future princesse de Galles rêve depuis toujours de prendre le fils de la reine Elizabeth pour mari. C'est du moins la légende qui le dit. Sa jolie frimousse, sa silhouette parfaite – les «jambes Spencer» font l'admiration de toute l'aristocratie – et ses origines sociales impeccables lui attirent de nombreux soupirants. Mais son cœur, lui, appartient déjà à un autre. Traumatisée par le divorce de ses parents alors qu'elle n'avait que sept ans, Diana avait découvert dans des fantasmes de prince charmant le seul idéal à la mesure de son immense aspiration au bonheur. Et s'était trouvée confortée dans ses certitudes d'enfant par les romans à l'eau de rose de Barbara Cartland, dont elle avait fait, peu ou prou, sa seule lecture. À l'exemple des héroïnes brûlantes décrites par la grande prêtresse de l'intrigue sentimentale, elle était restée vierge. Convaincue que la chasteté est un aller simple pour le grand amour. Sûre que tous les destins hors du commun obéissent avant tout à une exigence de vertu. À dix-neuf ans, elle se veut promise à un homme de pouvoir, séduisant, fidèle et fort, et, surtout, désireux de lui assurer une existence débarrassée de toute contrainte matérielle dans laquelle elle, la fille du comte d'Althorp, petite fleur de la bonne société londonienne, pourra enfin s'épanouir. Charles n'est-il pas le seul homme au monde capable de combler ses désirs les plus fous? Dans la rivalité qui n'ose dire son nom entre Diana et ses deux sœurs aînées, Jane et Sarah, la conquête du prince de Galles est – aussi – ce coup de maître qui lui permettra de balayer pour de bon ses complexes et ses frustrations de «petite dernière».

De son côté, le futur roi d'Angleterre a conscience que toute sa famille est désormais plus qu'impatiente de le voir convoler en justes noces. Des témoignages concordants évoquent son enthousiasme pour les plaisirs du sexe et la belle vitalité dont il continue de faire preuve dans ce domaine. Frustré d'être aussi souvent séparé de Camilla et mû par un impérieux besoin de conquête facile, le jeune homme tente toujours de noyer son mal de vivre dans des amourettes superficielles et sans lendemain, qui ne font qu'aggraver encore la piètre image qu'il se fait de lui-même. Il sait qu'il ne peut être considéré comme un célibataire à marier comme les autres. À ses propres envies de félicité conjugale s'ajoute l'obligation dans laquelle il se trouve de donner un héritier à la maison Windsor. S'il n'a pas appris la passion dans les livres de Barbara Cartland, il en est, lui aussi, un lecteur assidu. À leur contact, son tempérament idéaliste s'est pris au piège de cet « amour-toujours » que les esprits romantiques associent généralement à sa condition de prince. Lorsqu'ils se rencontrent, Charles et Diana éprouvent de manière urgente le besoin de donner un visage à leurs chimères. Même si le fils d'Elizabeth II a conscience d'avoir déjà trouvé l'âme sœur en la personne de Mrs. Parker Bowles. Même si les seuls rêves qu'il lui reste sont avant tout ceux que les autres ont envie d'exaucer à travers lui.

De fait, ses agissements laissent fort peu de doutes quant à l'intensité des sentiments qu'il continue d'éprouver pour sa maîtresse. En juin 1980, il écrit au Premier ministre Margaret Thatcher pour l'informer de sa décision de restituer au gouvernement son domaine de Chevening House, dans le Kent[1]. À l'instigation de Camilla, il charge ses conseillers de lui trouver une autre maison, suffisamment spacieuse pour pouvoir héberger sa future

1. Léguée à la nation au milieu des années 1960 par un aristocrate désireux de la voir convertie en résidence officielle des futurs rois d'Angleterre, cette vaste propriété de cent cinquante pièces, entourée d'un domaine de mille sept cent cinquante hectares, lui avait été offerte en 1974.

famille, mais aussi, et surtout, située dans le périmètre géographique des comtés du Wiltshire et du Gloucestershire. C'est-à-dire tout près de Bolehyde Manor. En août, le duché de Cornouailles annonce être devenu l'heureux propriétaire de Highgrove, une coquette mais relativement modeste demeure de neuf chambres, acquise au nom de l'héritier de la Couronne pour 1,2 million d'euros, à proximité du village de Tetbury. Dans un premier temps,les observateurs croient y voir une manifestation du désir du jeune homme de se rapprocher de la princesse Anne, installée à quelques kilomètres de là, sur ses terres de Gatcombe Park. L'intéressé déclare par ailleurs avoir été séduit par « le grand cèdre et le jardin clos » dont s'orne la résidence. Mais, à l'époque, le seul véritable attrait exercé par Highgrove House sur le prince est bien sa proximité avec la résidence des Parker Bowles.

Selon Sarah Bradford, biographe d'Elizabeth II, la reine est alors parfaitement au courant de la liaison de son fils et des problèmes que celle-ci commence à créer dans l'entourage de Camilla et de son époux. « Ma'am, le prince de Galles a une liaison avec la femme d'un officier, et le moins que l'on puisse dire est que le régiment auquel ce dernier appartient n'apprécie pas », lui déclare un jour lord Charteris, son secrétaire particulier. Plusieurs compagnons d'armes d'Andrew estiment en effet que les « amitiés » particulières de Charles, alors colonel en chef de onze régiments, enfreignent le code d'honneur en vigueur au sein des troupes de Sa Très Gracieuse Majesté. Code selon lequel tout gradé doit s'interdire de mettre un autre officier dans l'embarras en séduisant sa compagne. La souveraine ne fait aucun commentaire et se réfugie dans l'attitude de l'autruche traditionnellement privilégiée par les membres de sa famille face à un problème personnel épineux. « Elle est restée totalement impassible, témoignera bien des années plus tard lord Charteris. Quel conseil a-t-elle donné [à son aîné] ? Aucun, à mon avis. Et pourtant, si elle avait adopté une position un peu ferme à ce moment-là, le cours des vingt années suivantes en aurait probablement été considérablement modifié[1]. » Lilibet choisit une manière moins directe de manifester sa royale désapprobation. Désormais, Mrs. Parker Bowles ne fera plus partie de la liste des invités aux manifestations qui se dérouleront en sa présence.

Le prince Philip, lui, pousse son fils de manière de plus en plus pressante à s'engager sur la voie du mariage. Dans l'ensemble, les Windsor considèrent l'irruption de Diana dans l'existence de leur héritier comme une bénédiction. La grand-mère paternelle de la jeune femme, lady Cynthia, ainsi que sa grand-mère maternelle, Ruth, lady Fermoy, comptent toutes deux au nombre des dames d'honneur de Queen Mum. Son père, le huitième comte Spencer, a servi en tant qu'écuyer auprès de George VI et d'Elizabeth II. L'affaire pourrait difficilement se présenter mieux. « Elle est celle qu'il te faut, assure la reine mère à son petit-fils. Mais ne l'épouse que si tu l'aimes. Si c'est le cas, alors dépêche-toi de le faire. Sinon, d'autres s'en chargeront à ta place [2]. » Séduit par le physique engageant de lady Spencer, tout autant que par son envie manifeste de s'intéresser à lui, le prince se convainc de leur apparente compatibilité. Et pressent qu'ils pourraient sans doute former une bonne équipe. De son côté, Camilla s'est, elle aussi, renseignée sur la jeune fille. « J'ai parlé d'elle à plusieurs personnes, et toutes la décrivent comme une petite charmante et douce, assure-t-elle à son amant. Elle ne fait sans doute pas preuve de qualités intellectuelles hors du commun, mais elle est aimable et attentionnée et a un très bon contact avec les enfants. De plus, elle est née du bon côté de la barrière. Tout cela me semble très prometteur[3]. »

La légende est en marche. Charles décide de l'obliger à presser le pas en faisant vivre à Diana la cour la plus rapide de l'histoire de la monarchie moderne. En l'espace de quelques semaines, celle-ci triomphe de toutes les épreuves imposées aux candidates sérieuses au job de princesse de Galles. Un concert au Royal Albert Hall,

1. Graham Turner, « The Real Elizabeth II », *op. cit.*
2. Sarah Bradford, *op. cit.*
3. Caroline Graham, *op. cit.*

une semaine de régates à Cowes à bord du yacht royal *Britannia*, un séjour estival au château de Balmoral avec journée obligatoire aux Jeux des Highlands, à Braemar. Un peu déconcertée par cette précipitation, lady Di confiera bien des années plus tard avoir d'ailleurs trouvé « un drôle d'air » aux amis du prince, comme s'ils partageaient un secret qu'elle-même ignorait encore. Les amours adultérines de Charles et Camilla alimentent déjà depuis plusieurs mois les conversations de couloir au palais de Buckingham. Avec le recul qu'autorise la connaissance des événements qui vont suivre, il paraît presque certain que Diana ne pouvait ignorer la place privilégiée occupée par Mrs. Parker Bowles dans l'existence de son nouveau soupirant. Sous-estime-t-elle l'emprise exercée par sa rivale sur le cœur de ce dernier ? Ou bien, probablement éblouie par le déluge d'attentions et de menus cadeaux dont la couvre l'héritier de la Couronne, se croit-elle de taille à lutter ?

En Écosse, miss Spencer obtient la permission de loger chez sa sœur, lady Jane, mariée depuis deux ans avec Robert Fellowes, alors adjoint au secrétaire particulier de la reine Elizabeth. Tous les matins, Charles lui téléphone pour la convier à un pique-nique ou à une promenade dans la campagne environnante. Patty et Charles Palmer Tomkinson, un couple d'amis très proches du prince, raconteront par la suite avoir été immédiatement conquis par sa personnalité. « Nous étions partis chasser ensemble. Nous avions chaud et nous étions fatigués. Elle était tombée dans un marécage, dont elle était ressortie couverte de boue, en riant aux éclats. Son visage était maculé, ses cheveux collés sur son front par une pluie battante. Le type même de la collégienne britannique, toujours partante, toujours pleine d'entrain. Elle était charmante et douce. Ce qui ne l'empêchait pas d'être manifestement très déterminée en ce qui le concernait lui. Très enthousiaste vis-à-vis de tout ce qu'il faisait. Elle le voulait, cela ne faisait pas le moindre doute. Terriblement, même[1]. »

1. Anthony Holden, *op. cit.*

Cette courte semaine de vacances dans les Highlands permet également à Camilla – invitée elle aussi en compagnie de son mari – de mieux connaître la jeune fille et de juger de sa capacité à épouser le style de vie des Windsor. À titre d'exemple, le fait que la famille régnante soit en vacances ne dispense pas son entourage de la corvée qui consiste à se changer quatre fois par jour – une première fois pour le petit déjeuner, une deuxième pour le lunch et la traditionnelle partie de chasse de l'après-midi, une troisième pour le thé, et, enfin, une dernière lorsque vient l'heure de revêtir une tenue plus élégante en prévision du repas du soir. Pique-niques et barbecues obéissent eux aussi à un certain nombre de rituels immuables, et malheur à celui ou celle qui omet de les respecter. Milla connaît sur le bout des doigts toutes les règles en vigueur dans l'enceinte des résidences royales et constate que miss Spencer ne commet pas le moindre faux pas. Merveilleuse, elle est décidément merveilleuse. Selon Anthony Holden, « Charles apprenait à pêcher à Diana, et ses frères se battaient pour être assis à côté d'elle à dîner. À son petit cercle d'intimes, le prince continuait toutefois d'affirmer qu'il n'était pas encore épris d'elle. Mais que, le temps aidant, il se sentait capable d'apprendre à l'aimer ».

Un peu moins de six mois avant l'annonce officielle des fiançailles des deux jeunes gens, leur escapade en Écosse permet à trois des plus fins limiers de Fleet Street de découvrir la présence de cette « charmante inconnue » au côté de leur futur roi. « J'étais debout, au bord de la rivière Dee, depuis cinq minutes à peine, lorsque mon regard fut attiré par un éclair de lumière, raconte James Whitaker, alors chroniqueur royal au quotidien *Daily Star*. Cachée derrière un arbre, à quelques mètres de l'endroit où Charles pêchait, une personne était manifestement en train d'observer avec beaucoup d'attention ce qui se passait de notre côté. En y regardant de plus près, j'ai vu un bout de botte en caoutchouc vert dépasser d'un pin. “J'aperçois quelqu'un”, dis-je au photographe qui m'accompagnait, Ken Lennox. “Je la vois aussi, me répondit-il. As-tu remarqué qu'elle est en train de nous observer au moyen d'un petit miroir de poche ?” Si elle était vraiment la nouvelle femme dans la vie du prince de Galles, alors il était probable que cette astucieuse lady allait nous donner bien du fil à retordre[1]. » Intrigués, et surtout étonnés par le soin inhabituel mis par l'héritier du trône à protéger son amie des regards indiscrets, James Whitaker et Arthur Edwards, le photographe envoyé par le quotidien *The Sun*, contactent leurs informateurs respectifs au sein de l'entourage des Windsor et identifient rapidement la jeune fille.

À l'issue de son séjour à Balmoral, Diana rentre à Londres, escortée par Andrew Parker Bowles. Charles et Camilla ont en effet annoncé leur intention de profiter encore un peu des somptueux paysages des Highlands. Quelques jours plus tard, « la favorite » se réveille en proie à une forte fièvre et à un certain nombre de symptômes que le médecin appelé à son chevet identifie comme étant ceux des oreillons. Elle quitte donc le château plus tôt que prévu et rejoint à son tour la capitale, où elle est hospitalisée quelque temps. Comme jetées sur le papier par un démiurge invisible, les bases du drame sentimentalo-conjugal le plus médiatisé de l'histoire du monde moderne se mettent en place une à une. Andrew, toujours très épris de Charlotte Soames mais aussi profondément attaché à Camilla, ne sait quelle conduite adopter. Le prince de Galles, lui, aime Diana à sa manière, mais craint que son jeune âge ne l'empêche de réaliser pleinement la difficulté de la tâche qui l'attend. De son côté, Mrs. Parker Bowles estime « quasiment parfaits » le profil et la personnalité de miss Spencer. La détermination avec laquelle elle soutient désormais la « candidature » de cette dernière n'a d'égale que celle qu'elle avait mise à décourager d'anciennes conquêtes de Charles considérées comme des rivales potentielles. Sur un plan affectif, sexuel, Milla sait que son amant lui doit tout, car c'est elle qui lui a tout appris. La future princesse, elle, n'est encore qu'une petite fille dont la silhouette de femme cache une sensualité qui tarde à s'épanouir. Visiblement impressionnée par le fils de la

1. James Whitaker, *op. cit.*

reine Elizabeth, elle ne peut se résoudre à s'adresser à lui autrement qu'en l'appelant « Sir », comme le ferait une élève intimidée par son professeur. La maîtresse de l'héritier de la Couronne croit avoir affaire à « une petite souris ». Une erreur de jugement qui se révélera lourde de conséquences.

« J'étais encore jeune et naïve, confiera plus tard Diana à une amie. Mais je commençais à trouver bizarre cette manière de faire la cour. Camilla était toujours là. » Quand Charles l'invite à dîner au palais de Buckingham, c'est en effet le plus souvent en présence des Parker Bowles. Le samedi 24 octobre 1980, lorsqu'elle est conviée à venir applaudir les exploits de son prince à l'hippodrome de Ludlow – il termine deuxième de la course sur son cheval favori, Allibar –, c'est, là encore, dûment chaperonnée par l'épouse de l'officier des Blues and Royals.

Réalisées à cette occasion, les seules photos jamais rendues publiques des deux femmes côte à côte laissent déjà présager des drames à venir. Sur le visage encore poupin de Diana, le sourire a laissé la place à une expression d'angoisse qu'elle peine manifestement à cacher. Sa timidité perceptible, son visage obstinément baissé contrastent de manière saisissante avec l'apparente assurance de Milla, aussi parfaitement à l'aise en compagnie de la jeune fille que celle-ci semble souffrir de sa présence. « Je me sentais si vulnérable, racontera par la suite lady Di à l'une de ses proches. Charles paraissait lui parler bien plus volontiers qu'à moi. Tout au long de la journée, j'ai eu l'impression pénible qu'elle ne cessait de m'observer, comme si j'étais là pour passer un examen. Et quand la course s'est achevée, c'est vers elle qu'il s'est précipité [1]. » La cadette du comte Spencer s'est pourtant laissé convaincre de passer le week-end à Bolehyde Manor. Le dimanche matin, le fils de la reine Elizabeth part chasser avec le Beaufort Hunt [2] en compagnie d'Andrew. Laissant les deux femmes de sa vie en

---

1. Caroline Graham, *op. cit.*
2. « Club » de chasse à courre fondé au XVIIIe siècle par les ducs de Beaufort.

tête à tête dans ce petit coin reculé de la campagne du Wiltshire.

Trop impressionnée pour oser lui refuser quoi que ce soit, et sans doute trop consciente de la fragilité de sa position pour prendre le risque de déplaire au prince ou à son amie, Diana accepte de séjourner à nouveau chez les Parker Bowles en fin de semaine suivante. Cette fois, Charles l'invite à venir inspecter les travaux de rénovation en cours dans sa résidence de Highgrove. La jeune lady ne peut cacher sa surprise lorsqu'il lui demande de superviser la décoration de son nouvel intérieur. Elle juge sa proposition « totalement déplacée ». Car, après tout, rien ne dit encore qu'il compte la demander un jour en mariage. En fait, l'héritier de la Couronne éprouve une réelle affection pour sa rougissante conquête et, bien qu'il ne sache pas encore s'il sera capable de l'aimer et de lui donner ce qu'elle attend de lui, il croit sincèrement qu'elle finira par se lier d'amitié avec Camilla. Il est sûr que les conseils et l'expérience de sa maîtresse seront d'une aide précieuse à sa future épouse. Cette dernière n'ose, quant à elle, formuler à voix haute les questions qui se bousculent dans son esprit sur la véritable nature des sentiments qui l'unissent à Mrs. Parker Bowles. Se taire est probablement le seul moyen de s'attirer la confiance et l'estime du prince. Avant de pouvoir un jour espérer gagner son amour.

De son côté, si Milla cherche elle aussi à cerner les goûts et la personnalité de Diana, c'est sans doute pour établir avec elle des relations faites de courtoisie et de respect mutuel – une condition indispensable si elle souhaite pouvoir continuer à voir régulièrement le fils de la reine Elizabeth après son mariage. S'inspire-t-elle, là encore, de l'exemple de son arrière-grand-mère ? Jusqu'à la fin de sa vie, Alice Keppel avait en effet conservé une photographie dédicacée de la reine Alexandra, qu'elle aimait placer en évidence dans le grand salon de la Villa dell'Ombrellino les soirs où elle recevait. À la fin du dîner, lorsque les gentlemen partaient fumer le cigare dans une pièce voisine et que leurs épouses se réunissaient autour d'un petit verre de sherry, l'ex-maîtresse du roi Edward VII ne se faisait jamais prier pour évoquer la courtoisie dont la souveraine avait toujours fait preuve à son égard. Autres temps, autres mœurs... Jamais ces week-ends dans la tranquillité du comté du Wiltshire ne permettront à miss Spencer d'apprécier la véritable personnalité de Mrs. Parker Bowles. Pas plus qu'ils ne lui donneront l'envie de chercher à mieux la connaître.

Comment ces deux femmes, si différentes l'une de l'autre, pourraient-elles en effet partager la moindre complicité ? « Je ne comprenais pas pourquoi elle passait son temps à me dire "ne le poussez pas à faire ci, ne faites pas ça", racontera Diana, bien des années plus tard, à son biographe Andrew Morton. Elle avait toujours l'air de tout savoir sur sa vie privée, et particulièrement sur ce que nous faisions lorsque nous nous trouvions tous les deux dans l'intimité[1]. » Elle ne mesure pas encore à quel point l'éducation qu'ont reçue Charles et Camilla, tout comme la certitude qu'ils éprouvent l'un et l'autre d'appartenir au même monde ont tissé entre eux des liens indestructibles. Si le style de vie des Windsor est semblable à celui de cette aristocratie de province respectueuse des traditions dont est issue Mrs. Parker Bowles, les ambitions et les rêves de la jeune lady ressemblent davantage à ceux des demoiselles de la grande bourgeoisie du continent. Avec Milla, Charles ressent une affinité particulière. La certitude rassurante de ne pas avoir besoin de faire d'efforts pour être compris. Née en 1961, Diana incarne, elle, les aspirations d'une nouvelle génération de femmes, plus modernes, plus soucieuses de mode, d'indépendance et d'épanouissement personnel. Aux longues marches dans la campagne à l'aube des petits matins clairs, elles préfèrent le shopping chez Harrod's ou chez Harvey Nichols, les flâneries le long des larges avenues londoniennes, dans la foule bruyante d'une fin d'après-midi. Miss Spencer a plus de goût pour la pop que pour la musique classique, pour les gloussements entre copines autour d'une tasse de thé que pour les plaisirs rudes de la chasse au renard.

---

1. Andrew Morton, *op. cit.*

Plus difficiles à satisfaire, les filles de son temps rejettent l'exemple de leurs aînées et s'inventent de nouveaux modèles. Charles ne peut le comprendre. Camilla, elle, n'a besoin de rien de tout cela pour avoir le sentiment d'appartenir à un groupe, à une famille. La conviction qui est la sienne d'être née dans un univers à part suffit à faire son bonheur. Diana, en dépit de tous ses efforts, sera impuissante à lutter.

Un jour où elle se sent d'humeur plus légère, elle entreprend de questionner son futur époux sur les raisons qui, depuis toujours, le poussent à rechercher la compagnie des femmes mariées. « Parce qu'elles offrent davantage de sécurité pour quelqu'un comme moi, lui assure-t-il. Parce qu'elles ont – aussi et surtout – le devoir de consacrer la plus grande partie de leur temps et de leurs pensées à leur mari. » La réponse ne la satisfait pas, mais elle fait mine de s'en contenter. « Ce qui m'a réellement mise hors de moi, racontera-t-elle par la suite, c'est que, lorsque nous nous sommes revues, Camilla m'a tapoté l'épaule en me disant de ne surtout pas me faire de souci à son sujet. Sur le moment, je n'ai pas fait le rapprochement, et puis il m'est rapidement paru évident que Charles lui avait rapporté notre conversation et lui avait fait part de mon inquiétude. En fait, je me rendais compte qu'il racontait absolument tout à cette femme[1]. »

Dès le 12 septembre, au lendemain de la parution des premiers articles la concernant dans les tabloïds *The Sun* et *Daily Star*, l'immeuble de Coleherne Court où réside Diana est pris d'assaut par les médias. En dépit de son inexpérience en la matière, la jeune fille s'applique à ne pas reproduire les erreurs commises autrefois par un certain nombre d'anciennes conquêtes du prince. Avec les principaux représentants de la presse du royaume commence alors un jeu dont la ravissante lady, dès le départ, fixe seule les règles. Courses-poursuites dans les rues de Londres au volant de sa Mini Metro rouge, organisation de rendez-vous secrets et mise au point de diversions en

---

1. Caroline Graham, *op. cit.*

tout genre… Experte en l'art des petites phrases dont la banalité apparente en dit en réalité beaucoup plus long que tous les communiqués officiels du monde, Diana réussit l'exploit de titiller la curiosité grandissante des journalistes sans jamais commettre le moindre faux pas susceptible de réduire à néant ses chances d'entrer un jour dans la famille régnante.

Le 16 novembre, le quotidien du dimanche *Sunday Mirror* affirme disposer d'informations selon lesquelles la cadette du comte Spencer aurait, dix jours auparavant, passé une partie de la nuit en compagnie du fils de la reine Elizabeth à bord du train royal stationné à proximité de Staverton, dans le Wiltshire. À l'époque, Fleet Street croit dur comme fer à la romance de Charles et Diana et ne peut imaginer qu'une autre femme – et encore moins Camilla Parker Bowles, définitivement rangée dans la catégorie des « ex » de l'héritier du trône – ait pu bénéficier des faveurs du prince. Furieuse, la souveraine charge le responsable de ses relations avec la presse, sir Michael Shea, d'obtenir la publication par le tabloïd incriminé d'un démenti assorti d'excuses à l'adresse de sa future belle-fille. Inquiète de voir son honorabilité mise en cause, et décidée à ne pas perdre l'estime et l'affection d'une opinion britannique qu'elle sait être sa meilleure alliée, Diana révèle à James Whitaker le détail de son emploi du temps de la soirée du 5.

« Je ne suis jamais montée à bord de ce train. Je ne m'en suis même jamais approchée. J'ai passé toute la soirée en compagnie de mes trois colocataires, Virginia, Carolyn et Anne. Je vous en prie, croyez-moi. Ce que je vous dis est absolument la vérité. J'ai dîné, et puis j'ai regardé un peu la télévision avant d'aller me coucher. J'avais passé la nuit précédente à la fête donnée en l'honneur de la princesse Margaret à l'hôtel Ritz, et j'avais la migraine, je ne me sentais pas très bien. Je crois que le prince Charles en était parti aux alentours de minuit, mais, moi, j'y étais restée jusqu'à deux heures et quart du matin, heure à laquelle j'avais été ramenée chez moi en voiture. Pour moi, toute cette affaire n'est pas une très bonne publicité. C'est même assez perturbant. Et je suis très déçue de voir que les gens qui ont pris la responsabilité de publier ces informations refusent d'entendre ce que j'ai à dire[1]. » Après enquête, le relevé des appels téléphoniques émis du train ce soir-là révèle que, peu de temps avant l'arrivée de la mystérieuse jeune femme blonde à Staverton, un bref coup de fil a été passé à Bolehyde Manor. Rapidement informé par l'entourage du prince de Galles de la véritable identité de l'« inconnue », le palais de Buckingham renonce à poursuivre en justice le *Sunday Mirror*. Depuis l'Inde, où il se trouve en voyage officiel, le fils d'Elizabeth II dénonce le « sensationnalisme » des médias du royaume et leur « absence de valeurs morales ».

Charles ne lui a pas encore demandé sa main que, déjà, Diana se sent dans l'urgence de rallier une partie de la presse à sa cause. En cette fin d'année 1980, elle réalise surtout que l'ombre de Camilla – qui d'autre, en effet, aurait pu être l'invitée de l'héritier de la Couronne à bord du train royal à cette heure plus que tardive ? – commence à peser bien lourdement sur ses projets d'avenir. Mais elle a aussi l'intime conviction de toucher enfin au but qu'elle s'est fixé. Et choisit, pour le moment du moins, de mettre ses doutes de côté. « Diana était suffisamment naïve pour croire que le prince la courtisait parce qu'il était tombé follement amoureux d'elle, commente un membre de l'entourage des Parker Bowles. Charles l'appréciait beaucoup, cela ne faisait aucun doute, mais la raison fondamentale qui le poussait à poursuivre cette relation était l'enthousiasme dont faisait preuve Camilla à propos de [lady Spencer]. Ce que Diana n'a pas compris, c'est quelle formidable alliée [celle-ci] aurait pu devenir si elle avait fini par s'en faire une amie. Camilla savait tout ce qu'il fallait savoir. Si elle ne l'avait pas considérée comme une menace, mais plutôt comme quelqu'un capable de lui donner de précieux conseils quant à la manière de s'y prendre avec lui, alors il est certain que tout aurait été très différent[2]. »

---

1. James Whitaker, *op. cit.*
2. Caroline Graham, *op. cit.*

Charles est son premier et son seul amour. Diana y voit un signe du destin et ressent l'irrépressible besoin de s'y abandonner. Aux yeux de Mrs. Parker Bowles, les élans du cœur ne sont jamais aussi beaux que lorsqu'ils sont mis au service de la raison et du devoir. Plus que deux tempéraments inconciliables, ce sont en fait deux conceptions diamétralement opposées de l'existence qui s'affrontent. La favorite a l'avantage sur la future princesse de Galles d'avoir déjà aimé par le passé. Les liens qui l'unissent au fils de la reine puisent leur force jusque dans les traditions séculaires du royaume et ces valeurs dont se nourrit l'âme britannique. Ses sentiments sont sûrs. Brûlants. Éternels. « Elle avait en elle ce je-ne-sais-quoi d'indéfinissable qui, si elle avait été française, aurait sûrement fait d'elle une Simone Signoret ou une Jeanne Moreau – une de ces femmes qui ne peuvent concevoir l'amour sans un engagement total de tout leur être et pour qui la passion est un besoin vital, écrit le chroniqueur Nigel Dempster. Diana était trop jeune pour comprendre la manière dont ces femmes exercent leur pouvoir de séduction sur le sexe opposé, ou pour reconnaître dans leur sourire le signe de leur défi permanent à l'ennui de la vie conjugale. Diana était l'une de ces "roses anglaises" issues d'une longue et prestigieuse lignée, une jeune fille qui avait fièrement préservé sa virginité pour l'offrir à son mari au soir de ses noces. Elle n'avait aucun moyen de rivaliser avec l'attraction quasi animale qui était celle de Mrs. Parker Bowles [1]. »

De son côté, Charles a désormais la désagréable impression de ne plus pouvoir exercer aucun contrôle sur la conduite de son existence. La pression exercée par Elizabeth II et le prince Philip sur leur fils aîné se fait en effet plus forte à mesure que grandit leur crainte de voir la famille royale privée d'héritier dynastique. À l'exception du duc de Windsor, son prédécesseur, forcé de renoncer au trône en 1936 afin de pouvoir convoler en justes noces avec Wallis Simpson, Charles est, depuis James Stuart –

---

1. Nigel Dempster et Peter Evans, *op. cit.*

marié en 1719 à trente et un ans – le premier prince de Galles à avoir atteint l'âge de trente ans en étant demeuré célibataire. Obéissant à ce qu'il pense être son devoir, le duc d'Édimbourg lui écrit une longue lettre dans laquelle il lui demande de prendre une décision au sujet de Diana. L'époux de la souveraine ayant souvent privilégié le mode de communication épistolaire dans ses relations avec ses proches, la démarche n'a, en soi, rien d'exceptionnel. Mais père et fils éprouvent depuis toujours la plus grande difficulté à se comprendre. Et Charles croit qu'il s'agit là d'un ultimatum. Son empressement à lire entre les lignes, son désir plus ou moins conscient d'y trouver le message clair qui répondra enfin à ses propres interrogations et mettra fin à ses tourments le conduisent à interpréter les paroles bienveillantes de Philip. Le prince s'imagine, à tort, que ce dernier lui intime l'ordre d'épouser sa jeune conquête. Ce qui, croit-il, se justifie amplement au vu des proportions nationales prises par leur « idylle ».

L'affaire du train royal a en effet conduit Frances Shand Kydd à écrire au quotidien *The Times* pour protester contre les mensonges racontés sur sa fille. Pis, soixante membres du Parlement ont déjà pris l'initiative d'une motion condamnant « la manière avec laquelle lady Diana Spencer est traitée par les médias ». L'héritier de la Couronne confie un jour à un reporter du *Sun* qu'il ressent douloureusement la pression exercée par la presse sur sa vie d'homme. « Si seulement j'avais la possibilité de m'installer quelque temps avec une femme avant de me décider à l'épouser... C'est valable pour les gars comme vous, mais, moi, cela m'est interdit. Vous, vous pouvez vous permettre de commettre des erreurs. Moi, je suis obligé de tomber juste du premier coup. Et si je me trompe, c'est vous qui serez les premiers à me critiquer. » Mais le royaume tout entier est déjà amoureux de Diana, et Charles, pris de vitesse, se trouve de plus en plus impuissant à enrayer le cours des événements.

À plusieurs reprises, les deux jeunes gens avaient eu l'occasion de comparer leurs visions respectives du mariage et de l'engagement qu'il représente dans le cadre champêtre du petit potager de Bolehyde Manor. Miss

Spencer avait dit vouloir de nombreux enfants. Elle avait longuement insisté sur sa conception du double rôle de mère et d'épouse, et affirmé que l'une de ses grandes priorités serait de soutenir et de seconder au mieux son mari. Emportée par son enthousiasme, elle s'était en outre employée à rassurer le prince en se déclarant parfaitement préparée à la tâche qui l'attendait s'il venait à lui demander sa main. Une fois encore, Charles avait été agréablement surpris par la maturité de son discours. En ce tout début de l'année 1981, il se retrouve pourtant face à un dilemme impossible à résoudre. Doit-il choisir Diana pour femme sans être sûr qu'elle soit vraiment celle qu'il lui faut ? Ou doit-il la laisser partir en prenant le risque de s'attirer les foudres de sa famille et, peut-être aussi, celles du royaume tout entier ? Soucieux plus que tout d'obtenir l'approbation de sa mère, l'héritier du trône sait aussi qu'il lui est impossible de lui ouvrir son cœur. « [Le couple royal] ne se contentait pas d'avoir du mal à donner un conseil. Il ne voulait pas qu'on lui en demande du tout [1] », témoigne une ancienne dame d'honneur de la souveraine. « Vous savez combien il est difficile de parler à maman de toutes ces choses, avouera elle-même la princesse Anne. Tatie Margaret dit toujours que le seul moment où il est possible de la voir est lorsqu'elle se trouve seule, et surtout sans ses chiens. Mais dans ces cas-là, la plupart du temps, elle est beaucoup trop fatiguée [2]. »

Le prince de Galles se sent d'autant plus désemparé que Camilla, elle non plus, ne comprend pas ses hésitations. À la longue, Mrs. Parker Bowles semble même lui en vouloir de ne pas accorder plus de crédit à son jugement. Au dire de leur entourage, les deux amants se disputent alors pour la première fois en dix années d'histoire commune. Pendant plusieurs jours, Milla refuse de le voir et de répondre à ses appels téléphoniques. Charles finit par se dire qu'après tout les conseils de sa maîtresse vont dans le sens de ceux autrefois prodigués par lord Mountbatten.

---

1. Graham Turner, « The Real Elizabeth II », *op. cit*.
2. *Ibid*.

« Trouve une fille jeune, lui avait dit Oncle Dickie, une fille qui n'a pas eu le temps de tomber réellement amoureuse et qui ne fera aucune difficulté pour s'adapter à toi et à ton style de vie. » Sa décision est prise. Il ne reviendra plus en arrière.

Dès lors, il s'emporte lorsque quelques-uns de ses plus proches amis, convaincus que cette union ne peut qu'être vouée à l'échec, l'implorent d'y réfléchir une dernière fois. Peu de temps avant sa mort, la grand-mère de Diana, Ruth Fermoy, confiera à l'un des biographes du prince ses regrets de n'avoir pas cherché à intervenir. « Mais même si je lui avais dit "vous faites une terrible erreur", il n'y aurait pas prêté la moindre attention. Il n'était plus maître de rien. » Lady Spencer sent confusément que le moment tant attendu approche où le futur roi d'Angleterre lui demandera de devenir sa femme, et son excitation est telle que rien ni personne n'est plus capable de la convaincre d'y renoncer. Mille fois, le scénario longtemps improbable de cette scène follement romantique a fait naître dans son esprit des images qu'elle imagine sur le point de devenir réalité. On raconte qu'Anna Wallace tente, à l'époque, de l'alerter sur le « problème Camilla » par l'intermédiaire d'une tierce personne. En vain.

Début février, le fils de la reine Elizabeth prend quelques jours de vacances à Klosters, en Suisse, et téléphone à Diana pour la prévenir qu'il souhaite la voir dès son retour. Le 6, la demande en mariage qui va bouleverser à tout jamais l'institution monarchique se déroule dans un petit salon privé du château de Windsor, aménagé dans les locaux de l'ancienne nursery. « Je suis arrivée vers cinq heures. Il m'a invitée à m'asseoir et m'a dit : "Vous m'avez tellement manqué…" Mais à aucun moment il n'a cherché à établir un contact physique entre nous. Cela me semblait un peu incroyable, mais, en réalité, il m'était difficile d'en juger vu que je n'avais jamais eu de petit ami auparavant. Puis il m'a demandé : "Accepteriez-vous de m'épouser ?", et là, je me suis mise à rire. Je me souviens d'avoir pensé "Ce doit être une blague", et j'ai répondu quelque chose comme "Yeah, OK" avant de rire à nouveau. Mais lui, il était on ne peut plus sérieux. "Vous réalisez qu'un jour vous deviendrez reine ?" a-t-il continué. [...] "Oui, lui ai-je dit. Je vous aime tant. C'est vrai, je vous aime tant[1]..." » Visiblement soulagé, et sans doute fier d'avoir fait ce que le monde entier attendait de lui, le jeune homme se rend d'un pas pressé jusqu'à son bureau d'où il téléphone à sa mère pour lui annoncer l'heureuse nouvelle. Son deuxième coup de fil est pour Camilla. Mrs. Parker Bowles, qui se préparait à cet instant depuis plusieurs mois, se réjouit de voir que le prince s'est enfin engagé sur la voie de la raison et de la responsabilité. Le temps des amours tranquilles touche à sa fin. Les deux amants savent que le plus difficile est encore à faire. Rompre. Cette fois, pour de bon. Il faudra en parler. Plus tard, peut-être.

Afin de calmer les ardeurs de la presse, et d'éviter ainsi tout effet d'annonce prématurée dans les médias, Diana part rejoindre quelque temps sa mère et son beau-père, Peter Shand Kydd, dans leur propriété de Yass, en Australie. Une indiscrétion de l'entourage du Premier ministre Margaret Thatcher conduit pourtant *The Times* à faire part à ses lecteurs de l'imminence des fiançailles de l'héritier du trône. Le 23 février, miss Spencer embrasse une dernière fois ses trois colocataires et quitte son petit appartement de Coleherne Court, escortée par son nouveau garde du corps, l'inspecteur Paul Officer. Destination : Clarence House, la résidence londonienne de la reine mère, où une chambre a été spécialement aménagée à son intention au premier étage. En entrant dans la pièce, la jeune femme trouve sur le lit un petit mot de Camilla, daté du 21. Sur un ton à la fois amical et bienveillant, Mrs. Parker Bowles félicite la jeune fille, confie qu'elle adorerait « voir la bague » et lui propose de déjeuner en tête à tête en l'absence de Charles, qui doit prochainement partir pour un déplacement officiel de cinq semaines en Australie-Nouvelle-Zélande. Cette courte lettre manuscrite est le premier témoignage de bienvenue

---

1. Andrew Morton, *op. cit.*

adressé à Diana à l'heure où elle s'apprête à faire son entrée dans la famille royale.

Le 24 février 1981 à onze heures du matin, les fiançailles princières sont enfin annoncées par le palais de Buckingham. « Philip et moi sommes absolument enchantés, et j'espère qu'ils seront heureux ensemble, écrit la reine Elizabeth à une amie. Comme vous le savez, j'ai beaucoup d'affection pour les trois filles Spencer. [...] En fait, je crois que nous avons beaucoup de chance[1]. » Quelques jours plus tard, le jeune couple sacrifie dans la bonne humeur à la traditionnelle interview d'avant mariage, accordée, comme le veut la coutume, à un reporter de la Press Association, l'agence de presse officielle du royaume. À la dernière question « Êtes-vous amoureux l'un de l'autre ? », l'héritier de la Couronne répond par un bien curieux « Oui, quel que soit ce que l'on entend par là » en décalage complet avec le « Oui, bien sûr » timidement murmuré par lady Di. Depuis, plusieurs de ses biographes ont tenté de justifier cette petite phrase maladroite. « Le prince de Galles est un penseur et un philosophe, un homme plein d'esprit et profondément religieux, écrit Penny Junor dans *Charles : Victim or Villain ?* Ce que le mot amour évoque pour lui n'a qu'un rapport très lointain avec cet amour dont parlent les romans à l'eau de rose et les magazines féminins. Son honnêteté intellectuelle est telle qu'elle lui fait parfois du tort. S'il ne peut se résoudre à donner la réponse simple que tout le monde attend, c'est parce que le sujet lui paraît beaucoup trop complexe pour cela. »

Diana passe les quelques heures qui précèdent le départ de Charles pour l'aéroport de Heathrow en compagnie de son fiancé, dans son bureau du palais de Buckingham. Au cours de l'après-midi, Camilla téléphone à ce dernier pour lui souhaiter un bon voyage. La jeune fille racontera par la suite s'être sentie contrainte de quitter la pièce en raison du caractère intime et tendre de leur conversation. L'entourage du fils de la reine Eliza-

1. Lettre datée du 5 mars 1981, publiée dans le quotidien *Daily Mirror* le 20 janvier 1999.

beth affirme au contraire qu'elle se serait emportée sans raison au vu de la banalité des propos échangés ce jour-là entre le prince et Mrs. Parker Bowles. Deux heures plus tard, les photographes de Fleet Street photographient les larmes de Diana à travers les baies vitrées du salon VIP de l'aéroport. À la tristesse de voir l'homme qu'elle aime partir à l'autre bout du monde vient s'ajouter un sentiment d'humiliation, d'impuissance et de solitude infinie. Des questions qui demeurent sans réponse. L'impression confuse que le pire, finalement, est peut-être à venir.

Charles est sûr que sa promise va mettre à profit les prochaines semaines pour peaufiner son apprentissage de princesse avec l'aide, notamment, de Susan Hussey, dame d'honneur et confidente de la souveraine. Mais il n'en est rien. Gagnée par une angoisse et une détresse que son jeune âge ne lui permet pas de dominer, lady Spencer sombre chaque jour davantage dans un abîme d'incompréhension et de désespoir. Et trouve dans l'absence prolongée de son futur mari l'occasion rêvée de mener sa propre enquête. Tous les jours ou presque, les plus proches collaborateurs de l'héritier de la Couronne sont pressés de questions. Charles compte-t-il mettre un terme à sa relations avec Mrs. Parker Bowles après son mariage ? Est-il, oui ou non, amoureux de cette femme ? Edward Adeane, le secrétaire particulier du prince, et Michael Colborne, le conseiller en charge de ses finances, font de leur mieux pour y répondre de la manière la plus évasive possible. Et, s'ils partagent ses doutes, prennent garde de ne pas le lui montrer.

À la demande de Diana, le staff du prince de Galles organise un déjeuner en tête à tête avec Camilla et – simple hasard ou manifestation d'un humour un peu particulier – arrêtent leur choix sur le Ménage à Trois, un restaurant londonien au nom tristement prémonitoire [1]. La favorite sent bien que miss Spencer attend d'elle, à défaut d'une promesse, quelques mots capables de la ras-

---

1. Information publiée pour la première fois par Tim Clayton et Phil Craig dans *Diana : Story of a Princess*.

surer sur ses intentions. Et tente elle-même d'obtenir, par des voies détournées, une réponse à ses propres interrogations. « Nous avons donc déjeuné ensemble, racontera la princesse dix ans plus tard à son biographe, Andrew Morton. Une situation bien délicate, en réalité. Elle m'a demandé : "Vous ne comptez pas chasser, n'est-ce pas ? – De quelle manière ? ai-je répliqué. – À cheval. Vous n'irez pas chasser lorsque vous séjournerez à Highgrove, n'est-ce pas ? – Non, lui ai-je dit. – Je voulais juste savoir, rien de bien important." [...] Et moi, j'étais encore trop immature pour décrypter les messages qui parvenaient jusqu'à moi [1]. »

Sur le moment, l'une et l'autre se déclarent enchantées de leur entrevue. Milla se réjouit de voir que la jeune femme paraît déjà entièrement dévouée à son fiancé. « Ce qui est bien, c'est qu'elle va l'aimer énormément [2] », confie-t-elle à l'un de ses proches. Mrs. Parker Bowles s'est faite à l'idée de devoir mettre un terme à sa liaison avec le futur roi d'Angleterre, mais compte sur les longs après-midi de chasse à courre dans la campagne du Gloucestershire pour continuer à profiter de quelques moments d'intimité en sa compagnie. « Formidable, déclare quant à elle Diana à son retour au palais. Je crois pouvoir dire que nous nous comprenons parfaitement [3]. » Pour l'heure, Charles est le seul à culpabiliser. « Elle est aussi ravissante qu'exquise, confie-t-il à un ami au cours du mois de juin. Mais ce n'est encore qu'une enfant. On dirait qu'elle a à peine l'âge d'être sortie de l'école, alors quant à avoir celui de se marier... » Peu après la première rencontre du couple avec l'archevêque de Canterbury, Robert Runcie, l'aumônier Richard Chartres s'étonne de le voir dans un tel état d'esprit. « Il est sérieusement déprimé, commente-t-il. Cela s'entend à sa voix. »

En dépit de ses efforts désespérés pour se convaincre que la jeunesse et l'inexpérience de lady Spencer sont au cœur de ses préoccupations, l'héritier du trône ne peut

1. Andrew Morton, *op. cit.*
2. Rebecca Tyrrel, *op. cit.*
3. Tim Clayton et Phil Craig, *op. cit.*

toutefois cacher à son entourage la véritable raison de ses angoisses. Cinq jours seulement avant ses noces, il se laisse aller à quelques confidences en présence de John Barratt, le secrétaire de lord Mountbatten. « Au cours de la semaine qui a précédé son mariage, il nous a déclaré, à moi ainsi qu'à lord Romsey, que [Mrs. Parker Bowles] était la seule femme qu'il ait jamais réellement aimée. Avant d'ajouter : "Jamais je ne pourrai éprouver pour Diana ce que je ressens pour Camilla." Lord Romsey a tenté de le réconforter en lui assurant qu'il était probable que ses sentiments finiraient par changer[1]. »

La solitude du prince est peut-être plus grande encore que celle dont sa future femme se dit la proie. En matière de conseil conjugal, ses parents ne peuvent raisonnablement lui être d'aucun secours. Sa maîtresse lui a elle-même déjà affirmé à plusieurs reprises que lady Spencer serait « une épouse idéale ». Mais à ce moment précis de leur histoire commune, Charles et Diana sentent tous deux confusément qu'ils se sont, peut-être, trompés l'un sur l'autre. Le fils aîné de la reine Elizabeth fait déjà l'expérience des sautes d'humeur imprévisibles de sa promise et se demande s'il sera capable de composer avec le besoin permanent de soutien, de réconfort et d'amour qu'elle exprime depuis leurs fiançailles. L'héritier de la Couronne, à qui la seule idée de mariage arrangé répugne, sait que Diana est la seule à « mettre tout son cœur » dans cette union. De son côté, cette dernière ne doute pas que Charles soit un homme d'honneur, mais s'inquiète de la place que continuera ou non, à l'avenir, d'occuper Camilla dans son existence. À son retour de Nouvelle-Zélande, après plus d'un mois d'absence, son prince s'est contenté de lui donner un rapide baiser sur la joue avant de regagner d'un pas pressé ses appartements. Depuis, il est introuvable. Ou, plutôt, comme irrésistiblement poussé par quelque force obscure à fuir la capitale pour regagner au plus vite les paysages verdoyants du Wiltshire. Diana prend conscience que le jeune homme, en dépit de ses

---

1. Caroline Graham, *op. cit.*

efforts, ne pourra jamais être pour elle le mari dont elle avait rêvé.

Trois semaines avant la cérémonie, un somptueux dîner réunissant près de mille convives est organisé au château de Windsor en l'honneur des futurs époux. À l'issue du banquet, Elton John donne un mini-concert. Charles fait de son mieux pour danser avec autant d'invitées que possible et en oublie sa fiancée. Au milieu de la nuit, lady Di fait ses valises et se rend à Althorp au volant de sa Mini Metro, bien décidée à mettre le plus de distance possible entre elle et la famille royale. Seuls les trésors d'affection et de persuasion déployés par son père réussiront à la persuader de rentrer à Londres. Dans le bureau qu'elle partage avec Michael Colborne, au palais de Buckingham, les cadeaux de mariage arrivent désormais quotidiennement par dizaines en provenance du monde entier. Au cours de la dernière semaine de juillet, Diana repère un petit paquet à l'intention de Mrs. Parker Bowles et, sourde aux vigoureuses protestations du conseiller du prince, qui lui a déconseillé de chercher à en connaître le contenu, y découvre un bracelet en or monté autour d'un médaillon en émail bleu gravé des lettres « G » et « F » entrelacées. Charles et Camilla s'étant donné les surnoms affectueux de Gladys et Fred, voilà sûrement un bijou destiné à orner le poignet de sa rivale. Sommé de s'expliquer, l'héritier du trône assure qu'il ne s'agit là que d'un modeste cadeau d'adieu destiné à une amie de longue date à laquelle il ne se sent plus en droit, désormais, de consacrer autant de temps que par le passé. Il a d'ailleurs l'intention de le lui offrir en personne dès le surlendemain. Que cela lui plaise ou non. Quelques minutes après sa conversation houleuse avec son futur mari, Diana rejoint ses sœurs, Jane et Sarah, qu'elle a conviées à déjeuner au palais. « Je ne peux pas l'épouser, je ne peux pas faire ça », leur dit-elle. « Pas de chance, Duch'[1], ton visage est déjà imprimé sur les serviettes en papier. Il est trop tard pour reculer[2]. »

---

1. Diminutif de « Duchesse », surnom affectueux donné à Diana par ses frère et sœurs.
2. Andrew Morton, *op. cit.*

Le lundi suivant, le fils de la reine Elizabeth se rend au château de Windsor, où sa sœur, la princesse Anne, baptise sa fille cadette, Zara. Parrain du bébé, Andrew Parker Bowles est, au côté de sa femme, l'un des seuls invités à la petite cérémonie, célébrée dans la plus stricte intimité familiale. Le soir même, les deux époux sont également reçus à Buckingham à l'occasion d'un grand bal réunissant, cette fois, plus de huit cents personnalités. À l'aube, Diana est reconduite jusqu'à Clarence House, abandonnant Charles et Milla à ce qu'ils croient alors être leurs dernières heures de passion. « Sir Charles a toujours été obsédé par Camilla, et ce depuis leur toute première rencontre, racontera Stephen Barry, le valet du prince, au chroniqueur royal James Whitaker. Mais il nous avait paru pour le moins incroyable qu'il décide de passer la nuit avec elle la semaine même de son mariage. Incroyablement osé, en fait, pour ne pas dire incroyablement stupide[1]. »

Londres a revêtu ses habits de fête. Pavoisées aux couleurs de l'Union Jack, les rues de la ville ont sorti les drapeaux, les oriflammes bariolées et les couronnes en carton-pâte doré. La veille du grand jour, alors que la nuit commence à tomber sur la capitale, Charles observe en silence la foule rassemblée sous les fenêtres du palais. Peut-être, après tout, que son couple ressemblera à celui de ses grands-parents, Queen Mum et George VI – une union arrangée, certes, mais décrite comme l'une des plus heureuses et des plus réussies qu'ait jamais connues la famille royale. Peut-être qu'il lui sera donné la chance, à lui aussi, de vieillir paisiblement au côté de Diana. Peut-être que leur foyer, une fois consolidé par la naissance d'un ou de plusieurs enfants, se révélera moins désuni qu'il ne le croit.

Le matin du 29 juillet 1981, Diana fait son entrée dans la cathédrale Saint-Paul au bras de son père et remonte lentement l'allée centrale de la nef au son du *Trumpet Voluntary* du compositeur Jeremiah Clarke.

---

1. Christopher Wilson, *op. cit*.

« J'ai vu Camilla, tailleur gris pâle, petit chapeau à voilette. Je l'ai vue, elle et son fils Tom, debout sur une chaise. Jusqu'à aujourd'hui, ce souvenir ne m'a jamais quittée[1]. » Mrs. Parker Bowles compte parmi les hôtes de marque de l'héritier de la Couronne. Afin que toute la bonne société du royaume, rassemblée au grand complet en cette occasion mémorable, sache une fois pour toutes en quelle estime elle est tenue par son futur roi, elle a été installée au troisième rang, à proximité de plusieurs membres du clan Windsor. Face à elle, de l'autre côté de l'allée, ont pris place les plus grands personnages du royaume, au côté de Margaret Thatcher et des ministres de son gouvernement. Diana n'a jamais été aussi jolie. Aussi attendrissante, même. Charles et Milla ont fait vœu de mettre un terme définitif à leur liaison et de laisser passer quelque temps avant de se revoir. L'ancienne maîtresse du fils de la reine Elizabeth a l'esprit et le cœur en paix. L'histoire était belle. Son épilogue l'est tout autant.

Suivi en direct par plus de sept cent cinquante millions de téléspectateurs à travers le monde, le « mariage du siècle » persuade tous les observateurs que la monarchie britannique n'a jamais été plus populaire, ni plus confiante dans son avenir. Les noces princières marquent en fait le début, pour chacun des protagonistes de l'affaire, d'une ère interminable de mensonges et de tourments. À l'issue de la célébration, le landau dans lequel ont pris place les héros du jour est escorté jusqu'au palais de Buckingham par vingt-quatre cavaliers du régiment des Blues and Royals, au nombre desquels Andrew Parker Bowles. La nouvelle princesse de Galles ayant fait rayer Camilla et son conjoint de la liste des invités au banquet, celle-ci choisit de fêter l'événement en organisant un déjeuner entre amis à Bolehyde Manor.

Diana pense avoir gagné la partie et se convainc que « le problème Camilla » n'est plus qu'un lointain et mauvais souvenir. Au cours de sa lune de miel à bord du

1. Andrew Morton, *op. cit.*

yacht royal *Britannia*, le couple vit avec délices ses premiers moments de félicité conjugale. « Ils avaient enfin la possibilité de visionner le film de leur mariage, et ils le passaient en boucle, écrit le majordome Paul Burrell dans ses Mémoires. [...] Ils étaient tellement heureux qu'ils pleuraient en regardant la cérémonie, serrés l'un contre l'autre[1]. » Une série d'incidents vient pourtant réveiller les soupçons de la jeune femme. Les époux sont en train de comparer leurs emplois du temps respectifs dans le petit bureau du duc d'Édimbourg lorsque deux photos de Mrs. Parker Bowles s'échappent de l'agenda du prince et glissent sur le sol. Quelques jours plus tard, Charles décide bien maladroitement d'étrenner une paire de boutons de manchette en or offerte par Camilla, à l'occasion d'un dîner donné à bord en l'honneur du président égyptien Anouar el-Sadate. Diana remarque les deux « C » entrelacés, crie à la provocation. Et pleure ses illusions perdues. Charles, de son côté, ne voit dans tout cela aucune malice particulière et s'installe dans l'attitude du mari incompris, injustement soupçonné de trahison.

À la fin de leur croisière sous le soleil de la Méditerranée, le prince et la princesse de Galles rejoignent le château de Balmoral. « S'asseoir au sommet de la plus haute colline [du domaine], voilà qui correspondait à l'idée qu'il se faisait du plaisir. C'est très beau, là-haut, et je le comprends. Il me lisait des extraits de Jung ou de Laurens Van der Post [...], moi je faisais un peu de tapisserie, et je crois qu'il était parfaitement heureux[2] », raconte Diana. Le fils de la reine Elizabeth décrit d'ailleurs ces quelques semaines de vacances écossaises comme « un moment de répit placé sous le signe du bonheur » dans sa résidence favorite, avec ses livres, ses cannes à pêche et ses amis. Mais au bout de quelques jours, la jeune mariée voit justement dans ses livres, ses cannes à pêche et ses amis autant d'obstacles insurmontables à toute forme de félicité conjugale. La com-

1. Paul Burrell, *A Royal Duty*.
2. Cité par Andrew Morton, *op. cit*.

pagnie de ses anciennes colocataires lui manque. Même les bons moments que lui procure le spectacle du clan Windsor affairé à préparer un pique-nique ou rentrant bredouille d'un long après-midi passé dans les eaux glacées de la rivière Dee ne suffisent pas à tromper son ennui.

Pourtant, Charles et Diana sont tous deux déterminés à faire en sorte que leur union soit une réussite. À l'époque où ils emménagent dans leurs appartements londoniens du palais de Kensington, la sincérité de leurs intentions comme celle de l'affection qu'ils éprouvent l'un pour l'autre ne peuvent être mises en doute. « Lorsque, comme moi, vous avez eu des parents divorcés, vous faites tout ce qui est en votre pouvoir pour que ça marche, confiera la princesse à Andrew Morton. Vous ne voulez surtout pas retomber dans le schéma que vous avez déjà vu se produire dans votre famille. Je voulais désespérément que ça fonctionne entre nous, j'aimais désespérément mon mari, et je voulais tout partager avec lui[1]. » Mais ses larmes, ses sautes d'humeur et la fréquence croissante de ses crises d'anorexie-boulimie sont autant de manifestations incontrôlables d'un mal-être qui ne trouve son apaisement dans aucune des paroles de réconfort de son époux. L'héritier du trône prend peu à peu conscience de l'abîme qui les sépare et réalise que, même en faisant preuve de la meilleure volonté du monde, la jeune femme ne sera jamais capable de partager son enthousiasme pour la chasse à courre, les après-midi pluvieux des Highlands ou les essais rébarbatifs du philosophe Laurens Van der Post.

En fait, Diana n'a pas encore eu le temps de prendre conscience de l'énormité de la tâche qui lui incombe en tant que princesse de Galles, et en éprouve d'autant plus de difficultés à comprendre les absences répétées de son mari ou le temps qu'il consacre à l'étude de ses documents de travail. La belle-fille de la souveraine estime avoir été injustement privée de sa liberté et se persuade qu'au sein même de la famille royale elle n'aura jamais

---

1. *Ibid.*

aucun rôle d'importance à tenir. À l'incompréhension qu'éprouvent déjà les nouveaux mariés l'un pour l'autre vient progressivement s'ajouter au fil des semaines un sentiment de lassitude et de colère dont aucun d'eux ne parviendra plus jamais à se défaire. La princesse perd du poids à une vitesse alarmante, Charles est malheureux. Il confie à son entourage qu'il se sent à la fois effrayé et déstabilisé par la violence des émotions de son épouse. Il n'en comprend pas la cause, ne voit pas très bien de quelle manière il pourrait se rendre utile. De toute évidence, il est déçu par ce premier aperçu de vie conjugale. Et il n'est pas le seul.

« Le prince Charles était un romantique, écrit sa biographe Penny Junor. Il s'était imaginé qu'avoir une femme transformerait son quotidien. Qu'elle serait une amie et une confidente, qu'elle se ferait un devoir de lui remonter le moral, de flatter son ego, de partager son lit et de s'intégrer confortablement à son existence. Tout cela sans qu'il ait besoin de changer d'un iota sa propre routine. Diana avait eu une vision tout aussi romantique de la vie de couple. Elle avait rêvé d'un homme prêt à lui être entièrement dévoué et à passer chaque minute de son temps à ses côtés, un homme qui l'aurait aimée, lui aurait donné de beaux enfants et aurait toujours été là pour la protéger et la rassurer. Aucun d'eux n'avait épousé celui ou celle qu'il lui fallait [1]. » Le prince et la princesse de Galles ont désormais la certitude de s'être trompés l'un sur l'autre. La joie qu'ils éprouvent à l'idée d'être bientôt parents ne leur apporte à tous deux qu'un apaisement passager. Désemparé, le fils aîné de la reine Elizabeth se tourne vers la seule personne au monde capable de le comprendre. Et de lui donner le réconfort qu'il attend.

---

1. Penny Junor, *Charles : Victim or Villain ?*

5

La fin de l'innocence

« Avoue, avoue que c'est elle que tu voulais, et pas moi !.... »
Diana, au cours d'une dispute
avec le prince Charles

En décidant de reprendre contact avec Mrs. Parker Bowles, le prince sait qu'il trahit la promesse qu'il s'était faite de ne plus chercher à la revoir. Le temps, du moins, de donner à son mariage avec Diana une chance de réussir. Les anciens amants choisissent pour cadre de leurs retrouvailles l'après-midi de chasse à courre organisée le 2 novembre par le Vale of the Horse Hunt à Ewen, dans le Gloucestershire. Le palais de Buckingham n'a pas encore annoncé officiellement la grossesse de la princesse de Galles, mais la rumeur a déjà fait son chemin dans les rédactions de Fleet Street, et plusieurs dizaines de journalistes et de photographes se sont mêlés aux badauds sur le parcours emprunté par les cavaliers. « Quand comptez-vous cesser de me rendre la vie insupportable ? » leur lance le fils de la reine Elizabeth, excédé[1]. Décontenancés par cette manifestation inha-

1. Christopher Wilson, *op. cit.*

bituelle d'agressivité, aucun des reporters présents ce jour-là ne prête attention à la jeune femme qui se tient discrètement en retrait de l'héritier de la Couronne. Et pourtant...

Charles et Camilla décident de profiter des parties de chasse organisées dans la campagne des comtés du sud-ouest de l'Angleterre pour passer régulièrement quelques heures ensemble. L'intrépidité dont Milla fait preuve à cheval constitue depuis toujours un élément déterminant dans la séduction qu'elle exerce sur le prince. « C'est une cavalière agressive qui, une fois sur le terrain, ne s'encombre pas de bonnes manières et n'hésite pas à le manifester bruyamment, témoigne l'un des membres du Beaufort Hunt. Approchez-vous un peu trop près d'une haie, et vous l'entendrez hurler "Nom de Dieu, tirez-vous de mon p***** de chemin !" Elle ne tient pas compte des autres, ce qui, il faut bien le dire, peut parfois avoir un petit côté effrayant[1]. » Dans l'entourage du futur roi comme dans celui de Mrs. Parker Bowles, on affirme qu'à l'époque l'un et l'autre ont la ferme intention de garder à leur relation un caractère purement amical. La quiétude de la vie à Bolehyde Manor a apaisé la tristesse et les doutes de Camilla après sa rupture avec l'héritier du trône. En renouant avec ses anciennes attributions de confidente et de conseillère, elle espère désormais convaincre Charles de faire tout ce qui est en son pouvoir pour améliorer ses relations avec Diana.

La favorite voit en effet dans les troubles du comportement de la princesse autant de manifestations de son incapacité à assumer ses nouvelles obligations comme à gérer la pression qu'elle sent peser sur ses épaules. Après tout, la jeune femme s'est trouvée brutalement élevée au rang de superstar sans y avoir été préparée. Contrairement à plusieurs amis du prince, partisans d'une « plus grande fermeté » vis-à-vis de ce qu'ils considèrent comme des enfantillages, Milla recommande au fils de la reine Elizabeth de prendre l'avis de spécialistes,

---

1. *Ibid.*

et l'encourage à participer aux séances de thérapie suivies par son épouse dès le mois d'octobre 1981.

En décembre, au cours des traditionnelles vacances de la famille régnante au château de Sandringham, Diana tombe du haut du grand escalier menant aux appartements de Queen Mum. Simple chute, véritable tentative de suicide ou appel au secours… Le compte rendu de l'incident ayant, par la suite, considérablement varié en fonction des époques et des narrateurs, difficile de dire ce qui s'est réellement passé ce jour-là. Deux mois plus tard, les deux époux partent en vacances aux Bahamas. Si la presse a déjà eu vent des difficultés rencontrées par le prince et la princesse de Galles dans leur vie de couple, elle est toutefois pleinement rassurée par le spectacle qu'offrent les jeunes mariés sur les plages ensoleillées de l'archipel. Le retour de l'insouciance et du bonheur. Une deuxième lune de miel. Très enthousiaste à l'idée de devenir père, et attendri par les nouvelles rondeurs de Diana, Charles se convainc que tout n'est pas encore perdu.

Dans l'espoir d'apaiser pour de bon ses tourments, il lui propose de revendre Highgrove, qu'elle n'a jamais aimée, et de se mettre en quête d'une autre résidence, à la fois plus proche d'Althorp, le château familial des Spencer, et débarrassée de l'encombrante proximité de Bolehyde Manor. Ensemble, ils visitent notamment Belton House, une imposante demeure du XVIIe siècle, dans le comté du Lincolnshire. Digne d'un prince et décorée d'une impressionnante collection de tableaux de maître – dont, paraît-il, un portrait de Mona Lisa peint par Léonard de Vinci et ressemblant étrangement à la Joconde –, cette dernière présente en outre aux yeux de Diana l'avantage d'être située à quelques minutes en voiture seulement de la maison de sa sœur, Sarah. Mais le projet se révèle vite irréalisable. L'héritier de la Couronne craint que Belton House ne soit trop coûteux à entretenir. De plus, comment quitter Highgrove sans heurter la susceptibilité des centaines de Britanniques qui ont contribué au financement de ses travaux d'aménagement et de rénovation ? Les grilles en fer forgé qui ferment l'entrée de la propriété ont en effet été offertes par les habitants des villages alentour en guise de cadeau de mariage, la piscine par plusieurs milliers de dons récoltés au sein des multiples régiments de Sa Très Gracieuse Majesté. Le futur roi d'Angleterre ne peut se permettre de vexer qui que ce soit, ou, pis, de passer pour un ingrat. Résignée, la princesse tente de se consoler en éliminant toute trace de l'influence de Camilla dans la décoration de sa nouvelle maison.

Diana use l'énergie de ses vingt ans à tenter de dresser des remparts, capables, du moins le croit-elle, d'éloigner pour de bon Mrs. Parker Bowles de son mari. Le statut de « meilleure amie » chèrement acquis par Milla au cours des dix dernières années lui confère une place à part au sein de la haute société du royaume, que la jeune femme interprète comme une forme de rejet à l'encontre de sa propre personne. Dans l'espoir de ternir quelque peu le prestige – bien réel – de la favorite, la belle-fille d'Elizabeth II invite lady Tryon à déjeuner au restaurant italien San Lorenzo et l'encourage à prendre contact plus régulièrement avec Charles. Un temps, Kanga se retrouve à nouveau propulsée par les médias à la dignité de confidente du prince. Mais, à terme, la stratégie de Diana ne donne aucun résultat. La violence des disputes entre les deux conjoints commence quant à elle à préoccuper leur entourage. En janvier 1982, le couple séjourne brièvement à Althorp. Après son départ, le comte Spencer fait l'inventaire des dégâts infligés au mobilier de sa suite : une vitre brisée, une chaise du XVIIIe cassée, un précieux miroir réduit en miettes…

Tout en disant éprouver les pires difficultés à affronter ces foules qui se pressent sur son passage, la princesse prend peu à peu conscience de la force et du rayonnement de son image. Alimentée par une presse tabloïd chaque jour plus friande de photos et de révélations, une véritable « Dianamania » s'empare en effet du royaume. Plus sa beauté se dévoile en une des quotidiens, plus son charme fait d'effet sur le public, et plus Camilla se fait discrète. Le décor du drame est planté. Mais ses acteurs en sont encore à peaufiner leurs personnages. L'épouse du prince Charles commence à s'épanouir dans la lumière aveuglante de sa notoriété nouvelle. Mrs. Parker Bowles, elle, opte pour le rôle de la femme de l'ombre. Privée de toute information la concernant, la presse en déduit à la hâte qu'elle n'est plus en relation avec son ancien amant. En 1982, Andrew est promu au grade de colonel en charge du commandement des unités de cavalerie de la Maison royale. Peu après, un attentat perpétré à Hyde Park par un commando de l'Armée républicaine irlandaise tue deux de ses hommes et plusieurs des montures du régiment. « Le souvenir de ce qui s'est passé ce jour-là me hantera jusqu'à la fin de ma vie », confie-t-il à l'un de ses proches.

L'officier passe désormais le plus clair de son temps dans son cantonnement de Hyde Park Barracks, dans le quartier londonien de Knightsbridge, et « abandonne » son épouse à l'existence tranquille à laquelle elle aspire. En mai, un tabloïd rapporte que Camilla a été aperçue en train d'apporter des vêtements à un dépôt-vente en compagnie de son amie Rosemary Pitman. Aux yeux des médias, Mrs. Parker Bowles mène désormais une petite vie bien trop ordinaire pour pouvoir encore prétendre compter au nombre des intimes de la famille royale. Son mari, lui, paraît avoir retrouvé toute sa flamme pour Charlotte, son ancien amour, mariée depuis quelques années au banquier Rick Hambro. Le divorce de ces derniers est prononcé le 9 août. « Les amis d'Andrew prennent l'habitude de l'inviter en couple en compagnie de Charlotte, raconte Nigel Dempster. S'ils ont la conscience tranquille, c'est parce qu'eux [en revanche] savent tous que Camilla est redevenue une figure incontournable dans l'existence, décidément de plus en plus étrange, du prince de Galles[1]. »

La naissance de William, le 21 juin 1982, permet à Charles et Diana de renouer avec leur complicité d'antan. L'enfant se révèle un sujet de conversation inépuisable pour ses parents. L'héritier du trône réduit de manière significative le nombre de ses engagements officiels. Son épouse, elle, semble retrouver pour un temps

1. Nigel Dempster et Peter Evans, *op. cit.*

ses élans de jeune mariée. La visite des deux jeunes gens en Australie et en Nouvelle-Zélande, en mars 1983, leur permet de laisser libre cours à l'affection qu'ils éprouvent encore l'un pour l'autre. « La princesse compte beaucoup sur la présence rassurante de son mari, raconte Jonathan Dimbleby dans *The Prince of Wales : A Biography*. Dans une lettre adressée à une amie, elle décrit la manière douce et persuasive avec laquelle il s'emploie à la faire sortir de sa coquille et lui apprend à gérer le stress et la pression ; elle raconte qu'il se porte à son secours lorsqu'elle se sent désemparée, et confie se sentir tranquillisée de le sentir à ses côtés, notamment pendant leurs déplacements en voiture, au cours desquels elle peut enfin s'accrocher discrètement à son bras pour trouver un peu de réconfort. » « Elle est merveilleuse et m'aide à tenir le coup dans les moments de cafard », écrit de son côté le prince à l'un de ses proches [1].

À leur retour, ils éprouvent pourtant les pires difficultés à redonner à leur vie conjugale un semblant de sérénité. En proie à des accès de dépression postnatale et angoissée par des crises de boulimie qu'elle ne parvient pas à contrôler, la bru de la reine Elizabeth réalise peu à peu que tous les efforts du monde seront impuissants à changer Charles comme à modifier sa conception de la vie de famille. Entre mai et août, le futur roi participe à soixante matchs de polo qui, inévitablement, l'obligent à passer beaucoup de temps loin des siens. Oui, mais voilà... Le polo, la chasse, le sens du devoir paraissent être à son épouse autant de prétextes avancés par son mari pour fuir son foyer et ses responsabilités de père. Diana se persuade, non sans raison, que le soudain regain d'intérêt du prince pour la chasse à courre n'est pas étranger à l'implication de Mrs. Parker Bowles dans les multiples activités du Beaufort Hunt.

La jeune femme est désormais obsédée par l'idée que Charles la trompe. Bientôt, les relations entre les deux conjoints semblent devoir se résumer ainsi : de fréquentes

---

1. Cité par Jonathan Dimbleby, *op. cit.*

– et bruyantes – disputes entrecoupées de brèves périodes d'accalmie. La princesse aimant se coucher tôt, l'héritier de la Couronne fait installer un lit dans son dressing-room afin, dit-il, de ne pas la réveiller lorsqu'il rentre tard. Dans les quartiers réservés au personnel du palais de Kensington, les commérages vont bon train. Les domestiques s'étonnent de voir leurs altesses royales passer si peu de nuits ensemble. De plus en plus désemparé, le prince se replie sur lui-même et n'en éprouve que plus de difficultés à communiquer avec son épouse. Il appelle désormais sa « meilleure amie » au téléphone plusieurs fois par jour, et aménage son emploi du temps de manière à pouvoir se retrouver auprès d'elle le plus souvent – et le plus longtemps – possible. « Lorsque son mariage a commencé à connaître un certain nombre de problèmes, Charles s'est tourné vers Camilla pour obtenir de l'aide, raconte Carolyn Benson, l'une des confidentes de cette dernière. Je pense que la position dans laquelle s'est retrouvée Camilla l'a conduite à s'investir de plus en plus dans cette relation, sans pour autant réaliser ce qui était en train de se passer ni jusqu'où cela risquait de la conduire[1]. » Mais pour l'entourage des Parker Bowles, l'affaire est entendue. Le prince, lui, sait parfaitement où il va.

Deux ans après leur mariage, Charles et Diana réalisent déjà à quel point tout les sépare. Le caractère inconciliable de leurs deux tempéraments, le décalage immense de leurs envies et de leurs aspirations respectives se manifestent jusque dans le choix de leurs amis. « La bande des ridés » – l'une des expressions favorites de la princesse – dont aime s'entourer le fils d'Elizabeth II rassemble une compagnie distinguée, où aristocrates fortunés côtoient responsables économiques et politiques, intellectuels en vogue et descendants de prestigieuses lignées. Dans le cercle des intimes : l'écrivain-philosophe sir Laurens Van der Post, le milliardaire américain Armand Hammer, qui compte alors parmi les plus généreux « bienfaiteurs » des œuvres carita-

1. Caroline Graham, *op. cit.*

tives du prince, lord King, le directeur de la compagnie aérienne British Airways, lord Romsey, petit-fils de lord Mountbatten, et sa femme, Charles et Patty Palmer Tomkinson, Camilla et Andrew Parker Bowles, le comte et la comtesse de Shelburne, le duc de Westminster – l'homme le plus riche du royaume –, ainsi que le marquis de Douro – dont l'épouse, Antonia, se trouve être l'arrière-petite-fille du kaiser Guillaume II. À l'époque, Diana fréquente régulièrement Kate et Sarah Menzies, filles d'un homme d'affaires propriétaire d'une chaîne de points de vente de journaux, Julie Samuel, la sœur cadette de Sabrina Guinness, et Carolyn Bartholomew, l'une de ses anciennes colocataires de Coleherne Court. Tous ses stratagèmes dans le but de « rajeunir » les fréquentations de son mari seront vains. Plusieurs de ses propres amis s'avoueront par ailleurs trop timides pour demander à lui être présentés.

En fait, le prince et la princesse de Galles n'ont qu'une seule expérience en commun : celle d'avoir grandi au sein d'un foyer désuni. Mariés en novembre 1947, la reine Elizabeth et le prince Philip ont connu, eux aussi, leur lot de crises conjugales – même si, par amour, et sans doute aussi par devoir, la souveraine a toujours fermé les yeux sur les infidélités de son époux. Tout comme Diana, Charles estime avoir été privé d'affection lorsqu'il était enfant. Les souvenirs douloureux qu'ils gardent de leurs jeunes années auraient dû contribuer à les rapprocher. En réalité, ils ne les en éloignent que davantage l'un de l'autre. « La représentation qu'elle se faisait de l'amour paraissait conditionnée par les traumatismes longtemps refoulés subis dans sa petite enfance, analysera l'un de ses secrétaires particuliers, Patrick Jephson, dans ses Mémoires. À en croire un conseiller conjugal expérimenté qui connaissait la princesse, les expériences qu'elle avait vécues dans son enfance, y compris le chagrin interminable causé par le divorce houleux de ses parents, avaient à tout jamais endommagé sa capacité à donner de l'amour comme à en recevoir. Lorsqu'un homme lui manifestait de l'intérêt, elle réagissait en se protégeant de la seule manière qu'elle connaissait : en consommant avec avidité ce qui lui était offert, avant d'en jeter brutalement les restes avec froideur, comme si elle n'avait pas de cœur. Face à cette attitude, les efforts entrepris par un certain nombre d'hommes, y compris son mari, pour cicatriser des blessures aussi profondes, étaient voués à l'échec. Pis encore, ils étaient perçus par la princesse comme des manifestations de faiblesse[1]. »

Au fil des mois, Camilla se rend compte que Diana ne peut rendre Charles heureux. En privé, Mrs. Parker Bowles fait de plus en plus souvent référence à sa future reine en employant les termes peu flatteurs de « créature ridicule ». « Elle n'est ni méchante, ni médisante, commente l'un de ses proches. Mais il ne fait aucun doute que sa loyauté est et restera du côté du prince. De tous ses amis, elle a toujours été celle en qui il a le plus confiance. Et le jour où il faudra prendre parti pour l'un des deux époux, il n'y aura pas le moindre doute dans son esprit[2]. » Leur entourage se demande combien de temps encore tous deux auront la force de résister à l'attirance qu'ils ressentent à nouveau l'un pour l'autre. De fait, au plaisir que Milla éprouve à retrouver son rôle et ses attributions de confidente sont venus s'ajouter des sentiments qu'elle croyait appartenir au passé. Bientôt, Charles et Camilla sont de nouveau des amants.

La jeune femme a hérité de sa mère un sens aigu de la famille. Rosalind lui a appris que les besoins des enfants doivent toujours primer sur les envies de leurs parents. Fidèle à ces principes, la « meilleure amie » de l'héritier de la Couronne s'est parfaitement accommodée, pendant des années, d'une existence tranquille dans son petit paradis de verdure du Wiltshire. Milla avait rêvé d'un mariage heureux et sans histoires qui aurait ressemblé à celui de ses parents. Déstabilisée par la complexité de ses relations avec Andrew, elle trouve auprès de Charles ce à quoi elle aspire désormais : une dévotion sans faille, un amour inconditionnel, simple et vrai, débarrassé de son épuisant cortège de mensonges et de dissimulation. Elle sait leur histoire sans issue. Le fils de la reine Elizabeth, lui, se

1. Patrick D. Jephson, *Shadows of a Princess*.
2. Caroline Graham, *op. cit.*

berce d'illusions pour deux. Tout comme Edward VII et Alice Keppel, quatre-vingts ans plus tôt, le couple compte sur l'hospitalité bienveillante d'amis chers – Nick Paravacini, le beau-frère d'Andrew Parker Bowles, toujours volontaire pour prêter sa demeure du comté de Breconshire, Annabel Elliot, la sœur de Camilla, propriétaire d'une maison à Stourpaine, dans le comté du Dorset, ou encore la marquise de Douro – pour abriter ses amours.

La liaison est encore un secret bien gardé que se partagent un petit nombre d'intimes. Diana, pour l'heure, n'a encore que des soupçons. Ses doutes se confirment le jour où, à travers la porte entrebâillée de la salle de bains de leur appartement londonien, elle surprend les mots tendres murmurés au téléphone par son mari à l'adresse de sa maîtresse. « Quoi qu'il arrive, je t'aimerai toujours. » La princesse se sent trahie, humiliée, plus seule que jamais. Et réagit en accentuant sa pression sur son époux. Au moindre retard, à la moindre absence non justifiée, des torrents de reproches s'abattent sur l'héritier du trône. De son côté, Mrs. Parker Bowles reçoit plusieurs fois par jour des appels anonymes à Bolehyde Manor, dont l'auteur s'amuse à raccrocher dès que sa voix se fait entendre à l'autre bout du fil. Diana, Charles et Camilla se retrouvent bientôt pris dans une spirale de méfiance et d'hostilité, responsable d'un traumatisme durable pour chacun d'eux.

Le couple princier souhaite pourtant d'autres héritiers, et parvient à oublier ses désaccords le temps de faire un deuxième enfant. La colère de lady Di paraît s'apaiser pendant quelques mois. Le fils de la reine Elizabeth met à profit ce répit inespéré pour tenter de renouer avec leur complicité d'autrefois. « Nous avons été très proches l'un de l'autre au cours des six semaines qui ont précédé la naissance de Harry, commentera d'ailleurs bien des années plus tard la future maman. Plus proches que nous ne l'avons jamais été, et que nous ne le serons sans doute jamais [1]. » À la naissance du petit prince, en septembre

---

1. Andrew Morton, *op. cit.*

1984, les deux époux réalisent toutefois qu'ils ont les pires difficultés du monde à partager leur joie d'être à nouveau parents. « Charles avait toujours voulu avoir une fille. [...] Harry est arrivé. [...] Son premier commentaire a été : "Oh, mon Dieu, c'est un garçon[1]." » Impuissants à endiguer la lente désagrégation de leur mariage, ils décident, en accord l'un avec l'autre, de faire désormais chambre à part.

Diana rend son conjoint responsable de tous ses maux. Le prince de Galles, excédé, s'emploie à réduire la fréquence de leurs scènes de ménage en passant le plus de temps possible dans sa résidence de Highgrove. Son enthousiasme croissant pour la chasse à courre commence d'ailleurs à susciter bien des commentaires au sein de son entourage. Dans les dîners en ville, on raconte qu'il délaisse souvent son groupe de cavaliers pour s'éclipser, parfois pendant plusieurs heures, en compagnie d'une certaine femme mariée. Rapidement, les amours adultérines de l'héritier de la Couronne deviennent l'un des sujets de conversation favoris de la bonne société du royaume. Pour la plupart de ses membres, il ne fait aucun doute que l'humiliation insupportable infligée à Diana au vu et au su de tous est seule responsable des troubles du comportement dont elle est la proie. Pour l'heure, l'aristocratie la considère encore comme une victime. Son esprit de caste lui interdit pourtant de critiquer ouvertement le couple Parker Bowles. Même si l'attitude de Camilla et la politique de « laisser-faire » adoptée par son mari – apparemment toujours très épris de Charlotte – font peser de bien lourdes menaces sur le mariage princier. Et, à terme, sur l'avenir de la dynastie.

Selon le chroniqueur mondain Nigel Dempster, des proches d'Andrew tentent de le mettre en garde. « Gardez bien en mémoire ce que je vais vous dire : tout cela ne peut que finir dans la douleur et les larmes, le prévient lord Charles Spencer-Churchill, frère cadet du duc de Marlborough. Jouer avec la monarchie, c'est jouer avec

1. *Ibid.*

le feu[1]. » Le scandale gronde, mais il semble que ni Charles ni les époux Parker Bowles n'en aient cure. Le soir, il arrive que tous trois se rendent ensemble à l'opéra. À son retour au palais de Kensington, le prince de Galles reste invariablement muet face aux reproches indignés de sa femme.

Fidèle à sa ligne de conduite, la reine Elizabeth décide de ne pas s'immiscer dans la vie privée de son fils aîné. Et laisse ses fidèles conseillers « gérer » le problème au mieux des intérêts de la famille. « Pourtant, témoigne l'un de ces derniers, elle était bien la seule personne au monde à pouvoir faire quelque chose. [Je me souviens que, plusieurs années auparavant], à la veille du départ de Charles pour un voyage officiel à l'étranger, j'avais découvert qu'il comptait retrouver une femme sur place. La manière dont il s'était organisé était si bizarre qu'il y avait toutes les chances pour qu'il soit découvert. Le seul moyen de le faire revenir à la raison avait été d'avertir la souveraine. J'ignore ce qu'elle lui avait dit. Tout ce que je sais, c'est que Charles avait finalement annulé son rendez-vous[1]. »

Diana réalise qu'elle ne peut se contenter plus longtemps du rôle dans lequel on cherche à la cantonner. Puisque Camilla paraît prendre une place de plus en plus importante dans la vie de son mari, elle, la princesse délaissée, en butte à l'incompréhension ainsi qu'au mépris d'une partie des membres de sa belle-famille, va prouver aux Windsor, à son époux et, surtout, à la reine, qu'elle a bien sa place dans le *royal show*.

Toujours selon Nigel Dempster, le comte Spencer intervient alors d'une manière décisive en conseillant à sa fille de s'attirer les faveurs des médias, et de les utiliser au mieux de ses intérêts dans la rivalité sourde qui l'oppose à Mrs. Parker Bowles. Si cette dernière veut faire revivre à sa manière la légende d'Alice Keppel, alors soit. Mais Diana dispose, elle aussi, de tous les atouts nécessaires pour marquer durablement l'histoire du royaume de son

1. Graham Turner, « The Real Elizabeth II », *op. cit.*

empreinte. La jeune femme profite d'un voyage officiel en Italie au côté de son conjoint – son premier déplacement à l'étranger depuis la naissance de William et Harry – pour faire la démonstration de l'extraordinaire fascination qu'elle exerce sur les foules. En l'espace de quelques jours, les murs de Florence se couvrent de graffiti témoignant de l'amour de leurs auteurs pour la jeune et jolie princesse de Galles. Du nord au sud de la péninsule, on n'a d'yeux que pour elle. Charles se sent humilié, et, pis encore, nié dans sa condition d'héritier de la Couronne. « Je sais, je sais, il me faudrait davantage de femmes, répond-il maladroitement lorsqu'on lui réclame la présence de son épouse. Malheureusement, je n'en ai qu'une, et il se trouve qu'elle est déjà occupée ailleurs. » Diana profite de son séjour en Toscane pour se renseigner sur le souvenir laissé par Mrs. Keppel et ses filles dans la petite communauté britannique de la ville des Médicis. La belle-fille d'Elizabeth II ne peut cacher sa satisfaction à l'évocation des extravagances de Violet et de ses désordres amoureux. « Quelle horrible famille cela devait être... », commente-t-elle à plusieurs reprises sans quitter Charles des yeux.

Les visites suivantes du couple, en Australie d'abord, puis aux États-Unis, où lady Di fait sensation en dansant avec John Travolta au cours d'une réception à la Maison-Blanche, sont perçues par le palais de Buckingham comme autant de prétextes saisis par la princesse pour voler la vedette à son mari. Il est pourtant probable que, à cette époque du moins, ces premiers coups d'éclat obéissent moins à un désir de revanche sur sa belle-famille qu'au besoin de forcer son respect en donnant une image nouvelle, plus simple, plus moderne, plus glamour aussi, de la monarchie. Dès la fin de l'année 1984, Diana effectue ses tout premiers engagements officiels sans la présence de son époux à ses côtés. Charles n'est plus contraint de jouer systématiquement les seconds rôles et s'en avoue presque soulagé. Mais, pour la princesse, ces débuts en solo sur la scène nationale se révèlent une nouvelle source de désillusions. « Ce qui l'aidait à supporter ces apparitions publiques et l'encourageait à les exploiter de la sorte était en partie dû à son désir de s'attirer la reconnaissance et l'approbation [des Windsor], écrira Patrick Jephson. Avec amertume, parfois, mais surtout avec une résignation croissante, elle se plaignait que personne ne la complimentait jamais sur la qualité de son travail[1]. »

Ce besoin d'attention permanent se révèle incompatible avec l'emploi du temps surchargé de son conjoint. Inaugurations, réceptions de dignitaires, consultation des documents transmis quotidiennement par le gouvernement, dîners officiels, inspection des multiples régiments dont il occupe le grade de colonel en chef, manifestations organisées au profit d'associations caritatives et rencontres avec les décideurs du royaume… Contraint à une existence de chef d'État sans pour autant en avoir les responsabilités, Charles, qu'il le veuille ou non, ne peut consacrer autant de temps à sa femme et à ses enfants qu'un père de famille ordinaire. En outre, le fils de la reine Elizabeth ne disposant au sein du clan Windsor d'aucun exemple en la matière, le type de comportement que sa femme exige de lui lui est parfaitement étranger. Habité depuis toujours par un profond sens du devoir et de ses obligations, le prince de Galles attendait de Diana qu'elle s'adapte à son existence hors du commun et non qu'elle cherche à en dérégler la mécanique bien huilée. Camilla, elle, a le profil de l'épouse dont il aurait tant rêvé : prête à s'accommoder de tout, de ses retards, de ses caprices d'altesse royale habituée à voir le moindre de ses désirs satisfait, comme de l'emprise exercée par son entourage sur ses décisions et son mode de pensée – en bref, de l'infinie complexité de sa vie quotidienne.

En fait, Diana et Milla servent toutes deux les intérêts de la monarchie à leur manière. Les moyens employés sont aussi dissemblables que les sentiments qui, chacune de leur côté, les unissent au même homme. Alors que la première entreprend avec succès de réveiller l'intérêt des Britanniques pour l'institution en général et les membres

1. Patrick D. Jephson, *op. cit.*

de la famille régnante en particulier, Mrs. Parker Bowles, elle, s'applique à mettre en place autour de son amant l'environnement affectif stable qu'elle estime indispensable pour lui. Au fil des mois, la princesse s'est en effet appliquée à éloigner de son mari les complices de ses longues années de célibat. Convaincue que les Romsey, les Palmer Tomkinson, les Brabourne et les Soames, complices objectifs de la liaison de son mari avec Camilla, sont autant de conspirateurs ligués contre sa fragile personne, elle les déclare *persona non grata* au palais de Kensington ainsi qu'à Highgrove. Dans un souci d'apaisement, Charles accepte de sacrifier ses amis pour un temps. C'est le moment que choisit une partie de son personnel pour manifester un empressement suspect à quitter son service. À la fin de l'année 1985, près de quarante membres du staff de la « maison princière » ont déjà choisi de démissionner. Plutôt contents de fuir les cris et les orages qui, désormais, sont l'ordinaire du jeune couple.

Plus la tension entre Charles et Diana se fait vive, et plus l'histoire d'amour entre la princesse et l'opinion prend – à son tour – des allures de liaison adultère. Le fils aîné de la reine Elizabeth, dont l'existence tout entière est vouée depuis toujours au service de ses futurs sujets, considère en effet la relation quasi exclusive qu'ils entretiennent avec sa femme comme une trahison insupportable. Perpétrée, cela va sans dire, avec la complicité bienveillante de la presse, toujours prompte à s'extasier sur son physique de mannequin, les dernières évolutions de sa garde-robe ou son charisme de vedette de cinéma. « Ses petites manies – cette façon si particulière qu'elle avait de se balancer légèrement sur l'arrière de ses talons, d'approcher la main du bout de son nez pour masquer un petit rire inopportun ou de sourire en inclinant son visage – étaient devenues comparables au cheveu sur la langue de Humphrey Bogart ou à la démarche de Marilyn Monroe... Des signes distinctifs, de ceux qui contribuent à bâtir les légendes de star[1]. » Bientôt, l'héritier du trône soupçonne son épouse de s'at-

1. Nigel Dempster et Peter Evans, *op. cit.*

tirer la complicité des tabloïds à des fins de popularité personnelle. Il aurait voulu trouver en elle un soutien, une partenaire de travail, et se découvre en fait une rivale. Il n'en fallait pas davantage pour que Charles commence à s'apitoyer sur son sort. De son côté, Camilla apprend que sa mère, Rosalind, est atteinte d'ostéoporose, une maladie dont sa grand-mère, Sonia, souffre déjà depuis de nombreuses années. Ses visites aux Laines, la demeure familiale du petit village de Plumpton, se font plus fréquentes. Les deux amants trouvent l'un auprès de l'autre le réconfort dont ils ont désespérément besoin.

Andrew, lui, essaie par tous les moyens de se faire oublier. Sans succès. En 1985, le nouveau roman de l'écrivain britannique Jilly Cooper, *Riders* (*Les Cavaliers*), connaît un succès phénoménal en librairie. Dans la bonne société du royaume, personne n'ignore que son héros, Rupert Campbell-Black, un champion de saut d'obstacles amateur de champagne et passé maître dans l'art de semer la zizanie dans le cœur des femmes, est en grande partie inspiré par le personnage, bien réel celui-là, de Parker Bowles. « Dieu, qu'il était bien bâti, écrit l'auteur, visiblement admirative. D'habitude, les hommes dotés de si longues jambes avaient un torse plutôt court. Rupert, lui, était parfaitement bien proportionné, des épaules, larges et bien dessinées, jusqu'aux hanches, qu'il avait fines et musclées sur des cuisses puissantes. » À l'image d'un James Bond, l'espion intrépide et tombeur devenu la référence numéro un en la matière, « RCB » s'impose comme l'incarnation plus vraie que nature du séducteur à l'anglaise. Le charme dévastateur d'« APB », son « modèle », est de ceux sur lesquels se construisent – à raison ou à tort – les réputations de coureur impénitent. Dans les salons londoniens, on raconte que Milla en a souffert. Pendant longtemps.

Mais les époux Parker Bowles sont bien décidés à ne rien laisser paraître des difficultés de leur vie de couple. À la fin de l'été 1986, ils vendent Bolehyde Manor pour un peu moins de 1 million d'euros et, grâce aux 750 000 euros laissés en héritage par Sonia Cubitt – disparue en août – à sa petite-fille, ils font l'acquisition de Middlewick House, une très belle demeure du XVIIIe siècle située dans le petit village de Pickwick, dans le comté du Wiltshire, à vingt kilomètres à peine de Highgrove. Si Camilla finance en grande partie l'achat de leur nouvelle résidence, c'est parce que la fortune familiale de son mari n'est apparemment plus qu'un lointain souvenir. Mort en 1977, Derek, le père d'Andrew, régnait en maître sur Donnington Castle House et ses cinq cents hectares de terres à proximité de Newbury, dans le comté du Berkshire, et avait hérité en d'autres temps d'un certain nombre de propriétés à Enfield, au nord de Londres. « Mais à l'époque de sa disparition, raconte l'un de ses proches, il ne restait presque plus rien. Derek, qui n'avait jamais travaillé, avait vécu de son capital[1]. » Il laisse à ses quatre enfants un patrimoine estimé à 185 000 euros.

Diana, elle, a la fortune, la jeunesse, la beauté et la gloire. Mais le décalage grandissant entre l'adoration dont elle est l'objet dans les tabloïds et l'indifférence dont elle dit être victime chez les Windsor la conduit à se chercher de nouveaux modèles. Après avoir fait la conquête du prince Andrew, promptement épousé en juillet, son amie Sarah Ferguson a séduit, en moins de temps qu'il n'en faut pour l'écrire, le clan tout entier. Alors que la personnalité de la princesse de Galles et les raisons de son mal-être continuent d'être une énigme pour la souveraine et ses proches, la bouillonnante, la rigolote, l'enthousiaste, l'énergique Sarah paraît faire l'unanimité. Pendant un temps, sa belle-sœur tente donc de lui ressembler. Mais les bêtises de « Fergie » se révèlent vite incompatibles avec ce que le public attend d'une future reine d'Angleterre, et le comportement des deux jeunes femmes – aperçues, notamment, en train de titiller le postérieur d'un ami à l'aide de leurs parapluies sur le champ de courses d'Ascot – irrite l'opinion plus qu'il ne sert leur popularité. Sa complicité avec la nouvelle duchesse d'York permet toutefois à la bru d'Elizabeth II de sortir de la réserve et de l'isolement qu'elle s'imposait depuis son mariage. Diana

1. Cité par Nigel Dempster dans le *Daily Mail* du 11 janvier 1995.

court les endroits à la mode, Diana danse, Diana flirte. Pour la première fois de son existence, elle a enfin l'impression de vivre comme toutes les jeunes filles de son âge.

Il est au moins un domaine dans lequel le prince et la princesse de Galles n'ont plus rien à s'envier l'un l'autre. Usés par cinq années de tempêtes domestiques et plus tenaillés que jamais par de pénibles sentiments de doute et d'échec, les acteurs du drame conjugal le plus médiatisé de l'histoire ont tous deux retrouvé – dans d'autres bras – l'envie et le goût d'aimer. « Très proche » pendant un temps de son ancien garde du corps Barry Mannakee, l'épouse du prince Charles vient en effet de faire la connaissance de James Hewitt, un officier de la Garde royale entreprenant et joli garçon, au cours d'une réception donnée dans le quartier londonien de Mayfair. Le jeune homme lui est présenté comme l'un des meilleurs cavaliers des régiments de Sa Majesté, et Diana ne peut résister à l'envie de lui confesser sa peur panique des chevaux, conséquence d'une mauvaise chute lorsqu'elle était enfant. Gentleman, Hewitt propose de lui donner quelques leçons d'équitation. Il ne faut pas plus de quelques semaines pour que la relation de maître à élève se transforme en une liaison amoureuse passionnée.

En juillet, le couple princier part pour l'Espagne, où il a été invité par le roi Juan Carlos et la reine Sophie à passer quelques jours de vacances. Les chroniqueurs royaux remarquent que les deux époux ne s'adressent plus la parole et évitent autant que possible de se trouver en présence l'un de l'autre. « Lorsque Charles sortait de ses quartiers pour aller faire de la planche à voile, sa femme s'éloignait ostensiblement dans la direction opposée, témoigne James Whitaker. Lorsqu'elle plongeait du bateau, il tournait la tête délibérément pour regarder de l'autre côté. Pas une fois, nous ne les avons vus échanger un seul mot. Leur mariage était mort[1]. » Les médias s'emparent de la « guerre des Galles ». Dépossédés de leur relation de couple, Charles et sa femme deviennent les acteurs

1. Caroline Graham, *op. cit.*

malgré eux d'une pièce aux allures de vaudeville, dont le scénario n'a pas été écrit par eux. La presse, les politiques, le clergé, l'opinion s'estiment désormais en droit d'intervenir dans la conduite de leurs affaires conjugales. Au dire de leurs biographes respectifs, ce séjour estival marque aussi, pour de bon, la fin de leur vie intime. N'y tenant plus, l'héritier de la Couronne abrège ses vacances de deux jours et part directement pour l'Écosse où l'attend sa maîtresse. Aucun des deux conjoints n'a plus la force de jouer la comédie des sentiments. En septembre, le prince et la princesse assistent ensemble à la pendaison de crémaillère des Parker Bowles à Middlewick House. « À peine arrivée, [Diana] demande un verre d'eau, se plaint de ne pas se sentir dans son assiette et dit vouloir partir. Très gêné, Charles présente ses excuses à Camilla et reconduit [son épouse] à Highgrove[1]. »

La désintégration progressive de son union s'accompagne, pour le fils de la reine Elizabeth, d'une nouvelle quête d'identité. Diana est trop jeune, trop occupée à essayer de résoudre ses propres conflits intérieurs pour lui venir en aide ou pour s'accommoder de ses désirs d'introspection. Là encore, Camilla est bien la seule personne au monde à pouvoir stimuler le peu d'assurance et de foi en lui-même dont il se sent capable, la seule à s'intéresser à son travail. La seule à réellement croire en lui. « Le jour où vous pensez que je ne suis plus utile à quoi que ce soit, je vous en prie, dites-le-moi », avait-il un jour supplié l'un de ses conseillers. Le jeune homme semble ressentir le besoin de plus en plus pressant de comprendre la finalité de sa propre existence, de se rassurer sur la manière dont son rôle s'inscrira dans l'Histoire. De donner un sens à sa vie. Son indépendance d'esprit s'affirme. Pris en charge depuis toujours par une armée d'assistants et de conseillers, protégé – pourquoi ne pas dire contrôlé ? – par le palais, Charles se trouve désormais en proie à un dilemme : un futur roi doit-il penser et agir en fonction de ses propres convictions ? Ou suivre la voie déjà tracée pour lui ?

---

1. *Ibid.*

« Coincé » entre sa mère, visiblement peu pressée de lui céder une partie de ses prérogatives royales, et le Premier ministre Margaret Thatcher, de plus en plus méfiante à l'égard de cet héritier du trône un peu trop enclin à exprimer des idées qui dérangent, le prince s'était longtemps contenté d'une marge de manœuvre très réduite. Mais le temps des prises de position timides et des initiatives désordonnées est bel et bien révolu. Le prince de Galles met au point une véritable stratégie. Il bouleverse le jeu politique traditionnel et déboule sur un terrain où on ne l'attendait pas : celui du bon sens. Au fil des ans, il se construit une nouvelle image, qu'il sent – enfin – révélatrice de sa véritable personnalité. Des méfaits de l'architecture moderne aux bienfaits des médecines douces, de la nécessaire préservation des espèces à l'amélioration des conditions de vie dans les quartiers déshérités en passant par les relations entre les différentes communautés ethniques de Grande Bretagne, il s'improvise champion des causes perdues dès le milieu des années 1980, s'attirant au passage quelques réflexions bien senties de la Dame de fer. Parallèlement, Charles amorce dès cette époque un rapprochement avec la nature qui, là encore, provoque maintes railleries dans les colonnes de la presse. L'habitude qu'il prend de disparaître à intervalles réguliers pour passer quelques jours dans une ferme de Cornouailles ou des Highlands, en Écosse, lui vaut le surnom peu flatteur de « prince barjo ». Tant pis.

Fâché avec l'ensemble du corps médical à la suite d'un vibrant plaidoyer en faveur des médecines parallèles, en 1982, il entreprend avec succès de se mettre à dos plusieurs autres corporations. Invité à prononcer un discours à l'occasion du cent cinquantième anniversaire de l'Institut royal des architectes britanniques, en mai 1984, il en profite pour lancer une attaque en règle contre ces professionnels du bâtiment qui, « depuis bien trop longtemps, ignorent les sentiments et les souhaits des gens ordinaires de ce pays ». Et compare les nouveaux projets d'extension de la National Gallery, à Londres, à « un monstrueux furoncle sur le visage d'une très chère et élégante amie ». En novembre 1985, il prend la présidence de Business in the Community, un organisme ayant pour but d'inciter les entreprises à participer de manière active à la « régénération » du tissu économique et social en Grande-Bretagne.

« Préoccupé par l'avenir de ses enfants et de ses petits-enfants », il se fait le nouveau champion de la défense de l'environnement, met en pratique les techniques de l'agriculture biologique à Home Farm, une exploitation agricole située sur ses terres, à proximité de Highgrove, interdit l'usage des aérosols dans toutes les résidences royales et se met en scène pour la BBC dans le cadre d'un documentaire intitulé *The Earth in Balance, A Personal View of the Environment*[1], au cours duquel il plaide pour un changement radical de comportement dans la gestion des ressources naturelles de la Terre. Paradoxalement, les initiatives de Charles profitent de l'immense notoriété de sa femme et de celle qu'elle fait rejaillir sur son couple. Camilla est peut-être celle qui relit ses discours… mais Diana est celle qui lui donne enfin les moyens de ses ambitions.

Encouragé par Paul Officer, son garde du corps de l'époque, il laisse tomber la chasse, devient végétarien, et persuade Elizabeth II de convertir l'ensemble de ses voitures à l'essence sans plomb. À l'intérieur de Highgrove, les cheminées non utilisées sont condamnées de manière à éviter toute déperdition de chaleur pendant les longs mois d'hiver. Un temps, il envisage d'installer un système de chauffage central basé sur la combustion de la paille ramassée dans les champs du Gloucestershire. Dans un moment d'égarement, il avoue parler à ses plantes les jours de déprime. Les Windsor s'inquiètent, cherchent un responsable, se disent que Diana fera fort bien l'affaire. Mais les raisons de cette métamorphose sont plus profondes. Charles s'est longtemps cherché. Charles est en train de se trouver.

Militant du « renouveau spirituel face à une technologie triomphante », appelé à régner sur l'une des princi-

1. « La terre en sursis : une vision personnelle de l'environnement ».

pales puissances économiques et industrielles du monde, il n'a jamais su se servir d'un ordinateur, ne jure que par l'homéopathie et se fait un devoir de combattre pêle-mêle la société de consommation, le matérialisme scientifique et les aliments transgéniques. Pionnier d'une monarchie *new age*, le prince est-il appelé à entrer dans l'histoire du royaume comme son premier souverain baba cool ? Possible.

« Nous savons tous, de manière plus ou moins consciente, qu'il nous faut aujourd'hui retrouver un sentiment d'harmonie avec la nature, déclare-t-il à l'occasion d'une conférence internationale sur l'environnement. Ainsi que le sens du respect pour ce grand mystère qu'est l'ordre de l'univers. » L'Angleterre s'alarme. Lui aussi. Animé d'une « horreur cosmique » à l'idée de voir le tiers des espèces vivantes disparaître au cours du prochain demi-siècle et inquiet du « délabrement spirituel » grandissant de la société britannique, Charles s'en va, en avril 1987, passer quatre jours et quatre nuits sous une tente dans le désert du Kalahari, en compagnie de son mentor – certains emploieront le terme de « gourou » –, l'écrivain d'origine sud-africaine Laurens Van der Post. But de l'expédition : communier avec la civilisation disparue des « broussards » de l'Afrique australe, s'imprégner de la philosophie de cette société primitive à l'innocence à jamais préservée de toutes les tentations du monde moderne. À son retour à Londres, Charles trouve une opinion publique plus préoccupée que jamais par d'inquiétantes rumeurs sur l'état de son mariage avec Diana. Les sujets de Sa Très Gracieuse Majesté ont en effet appris par les tabloïds que le prince et la princesse de Galles passaient le plus clair de leur temps séparés l'un de l'autre et paraissaient fort bien s'en satisfaire. Puisque, décidément, personne ne semble disposé à faire l'effort de le comprendre, Charles disparaît à nouveau une semaine entière. Destination l'Italie, où il prévoit de perfectionner sa technique de l'aquarelle. En compagnie de Camilla.

C'est le temps du grand désordre amoureux. Ignorant tout de la liaison entretenue par son épouse avec le capitaine James Hewitt, Charles croit que Diana le trompe avec un certain Philip Dunne, un ami d'enfance de Sarah Ferguson, dont elle a fait la connaissance au cours de récentes vacances de ski à Klosters, en Suisse. Dans l'entourage du couple princier, on s'interroge également sur la nature exacte des relations de la jeune femme avec David Waterhouse, capitaine, lui aussi, dans l'un des régiments de cavalerie de la Garde royale. En présence des journalistes, la belle-fille de la souveraine fait mine de prendre ces rumeurs à la légère. « Lorsque nous nous sommes mariés, nous incarnions l'image que tout le monde se faisait du couple idéal. Aujourd'hui, on raconte que nous menons deux existences séparées. Demain, j'apprendrai par les journaux que j'ai un amant noir et catholique. » Son apparente insouciance dissimule en réalité sa crainte de voir son infidélité étalée un jour en place publique par la presse populaire. Ce qui, de fait, ne lui permettrait plus de prétendre à la moindre forme de supériorité morale sur son conjoint. Plusieurs de ses amis continuent toutefois de soutenir la thèse selon laquelle Dunne, Waterhouse et les autres n'étaient en fait qu'une longue série de provocations lancées à la face du monde, destinées à réveiller chez l'héritier de la Couronne des inquiétudes de mari jaloux. Comme toutes les femmes insatisfaites de l'image que leur renvoie leur époux, la princesse s'entoure d'une cour d'admirateurs dont elle n'attend rien de particulier si ce n'est l'impression grisante de se sentir enfin aimée pour ce qu'elle est. Désormais, et pour le reste de son existence, Diana sera dépendante du regard des autres hommes.

En cette année 1987, Mr. Parker Bowles est élevé à la distinction de Silver Stick in Waiting to the Queen – littéralement, le « Bâton d'argent au service de la reine ». Créée en 1678, cette tâche était à l'origine confiée à un officier de la cavalerie royale, chargé d'assister le Gold Stick – « Bâton d'or » –, titre donné au garde du corps personnel du souverain. Ces nouvelles fonctions – aujourd'hui purement honorifiques – requièrent la présence d'Andrew lors des principaux événements officiels qui rythment la vie au palais de Buckingham, une canne au pommeau d'argent à la main. À l'époque, les mauvaises langues attribuent cette promotion aux nombreux « services » rendus à la Couronne par le mari de Camilla depuis bientôt quinze ans. Or cette nomination ne revêt aucun caractère exceptionnel : depuis la fin de la Seconde Guerre mondiale, en effet, le poste de Silver Stick in Waiting to the Queen revient automatiquement à l'officier en charge du commandement de la cavalerie de Sa Majesté.

Au fil des années, Andrew a surpris plusieurs de ses camarades de régiment en refusant systématiquement toutes les affectations à l'étranger – souvent synonymes d'avancement – qui lui étaient proposées. Fier de sa proximité avec le clan Windsor et de la relation de confiance qui l'unit à ses principaux représentants, il répugne, en fait, à s'éloigner de Londres. Signe parmi tant d'autres de l'extraordinaire fascination exercée par la Maison royale – « le club le plus sélect qui soit au monde » – sur celles et ceux qui ont un jour le privilège d'y entrer. Car « on ne peut y postuler, écrit Brian Hoey, un auteur anglais spécialiste de la Cour d'Angleterre. Il faut attendre d'y être invité. Son caractère exclusif, la magie – voire la mystique – dont il s'entoure sont largement dus au fait qu'une fois admis en son sein, ses membres se font un devoir de ne jamais rien divulguer de leur travail ni des conditions dans lesquelles ils l'effectuent, et, surtout, ne parlent jamais en public de leur employeur[1]. » Un univers complexe, dont les multiples anachronismes contribuent au charme mystérieux... Plusieurs des postes inscrits dans l'organigramme de la « Royale Householde » – Yeoman de l'office de la verrerie et de la vaisselle, Page de l'escalier de service et Gardien des cygnes de la reine – ont en effet été créés au Moyen Âge. Et pourtant leurs heureux titulaires continuent, aujourd'hui encore, de remplir des tâches essentielles dans l'organisation domestique d'Elizabeth II. Andrew a acquis une réputation de courtisan professionnel dont il est fier. Queen Mum, qui le connaît depuis toujours, a d'ailleurs pour lui une affection particulière, qu'elle prend soin de lui témoigner publiquement.

---

1. Brian Hoey, *All The Queen's Men : Inside The Royal Household*.

Chaque année, au mois de mars, les époux Parker Bowles sont ainsi invités à se rendre en sa compagnie au National Hunt Festival organisé à Cheltenham, dans le Gloucestershire – un événement considéré par tous les amateurs de course de saut d'obstacles comme le plus prestigieux meeting hippique de la saison.

Charles et Diana acceptent de plus en plus difficilement le fait de devoir se trouver en présence l'un de l'autre. Au cours d'un déplacement officiel au Portugal, ils refusent de partager les mêmes appartements. Le prince et la princesse de Galles ne prennent plus la peine de masquer leur panne de sentiments sous un quelconque prétexte protocolaire. Ils ne se supportent plus. Un point, c'est tout. « Les problèmes que nous rencontrions à essayer de soutenir ce mariage et à tenter de maintenir intacte son image publique allaient bientôt se révéler insolubles [1] », raconte Patrick Jephson dans ses Mémoires. Avec l'intention louable de mettre un peu d'ordre dans les affaires matrimoniales de son fils, la reine convie le couple à une petite réunion de famille au palais de Buckingham. En dépit des trésors de diplomatie déployés par ses parents, l'héritier de la Couronne se persuade que ces derniers le tiennent pour principal responsable de l'échec annoncé de son union, et interprète leurs efforts comme une nouvelle preuve de leur manque de confiance à son égard.

Le 22 septembre, Charles laisse femme et enfants à Londres et s'envole pour Balmoral. De manière à ne pas éveiller les soupçons de la presse, il se laisse complaisamment photographier en compagnie de lady Tryon, mais passe le plus clair de ses journées en compagnie de Camilla. « C'est avec elle que je veux être, tout le temps », confie-t-il au major Ronald Ferguson – le père de la duchesse d'York – son « manager de polo » depuis 1972 [2]. Les tabloïds font les comptes. Pendant trente-sept jours,

---

1. Patrick D. Jephson, *op. cit.*
2. Le major Ronald Ferguson avait pour responsabilités d'adapter le calendrier des matchs de polo de l'héritier du trône à celui de ses nombreux engagements officiels, et de veiller sur son équipement et son écurie de poneys.

le prince se tient volontairement éloigné de son épouse et de leurs deux petits garçons. Début octobre, Milla revient quant à elle passer quelques jours à Middlewick House avec Tom et Laura. Avant de repartir à nouveau pour l'Écosse, où l'attend son amant. Charles a plus que jamais besoin de sa présence, et passe de longues heures à ressasser ce qu'il croit être son immense infortune. Mrs. Parker Bowles réalise que le prince s'enfonce peu à peu dans la dépression, et encourage ses amis à lui apporter tout le soutien et le réconfort dont ils se sentent capables. Mais le fils de la reine Elizabeth se sent à jamais prisonnier d'une union que personne au monde n'imagine pouvoir être rompue un jour. Et réalise que sa femme en est, au même titre que lui, la victime. « Quel supplice de se dire qu'elle déteste tout ça à ce point... C'est comme si elle s'était retrouvée piégée dans un cul-de-sac, sans aucun moyen apparent d'en sortir... Et cela paraît tellement injuste[1]... » Pour la première fois de son existence, il se demande si ce trône auquel il est promis, ce destin fabuleux auquel on le prépare depuis l'enfance valent bien tous ces sacrifices.

À la demande pressante de Milla – qui voit la popularité de son compagnon chuter de manière alarmante avec chaque nouvelle semaine passée loin de sa famille –, il interrompt brièvement son séjour pour rejoindre sa femme à Dyfed, au pays de Galles, dont la région a été dévastée par d'importantes inondations. Censée rassurer les Britanniques, cette apparition commune de Charles et Diana se révèle un désastre. L'animosité perceptible entre les deux conjoints conforte les journalistes présents dans leurs convictions. Cette fois, ils en sont sûrs. On leur cache quelque chose. L'héritier de la Couronne fait mine d'ignorer les récriminations de son épouse, qui, en son absence, se plaint de devoir assumer seule la pression des médias. Sourd aux recommandations de ses conseillers, qui lui demandent instamment de rentrer à Londres, il rejoint Balmoral dès la fin de la journée.

1. Extrait d'une correspondance privée datée du 11 mars 1986, citée par Jonathan Dimbleby, *op. cit.*

Visible aux yeux de tous, la dégradation des relations entre le prince et la princesse ne fait pourtant l'objet d'aucun commentaire de la part de Buckingham. Cela fait bien longtemps, en effet, que le palais ne juge plus opportun de s'exprimer sur les problèmes de cœur des Windsor. De mémoire de chroniqueur royal, il faut remonter jusqu'en 1956 pour retrouver trace d'un semblant de mise au point sur le sujet. Cette année-là, le secrétaire particulier de la toute jeune Elizabeth II, sir Michael Adeane, avait fait de son mieux pour couper court aux rumeurs faisant état d'une grave crise conjugale entre la souveraine et Philip. Ce dernier avait en effet entrepris, seul, un tour du monde de quatre mois en compagnie de quelques amis à bord du yacht *Britannia*, et n'était pas rentré en Grande-Bretagne pour les fêtes de Noël. Mais, cette fois, la mésentente entre Charles et Diana revêt un caractère de préoccupation nationale en raison de la médiatisation presque quotidienne dont elle fait l'objet. Au point que le très sérieux quotidien *The Times* lui consacre – lui aussi – ses gros titres.

« En interne, on murmure que le fossé dû à leur différence d'âge et à leurs centres d'intérêt divergents n'a jamais été aussi important. [...] Des gens qui "savent" et que l'on ne peut suspecter de vouloir leur nuire d'une quelconque manière racontent qu'ils n'ont pas eu une seule conversation digne de ce nom depuis au moins quatre ou cinq mois. La reine elle-même se serait décidée à intervenir. À son retour de Vancouver, dès cette semaine, Sa Majesté aurait l'intention de faire comprendre à Charles et Diana qu'ils doivent à tout prix éviter de rester trop longtemps loin l'un de l'autre. Et ce, quel que soit l'état de leur mariage. » Le journal sous-entend par ailleurs que, de leur bonne volonté à tous deux, pourrait également dépendre celle de la presse. « L'Histoire a déjà montré que la royauté savait parfaitement s'accommoder de séparations discrètes, notamment après la naissance d'héritiers. Mais à condition que le couple veille à sauver les apparences en public. Dans de telles circonstances, se montrer civilisé, serein, voire affectueux, demande effectivement un certain nombre de qualités peu communes. Le comportement de la reine Alexandra à l'égard de son mari, le très infidèle Edward VII, en a certainement été l'un des meilleurs exemples. Grâce à lui, l'opinion n'a jamais rien su des frasques du roi. D'autant que Fleet Street, en accord avec le palais en ces temps où une certaine déférence était encore de mise, se refusait à en parler[1]. »

Diana, elle, n'a ni goût ni talent particulier pour l'hypocrisie et les faux-semblants. De plus, six ans après son mariage, la jeune femme peine toujours, en présence du prince, à surmonter sa timidité, sa crainte de ne pas être à la hauteur. « J'ai fini par comprendre, écrit Patrick Jephson, le secrétaire particulier de la princesse, que ses soudaines périodes d'introversion entrecoupées de petits rires nerveux étaient en fait la manifestation apparente de l'agitation dont elle était envahie chaque fois qu'il lui fallait travailler avec son mari. [...] Avec le temps, je réalisai aussi que, parmi tous les sentiments qu'il lui inspirait, dont beaucoup étaient révélateurs de l'affection qu'elle lui portait encore, il y avait aussi de la peur. Excepté lorsqu'elle était elle-même en proie à cette violente indignation dont elle était coutumière, elle faisait de gros efforts pour éviter de provoquer inutilement le prince. Lorsqu'elle était la cible de sa colère, avant de recourir à cette attitude de défi qui lui était si caractéristique, je voyais souvent une certaine appréhension s'afficher sur son visage, comme si elle était redevenue une petite fille aux prises avec des adultes. Bien que cela ne soit pas sa faute, je pense que ces sentiments, mêlés à d'autres angoisses ancrées au plus profond d'elle-même, étaient en grande partie responsables de ce caractère instable dont [son époux] faisait de plus en plus souvent l'expérience, et qu'il allait, à la longue, chercher à fuir par tous les moyens[2]. »

La mésentente entre Charles et Diana fait naître des sentiments confus dans le cœur de Camilla. Mrs. Parker

1. *The Sunday Times*, 25 octobre 1987.
2. Patrick D. Jephson, *op. cit.*

Bowles ressent en effet le naufrage annoncé du mariage princier comme un échec personnel. Pour avoir cautionné le choix de la timide et rougissante lady Spencer, sept ans plus tôt, n'assume-t-elle pas une part importante de responsabilité dans le marasme conjugal le plus médiatisé du moment ? Elle avait cru faire le bonheur de l'homme qu'elle aime. Le voilà aujourd'hui brouillé avec sa famille et la plupart de ses futurs sujets, injustement éclipsé par sa femme, et à tout jamais atteint dans son amour-propre par les coups que s'entête à lui assener la presse. La maîtresse de l'héritier du trône écoute et encourage son amant, fait preuve d'une infinie patience face à ses brusques accès de colère. Et supplie leurs amis communs de faire de même. Mieux que quiconque, elle connaît les défauts de son futur roi – de fréquentes sautes d'humeur, ainsi qu'une tendance fâcheusement prononcée à s'apitoyer sur son sort –, mais n'en estime ses qualités que davantage. Compassion et compréhension sont bien tout ce dont le fils de la reine Elizabeth a besoin pour guérir ses bleus à l'âme. Longtemps très éprise d'Andrew, Milla cache elle aussi d'anciennes blessures amoureuses que le temps et sa passion pour Charles n'ont qu'imparfaitement cicatrisées. La guérison promet encore d'être longue. Pour tous les deux.

Les auteurs de films ou de romans à suspense sont tous d'accord sur ce point : rien de tel que quelques bons seconds rôles pour faire mousser une intrigue. Lorsqu'il quitte le service d'Elizabeth II pour prendre de nouvelles fonctions de majordome à Highgrove, en septembre 1987, Paul Burrell ne sait pas encore que l'Histoire s'apprête à faire de lui l'un des témoins privilégiés de la désagrégation du couple princier. La souveraine pense que le tact et la discrétion de son valet se révéleront d'une aide précieuse aux deux époux. « La reine a qualifié ma décision d'honorable. Elle m'a dit : “Ce sont de bonnes raisons qui motivent votre départ.” [Diana] souhaitait que ma femme et moi venions travailler à Highgrove. Au départ, j'étais réticent. Et puis elle s'est confiée à moi et m'a dit : “Paul, j'ai besoin de quelqu'un en qui je puisse avoir toute confiance.” C'est ce qui m'a décidé. En fait, je me suis rendu compte que la princesse avait réellement besoin de moi. Beaucoup plus que la souveraine[1]. »

Né dans une famille modeste de Grassmoor, une petite ville minière du Derbyshire, Paul est l'aîné de trois garçons. À l'âge de huit ans, il assiste pour la première fois à la relève de la garde devant Buckingham et annonce à ses parents ébahis qu'un jour il entend bien travailler là, lui aussi. Dix ans plus tard, Beryl, sa mère, découvre dans le courrier du matin une lettre adressée à son fils en provenance du palais. Un diplôme d'études hôtelières en poche, le jeune homme intègre le personnel de la Cour en tant que valet de pied. Son extraordinaire dévouement est rapidement récompensé lorsque, au bout de quelques mois, il est promu aux fonctions de valet personnel de la reine. Puis il tombe amoureux de Maria, une jeune domestique affectée au service du prince Philip. Sa formidable ascension au sein de la Maison royale ne fait que commencer. Dès le mois de février 1981, il semble être le seul à prêter une oreille sincèrement compatissante aux angoisses de la jeune lady Spencer, tout juste fiancée à l'héritier du trône et – déjà – terriblement déstabilisée par la rigidité du protocole et l'apparente austérité de la vie quotidienne dans les résidences royales. Elle est jeune, désarmante et parfaitement incapable de faire face à ses nouvelles responsabilités. Paul décide d'être son ami. Elle fait de lui son meilleur allié.

La tâche qui attend le nouveau majordome à Highgrove se révèle toutefois beaucoup plus difficile que prévu. Dès son entrée en fonctions, il comprend qu'il lui faudra rapidement choisir entre sa loyauté envers le prince Charles et sa dévotion pour Diana. Dans la difficile et complexe organisation domestique du couple, les mille petits détails du quotidien sont prétextes à d'incessantes chamailleries. L'héritier de la Couronne désirant épargner à William et Harry les « révélations » distillées à un rythme de plus en plus soutenu par les tabloïds sur le délabrement du mariage de leurs parents,

1. *Daily Mirror*, 9 novembre 2002.

Paul Burrell reçoit pour instruction de bannir les journaux de la demeure familiale. Consciente de l'influence considérable exercée par la presse populaire sur l'opinion, son épouse, elle, entend bien continuer à prendre, tous les matins, le pouls des quotidiens de Fleet Street. « Il fallait que j'aille les lui chercher sans que personne le sache. J'avais l'habitude de les cacher dans le placard de l'office. Ainsi, elle savait toujours où les trouver[1]. »

Décidée à passer le moins de temps possible dans cette maison qu'elle n'aime pas, la belle-fille d'Elizabeth II aménage son emploi du temps de manière à se trouver retenue à Londres tout au long de la semaine. Le week-end, Charles et Diana, bien qu'à nouveau réunis sous le même toit, font tout pour éviter de se retrouver en compagnie l'un de l'autre. « La princesse arrivait le vendredi après être allée chercher les enfants à l'école, raconte-t-il encore. [...] Le prince bricolait dans le jardin, pendant qu'elle emmenait les garçons nager ou faire un pique-nique. Leur vie de famille commençait à voler en éclats. [...] D'ailleurs, Diana était souvent malheureuse. Elle pleurait beaucoup. Parfois, elle prenait son repas avec les enfants dans la nursery, pendant que son mari dînait seul, à l'étage inférieur[2]. Ils rentraient tous les trois au palais de Kensington après le déjeuner-buffet du dimanche. »

En fin de journée, le personnel n'a pas plus tôt fait ses adieux à la jeune femme devant l'entrée principale qu'il accueille l'arrivée de Camilla, à l'arrière de la résidence. Au fil des semaines, Mrs. Parker Bowles s'impose comme la véritable maîtresse de maison d'une demeure dans laquelle la princesse de Galles n'a jamais réellement cherché à s'installer. La maîtresse du futur roi d'Angleterre aime le jardinage et les roses, et suit de très près le réaménagement complet des jardins de Highgrove entrepris par son compagnon. Lorsque les journées promettent d'être belles, ce dernier installe toiles, pinceaux et chevalets parmi les fleurs et invite son ami,

1. *Ibid.*
2. *Ibid.*

le peintre Neil Forster, à venir leur donner à tous deux quelques leçons d'aquarelle. Certains soirs de la semaine, il arrive que Charles quitte, seul, le domaine au volant d'une vieille Ford sale et cabossée – et soigneusement laissée comme telle de manière à la rendre non identifiable – pour rejoindre Middlewick House. Quelques minutes avant son arrivée, Milla fait tirer rideaux et volets afin de plonger la maison dans le noir. « Le prince de l'obscurité » – ainsi que le surnomment les employés du brigadier et de son épouse – et sa favorite dînent rapidement en tête à tête, sur la table de la cuisine, d'une salade de poulet et de fraises à la crème achetées au supermarché du coin. Les domestiques ont beau se montrer d'une parfaite discrétion sur le sujet, Diana ne se fait aucune illusion sur la façon dont son mari choisit d'occuper ses heures de loisir. Les passions compliquées du couple laissent d'ailleurs parfois son personnel indécis quant à la conduite à tenir. Paul Burrell témoigne ainsi avoir été réprimandé par l'héritier du trône pour n'avoir pas caché ses absences à la princesse. « Êtes-vous en train de me demander de mentir, Votre Altesse Royale ? » lui demande-t-il alors, incrédule. « Oui, exactement ! Je suis le prince de Galles, se met à crier son boss en tapant du pied. Et un jour, je serai roi ! Donc oui. OUI [1] ! »

Leurs entourages respectifs déploient des trésors d'ingéniosité, ainsi qu'une formidable énergie, à cacher au reste du monde le grand désordre amoureux dans lequel se débattent Charles et Diana. Mais il est une chose que les deux conjoints partagent encore : le désir commun de continuer à remplir leurs obligations vis-à-vis de la Couronne. « Le duo qu'ils formaient était imbattable. Chacun d'eux était capable d'anticiper les mouvements de l'autre, et se déplaçait dans la foule en suivant son propre instinct, sans jamais trahir d'un mot ou d'un regard le fait que deux avions séparés les attendaient et qu'ils s'y précipiteraient aussitôt leur devoir accompli.

---

1. Paul Burrell, *op. cit.*

Dans les rares moments où ils partageaient un semblant d'intimité, loin de tous à l'exception de la présence familière de leurs staffs respectifs, on aurait très bien pu les croire à des milliers de kilomètres l'un de l'autre. Ils ne se parlaient pas, se comportaient comme s'ils ne se voyaient pas. Nous jouions un jeu qui n'avait qu'une seule règle : rien ne devait être dit ou fait qui soit susceptible de briser le mythe de stabilité, de continuité, de permanence, associé à ce mariage[1] », raconte Patrick Jephson.

En mai 1988, Charles se trouve une nouvelle fois en Italie en compagnie de Camilla lorsque son cadet, Harry, est opéré en urgence pour une hernie à l'hôpital pour enfants de Great Ormond Street, à Londres. Diana l'assure qu'il ne s'agit là que d'une intervention banale, et le convainc de ne pas interrompre son séjour pour se rendre au chevet de son fils. Dans les heures qui suivent, l'entourage de la jeune femme communique sa version des événements à quelques journalistes compatissants, et le résultat ne se fait pas attendre. Le lendemain, l'héritier du trône est brocardé dans les médias sous les traits d'un père indigne, trop égoïste pour sacrifier quelques jours de vacances pour son garçonnet de trois ans. Abreuvés d'informations par les proches de la princesse – et, pour beaucoup d'entre eux, sous le charme de leur lady Di –, la plupart des chroniqueurs royaux prennent fait et cause pour leur future reine. Éblouis par la proximité – sans précédent dans l'histoire de Fleet Street – dont ils bénéficient avec la nouvelle étoile de la famille royale, et persuadés, ce faisant, de servir les intérêts de la monarchie à leur manière, les quotidiens populaires s'engouffrent dans la brèche ouverte par la princesse de Galles et s'arrogent un devoir d'ingérence dans l'intimité des Windsor.

Si Charles sombre peu à peu dans la dépression, Diana, elle, reprend du poil de la bête. Son amie Carolyn Bartholomew la persuade de consulter un spécialiste afin d'en finir une fois pour toutes avec les crises d'anorexie-

1. Patrick D. Jephson, *op. cit.*

boulimie qui continuent de lui gâcher l'existence. Sur les conseils du médecin de famille des Spencer, la belle-fille d'Elizabeth II obtient un rendez-vous avec le docteur Maurice Lipsedge, un expert reconnu des troubles du comportement alimentaire. Encouragée à analyser les raisons de son mal-être, elle réalise l'importance du traumatisme occasionné par l'échec de sa vie conjugale, apprend que des milliers de femmes souffrent, comme elle, de cette maladie et, ragaillardie par cette découverte, retrouve confiance dans sa capacité à vaincre les obstacles dressés sur sa route. En novembre, l'héritier de la Couronne fête son quarantième anniversaire. « Maintenant que j'ai franchi ce cap, confie-t-il, je me sens plus déterminé que jamais à poursuivre dans la voie que je me suis choisie. » Une résolution qu'il partage désormais avec sa femme… Quelques jours plus tard, celle-ci invite son amant James Hewitt au grand bal organisé à Buckingham en l'honneur du futur roi.

Pour la première fois, Diana se sent de taille à affronter Camilla. Les deux femmes se croisent à nouveau en janvier 1989, à Ormeley Lodge, la résidence d'Annabel et Jimmy Goldsmith, située à Richmond, à l'ouest de Londres. L'épouse du milliardaire britannique donne une réception pour le quarantième anniversaire d'Annabel Elliot, la sœur de Mrs. Parker Bowles, en présence d'une quarantaine de convives. Les proches des deux amants sont habitués à les voir ensemble et les reçoivent habituellement en tant que couple. Un léger frisson parcourt donc l'assistance lorsque la princesse de Galles fait son entrée au bras de son conjoint. En milieu de soirée, la jeune femme remarque l'absence de son mari, part à sa recherche et le surprend dans une pièce du sous-sol de la maison en train de converser avec Milla et un petit groupe d'amis. Diana demande à rester seule avec sa rivale et, une fois laissée en tête à tête avec elle, libère sa colère, ses angoisses et ses frustrations. « Dites-vous bien que je ne suis pas née de la dernière pluie… Je vous demande de laisser mon époux tranquille pour de bon ! » Mrs. Parker Bowles se contente de hausser les épaules et, sans un mot, ouvre la porte du petit salon en invitant son interlocutrice à quitter les lieux d'un petit geste de la tête. Toutes deux ignorent que le temps est compté. Il ne leur sera plus jamais donné l'occasion de s'expliquer.

6

Passion et raison d'État

« C'est peut-être simplement la manière dont le mariage en lui-même s'est déroulé, son côté enchanteur façon film hollywoodien, qui a incité les gens à se faire une fausse idée des choses[1] *? »*
Le prince Charles

Un soir de 1971, un certain James Stuart téléphone à Queen Mum. Il sait qu'il va mourir. Il veut la revoir. Elle le convie à déjeuner dans sa résidence de Clarence House. Deux jours plus tard, le *Times* de Londres annonce à ses lecteurs le décès du vicomte Stuart de Findhorn, ancien membre du Parlement et ex-secrétaire d'État aux Affaires écossaises, autrefois distingué par Elizabeth II en remerciement de ses longues années de bons et loyaux services. Jusqu'à la fin, la reine mère avait précieusement conservé la photo de James dans ses papiers personnels. Le portrait un peu jauni d'un aristocrate de vingt-cinq ans au physique de jeune premier. Une enveloppe, un peu abîmée elle aussi, postée en 1922 dans une petite ville de l'Oklahoma. Au dire de

1. Extrait d'une correspondance privée datée du 4 avril 1983, citée par Jonathan Dimbleby, *op. cit*.

certains de ses proches, les derniers souvenirs du « grand amour de sa vie ».

Troisième fils du dix-septième comte de Moray – descendant du Good Lord James, régent du royaume d'Écosse au XVIe siècle –, l'honorable James Gray Stuart est issu de l'une des plus anciennes et des plus nobles familles de Grande-Bretagne. Il est aussi fauché. Brillant. Doté de manières impeccables. Beau comme un dieu. Âgé de dix-sept ans seulement lorsque éclate la Première Guerre mondiale, il interrompt prématurément ses études au collège d'Eton pour s'engager dans le régiment des Royal Scots, où il rencontre Michael Bowes-Lyon, le cinquième fils du comte de Strathmore. Un soir de permission, « Mickie » lui présente lady Elizabeth, sa sœur cadette, dans un music-hall de Londres. Mais James, à l'époque, a le cœur ailleurs.

On le dit secrètement épris d'une jeune actrice. On le sait surtout attendu au pays par la très belle et très distinguée Evelyn Louise Finlayson, dite Elfie, fille d'un millionnaire de Glasgow. Sa conduite exemplaire tout au long de la bataille de la Somme lui vaut d'être décoré de la Croix militaire. Au lendemain de l'Armistice, il est envoyé en poste en Belgique dans l'attente de son ordre de démobilisation. Là, James se lie d'amitié avec Louis Greig, un ancien capitaine de l'équipe d'Écosse de rugby devenu secrétaire particulier du prince Albert, fils du roi George V et petit frère de l'héritier du trône. Une rencontre dont il ignore encore qu'elle va bouleverser à tout jamais son existence.

De retour au domaine familial de Doune Lodge, James demande Elfie en mariage. Il n'est pas sûr de lui, mais qu'importe. Le cadet des Stuart n'a plus un sou en poche. Louis Greig lui propose alors d'accompagner le prince Albert en voyage d'agrément à Bruxelles. « Bertie [1] » s'ennuie ferme et a besoin d'être distrait. Son compagnon de voyage se révèle si divertissant qu'il décide de faire de lui son premier écuyer. « Le salaire n'était pas

1. Le surnom du prince Albert est le même que celui autrefois donné au futur roi Edward VII lorsqu'il était jeune.

terrible, racontera James dans ses Mémoires. Mais, au moins, j'avais ma chambre au palais de Buckingham. » Dans la foulée, il rompt ses fiançailles avec Elfie. Là encore, il n'est pas sûr de lui.

Demeuré en contact régulier avec Michael Bowes-Lyon, le nouveau protégé du prince Albert compte au nombre des hôtes les plus appréciés du comte et de la comtesse de Strathmore, dans leur château de Glamis. Plus ou moins dépressif depuis la fin des hostilités, il a trouvé un réconfort inattendu dans la compagnie de la plus jeune de leurs filles, lady Elizabeth. Douce, ravissante et enjouée, « Darling Buffy » – un sobriquet affectueux donné par ses proches – se trouve alors ardemment courtisée par plusieurs prétendants sérieux. Mais elle lui prête l'attention dont il manque depuis si longtemps. De son côté, il l'amuse. En fait, ils s'envoûtent. « Il suffisait de les voir ensemble pour comprendre à quel point ils étaient follement épris l'un de l'autre », témoignera Mabel Monty, l'habilleuse de la jeune femme. Cette fois, James est sûr de lui. Il veut épouser son Elizabeth. Miss Bowes-Lyon, elle, souhaite prendre le temps de réfléchir encore un peu avant de s'engager. Après tout, le dernier fils du comte de Moray n'a, pour l'heure, ni fortune ni avenir assuré.

Dans les fêtes somptueuses du Londres d'après-guerre, les deux jeunes gens dansent à s'en étourdir pour échapper au désespoir où les plongent leurs sentiments. Un soir d'automne 1920, leurs pas croisent ceux du prince Albert au cours d'un grand bal donné par lord et lady Farquhar. Bertie est fils de roi. Bertie attend de son écuyer qu'il le présente à sa ravissante cavalière. Bertie est amoureux. Bertie fera tout pour ne plus jamais laisser James en tête à tête avec Elizabeth. Tout au long de l'hiver, il s'emploie à vanter les qualités de la jeune lady Bowes-Lyon à sa mère. L'austère reine Mary, qui avait déjà quasiment promis son petit à Rachel Cavendish, la fille de l'une de ses dames d'honneur, finit toutefois par céder et s'invite à Glamis pour une brève tournée d'inspection.

Consciente de l'immense honneur fait à sa famille, la comtesse de Strathmore en appelle alors au sens patriotique des parents de James. « Tout le monde s'est réuni, témoigne aujourd'hui le fils de ce dernier. Les différentes parties sont tombées d'accord sur le fait qu'il serait préférable de voir mon père s'absenter quelque temps. On l'a donc envoyé travailler sur les puits de pétrole de l'Oklahoma. » La veille du Nouvel An 1922, quelques jours avant son départ pour les États-Unis, le cadet des Stuart est autorisé à rendre une dernière visite à lady Bowes-Lyon. Mais la reine Mary n'en a pas encore terminé avec lui. Les fiançailles de James et de Rachel Cavendish sont rendues officielles le 25 avril 1923. La veille du mariage d'Elizabeth et de Bertie[1].

Le souvenir de ses amours déçues incite Queen Mum à compatir plus qu'elle n'osera jamais l'avouer à l'infortune de Charles et Camilla. La doyenne des Windsor voit dans la liaison de son petit-fils avec la descendante directe d'Alice Keppel une pirouette de l'Histoire. Mieux encore, un signe du destin. À l'immense affection qu'elle éprouve pour son petit-fils vient s'ajouter une réelle sympathie pour Mrs. Parker Bowles, que son éducation impeccable – sinon sa naissance – prédestinait à faire le bonheur du futur roi. Fière, comme elle, de ses racines écossaises, Milla possède toutes les qualités que la reine mère aime tant trouver chez une femme : la loyauté, la discrétion. Et un sens du devoir à toute épreuve. Pour le bien de la Couronne, et vis-à-vis des autres membres de la famille royale, la veuve de George VI ne peut faire autrement que condamner la liaison adultère de l'héritier du trône. Par amour pour Charles, lui qui a si bien su prendre dans son cœur la place du fils qu'elle n'a jamais eu, elle consent toutefois à fermer les yeux sur cette passion « coupable ». Un périlleux numéro d'équilibriste qui durera jusqu'à sa mort, en 2002.

De son côté, « la favorite », qui croit en ces liens invisibles qui l'unissent à son aïeule comme on croit en sa bonne étoile, fait désormais partie de la vie quotidienne du prince de Galles. L'opinion ignore encore tout de

---

1. Les informations qui précèdent sur l'histoire d'Elizabeth Bowes-Lyon et de James Stuart sont tirées du formidable ouvrage de Grania Forbes : *My Darling Buffy : The Early Life of The Queen Mother*.

leurs nouveaux arrangements domestiques, que les initiés eux-mêmes peinent parfois à s'expliquer. « Elle se vantait des roses qu'elle faisait pousser dans son jardin, elle organisait des dîners pour [lui] et elle prenait des bains de soleil en bikini, pendant que Charles s'affairait dans le jardin, témoigne le chroniqueur royal James Whitaker. Au regard des valeurs qui sont celles de la plupart des gens civilisés, ce comportement était parfaitement scandaleux. Un voisin m'a dit un jour : "C'est exactement comme si l'un et l'autre se moquaient éperdument d'être vus. Ils vivaient pratiquement comme mari et femme[1]". »

Mais Diana a encore sa place dans la vie de son époux. En dépit de leur réticence croissante à paraître ensemble en public, les deux conjoints continuent d'honorer leur devoir de représentation, notamment à l'étranger. En mars 1989, ils entament une longue tournée des pays du Golfe. « Lorsqu'ils travaillaient ensemble, raconte Patrick Jephson, le secrétaire particulier de la jeune femme, le prince et la princesse créaient une dynamique phénoménale. L'effet que produisait leur arrivée dans une réception aussi guindée qu'un banquet diplomatique ne laissait plus le moindre doute quant à leur pouvoir. Le couple le plus glamour du monde, alliance parfaite entre une gravité toute royale et la beauté de la jeunesse, ne manquait jamais de provoquer des réactions jusque dans les rangs des invités les plus blasés, sevrés de toute émotion vraie par des années de protocole[2]. »

Absurdité d'une vie conjugale inexistante faussement magnifiée, à intervalles réguliers, par les flashes des photographes... Répugnance instinctive – mais jamais exprimée – à céder à l'autre sa part de célébrité... Au fil des mois, Charles et Diana se révèlent dans l'incapacité de partager plus longtemps leur immense notoriété. Ce qui précipitera la fin de leur mariage plus sûrement encore que leur panne de sentiments. Le fils aîné de la

---

1. Christopher Wilson, *op. cit.*
2. Patrick D. Jephson, *op. cit.*

reine Elizabeth renoue avec la bonne vieille routine des engagements officiels en solo. Son épouse, elle, se lance dans la quête éperdue d'un rôle nouveau à la mesure de son image de star. Comme le ferait un as du poker fermement décidé à plumer ses adversaires au terme d'une partie qui s'annonce interminable, la jeune femme bluffe les Windsor, joue avec les nerfs de son mari et use de la complaisance de la presse à son égard comme de son meilleur atout. Ses ambitions se précisent à mesure que s'aiguise son appétit de conquêtes. L'étranger l'attire. L'Amérique s'offre à elle. Diana a toutes les qualités requises pour s'imposer comme un acteur incontournable sur la scène internationale. Et le prouve.

Cette année-là, elle entreprend son premier déplacement en solitaire hors des frontières du royaume : New York, en émoi dès l'annonce de sa visite ; Manhattan, le coup de foudre – sa nouvelle histoire d'amour. Dans leurs appartements chics de Park Avenue, les tenants de la bonne société du quartier de l'Upper East Side – les aristocrates du Nouveau Monde – se disputent l'honneur immense de recevoir la future souveraine d'Angleterre, sûrs d'être enfin appréciés à leur juste valeur par la royauté, la vraie. « Leur fascination réciproque promettait à plus ou moins long terme de se changer en une estime et une confiance partagées, qui auraient pu jeter les bases d'une relation durable, voire permanente [1] », témoigne Patrick Jephson.

Infiniment reconnaissante, la princesse entend bien, de son côté, saisir la chance qui lui est offerte d'être enfin reconnue pour ce qu'elle est. Une icône.

Son charisme et sa beauté agissent sur l'opinion et les médias du monde entier comme de puissants aimants. Et contribuent à détourner leur attention de Camilla et de la place de plus en plus importante qu'elle occupe dans la vie de Charles. Si elle le pouvait, Mrs. Parker Bowles laisserait d'ailleurs bien volontiers à la belle-fille d'Elizabeth II son propre lot de célébrité et les ennuis

1. *Ibid.*

© Collection particulière

Alice Edmonstone en 1890, un an avant son mariage avec George Keppel. Elle est alors considérée comme l'une des beautés de son temps.

© Collection particulière

© T. Graham/Corbis Sygma

Une ressemblance physique troublante, une légende commune… Alice Keppel (1932) et Camilla Parker Bowles (2003), son arrière-petite-fille, sont toutes deux entrées dans l'histoire de la monarchie britannique et partagent le destin d'exception des maîtresses de rois.

Le 17 janvier 1952, la petite Camilla Shand, quatre ans, et sa sœur Annabel sont demoiselles d'honneur au mariage de leur oncle, Jeremy Cubitt, à Londres.

Milla – photographiée ici au côté de sa mère, Rosalind – fait son entrée dans le monde le 25 mars 1965. Elle compte alors parmi les jeunes filles les plus « socialement désirables » du moment.

Miss Shand, dix-neuf ans, n'est peut-être pas la plus jolie de toutes les demoiselles « bien cotées » dans la bonne société, mais son charme, son humour et sa joie de vivre lui attirent de nombreux soupirants.

Le 21 novembre 1972, Camilla, Charles et Andrew Parker Bowles (au centre) sont surpris par la presse à la sortie d'un théâtre londonien. Dans quelques jours, le prince embarquera pour une mission de huit mois sur un navire de guerre de la Royal Navy. Il profite de ces derniers instants de bonheur au côté de sa jeune maîtresse.
Milla, elle, a déjà fait en secret le choix d'épouser Andrew.

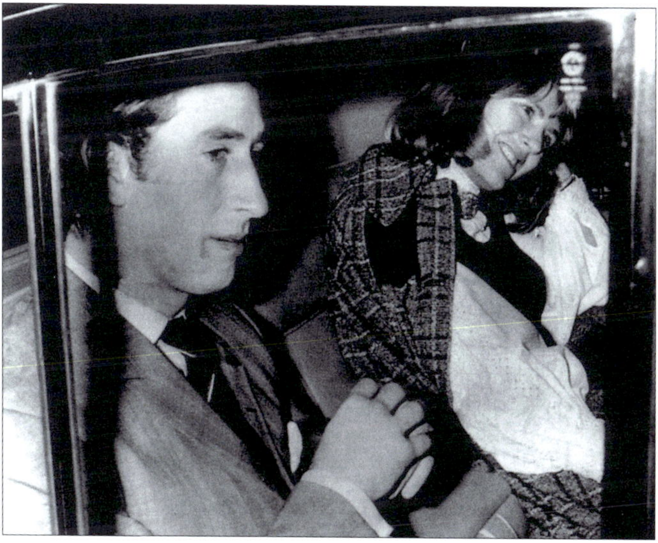

Resplendissante dans une robe de Belville Sassoon, l'un des créateurs attitrés d'Elizabeth II, Camilla arrive au bras de son père, Bruce Shand, à la Chapelle des gardes. Ce 4 juillet 1973, elle épouse en grande pompe Andrew Parker Bowles, officier dans la cavalerie de Sa Majesté et intime du clan Windsor.

Un beau jour de l'été 1974, Charles et Camilla, qui est mariée depuis plus d'un an, se donnent rendez-vous aux abords d'un terrain de polo. Les matchs disputés par l'héritier du trône leur donnent l'occasion de se retrouver régulièrement et de partager quelques moments d'intimité.

© *The Sun*/Sipa Press

© T. Graham/Corbis Sygma

1979. Dans la bonne société du royaume, personne n'ignore que Milla et son prince sont redevenus amants. À la fois maîtresse, confidente et meilleure amie du fils d'Elizabeth, la jeune femme, âgée de trente-deux ans, met à profit son expérience de femme du monde pour le conseiller dans le choix de sa future épouse.

© Desmond O'Neill Features

© *The Sun*/Sipa Press

Au cours des mois qui précèdent l'annonce des fiançailles princières, Camilla et Diana – ici sur l'hippodrome de Ludlow, en octobre 1980 – essaient, à l'initiative de Charles, d'apprendre à mieux se connaître.

1981 : année faste pour la monarchie britannique. Les Windsor – Elizabeth II en tête – considèrent l'entrée de Miss Spencer dans la famille royale comme une bénédiction. Le « mariage du siècle » est célébré le 29 juillet à la cathédrale Saint-Paul de Londres. À cette date, le doute s'est déjà installé dans les cœurs de Charles et de Diana.

© Bettmann/Corbis Sygma

© W. McNamee/Corbis Sygma

Le 21 février 1984, le lieutenant-colonel Parker Bowles est décoré de l'ordre de l'Empire britannique au palais de Buckingham en présence de son épouse et de leurs deux enfants, Tom, neuf ans, et Laura, cinq ans.

Camilla et Andrew masquent leurs difficultés conjugales derrière une façade de couple modèle.

© T. Graham/Corbis Sygma

© H. Anwar/Sipa Press

En public, Diana fait bonne figure au milieu de sa belle-famille. Mais lorsque le prince et la princesse de Galles s'acquittent de leurs engagements officiels en couple – comme ici, lors d'un déplacement en Australie, en 1985 –, leur attitude en dit long sur leur mésentente. La jeune femme tente de faire comprendre à la reine Elizabeth les raisons de son mal-être. Tout en condamnant la liaison de son fils aîné avec Camilla, la souveraine se refuse à prendre parti pour l'un ou pour l'autre des époux.

© T. Graham/Corbis Sygma

En 1988, alors qu'ils se trouvent en visite à Melbourne, en Australie, Charles et Diana trouvent encore la force de donner l'illusion d'un couple heureux. Mais en privé, la « guerre des Galles » fait rage.

© G. Harvey/MAXPPP

© Sipa Press

Par deux fois, en 1989 et en 1990, le futur roi est surpris en compagnie de Camilla Parker Bowles au cours de brèves vacances en Turquie.

© T. Graham/Corbis Sygma

© Sipa Press

Souvent photographiée seule en compagnie de ses fils, les petits princes William et Harry (âgés ici de sept et cinq ans), Diana peaufine son image de mère exemplaire et d'épouse délaissée.

© M. Polak/Corbis Sygma

Tenue pour responsable de l'échec du mariage de Charles et Diana par les opinions publiques du monde entier, « la sorcière du Wiltshire » se terre dans sa maison de Corsham.

© Cherruault/Sipa Press

Plus belle que jamais et forte d'une popularité à son zénith, la princesse de Galles n'entend pas « partir sur la pointe des pieds »... et le montre. En septembre 1996, moins d'un mois après son divorce, elle est reçue comme une star à Washington.

À première vue, tout les oppose… Entre Camilla, incarnation prétendument froide et distante des valeurs de l'aristocratie, et Diana, la nouvelle reine des cœurs, les Britanniques ont choisi. La presse populaire exploite d'ailleurs à dessein le contraste entre la maîtresse de l'héritier du trône – ici, lors d'une partie de chasse organisée dans le comté du Gloucestershire – et la princesse, dont elle « couvre » les missions humanitaires à l'étranger, notamment au Pakistan, en février 1996, et en Angola, en janvier 1997.

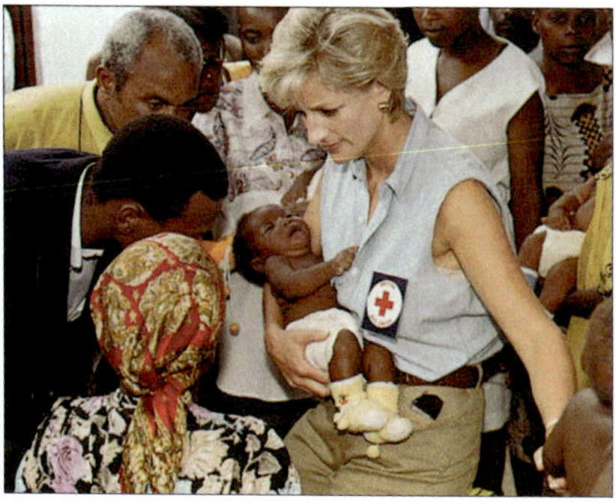

© Gamma

© *The Sun*/Sipa Press

Le jour des funérailles de Diana,
le 6 septembre 1997,
le monde entier, bouleversé,
s'associe au chagrin des petits princes
William et Harry.
Charles, lui-même très choqué
par la mort de son ex-femme,
croit alors devoir dire adieu à tout jamais
à ses rêves de bonheur au côté de Camilla.

© T. Graham/Corbis Sygma

Le 28 janvier 1999, les deux amants
font leur première apparition publique
côte à côte à l'hôtel Ritz de Londres.
Chacune des « sorties » de Mrs. Parker
Bowles – ici avec ses enfants, Tom
et Laura, en juillet 2000 – s'inscrit
désormais dans une vaste stratégie
de reconquête de l'opinion mise
au point par les experts
en communication du prince.

© T. Graham/Corbis Sygma

© T. Graham/Corbis Sygma

Si elle accompagne souvent le prince Charles dans ses nombreuses activités caritatives, Camilla doit attendre les cérémonies du Jubilé d'or de la reine Elisabeth, en juin 2002, pour obtenir un début de reconnaissance officielle de la part des Windsor. Accueillie dans la loge royale, elle peut enfin, pour la première fois, prendre place publiquement à proximité de la souveraine et des princes William et Harry.

© S.Hird/Reuters

© Topham/PA

Deux mois plus tard, aux Jeux des Highlands, en Écosse, la présence de la duchesse du Devonshire à côté de Mrs Parker Bowles adresse un message on ne peut plus clair à toute l'aristocratie du royaume : il est temps d'accepter enfin la favorite.

© REX FEATURES/Sipa Press

Elle est sa confidente, sa meilleure amie, son âme sœur. La seule à le comprendre et à pouvoir apaiser ses tourments. Comme en témoigne ce moment d'intimité surpris, un soir de juillet 2002, à travers les vitres de leur limousine.

© Collection particulière

© LOZZI/OLYMPIA/Sipa Press

Loin du bruit et de la fureur de Londres, Charles et Camilla – ici à Sienne, en septembre 2002 (ci-dessus à droite), et en vacances dans le Sud de la France – donnent l'image d'un couple soudé par une intense complicité… et trente années d'histoire commune.

© Collection particulière

Premier bain de foule pour « la maîtresse en titre », lors du Grand Salon floral annuel de Sandringham. Les petits bouquets lui ont été offerts par des admiratrices…

En décembre, Charles et Camilla invitent à goûter des enfants malades à Clarence House, leur nouvelle résidence londonienne. L'image de Mrs Parker Bowles s'améliore lentement dans l'opinion.

© T. Graham/Corbis Sygma

En voiture, à bord de l'Aston Martin du prince, ou trempés jusqu'aux os, au printemps 2004, après une longue après-midi de marche dans la campagne irlandaise… Bien que sa mère, la reine Elisabeth, refuse toujours d'officialiser la place et le rôle de Camilla à ses côtés, Charles, lui, la considère plus que jamais comme l'« élément non négociable » de son existence.

© News of the World/Sipa Press

qui vont avec. En mai, elle s'envole pour la Turquie en compagnie d'Andrew et des autres invités de la fête-surprise organisée sur place en l'honneur du prince par l'un de ses meilleurs amis, Nicholas Soames. Après avoir rencontré les responsables du gouvernement d'Ankara, l'héritier du trône entreprend une tournée des plus beaux sites archéologiques du pays au côté de sa maîtresse. Persuadés que les reporters de la presse populaire du royaume n'auront ni l'envie, ni le courage, de les suivre, Charles et Milla prennent moins de précautions que d'ordinaire pour protéger leurs amours interdites des regards, et sont finalement surpris par un photographe [1]. « Les spéculations sont allées bon train quant à l'identité de la mystérieuse beauté en maillot de bain rose avec laquelle il batifolait à bord du yacht d'un millionnaire, rapporte le quotidien du dimanche *Sunday Mirror*. Le joyeux tandem a été photographié en train de nager, de prendre le soleil et de faire du ski nautique au large des côtes de la Turquie. Mais, partout où il s'est rendu au cours de son périple, Charles a été accueilli par la même question : "Où est votre femme [2] ?" »

Le 11 mai 1989, le contenu du coffre de la banque Drummond's où Sonia Cubitt avait entreposé plusieurs dizaines d'objets de valeur ayant appartenu à sa mère, Alice Keppel, est dispersé au cours d'une vente aux enchères organisée à l'hôtel Beau-Rivage de Genève. Miniatures, petits coffrets en or, boîtes à priser, étuis à cigarettes, bibelots témoignant de l'extraordinaire savoir-faire des artisans de la Russie des tsars, « objets de vitrine » et pièces uniques des ateliers Fabergé... Bénéfice de l'opération : près de 1,9 million d'euros, que se partagent Sotheby's, Rosalind Shand et ses deux frères. Dans le jardin de leur propriété, à Plumpton, les parents de Camilla font construire une piscine. Au dire de l'une de leurs amies, « Rose se levait toutes les nuits

1. À en croire certaines rumeurs, le reporter en question aurait été discrètement renseigné par Diana ou par un membre de son entourage immédiat sur le lieu de villégiature du prince et de sa compagne.
2. Christopher Wilson, *op. cit*.

pour reculer discrètement de quelques centimètres les piquets marquant l'emplacement du bassin. Elle voyait grand, mais me disait en riant qu'elle ne pouvait concevoir une piscine autrement[1] ».

Dès la fin des travaux, le couple prend l'habitude de convier régulièrement amis et voisins à venir s'y baigner en famille. « Mrs. Shand me laissait profiter de la piscine avec mes enfants, raconte l'une d'entre eux. Elle était très gentille, très amicale, mais ne parlait jamais des siens. Et nous sentions qu'il était préférable de ne pas poser de questions. Instinctivement, nous comprenions qu'il y avait des limites qu'il valait mieux ne pas dépasser. Surtout à partir du moment où les journaux se sont mis à beaucoup parler de Camilla[2]. » Unanimement appréciés et respectés, les parents de Mrs. Parker Bowles bénéficient de la complicité bienveillante des habitants de la petite localité. « Personne ne les aurait jamais laissés tomber. Charles venait régulièrement à Plumpton, mais personne n'a jamais appelé la presse pour vendre la mèche. Au contraire... Il y avait autrefois une station-service à la sortie du village. Un jour, des journalistes sont allés trouver le pompiste et lui ont demandé s'il savait où se trouvait la maison des Shand. "Jamais entendu ce nom-là", leur a-t-il répondu. C'était typique de l'état d'esprit des gens[3]. »

Le 31 août, le palais de Buckingham annonce que « la Princesse royale et [son époux] le capitaine Mark Phillips, ont pris la décision de se séparer. Aucune procédure de divorce n'est envisagée ». Depuis plusieurs mois, des bruits alarmants sur l'état des relations entre Anne et son mari alimentaient les conversations dans les dîners londoniens. En réalité, cela fait déjà bien longtemps que l'amour des chevaux ne suffit plus à unir le couple. Le peu d'empressement manifesté par Mark à se montrer en public au côté de sa femme, les absences prolongées auxquelles le contraignent ses affaires ajoutés aux fré-

1. Conversation avec l'auteur.
2. *Idem*.
3. Conversation avec l'auteur.

quents déplacements effectués par la princesse dans l'exercice de ses obligations officielles ont contribué à éloigner les deux jeunes gens. La rumeur leur prête d'ailleurs un certain nombre d'« amitiés » que l'on soupçonne d'être moins innocentes qu'il n'y paraît. Ces derniers temps, Andrew Parker Bowles et la fille de la reine Elizabeth ont ainsi été vus ensemble au cinéma, au théâtre et dans plusieurs restaurants chics de la capitale. On dit aussi que la sœur de l'héritier de la Couronne rend souvent visite à son ancien soupirant dans sa propriété familiale du Wiltshire. En l'absence de son épouse.

Bien que « sensibilisés » par les médias à la présence quasi permanente de Camilla dans l'entourage de Charles, les Britanniques ignorent encore tout de la véritable nature de leurs liens. Pour Diana, il ne fait aucun doute que la relation qu'elle entretient à distance avec la maîtresse de son mari est un duel sans merci. À l'inverse de sa rivale, elle se place dans une logique de compétition. Pour marquer les points indispensables à sa victoire, il lui faut être toujours plus belle. Et surtout, se rendre toujours plus populaire auprès de l'opinion. Depuis maintenant près de deux ans, la bru d'Elizabeth II s'est engagée personnellement dans la lutte contre le sida, notamment au côté des associations qui militent pour le droit des malades au respect de leur dignité. Si la jeune femme a choisi de lutter contre le rejet dont souffrent, à l'époque, la plupart des victimes du virus, ce n'est pas seulement dans le but de se démarquer des causes politiquement correctes parrainées par les autres membres de la famille royale.

Ses propres tourments affectifs lui donnent en effet la faculté intuitive de compatir sincèrement au calvaire physique et moral de ceux dont la société fait encore des parias. Diffusées dans le monde entier, les photographies de la princesse de Galles serrant dans ses mains les doigts décharnés de patients très affaiblis ont déjà fait plus pour la compréhension de cette maladie que tous les discours scientifiques. Au cours d'un déplacement officiel en Indonésie, à la fin de l'année 1989, Diana visite cette fois des lépreux dans un hôpital près de Jakarta. Son empressement à aller à la rencontre des plus démunis, son extraordinaire aptitude à soulager leurs souffrances pour un temps lui donnent l'image d'une sainte aux yeux de ses admirateurs. Une arme qui va se révéler redoutable pour la suite.

Leur apparente incommunicabilité, qu'il croit irrémédiable, empêche Charles de déceler – et d'apprécier – l'une des principales qualités de son épouse. Sa capacité à garder les yeux grands ouverts sur le monde a en effet rapidement permis à la princesse de prendre toute la mesure de l'immense décalage entre le mode de vie des Windsor, figé dans un immobilisme d'un autre âge, et l'évolution rapide, inexorable, des attentes de leurs concitoyens. Diana pense notamment que son mari est devenu l'otage d'une partie de son entourage, et constate avec effroi qu'un certain nombre d'individus à la réputation douteuse tentent de profiter de lui. « Elle avait conscience des nombreuses qualités du prince, au nombre desquelles une touchante vulnérabilité. Lorsqu'elle parlait de lui avec gentillesse – ce qui, il est vrai, était plutôt rare –, c'était le plus souvent pour regretter qu'il laisse des parasites peu scrupuleux s'approprier et détourner ses intentions charitables et ses bonnes idées [1]. »

Parmi eux, Armand Hammer, présenté bien des années plus tard par l'un de ses principaux collaborateurs comme l'une des pires menaces ayant jamais pesé sur la respectabilité du futur roi. Décrit comme un espion soviétique et un homme d'affaires corrompu lié au crime organisé après avoir été associé à quelques-uns des plus grands scandales politiques de son temps, le président de la compagnie pétrolière Occidental Petroleum n'avait, a priori, aucune chance de devenir un jour l'ami du prince de Galles. Et pourtant... Poursuivi aux États-Unis, où il est soupçonné d'avoir financé le Watergate, le milliardaire américain, expert en l'art de gagner la confiance des riches et des puissants, cherche, dès la

1. Patrick D. Jephson, *op. cit.*

fin des années 1970, à retrouver un semblant de respectabilité en s'affichant au côté de personnalités de renommée internationale. Et jette son dévolu sur l'héritier de la Couronne d'Angleterre. Le 4 mai 1977, à Londres, Charles inaugure l'exposition des aquarelles de Winston Churchill à la galerie Knoedler, propriété du businessman. Armand Hammer, venu tout spécialement de Los Angeles, ne laisse bien sûr à personne d'autre le soin de l'accompagner tout au long de sa visite. Connaissant la passion du prince pour la peinture, il propose de lui offrir une série de leçons particulières avec le virtuose américain de l'aquarelle Bob Timberlake. Entouré en permanence d'admirateurs prêts à toutes les folies pour satisfaire ses moindres désirs, le fils de la reine Elizabeth ne voit aucune raison de refuser un présent d'une telle générosité. Il est jeune, naïf, imprudent. Hammer n'en espérait pas tant.

Selon Neil Lyndon, auteur en mars 2003 d'une série d'articles dans le quotidien *Daily Mail*, ce dernier devient en l'espace de quelques mois l'un des principaux bienfaiteurs des œuvres de charité favorites du futur roi. Du sauvetage de l'épave du *Mary Rose*, le vaisseau amiral de la flotte d'Henry VIII coulé en 1545, à la promotion du mouvement United World College, un vaste projet éducatif à l'échelle mondiale, ses millions de dollars – pour la plupart « empruntés » illégalement à l'Occidental Petroleum – lui garantissent bientôt un accès direct et permanent au petit cercle d'intimes de son nouveau « protégé ». Montant de l'investissement : 200 millions d'euros.

En juin 1982, Charles songe même sérieusement à faire de lui l'un des parrains de William, son fils aîné. Diana, qui n'a jamais éprouvé qu'antipathie et méfiance vis-à-vis du personnage, s'y oppose. Trois ans plus tard, à l'occasion d'un gala de bienfaisance organisé à Palm Beach, le prince et la princesse font à leur tour connaissance avec les proches de l'homme d'affaires. Une ex-actrice de films porno, un baron de la drogue, des promoteurs immobiliers liés à la mafia. Moyennant 50 000 euros, Armand Hammer leur a vendu le droit de se faire photographier en compagnie de ses illustres invités. Pour Diana, l'humiliation est insupportable. La jeune femme décide, dès lors, d'user de toute l'influence dont elle dispose encore auprès de son mari pour le convaincre de bannir l'encombrant milliardaire de son entourage. À sa mort, huit ans plus tard, le magnat du pétrole n'est plus en relation avec l'héritier du trône depuis longtemps.

Charles, lui, ne cherche pas à mettre bon ordre dans les fréquentations de son épouse. Pas plus qu'il ne s'intéresse aux multiples rebondissements de sa vie sentimentale. Au cours de l'automne 1989, James Hewitt annonce à Diana que son régiment va être muté en Allemagne pour une durée de deux ans. La princesse de Galles vit cette nouvelle comme une trahison. En guise de représailles, elle décide de répondre aux avances de l'un de ses soupirants de jeunesse, James Gilbey, un vendeur de voitures de luxe. Dans la nuit du dimanche 17 décembre, Charles et Camilla ont, de leur côté, une longue conversation téléphonique au cours de laquelle ils laissent parler librement leur amour, en des termes qui ne laissent aucune place à l'imagination quant à l'intensité de la passion qui les anime. Fatigué par une semaine particulièrement chargée, le prince séjourne ce soir-là chez son amie la duchesse de Westminster, dans le comté du Cheshire. Seule à Middlewick House, Mrs. Parker Bowles, qui a passé la plus grande partie de la journée à chasser avec le Beaufort Hunt, profite de l'absence d'Andrew, retenu à Londres – où il a pour mission de gérer la flotte des véhicules de secours de l'armée pendant la grève des ambulances[1] – pour s'entretenir avec son amant. Le fils de la reine Elizabeth s'inquiète d'ailleurs de savoir quand ils pourront se parler à nouveau.

« Camilla : Prions Dieu pour qu'il [Andrew] ne soit pas là jeudi. Je sais que c'est terrible de dire ça quand on

1. La grève a duré plus de six mois. C'est l'une des plus importantes confrontations sociales qu'ait jamais connues la Grande-Bretagne, avec la grève des mineurs de 1984.

pense à cette grève des ambulances... Mais je suppose qu'elle ne sera pas terminée jeudi.

Charles : Ce ne sera pas fini ?

— Eh bien, pour le bien de tout le monde, j'espère que ce sera effectivement fini. Mais pour le nôtre, j'espère que non.

— Pourquoi ?

— Parce que si le mouvement s'arrête, il sera de retour ici jeudi soir.

— Oh, non...

— Oui. Mais, franchement, je ne crois pas que tout sera terminé d'ici là. Et toi ?

— Je ne le pense pas non plus. Ce ne serait vraiment pas de chance.

— Vraiment pas de chance, je sais.

— Ce qui veut dire qu'une fois de plus, rien ne va se passer comme nous le voulons.

— Mais non, pas du tout. Ne pense pas comme ça. Sois positif.

— Je ne suis pas très doué pour ça.

— C'est pourtant ce que, moi, je vais faire. Sinon, je crois que je serais réduite au désespoir. »

Deux êtres qui brûlent de se retrouver l'un auprès de l'autre. Deux amoureux qui se croient seuls au monde. Deux imprudents. En dépit des mises en garde répétées des officiers de Scotland Yard chargés de sa sécurité, le prince de Galles n'a pas renoncé à passer ses communications privées depuis son téléphone portable – dont la ligne est pourtant jugée plus facile à intercepter que celle d'un poste fixe. Cette nuit-là, les mots doux échangés par les deux amants sont enregistrés à leur insu par un pirate des ondes. Dans quelques jours, la preuve irréfutable de l'infidélité du futur roi d'Angleterre sera livrée aux rédacteurs en chef des principaux quotidiens populaires du pays. Séparés par la raison d'État, sûrs que leur passion ne pourra jamais s'exprimer au grand jour, Charles et Camilla croient vivre un enfer. En réalité, le cauchemar ne fait que commencer.

Le 26 juin 1990, Mrs. Parker Bowles déjeune à Londres, à Clarence House, en compagnie de la reine mère et de l'héritier du trône. Deux jours plus tard, ce dernier est victime d'une grave chute de cheval au cours d'un match de polo à Cirencester, dans le comté du Gloucestershire. Bien que la discipline continue de pâtir aux yeux d'une partie de l'opinion d'une image de « sport de riches », le prince y trouve depuis toujours une forme d'apaisement. Un défouloir indispensable pour la rage et les frustrations qui l'habitent, « le seul moyen de ne pas devenir fou ». Le bras droit fracturé en plusieurs endroits, il est aussitôt emmené à l'hôpital le plus proche. La réaction de Diana est alors révélatrice de l'abîme qui sépare désormais les deux conjoints. Au lieu de se précipiter au chevet de son mari, la princesse se rend à l'opéra pour assister à une représentation de *La Bohème* de Puccini, et ne fait son apparition au centre médical de Cirencester que très tard dans la soirée, sept heures après que Charles y a été admis. Et longtemps après que Milla eut quitté les lieux.

Le 1er juillet, jour de son vingt-neuvième anniversaire, la jeune femme accompagne toutefois son époux jusqu'à Highgrove, où il compte passer le début de sa convalescence. « Elle n'est restée que quelques minutes à peine, le temps de le déposer, puis elle est retournée au palais de Kensington, raconte Ken Wharfe, son garde du corps. D'après ce que je sais, Camilla est arrivée tout de suite après pour prendre soin du blessé. Sur le chemin du retour, Diana m'a dit, d'un ton calme mais profondément attristé [...] que c'était l'humiliation de trop[1]. » Incapable de tenir en place, Charles quitte rapidement le Gloucestershire pour rejoindre le domaine de Balmoral, en Écosse, en compagnie des Parker Bowles et des Palmer Tomkinson, un autre couple d'amis.

Irritable, agacé de ne pouvoir se livrer à ses passe-temps habituels – aquarelle et pêche au saumon – en raison de son bras en écharpe, le fils aîné de la reine Elizabeth bénéficie, tout au long de l'été, de l'attention constante de sa maîtresse. À en croire l'un des membres

1. Ken Wharfe, *Diana : A Closely Guarded Secret*.

de son entourage, « Camilla faisait tout ce qu'elle pouvait pour lui. Elle lui faisait la lecture, elle l'encourageait pendant ses exercices de rééducation et coupait la nourriture dans son assiette. Elle le réconfortait lorsque la souffrance était insupportable. En fait, elle lui était totalement dévouée et s'affairait en permanence autour de lui. Le soir, dans l'intimité de son salon privé, ils passaient de longues heures, assis côte à côte, à parler ou à écouter de la musique classique. Il leur arrivait aussi de rester là, en silence. Le silence que peuvent seuls partager les couples si sûrs de leur amour qu'ils n'ont pas besoin de mots pour remplir l'espace autour d'eux[1] ».

Pendant quatre mois, Charles n'accepte plus aucun engagement officiel. À la fin de l'été, les médecins découvrent que les fractures de son bras n'ont pas été réduites correctement. L'une d'entre elles a même commencé à se résorber en emprisonnant un tendon, ce qui explique les douleurs permanentes dont il se plaint depuis l'accident. Mais les conséquences de sa chute de cheval ne sont pas les seules responsables de son brusque retrait de la vie publique. Plusieurs de ses proches parlent désormais d'une sévère dépression dont personne, pas même Mrs. Parker Bowles, ne parvient à le distraire durablement. D'autres évoquent une « remise en question majeure de son existence ». Les sujets de Sa Majesté, eux, vivent la retraite volontaire de leur futur roi comme un affront.

De l'autre côté de l'Atlantique, la presse américaine commence à spéculer sur un possible divorce entre le prince et la princesse de Galles. Une éventualité que les experts britanniques rejettent fermement. Charles Kidd, responsable de la publication du *Debrett's Peerage*, l'ouvrage de référence de la noblesse du royaume, la qualifie sans détour de « nuisible, irresponsable, insultante et de mauvais goût ». Dans les colonnes du magazine *People*, Brian Hoey, auteur de nombreux livres sur la famille royale, affirme qu'« il n'y aura jamais de divorce. Le prince se considère comme le successeur légitime de la

1. Caroline Graham, *op. cit.*

reine Elizabeth, non seulement en tant que souverain mais aussi en tant que chef de l'Église anglicane. Et à ce titre, il lui est donc impossible de divorcer[1] ».

Conséquence inévitable de la mésentente entre Charles et Diana : le personnel du couple est maintenant divisé en deux camps bien distincts. Dans les cuisines, les sous-sols et les corridors de Highgrove et du palais de Kensington, les domestiques épient les conversations et les allées et venues de leurs collègues et amis d'autrefois, dans l'espoir de recueillir des informations utiles à leurs boss respectifs. Le majordome Paul Burrell se fait l'un des principaux défenseurs de la cause de la princesse. Michael Fawcett, entré au service de l'héritier de la Couronne peu de temps avant son mariage avec miss Spencer, se range quant à lui au côté du prince de Galles. Sa loyauté sans faille et son sens inné de l'organisation lui ont permis de s'imposer comme son homme de confiance numéro un. Avant de faire sans difficulté la conquête de Camilla.

Pourtant, les deux hommes se ressemblent. Entrés à Buckingham en tant que valets, ils ont connu l'un et l'autre une ascension foudroyante au sein de la Maison royale. Au milieu des années 1980, chacun a pris pour épouse une femme de chambre du palais. Mais la fin annoncée du mariage princier sonne la fin de l'amitié entre les deux employés. Les chemins de Michael et de Paul se séparent. L'animosité entre les deux camps prend bientôt des allures de guerre de tranchées. Au début du mois de septembre, Charles accepte d'être opéré à nouveau avec l'espoir de voir guérir enfin son bras endolori. Son personnel au grand complet installe ses quartiers dans le centre médical de Nottingham. Le lendemain de l'intervention, Diana rend visite à son mari. « Elle n'était pas plus tôt arrivée que les aides obséquieux [de ce dernier] lui ont fait comprendre que personne n'avait besoin d'elle. Et qu'elle n'était pas la bienvenue », raconte Ken Wharfe dans ses Mémoires[2].

---

1. *People*, 11 février 1991.
2. Ken Wharfe, *op. cit.*

Le 10 juillet, le prince William fait sa rentrée au pensionnat de Ludgrove, escorté par ses parents. Aussitôt leur devoir terminé, les deux conjoints se séparent. Ils ne se reverront plus pendant trente-neuf jours. Comme il l'avait déjà fait en 1987, l'héritier du trône fuit le palais de Kensington, sa femme et ses affaires, et entame un exil volontaire en Écosse qui paraît ne jamais devoir prendre fin. Le prince et la princesse ne se parlent plus, même par téléphone. La jeune femme est soigneusement tenue dans l'ignorance des déplacements et de l'emploi du temps de son époux. Pour Charles, il n'est plus qu'un seul impératif : l'éviter à tout prix.

Ce n'est qu'à la fin du mois d'octobre qu'il se décide à rentrer à Highgrove, où l'attendent ses enfants. Diana, elle, se trouve retenue à Londres par une série d'engagements officiels. Le 25, la voiture du fils de la reine Elizabeth franchit les grilles de sa propriété du Gloucestershire à dix-neuf heures. Quatre heures plus tard, une fois William et Harry endormis, quitte à nouveau discrètement sa résidence en compagnie d'un seul garde du corps pour se rendre à Middlewick House, où il passe la nuit en compagnie de Camilla. Le lendemain, il est de retour à temps pour accueillir la princesse, venue le rejoindre afin de participer à une séance photo en prévision de leur dixième anniversaire de mariage. Devant l'objectif d'India Hicks, l'une des petites-filles de lord Mountbatten – et l'une de leurs ex-demoiselles d'honneur –, les deux conjoints se prêtent sans conviction à ce qui ne paraît plus être à leurs yeux qu'une mascarade.

Sur les conseils de Mrs. Parker Bowles, Charles, toujours handicapé par son bras en écharpe, accepte l'invitation de la baronne Louise de Waldner à séjourner dans son château Le Barroux, à Caromb, près d'Avignon. Là, la solitude lui paraît insupportable, l'angoisse plus forte que jamais. Il rentre à Highgrove au bout d'une semaine. Voilà plus d'un mois que le futur roi se tient éloigné des siens. Son entourage ne sait trop s'il faut y voir un défi lancé aux tenants de l'institution monarchique et, plus généralement, à tous les théoriciens du « royalement correct », ou une punition qu'il s'inflige à lui-même pour avoir, lui, l'héritier des Windsor, placé son clan tout entier dans l'embarras. Dans un souci d'honnêteté vis-à-vis de sa femme, le prince prend la résolution de ne plus rien lui cacher de sa relation avec Milla. Après tout, cela fait déjà bien longtemps que la princesse ne se fait plus, tout comme lui, d'illusions sur l'avenir de leur couple.

En secret, Diana et sa belle-sœur Sarah font serment l'une à l'autre de se séparer de leurs maris respectifs. Les longues absences en mer du prince Andrew, sa passion pour le golf et son goût un peu trop prononcé pour les soirées devant la télévision ont contribué à pousser Fergie dans les bras d'autres hommes. Unies par la fragile complicité propre aux compagnes d'infortune, les deux belles-filles de la reine Elizabeth hésitent toutefois à prendre d'elles-mêmes une décision lourde de conséquences pour leur avenir. Dans la plupart des bonnes familles du royaume, on juge, sans doute à la hâte, que Sarah, connue pour son exubérance, ses excès et sa propension à parler à tort et à travers, exerce une mauvaise influence sur la princesse de Galles. Rosalind Shand, la mère de Camilla, exprime d'ailleurs à plusieurs reprises sa vive désapprobation à l'égard de Fergie. « Quoi qu'elle fasse, la duchesse d'York ne trouvait jamais grâce à ses yeux, raconte l'un des membres de son entourage. Déjà, elle avait en horreur l'embonpoint chez une femme. Rosalind avait grandi à une époque où l'on ne pouvait jamais être ni trop riche ni trop mince. Et surtout, elle était issue d'un milieu où, quoi qu'il arrive, on se tait[1]. »

En avril 1991, Charles, qui ne se sent pas d'humeur à passer une semaine complète sous le même toit que sa femme dans la station de ski de Lech, en Autriche, prétexte quelques discours urgents à écrire pour fuir en Écosse, où l'attend sa maîtresse. À l'époque, Diana regrette que les photographes de la presse populaire du royaume ne prennent pas la peine de s'intéresser de plus près aux « vacances studieuses » de son mari sur les bords de la rivière Dee. En mai, les médias apprennent toute-

1. Conversation avec l'auteur.

fois que Charles a rejoint Mrs. Parker Bowles en Toscane, où elle effectue un court séjour en compagnie de deux amies. L'entourage de Milla vole à son secours en assurant que rien d'inconvenant ne s'est passé entre elle et l'héritier du trône. Mais il est trop tard. Le mal est fait.

En ce début de printemps, le quotidien du dimanche *News of the World* est le premier à évoquer en des termes ambigus l'« amitié » entre Diana et James Hewitt. L'opinion se réveille. Il y a dix ans, le monde entier retrouvait foi en l'« amour-toujours » grâce à la belle histoire de lady Di et de son prince charmant. Aujourd'hui, les deux protagonistes du mariage le plus romantique du siècle se retrouvent rattrapés par de vilaines histoires d'adultère. Et personne ne comprend très bien ce qui a pu se passer entre-temps. Comment imaginer que Charles ait pu préférer à son épouse une femme moins jeune, moins jolie, moins sophistiquée et mariée à l'un de ses meilleurs amis ? Plusieurs proches du futur souverain laissent timidement entendre que les raisons de son infidélité sont plus complexes qu'elles en ont l'air. Le public, lui, fait connaissance avec Camilla sous les traits d'une briseuse de ménage qui aurait cassé leur conte de fées. Une image désastreuse dont elle aura toutes les peines du monde à se débarrasser.

De l'incompréhension naît le doute. Peu encline à chercher des excuses au prince de Galles pour son « inconduite », une partie des sujets de Sa Très Gracieuse Majesté s'estime dorénavant en droit de remettre en cause son aptitude à régner. La réprobation se fait entendre jusque dans les rangs des monarchistes les plus convaincus, dont certains n'hésitent plus à critiquer ouvertement le comportement incompréhensible de Charles depuis son accident de polo, en particulier vis-à-vis de sa famille. Dans les colonnes du quotidien *The Daily Telegraph*, pourtant considéré comme l'un des défenseurs de la royauté, un chroniqueur va même jusqu'à évoquer son possible renoncement au trône. En 1936, son grand-oncle Edward VIII avait abdiqué pour les beaux yeux de Wallis Simpson, une Américaine deux fois divorcée, ce qui l'avait contraint à quitter la Grande-

Bretagne. S'il prenait la décision de ne pas succéder à sa mère, le prince pourrait, cette fois, se trouver une « reconversion » honorable en assumant enfin le rôle de premier plan sur la scène économique, sociale, et peut-être même politique, auquel il aspire depuis si longtemps. Un avis que ne partagent pas les Windsor... Au sein même du clan, où Diana compte pourtant quelques-uns de ses plus féroces détracteurs, on met une partie des ennuis de Charles sur le compte de sa « fragilité émotionnelle ». Dans l'entourage d'Elizabeth II, chaque nouvelle journée apporte avec elle son lot d'anecdotes sur son comportement « bizarre », ses soudaines explosions de colère à la seule mention du prénom de son épouse, la brusquerie avec laquelle il lui arrive de quitter la table en plein milieu d'un dîner.

Les existences parallèles du prince et de la princesse de Galles ont désormais des conséquences sur l'organisation de leurs vies publiques respectives. Pour la première fois depuis dix ans, Charles et Diana disposent chacun de leur secrétaire particulier personnel. En dépit de la bonne volonté des deux intéressés – Richard Aylard et Patrick Jephson –, prêts à travailler main dans la main pour maintenir une unité de façade entre les deux staffs, il semble de plus en plus évident que la place de la jeune femme au sein de l'élite de la dynastie régnante se trouve désormais menacée. « La famille royale est en réalité une fédération de structures indépendantes les unes des autres, chacune reflétant le caractère et la personnalité de celui ou celle qu'elle a pour mission de servir, commente Patrick Jephson. Les autres membres de cette fédération, et notamment le plus important d'entre eux, ne pouvaient que considérer l'émergence d'un élément nouveau et potentiellement incompatible comme déstabilisante. [...] Au palais de Saint-James [le QG londonien de Charles], nous étions perçus, chaque jour un peu plus, comme des étrangers. De temps en temps, nos “hôtes” tentaient d'ailleurs de nous expulser. Mais je savais que si nous prenions la décision de nous replier au palais de Kensington, cela condamnerait la princesse à se retrouver mise à l'écart des débats cruciaux dont l'avenir des Galles allait, sous peu, commencer à faire l'objet[1]. »

Les « hommes en gris » de Buckingham voient désormais en Diana le grain de sable capable d'enrayer la mécanique bien huilée de la Maison royale. Au fil des mois, le fossé se creuse entre la vieille garde des tenants de la monarchie, décidés à préserver l'avenir de l'institution coûte que coûte, et les Britanniques, qui ne veulent personne d'autre que lady Di pour reine – une fonction pour laquelle elle paraît si merveilleusement disposée. La révélation des amours de Charles et Camilla ne fait que les renforcer dans leurs convictions. L'opinion se dresse contre Mrs. Parker Bowles, *la* seule femme à pouvoir se dresser entre la star des Windsor et le trône. De son côté, la princesse rêve de voir les deux amants s'exiler pour toujours en Italie, la laissant assumer, seule, l'éducation de William et le préparer à ses futures obligations de monarque.

La « guerre des Galles » est déclarée par médias interposés. De manière plus ou moins inexplicable pour son entourage, la princesse passe le plus clair de l'été 1991 à tenir des propos à voix basse, les lèvres collées à un dictaphone. En mai, dans les colonnes du *Sun*, le journaliste Andrew Morton avait accusé Charles d'être une menace pour l'avenir de la royauté. En juillet, les partisans de l'héritier de la Couronne contre-attaquent dans le quotidien *Daily Mail*. Dans un article intitulé « Charles et Diana : quelques raisons de se faire du souci », le journaliste et chroniqueur Nigel Dempster révèle que la jeune femme s'est vigoureusement opposée à ce que son époux organise une réception en l'honneur de son trentième anniversaire. Une manière comme une autre d'exprimer des réserves sur la réalité de sa condition de victime. Le jour suivant, le camp adverse met de nouveau *The Sun* à contribution, sous la forme d'un nouvel article récapitulant les raisons – toutes forcément inattaquables – du refus de la princesse.

---

1. Patrick D. Jephson, *op. cit*.

Le public, qui n'a aucune raison de remettre en cause la véracité des informations dont on l'abreuve à un rythme chaque jour plus soutenu, est loin de se douter des tentatives de manipulation dont il fait l'objet. À Buckingham, en revanche, on juge le jeu dangereux. « La plupart d'entre nous préfèrent penser que la famille royale agit dans le respect d'un certain nombre de règles, ce que nous n'attendons plus depuis longtemps de nos politiciens, commente Patrick Jephson. Mais en empruntant justement quelques-unes de leurs méthodes à ces experts en communication, surtout soucieux de soigner leur image, plusieurs de ses représentants se sont écartés de manière notable de leur rôle traditionnel, estimable entre tous : agir en fonction de principes clairement établis, et non dans le but d'y gagner une popularité à court terme[1]. »

En septembre 1991, Diana effectue une visite officielle seule au Pakistan, avec la bénédiction du Foreign Office – le ministère britannique des Affaires étrangères. L'immense succès remporté par son voyage la conforte dans un sentiment de supériorité relative sur la plupart des membres du clan Windsor. Adulée dans le monde entier, traitée dans les moindres de ses déplacements avec les égards et les honneurs dus à une reine, la belle-fille d'Elizabeth II se persuade peu à peu que la fascination qu'elle exerce sur les foules doit désormais davantage à son charisme personnel qu'à sa condition d'altesse royale.

Enhardi par les propres liaisons extramaritales de son épouse, Charles élargit progressivement le cercle d'amis dans lequel il se sent libre d'évoluer au côté de Camilla. En décembre, Mrs. Parker Bowles assiste au service religieux célébré en mémoire de Leonora Knatchbull, la fille de lord et lady Romsey[2], décédée d'un cancer deux mois plus tôt à l'âge de six ans. La princesse de Galles s'indigne de la présence de sa rivale qui, croit-elle, n'a

1. *Ibid.*
2. Petit-fils de lord Mountbatten, lord Romsey est un cousin éloigné du prince Charles.

jamais été une intime des parents de la fillette. Broadlands, la magnifique demeure de ces derniers, compte pourtant, depuis longtemps, au nombre des maisons « sûres » dans lesquelles Charles et Milla viennent régulièrement cacher leurs amours.

Le 22 janvier 1992, au lendemain de la publication de photos compromettantes de Fergie et de son amant Steve Wyatt dans *The Sun*, Andrew et Sarah se rendent à Sandringham pour annoncer à la souveraine leur décision de ne plus vivre ensemble, même si de divorce il n'est pas encore question. Sa Majesté espère encore pouvoir fêter le quarantième anniversaire de son accession au trône, le 6 février, dans une relative sérénité et entourée de l'affection des siens. Elle s'apprête en réalité à vivre l'année la plus noire qu'elle ait jamais connue de toute son existence. À cette époque, une partie des proches de Charles et Diana croit encore que le jeune couple peut parvenir à un accord lui permettant de préserver un semblant d'unité – à condition que les deux conjoints acceptent de fermer les yeux sur leurs escapades amoureuses respectives. Camilla encourage elle aussi le prince à essayer de persuader sa femme du bienfondé de cette solution. Mais la princesse n'a jamais vraiment renoncé à ses rêves d'adolescente idéaliste et romantique. Pour certains observateurs, son entêtement à refuser toute forme de compromis trahit en réalité le plaisir qu'elle éprouve à jouer son rôle d'épouse bafouée.

Les conseillers de Charles, eux, ne l'entendent pas de cette oreille. Obtenir une séparation dans les meilleurs délais leur paraît être le seul moyen d'enrayer la chute de popularité vertigineuse de l'héritier du trône. Ils commencent donc à prendre conseil auprès d'avocats de renom. Diana, de son côté, passe à l'offensive. Sa cote de sympathie dans l'opinion doit être telle qu'elle empêchera ses adversaires de l'évincer sans risquer d'y perdre leur propre respectabilité. Elle intensifie donc son action humanitaire et caritative, et s'assure de la coopération de quelques journalistes, disposés à lui tailler une image sur mesure en échange d'informations de première main. Chacune de ses apparitions publiques, soigneusement pensée et préparée à l'avance, doit désormais dévoiler un peu plus son vrai visage. Celui d'une princesse plus royale que jamais.

Dans le même temps, elle profite de ses déplacements à l'étranger pour graver dans les esprits le spectacle d'une femme abandonnée, mais déterminée à assumer ses obligations envers la Couronne en dépit de ses souffrances intérieures. En Inde, au mois de février, elle se laisse photographier, seule, devant le Taj Mahal – un monument dédié à l'amour – et fait passer Charles pour un monstre. En avril, peu après que son mari a séjourné une petite semaine à Milan en compagnie de sa maîtresse, elle pose, seule là encore, devant les pyramides d'Égypte. Cette fois, le prince et son épouse ont quitté Londres ensemble à bord du même avion. Charles, lui, a poursuivi son voyage jusqu'en Turquie, où il a été rejoint quelques jours plus tard par le couple Parker Bowles. Soucieux de ne pas s'exposer aux critiques des médias, il ne laisse aux journalistes aucune opportunité de le surprendre seul au côté de sa « confidente ». Une photographie le montrera, entouré de Camilla et Andrew, en train de profiter d'un modeste pique-nique installé à l'arrière d'une Range Rover.

À l'époque, la presse fait encore semblant de s'interroger sur la nature exacte des relations entre le prince et sa favorite. Dans *Sunday Times* du 26 mai, Helen Fielding – qui accédera quelques années plus tard à une notoriété planétaire avec *Le Journal de Bridget Jones* – pose la question : « Dans un cas comme le sien, est-il OK d'avoir de très bonnes amies du sexe opposé tout en étant marié ? » Réponse : « Les règles de moralité modernes sont un cauchemar. Ce dont nous aurions besoin, c'est d'un type qui descendrait d'une montagne avec une nouvelle version des Dix Commandements, disant en substance : “Pas de chance, les amis, l'adultère n'est toujours pas autorisé, mais on sera tolérant avec le gars qui a une copine hors mariage et qui fait mine de ne pas se rendre compte qu'il la désire comme un fou.” » Deux semaines plus tard, le même journal publie les premiers extraits d'une biographie événement de la princesse de Galles, écrite par Andrew Morton. Dans *Diana : Her True Story* (*Diana, sa véritable histoire*), l'auteur dévoile l'étendue du calvaire enduré par la jeune femme depuis son entrée dans la famille royale, l'incompréhension dont elle estime avoir été victime, ses tentatives de suicide, et, surtout, la liaison adultérine de Charles et Camilla.

Tout le monde ignore encore que la belle-fille d'Elizabeth II a activement participé à la réalisation de l'ouvrage en livrant le récit de son existence à Morton sous la forme de cassettes enregistrées au moyen d'un petit dictaphone. Diana règle ses comptes et, bien décidée à faire sortir sa rivale de l'ombre protectrice du prince, choisit de braquer sur elle les projecteurs de la honte. Interrogée par un reporter deux jours avant la parution, Camilla affirme ne rien savoir du livre, mais précise qu'elle le lira « avec intérêt le moment venu ». En privé, elle s'interroge sur le degré d'implication de la princesse et fait part à ses amis de sa consternation. Le soir même, elle profite de la nuit pour quitter discrètement sa demeure en voiture, en compagnie de sa sœur Annabel. Poursuivi par une presse impatiente de connaître sa réaction, Andrew Parker Bowles se borne quant à lui à qualifier l'ouvrage de « pure fiction ». Le petit village de Plumpton se retrouve, lui aussi, assiégé par les journalistes et les photographes. Sollicités par les médias, les parents de Milla font de leur mieux pour ne pas laisser paraître leur anxiété. On dit Rosalind inquiète pour le mariage de sa fille. Bruce, lui, peine à masquer son irritation face à ces assauts de curiosité médiatique. « Nous avions la presse à demeure, quasiment nuit et jour, raconte l'une des habitantes de la petite localité. Bruce était très déprimé. Tout cela lui faisait horreur[1]. »

Mus par un soudain réflexe de survie, les Windsor resserrent les rangs autour de leur héritier. Le jour de la publication des premiers extraits, la souveraine montre clairement où vont ses sympathies en conviant les Parker

1. Conversation avec l'auteur.

Bowles à assister au tournoi de polo de la Queen's Cup, dans Windsor Great Park. Pour Camilla, le temps du purgatoire prend fin. Elizabeth II accueille son entrée dans le périmètre réservé aux membres de la famille royale et à leurs invités avec un large sourire. Au cours de la manifestation, les deux femmes seront aperçues en train de deviser tranquillement autour d'une tasse de thé. Provocation, message d'amour ou acte de bravoure ? La maîtresse de l'héritier du trône a revêtu pour l'occasion un tailleur prince de galles gris qui, à sa manière, en dit plus long que tous les communiqués. Résolus à se montrer solidaires l'un de l'autre aux yeux du monde, Camilla et Andrew passent le plus clair de l'après-midi ensemble, n'interrompant leur tête-à-tête que pour échanger quelques mots avec d'autres amis proches du prince Charles, les Palmer Tomkinson ou le marquis et la marquise de Douro.

Le non-interventionnisme délibéré d'Elizabeth II dans la vie privée de son fils aîné irrite certains de ses conseillers, qui voient déjà se dessiner dans les affaires de cœur de l'héritier du trône de bien lourdes menaces pour l'avenir de l'institution monarchique. « En réalité, c'était bien plus que de la simple tolérance, commente l'un d'eux. La reine semblait décidée à employer tous les moyens à sa disposition pour montrer son approbation et son soutien aux Parker Bowles [1]. » Est-ce parce que l'Histoire prouve que l'infidélité des hommes du clan n'a jamais eu de conséquences dommageables à long terme pour la royauté ? Horrifiée par les attaques portées à l'encontre de sa famille, la souveraine choisit-elle, à sa manière, de prendre la défense des autres « victimes » du livre d'Andrew Morton ? Quelles que soient les raisons qui la poussent à agir ainsi, le message adressé par Elizabeth II à l'ensemble de la bonne société britannique, partagée quant à la conduite à adopter dans cette affaire, est on ne peut plus clair. Queen Mum, elle non plus, n'a aucun mal à choisir son camp. Par affection pour Charles. Par amitié et loyauté vis-à-vis de Derek, le

1. Nigel Dempster et Peter Evans, *op. cit.*

père d'Andrew. Par sympathie à l'égard de Camilla. Et parce que crier avec les loups n'a jamais été le genre de la maison. La reine mère fait rapidement savoir que les Parker Bowles font plus que jamais partie du cercle de ses intimes. Chaque automne, le couple continuera d'être son invité dans sa résidence écossaise de Birkhall.

Le prince de Galles et sa maîtresse évitent de se voir pendant quelque temps, mais passent toujours de longues heures au téléphone. Il ne fait plus aucun doute que la détérioration des relations entre Charles et Diana a atteint son point de non-retour. Ce ne sont pas tant les journalistes qui campent devant sa porte qui préoccupent Milla que les lettres d'insultes et de menaces qu'elle reçoit désormais quotidiennement par dizaines – tristes messagères de l'état d'esprit d'une grande partie de l'opinion. Aux yeux d'une majorité de Britanniques, Diana est une déesse, une fée, une icône, le joyau le plus précieux de la Couronne. Quel monstre faut-il donc être pour oser briser ainsi son bonheur ? Les Parker Bowles changent de numéro de téléphone et fuient leur maison. Andrew cherche le réconfort dans la routine de ses tâches militaires. Camilla, elle, trouve refuge chez Nick Paravicini, l'ex-beau-frère de son mari, dans sa maison du Breconshire, au pays de Galles.

« Le prince et la princesse n'auront plus jamais à nier qu'ils ne s'entendent plus, commente Patrick Jephson dans son livre. [...] Pour la princesse, les révélations contenues dans le livre de Morton avaient fait office de Rubicon. Une fois franchi, il n'était plus possible de réparer les dégâts qu'elles avaient causés. Qu'elle le veuille ou non[1]. » Diana réalise – un peu tard – qu'elle ne peut plus compter sur le soutien de qui que ce soit au sein de la famille royale. Le jour de l'ouverture du meeting d'Ascot, le prince Philip la snobe ouvertement.

À l'occasion de cette manifestation, considérée comme l'un des temps forts de la saison mondaine en Angleterre, Andrew Parker Bowles a été chargé par la reine Elizabeth

1. Patrick D. Jephson, *op. cit*.

de servir d'escorte à sa fille, la princesse Anne, fraîchement divorcée de Mark Phillips. Tous deux sont en train de marcher en direction du paddock, lorsque l'officier est interpellé par Charles Spencer-Churchill, le frère cadet du duc de Marlborough, occupé à siroter une coupe de champagne en compagnie de quelques amis. « Ernest Simpson, hé, Ernest Simpson, pourquoi ne viens-tu pas nous rejoindre ? » Cette allusion au mari de l'Américaine Wallis Simpson, qui avait longtemps fermé les yeux sur la liaison entretenue par sa femme avec le futur roi Edward VIII avant d'accepter d'endosser l'entière responsabilité de leur divorce devant la justice, Andrew la redoutait depuis longtemps. Ulcéré de se trouver ainsi humilié en présence de la princesse, il se dirige d'un pas vif vers l'auteur des quolibets. « Je ne veux plus jamais t'entendre me parler de cette façon, lui dit-il. Est-ce que je me fais bien comprendre ? » « Parker Bowles était vraiment très en colère, racontera par la suite le jeune lord. Il me martelait le bras droit et l'épaule avec son poing. Le lendemain, j'étais couvert de bleus. Sur le moment, je n'avais vu là qu'un bon moyen de le taquiner. Mais lui, de toute évidence, ça ne l'avait pas fait rire[1]. » En fait, l'époux de Camilla traverse une période difficile. Il vient d'être promu directeur du corps vétérinaire de l'armée de Sa Majesté, un régiment qui, en un peu plus de deux siècles d'Histoire, n'a encore jamais été placé sous l'autorité d'un officier ne pouvant justifier d'aucune expérience dans le domaine médical. Andrew ayant refusé toutes les affectations à l'étranger qui lui ont été proposées au cours des dernières années, ses supérieurs n'ont eu d'autre choix que celui de lui offrir ce poste, le dernier à pouvoir justifier son avancement au rang de brigadier. Manifestement peu sensible à cet argument, le collège royal des chirurgiens vétérinaires proteste officiellement en déclarant cette nomination « contraire à l'éthique ». Le colonel en charge du régiment démissionne après avoir fait connaître son mécontentement au ministère de la

1. Nigel Dempster et Peter Evans, *op. cit.*

Défense. Qui décide de cantonner Parker Bowles à des tâches de gestion et de management. Habitué à encaisser les coups sans jamais laisser paraître ses sentiments, le mari de Milla fait semblant de se satisfaire de la situation. Jusqu'en décembre 1994, date de son départ à la retraite, il supportera sans rien dire le regard soupçonneux de ses collègues, tous plus ou moins persuadés qu'il ne doit cette ultime promotion qu'à ses « relations ».

Le 12 juin, Charles a une longue entrevue avec Elizabeth II au palais de Buckingham. En l'absence du prince Philip, auquel la souveraine a toujours plus ou moins confié la gestion des affaires de famille, mère et fils ne prennent aucune décision. Trois jours plus tard, le couple royal convoque Charles et Diana à une « réunion de crise » au château de Windsor. Là, dans le secret des appartements privés de Sa Majesté, l'éventualité d'un divorce est évoquée pour la première fois, pour être aussitôt rejetée par la princesse. La jeune femme, qui se défend toujours d'avoir collaboré à l'ouvrage d'Andrew Morton, assure à ses beaux-parents qu'elle sait « où se trouve son devoir ». Une manière comme une autre de leur faire comprendre qu'elle n'a aucunement l'intention de se séparer de son époux. Soulagée, la souveraine, qui espère toujours en une réconciliation, croit comprendre qu'elle accepte de donner une nouvelle chance à son mariage, et suggère une période d'essai de six mois, au cours de laquelle elle ne fixe aux deux conjoints qu'une seule obligation : sauver les apparences. Ce qui n'arrange pas les affaires du prince de Galles, qui, lui, aspire désormais de tout son être à une séparation rapide.

« [Savoir] que la reine et le prince Philip partageaient l'intime conviction que leur mariage pouvait encore être sauvé si des compromis étaient faits des deux côtés remplissait [Diana] d'espoir, raconte le majordome Paul Burrell dans ses Mémoires. Le duc [d'Édimbourg] avait même dressé une liste numérotée d'activités et d'intérêts communs susceptibles de rapprocher à nouveau le couple[1]. »

1. Paul Burrell, *op. cit.*

Témoin privilégié de ces heures décisives pour l'avenir de la Couronne, le domestique révèle qu'une relation épistolaire régulière s'instaure à cette époque entre la princesse et son beau-père, donnant à ce dernier l'occasion d'exprimer l'opinion d'Elizabeth II sur les amours adultérines de son fils aîné. « Nous désapprouvons le fait que chacun de vous ait une maîtresse ou un amant, écrit-il. Pour un homme dans sa position, Charles a été stupide de prendre de tels risques avec Camilla. Il ne nous est même jamais venu à l'esprit qu'il puisse songer à vous quitter pour elle. Je ne peux d'ailleurs imaginer que qui que ce soit de sain d'esprit vous quitte pour [Mrs. Parker Bowles][1]. »

Rien de ce qui est dit le jour de cette « réunion de crise » ne permet à Charles d'entrevoir ne serait-ce qu'un début de solution à son problème d'image. Plusieurs de ses amis proposent de se mettre en contact avec des organes de presse « sérieux » dans le but de contrer les attaques lancées contre lui dans *Diana : Her True Story*. Mais il rejette cette idée. L'héritier du trône, pour qui tout est préférable à un règlement de comptes en place publique, demande à son entourage de ne pas intervenir. Chercher à rétablir un certain nombre de vérités reviendrait à formuler autant d'accusations à l'encontre de sa femme, ce qui ne pourrait que blesser leurs deux fils William et Harry. Fin juin, il annonce à ses principaux conseillers qu'il n'a pas l'intention de répondre à ses détracteurs, mais plutôt de mettre en œuvre tous les moyens dont il dispose pour permettre aux Britanniques de mieux connaître – et donc d'apprécier – son action dans les domaines caritatif, économique et social. Le journaliste et écrivain Jonathan Dimbleby va écrire sa première biographie autorisée et réaliser simultanément un documentaire mettant en lumière les différentes facettes de son travail. Il est déjà prévu que leur sortie coïncidera avec le vingt-cinquième anniversaire de son investiture en tant que prince de Galles, en juillet 1994.

Le livre d'Andrew Morton n'est pas plus tôt disponible en librairie que Diana regrette amèrement d'y avoir col-

1. *Ibid.*

laboré. La jeune femme réalise que les dommages infligés à la royauté tout comme à sa propre image seront longs et difficiles à réparer. Un historien qualifie d'ailleurs l'ouvrage de « coup le plus terrible porté à la monarchie britannique depuis l'abdication d'Edward VIII ». Selon le quotidien *The Times*, la librairie Waterstone's de Kensington High Street refuse de le mettre en vente, son manager, Dane Howell, l'estimant « injuste et infondé ». « Notre magasin est situé à proximité du palais de Kensington, déclare-t-il, et je ne pense pas qu'il serait bien vu de notre part de le commercialiser alors que nous comptons le duc de Gloucester[1] parmi nos clients[2]. » « La manière choisie par Diana pour exprimer ses griefs a réduit à néant le travail qu'elle avait accompli au cours des onze années précédentes dans le but de redonner son lustre d'antan à une institution passée de mode, guindée et gonflée de sa propre importance, commente l'écrivain Christopher Wilson. La façon dont l'amour de Charles et Camilla s'est trouvé exposé au grand jour a tué du jour au lendemain l'affection que vouait jusqu'ici la nation à la royauté. À l'heure de faire les comptes, c'est bien à Diana que reviendra la responsabilité de la terrible perte de crédibilité subie par la maison Windsor[3]. »

Afin de respecter leurs engagements auprès d'Elizabeth II, le prince et la princesse de Galles acceptent à contrecœur de partir en croisière en famille à bord de l'*Alexander*, le yacht du milliardaire John Latsis. À la demande du palais, la presse parle d'une « deuxième lune de miel » pour le couple. En réalité, les deux époux occupent des quartiers différents, prennent leurs repas séparément et n'échangent pas un mot tout au long du voyage. Camilla, elle, s'envole pour Venise en compagnie de sa sœur Annabel et de leurs parents. Même si Rosalind estime que sa fille « s'en sort remarquablement bien en dépit de toutes les horreurs écrites sur son compte[4] », sa silhouette amai-

1. Cousin germain de la reine Elizabeth.
2. Cité dans *The Times*, 8 juin 1992.
3. Christopher Wilson, *op. cit.*
4. Rebecca Tyrrel, *op. cit.*

grie, son air pâle et fatigué sont révélateurs du stress dont elle est la proie depuis plusieurs semaines. Pour se détendre, la maîtresse de l'héritier du trône dessine. Installée sur la terrasse de l'hôtel Cipriani, abritée du soleil par un parasol, Mrs. Parker Bowles passe de longs moments à croquer le splendide paysage qui s'offre à elle. Grâce à un téléphone satellite, les deux amants restent en contact quotidien. Au cours de la traversée, Diana surprend plusieurs fois son époux en grande conversation avec sa rivale. Qu'importe. Charles n'a plus rien à cacher.

Le 20 août 1992, le *Daily Mirror* livre en pâture à ses lecteurs une série de photos embarrassantes de Sarah Ferguson et de son « conseiller financier », Johnny Bryan. Le nouvel amant de Fergie est surpris en train de lui suçoter les orteils dans le jardin d'une villa du sud de la France. Le prince Andrew, qui avait toujours refusé de croire les rumeurs d'infidélité de son épouse, se rend à l'évidence. Leur divorce est devenu inévitable. Quatre jours plus tard, *The Sun* publie dans ses colonnes la transcription de l'enregistrement d'une conversation téléphonique entre la princesse de Galles et son ex-boyfriend, James Gilbey. Le 31 décembre 1989, la jeune femme avait appelé ce dernier du château de Sandringham. Au milieu de considérations anodines sur leur vie de tous les jours et quelques réflexions bien senties de Diana sur sa « p***** » de belle-famille, les deux jeunes gens avaient laissé libre cours à la tendresse qu'ils éprouvaient alors l'un pour l'autre.

Selon la version officielle, un radioamateur était tombé sur leur entretien « par hasard ». Lorsque le scandale du « Squidgygate [1] » éclate, le contenu de la bande se révèle si explosif que personne ne songe à enquêter sur sa provenance exacte. Dans ses Mémoires, parus en 2002, Ken Wharfe met en cause les services secrets. « L'enregistrement original avait bien été capté par des radioamateurs à l'aide de scanners ordinaires. Pour être

1. Au cours de leur conversation, James Gilbey donne à plusieurs reprises à Diana le surnom de « Squidgy ».

sûr qu'il soit entendu, on l'avait diffusé sur les ondes à plusieurs reprises. Une manière comme une autre de s'assurer qu'il finirait un jour ou l'autre par tomber entre les mains des médias. [...] Cela donnait du crédit à ce que disait la princesse, qui était persuadée que l'Establishment voulait la détruire. Elle savait que la surveillance de la vie quotidienne de la famille royale faisait partie de la routine des services de renseignement[1]. »

Au sein de la bonne société du royaume, les réactions sont sans pitié. « Le mythe royal pour lequel la reine Elizabeth avait travaillé si dur commençait à s'effilocher, commente Sarah Bradford dans sa biographie de la souveraine. Tout cela à cause des pulsions égocentriques de jeunes femmes qui, une fois entrées de leur plein gré dans ce cercle prestigieux, avaient profité de tous les privilèges qui allaient de pair, avant de se retourner contre un système qui, subitement, ne leur convenait plus. [...] Ni l'une ni l'autre ne paraissaient avoir pris en compte, ne serait-ce qu'un bref moment, l'institution qui les avait rendues riches et célèbres. Pas plus que les sentiments des millions de gens qui la respectaient, et que ces révélations ont à la fois choqués et blessés[2]. »

Le palais réalise qu'il a perdu le contrôle de la situation. Charles, pour qui c'est déjà le cas depuis longtemps, se sent offensé par les révélations implicites du Squidgygate. Ses amis le disent « complètement effondré, comme perdu ». Dans les jours qui suivent la sortie du *Sun*, Diana, elle, ne paraît pas troublée outre mesure. La princesse affiche la mine faussement contrite d'une petite fille qu'on aurait prise les doigts dans le pot de confiture. En fait, elle se sent presque soulagée. Sa conversation avec James Gilbey ne fait, après tout, que trahir le besoin d'affection, les frustrations et la colère d'une jeune femme malheureuse en amour. Raison pour laquelle – cela, elle en est sûre – les Britanniques sont déjà prêts à tout lui pardonner. Pour les observateurs, il

1. Ken Wharfe, *op. cit*.
2. Sarah Bradford, *op. cit*.

ne fait aucun doute que la séparation du couple princier n'est plus qu'une affaire de mois. Elizabeth II et le prince Philip, qui, jusqu'ici, s'étaient efforcés d'observer une certaine neutralité à l'égard des deux parties, se rangent résolument du côté de leur fils.

En octobre, Bruce Shand est invité à la cérémonie de commémoration de la victoire d'El-Alamein. Rosalind s'estimant trop faible pour venir à Londres, c'est au côté de Camilla qu'il se rend à l'abbaye de Westminster, où le prince et la princesse de Galles doivent, eux aussi, assister à l'office religieux. Quelques heures auparavant, Mrs. Parker Bowles a téléphoné à son amant. Milla n'entend pas se laisser intimider par la présence des médias lors de la célébration. Charles, qui approuve sa conduite, lui avoue admirer son courage. De fait, la « confrontation » entre Diana et sa rivale – dont les regards ne se croiseront pourtant pas une seule fois – éclipse complètement l'événement. La dimension historique de cette journée du souvenir est réduite le lendemain, dans la presse, au face à face dramatique des deux ennemies jurées. « Le double visage de la guerre », titre le quotidien *Daily Mail*. « L'air maussade de la défaite et l'éclat radieux de la victoire. »

À l'issue de la cérémonie, Bruce Shand affronte, vaillamment et dans la bonne humeur, les questions des reporters, massés devant l'abbaye, à propos de Camilla. « C'était vraiment très gentil de sa part d'être venue avec moi, et je n'aurais pu rêver meilleure compagnie. Bien que la perspective de se retrouver confrontée à une trentaine de journalistes à la sortie de Westminster ne lui ait sûrement pas paru très enthousiasmante. [...] Pour autant que je sache, elle va bien et son moral est excellent. La curiosité permanente dont elle fait l'objet ne paraît pas l'avoir affectée. » Mais les tabloïds ont choisi leur camp depuis longtemps. En dépit des efforts de communication déployés par le major, l'issue du duel a été décidée à l'avance. La princesse, décrite comme « resplendissante dans un nouvel ensemble gris et blanc griffé Catherine Walker », triomphe sans difficulté de Camilla, « lugubre » dans « un tailleur-jupe longue de couleur bleue dépourvu du moindre chic ». Pis encore, Mrs. Parker Bowles est ouvertement accusée par certains quotidiens d'avoir, par sa seule présence, délibérément gâché la manifestation. Le lynchage médiatique a commencé.

Sourde aux réticences de sa belle-fille, la reine ordonne à Diana d'accompagner Charles en Corée du Sud, où « les meilleurs ambassadeurs du royaume » ont reçu pour mission de promouvoir l'industrie et le savoir-faire britanniques sur un marché asiatique en pleine expansion. À la demande du palais de Buckingham, la presse présente ce voyage comme la grande tournée de réconciliation qui prouve que tout espoir de sauver le mariage princier n'est pas encore perdu. Las ! tout au long de cette ultime visite officielle en tandem, les intéressés n'échangent pas le moindre sourire ou la moindre parole en public. Afin de masquer l'étendue du désastre, les représentants des médias sont envoyés dans l'hôtel le plus éloigné du Hyatt Regency, dont le vingtième étage a été entièrement réservé au couple et à son entourage. Journalistes et photographes sont également tenus à l'écart de certains déplacements des époux. En vain. « Si Charles et Diana n'ont rien de mieux à nous offrir que cette attitude boudeuse, il est à craindre que les réserves de sympathie du public finissent par s'épuiser », peut-on lire le 8 novembre dans les colonnes du *Sunday Times*. Lee Kyu Seuk, un voyant coréen, prédit que la princesse connaîtra encore cinq ou six années difficiles. Mais pour l'heure, c'est bien son mari qui semble le plus préoccupé des deux.

7

Les années de plomb

« Vous allez vous lasser de m'entendre dire sans arrêt "J'ai encore eu une bien cruelle journée", mon cœur, mais comment pourrais-je faire autrement, dans la mesure où je ne vois pas d'autre manière de décrire chaque nouvelle tranche de 24 heures de ma présente existence[1] ? »

Lettre d'Edward, prince de Galles, à sa maîtresse, Freda Dudley Ward (1920)

La semaine qui précède le quarante-quatrième anniversaire du prince de Galles restera dans l'histoire du royaume comme celle d'un déchaînement médiatique sans précédent. Le 10 novembre 1992, le quotidien *Daily Mirror* publie la première partie d'une série intitulée *Camilla : Confidentiel*. Le tabloïd affiche en une la photo de Charles et de sa maîtresse sortant côte à côte de Birkhall, la résidence écossaise de Queen Mum. Les passions adultérines de l'héritier de la Couronne incitent pour la première fois les experts à douter publiquement de l'accomplissement de son destin de roi. « Il y a encore deux

1. Edward, Prince of Wales with Rupert Godfrey, *Letters from A Prince*.

ans, j'étais sûr qu'[il] n'annoncerait jamais son intention de renoncer au trône du vivant d'Elizabeth II, déclare Harold Brooks-Baker, directeur du *Burke's Peerage*, l'annuaire de l'aristocratie britannique. L'amour et le respect qu'il a pour elle sont trop forts, pensais-je alors. Mais tous ceux avec qui j'ai abordé le sujet dans l'entourage de la famille régnante ont fini par me convaincre que cela se produirait certainement beaucoup plus tôt que je ne l'avais imaginé. Le prince de Galles a arrêté sa décision, et je m'attends à ce qu'il annonce ce qui ressemble fort à une abdication dans le courant des deux prochaines années. »

Selon Harold Brooks-Baker, le fils aîné de la souveraine se serait assuré au préalable du soutien de Mrs. Parker Bowles. « Elle est parfaitement au courant de ses intentions, confie un "ami" de l'intéressée dans le même article, et, bien qu'elle ne les approuve pas entièrement, elle comprend les pressions qui l'ont amené à prendre cette décision. » Le lendemain, le journal dévoile à ses lecteurs les premiers extraits d'un « entretien téléphonique secret » d'une heure entre les deux amants, enregistré à leur insu le 15 décembre 1989. Sans rien préciser sur l'origine de la bande, ni même si elle se trouve en sa possession, le quotidien égrène, au fil des jours suivants, un certain nombre de citations qui ne laissent plus le moindre doute sur la véritable nature de leur relation.

L'imbroglio sentimentalo-conjugal dans lequel se débattent Diana, Charles et Camilla prend désormais des allures d'intrigue policière. Scotland Yard ne voit aucune raison de mener l'enquête tant qu'aucune plainte n'a été déposée par l'une ou l'autre des victimes de ces piratages. La presse, elle, s'interroge : peut-on raisonnablement qualifier de coïncidence le fait que les conversations intimes de la princesse de Galles et de son mari aient ainsi été captées par de prétendus radioamateurs, à moins de deux semaines l'une de l'autre ? Le *Daily Mirror* croit savoir que « les chefs du MI5 [1] ont constitué un

1. « Military Intelligence 5 », ou services de contre-espionnage britanniques.

dossier secret sur la vie privée de [l'héritier de la Couronne] en raison du caractère privilégié de sa relation avec [Mrs.] Parker Bowles ». Selon lui, les gardes du corps du prince, inquiets pour sa sécurité, auraient communiqué un certain nombre d'informations aux services secrets. « Charles ne saura jamais avec quelle précision les moindres de ses mouvements ont été surveillés et répertoriés au plus haut niveau, témoigne un ancien officier du département chargé de la protection des membres de la famille royale. Ses rendez-vous [amoureux] étaient épiés avec plus d'attention encore que les envois de lettres poste restante d'un espion russe. »

Le 12 novembre, *The Sun*, le principal concurrent du *Daily Mirror*, porte l'estocade en publiant le témoignage d'Andy Jacques, un officier de police anciennement en poste à Highgrove. « Je patrouillais à l'extérieur de la maison, lorsque j'ai remarqué une lumière venant du salon privé de Diana, raconte-t-il. En l'absence de la princesse, personne n'est censé entrer dans cette pièce. Les rideaux étaient tirés. Mais en jetant un œil à travers une fente du tissu, j'ai pu observer Charles et Camilla en train de danser joue contre joue. Bien que le prince ait un bras en écharpe, ils flirtaient sur une musique très romantique. Au bout d'un moment, ils ont disparu derrière le dossier du sofa. Je me suis éloigné, et lorsque je suis revenu, environ quinze minutes plus tard, la lumière était toujours allumée. J'ai vu Camilla émerger du canapé et réajuster sa robe. »

De quelle manière Andrew réagit-il ? En roulant avec sa voiture sur le pied d'un reporter du *Sun* qui tentait de lui poser quelques questions. Le jour de la parution de ce témoignage, le mari de Milla assiste à la réunion hippique de Cheltenham. Ses amis le trouvent « en assez bonne forme ». Les Parker Bowles « ont certes un mariage plutôt libre, mais les choses se font dans la transparence, confie un proche du couple. Ils ont tous les deux un tempérament indépendant, et chacun mène une existence bien distincte de celle de l'autre. [Andrew] est heureux comme ça, et en profite à sa manière. Pour être tout à fait franc, il a toujours eu un faible pour les jolies filles. Mais cette union est heureuse et solide. Un divorce ? Quelle idée ridicule[1] ! ». De l'avis général, l'officier, souvent décrit comme « un courtisan à l'ancienne », est surtout trop proche et trop respectueux de la famille royale pour impliquer le prince de Galles dans une procédure de divorce.

Le 14 novembre 1992 est un anniversaire que Charles se dit déjà pressé d'oublier. Ce matin-là, il apprend dans les colonnes du *Times* que les éditeurs ne se bousculent pas pour acquérir les droits de la biographie que lui a consacrée Jonathan Dimbleby. « Selon *Publishing News*[2], *The Prince of Wales : A Biography* sera mis aux enchères la semaine prochaine et n'a, pour le moment, suscité que peu d'intérêt de la part des maisons d'édition. » À dire vrai, tout semble décidément aller de mal en pis. Chaque jour qui passe charrie avec lui son lot de nouvelles « révélations » sur sa liaison avec Milla. Si son couple est au plus mal, l'état de ses relations avec sa mère ne se révèle guère plus réjouissant. La souveraine éprouve en effet toutes les peines du monde à masquer son immense déception face à l'échec du mariage de son aîné. Tous deux évitent désormais de se trouver en présence l'un de l'autre. Du moins en privé.

À la fin du mois, Charles prévoit d'organiser une grande partie de chasse sur les terres du château de Sandringham et se réjouit par avance de profiter de ses fils tout au long du week-end. Quelques jours avant la date prévue, Diana l'informe qu'elle ne se rendra pas dans le Norfolk, et qu'elle préfère emmener William et Harry passer deux jours au château de Windsor en compagnie de leur grand-mère. Dans sa lettre, la princesse explique que « l'atmosphère qui règne à Sandringham ne lui paraît pas propice à un week-end de détente pour les enfants ». De plus, elle dit ne pas avoir reçu l'assurance « qu'ils ne seront pas mis en présence d'invités dont la présence lui serait désagréable » – une allusion à peine déguisée à [Mrs.] Parker Bowles[3]. Diana compte sur la

1. *Daily Mail*, 14 novembre 1992.
2. Une revue professionnelle du marché de l'édition.
3. Patrick D. Jephson, *op. cit*.

brouille qui s'est installée entre Buckingham et le palais de Saint-James pour mener le jeu comme elle l'entend. Mal lui en prend. Décidés à résister à toutes les tentatives de division de leur clan, les Windsor prennent fait et cause pour leur héritier. Après avoir eu une longue conversation avec sa mère – la première depuis plusieurs mois –, Charles engage de manière pressante son épouse à reconsidérer sa décision. En vain. Ulcéré par cette ultime humiliation, il décide d'en finir avec une situation qu'il juge désormais préjudiciable au bien-être de William et Harry. Le 25 novembre, au cours d'une ultime entrevue, il annonce à sa femme sa ferme intention d'obtenir une séparation dans les meilleurs délais. Les avocats se mettent au travail. La presse aussi.

Deux jours plus tard, Camilla consent à se laisser photographier devant sa maison. Les pouces nonchalamment enfoncés dans les poches de son jean noir, elle fait de son mieux pour paraître détendue. « Je suis désolé, mais elle n'a aucun commentaire à faire, déclare son père Bruce Shand, venu lui prêter main-forte. Je pense que, dans les circonstances actuelles, il est préférable que nous nous taisions. » Restée à Plumpton en raison de sa santé déclinante, son épouse, Rosalind, prend publiquement la défense de son aînée. « Ma fille n'a rien fait dont elle doive avoir honte. [...] Mais elle ne peut rien dire. Elle n'y a pas été autorisée[1]. » Le 9 décembre, le Premier ministre John Major annonce la séparation du couple princier aux députés de la Chambre des communes médusés. Le matin même, la maîtresse de l'héritier du trône confie à une amie qu'elle est en train de « craquer ». En fin de journée, elle se décide pourtant à apparaître sur le seuil de sa demeure et commente sobrement : « Évidemment, je suis désolée pour eux que les choses aient mal tourné. Mais je ne sais rien de plus que n'importe quelle personne prise au hasard dans la rue. Je ne sais que ce que j'ai pu en voir à la télé. » Quelques minutes plus tard, elle quitte sa résidence en

1. *The Sun*, 28 novembre 1992.

voiture en compagnie de sa sœur, Annabel. Escortée par un véhicule de police, elle rejoint Bowood, la magnifique propriété de ses amis lord et lady Shelburne, à une vingtaine de minutes de là. Le lendemain, cette dernière fait une brève apparition à Middlewick House afin d'y prendre quelques vêtements pour Camilla.

De son côté, Diana déménage ses dernières affaires de Highgrove, et convainc Paul Burrell de quitter le service de Charles pour devenir son majordome personnel. La jeune femme fait changer une partie des serrures du palais de Kensington afin d'empêcher Michael Fawcett, l'homme de confiance de son mari, d'entrer dans ses appartements. Le prince, lui, allume en personne un grand feu dans la cour de sa résidence du Gloucestershire, et y jette tous les objets – cadeaux de mariage y compris – qui lui rappellent par trop la présence de sa femme à l'intérieur de la maison. D'un côté comme de l'autre, cette « rupture officielle » est vécue comme une libération. Bien décidée à la fêter comme il se doit, la bru de la reine Elizabeth organise une petite soirée entre amis. « La princesse s'est installée au piano. Nous avons tous chanté, et plusieurs d'entre nous se sont mis à danser », raconte son secrétaire particulier, Patrick Jephson, dans ses Mémoires. Mais, à Buckingham comme à Downing Street, la résidence du Premier ministre, l'événement ne suscite aucun enthousiasme particulier. « Ceux qui étaient concernés au premier chef – je parle de Robert Fellowes, de John Major et des gens placés dans une position équivalente à la mienne – craignaient que [la situation] ne se retourne contre [les Windsor], témoigne un ancien haut fonctionnaire. Que l'opinion se mette à dire : "Diana est la meilleure d'entre vous. Sans elle, à quoi bon avoir une famille royale ?"[1] »

Pourtant, cette séparation « n'a aucune conséquence sur le plan constitutionnel, a affirmé le chef du gouvernement aux représentants du Parlement. De même, l'ordre d'accession au trône demeure inchangé. [...] Et

1. Graham Turner, « The Real Elizabeth II », *op. cit.*

il n'y a aucune raison pour que la princesse de Galles ne soit pas couronnée reine en temps voulu ». Consulté avant que l'annonce de la rupture soit rendue publique, l'archevêque de Canterbury paraît approuver la décision de Charles et de Diana en ce qu'elle « souligne l'im portance de l'institution du mariage, et le respect dû aux vœux prononcés devant Dieu ». Le numéro deux de l'Église anglicane y met toutefois une condition : « Toutes les liaisons extraconjugales risquant d'être portées à la connaissance du public devront être soigneusement évitées. » Mais il paraît déjà hautement improbable qu'elle puisse être remplie – Elizabeth II, que l'on sait dotée d'une santé de fer, peut encore exercer sa fonction pendant quinze ou vingt ans. Pour les chroniqueurs royaux, comme pour la plupart des observateurs de la vie politique du pays, imaginer que la belle-fille de la souveraine puisse régner un jour au côté d'un mari dont elle ne partage plus l'existence relève également de l'absurdité.

Milla s'inquiète moins des répercussions que la séparation du couple princier risque d'avoir sur son propre avenir que des renseignements dont affirment disposer deux des plus grands quotidiens du royaume au sujet de sa liaison avec le futur monarque. Dès le mois de juillet 1992, un ancien responsable du groupe News International, propriété du magnat australien Rupert Murdoch, révèle en effet dans les colonnes de l'hebdomadaire *The Spectator* que *The Sun* se trouve en possession de « documents hautement compromettants » impliquant plusieurs membres du clan Windsor. Après enquête, les conseillers du prince Charles acquièrent la certitude qu'un ou plusieurs enregistrements de ses conversations téléphoniques avec Camilla sont bien conservés dans un coffre, au siège du groupe de presse, dans le quartier de Wapping, à l'est de Londres. Il semble toutefois que plusieurs de ses dirigeants, conscients que ce nouveau coup porté à l'image et au prestige de la famille royale peut avoir des conséquences désastreuses pour l'institution monarchique tout entière, hésitent à les rendre publics. D'autres vont s'en charger à leur place.

Le 13 janvier 1993, un peu après six heures du matin, un jeune agent de change travaillant dans le quartier des affaires de la capitale britannique achète pour la modique somme de 39 euros à un collègue de Sydney le texte d'un dialogue à caractère érotico-amoureux entre l'héritier de la Couronne et sa maîtresse, dont le magazine australien *New Idea* paraît avoir eu la primeur. Moins d'une heure plus tard, le document, reproduit à l'infini par toutes les photocopieuses en état de marche de la City, est faxé aux quatre coins du monde. Charles est réveillé à six heures trente par un appel de Robert Fellowes, le secrétaire particulier de la reine Elizabeth, et réagit avec fatalisme à l'annonce de la mauvaise nouvelle. Les deux hommes savent désormais que la parution du brûlot en Angleterre n'est plus qu'une question d'heures. Curieusement, le fils de la souveraine se sent presque soulagé. Depuis des mois, en effet, pas un jour ne passe sans que l'évocation de ces mystérieux enregistrements vienne assombrir ses conversations avec Milla. En visite dans les îles Shetland, dont les côtes ont été souillées par une marée noire après le naufrage d'un pétrolier, le prince de Galles se dit préparé à affronter le jugement de ses compatriotes.

Toute action en justice destinée à empêcher la publication de ces informations à l'intérieur des frontières du royaume est impensable. Un procès viendrait conforter les Britanniques dans l'idée que leur prochain roi a quelque chose à cacher, et soumettrait Camilla à une intense pression médiatique. Charles, qui sait combien elle a déjà souffert, veut avant tout la protéger. Après s'être longuement entretenu avec Richard Aylard, son secrétaire particulier, il essaie à plusieurs reprises de la joindre à Middlewick House. En vain. Très tôt le matin, Mrs. Parker Bowles, alertée par la présence de dizaines de reporters autour de sa maison, est sortie sur le pas de sa porte et a été informée des derniers événements par un journaliste. Ses seules paroles ont été : « Mon Dieu, je n'arrive pas y croire. Il faut que je parle à mon mari. » Aussitôt après avoir appelé Andrew, elle a débranché le téléphone. Ce dernier a immédiatement quitté Londres pour la rejoindre. Cette fois, les deux époux se sentent bel et bien pris au piège. En fin d'après-midi, la maîtresse de l'héritier de la Couronne est photographiée à son retour de la petite épicerie du village de Corsham, où elle a acheté les journaux du jour. Bien qu'elle tente maladroitement de le dissimuler sous une écharpe, la panique et le stress se lisent sur son visage.

« Six minutes d'enregistrement qui pourraient coûter son trône à Charles », titre *The Sun*. Le rédacteur en chef du quotidien, Kelvin MacKenzie, précise toutefois dans un communiqué qu'il n'a « pas l'intention de faire paraître la transcription des bandes dans son intégralité. Nous estimons en avoir déjà suffisamment révélé pour alerter l'opinion sur un problème aux multiples retombées ». La publication de conversations téléphoniques interceptées par des moyens illégaux étant punie par la loi, la plupart des grands organes de presse du pays se montrent très réticents à l'idée de jeter en pâture à leurs lecteurs les coups de fil intimes du prince. Selon une règle communément admise, une intrusion de ce type dans la vie privée d'une personnalité n'est envisageable que lorsqu'elle peut être considérée comme une mesure d'intérêt public. « J'ai lu [les documents en question] et nous ne les publierons pas, ni maintenant, ni – selon toute probabilité – jamais, commente Peter Preston, rédacteur en chef du quotidien *The Guardian*. [...] En revanche, si Charles annonçait qu'il renonce à ses droits au trône, nous l'envisagerions peut-être dans le but d'expliquer à nos lecteurs les tenants et les aboutissants de toute l'affaire. Mais au stade où nous en sommes, il n'en est pas question[1]. »

Le rédacteur en chef du *Sunday Times*, Andrew Neill, établit quant à lui un parallèle entre ce que l'on surnomme déjà le « Camillagate » et l'autocensure pratiquée par les médias du royaume au milieu des années 1930, au plus fort de la liaison entre le roi Edward VIII et Wallis Simpson. « Je suis mal à l'aise, parce qu'il me

1. *The Times*, 14 janvier 1993.

semble que nous avons renoué avec le système d'information à deux vitesses mis en place au cours des mois qui ont précédé [son] abdication [en 1936]. Dans ces classes de la société où l'on se délecte par-dessus tout des potins et des bruits de couloir, les gens savent des choses que le reste du pays ignore. Le monde entier paraît avoir le droit de savoir ce qui se passe en Grande-Bretagne, alors qu'ici, ce n'est pas le cas. Tout cela m'inquiète beaucoup pour la liberté de la presse[1]. » Mais Charles n'est pas près de régner. Et Milla ne saurait en rien être comparée à la sulfureuse Wallis, une femme dont l'existence même a failli saper jusqu'aux fondements de l'institution monarchique. Le 17 janvier, les « quotidiens du dimanche » se décident donc à mettre sous presse un texte dont les plus hautes autorités du pays redoutent déjà les conséquences sur l'opinion. Enregistré à leur insu le 18 décembre 1989 vers une heure du matin, l'entretien expose pour la première fois publiquement l'intensité des sentiments qui unissent les deux amants.

« Charles : Je veux me sentir aller et venir contre toi, sur toi, de bas en haut, dedans, dehors...

Camilla : Oh...

— ... Surtout dedans et dehors.

— Oh, exactement ce dont j'aurais besoin en ce moment.

[...]

— Je sais que j'aurais le sentiment de revivre à nouveau. Je ne peux pas supporter un seul dimanche soir sans toi.

— Oh, mon Dieu.

— C'est comme cette émission, *Start the Week*. Je ne peux pas commencer la semaine sans toi.

— Je te regonflerai à bloc !

— Oui, c'est exactement ce que tu fais !

— Et comme ça, tu peux tenir le coup.

— Et comme ça, je me sens bien.

1. *Ibid.*

— Et moi, alors ? Le problème, c'est que j'ai besoin de toi plusieurs fois par semaine.

— Mmmm. Pareil pour moi. J'ai besoin de toi toute la semaine, tout le temps.

— Oh, mon Dieu. Je ne sais pas, je pourrais vivre dans ton pantalon, ou quelque chose de ce genre. Ce serait tellement plus facile !

— En quoi vas-tu te transformer ? En petite culotte, peut-être ? Oui, c'est ça, tu vas revenir sous la forme d'une petite culotte...

— Ou, que Dieu m'en préserve, en Tampax. Ce serait bien ma veine !

— Tu n'es vraiment qu'un idiot ! Oh, quelle idée merveilleuse...

[...]

— Oh, mon chéri, j'ai envie de toi maintenant.

— C'est vrai ?

— Mmmm.

— Moi aussi.

— Désespérément, désespérément, désespérément. Oh, j'ai tellement pensé à toi à Garrowby.

[...]

— Tu sais, le problème c'est que je dois être à Londres demain soir.

— D'accord.

— Et mardi soir, "A" sera de retour à la maison.

— Non...

— Tu te rends compte ? J'ignore ce qu'il doit faire, sans doute chasser dans le coin ou un truc comme ça. Mais, chéri, de toute façon, tu serais dans l'impossibilité de me téléphoner, non ?

— Justement, non. Je veux dire, demain soir, j'aurais pu m'arranger.

— Oh, mon chéri, cette idée m'est insupportable. Comment aurais-tu fait pour t'arranger demain soir ?

— Je serai en train de travailler sur mon prochain discours.

— Oh non, à propos de quoi ?

— Pour l'association Business in the Community, sur la reconstruction des communautés.

— Oh non, et pour quand est-il prévu ?
— Pour mercredi. Un discours assez important.
— Au moins, tu sais que je te soutiendrai.
— Je sais.
— Puis-je avoir une copie de celui que tu viens de terminer ?
— Oui.
[...]
— Je t'aime.
— Je t'aime, moi aussi. Je n'ai pas envie de raccrocher maintenant.
— [...] Je crois qu'il y a beaucoup d'esprit et d'intelligence qui se cachent là. Oh, mon chéri, je crois que tu devrais autoriser ton cerveau à se reposer, maintenant. Bonne nuit.
— Bonne nuit, chérie, que Dieu te bénisse.
— Je t'aime et je suis si fière de toi.
— Oh, et je suis si fier de toi, moi aussi.
— Ne sois pas stupide, je n'ai jamais accompli quoi que ce soit qui vaille la peine.
— Mais si.
— Non, je t'assure.
— La plus belle chose que tu aies jamais faite, c'est de m'aimer.
— Oh, mon chéri, je t'assure que ça ne m'a pas demandé beaucoup d'efforts.
— Tu subis toutes ces choses indignes, ces tortures, ces calomnies.
— Oh, chéri, ne dis pas n'importe quoi. Je serais capable de supporter n'importe quoi pour toi. C'est ça, l'amour. La force de l'amour. »

Le monde entier découvre enfin Milla telle qu'elle est. Une femme passionnée déterminée à profiter pleinement du bonheur qui lui est offert, à la fois attentive au bien-être de son compagnon et prête à lui vouer son existence tout entière. Les paroles du prince révèlent l'intensité de ses sentiments, toujours intacte alors qu'approche le vingtième anniversaire de leur première rencontre. À la tendresse et aux fantasmes qu'elle lui inspire, se mêle une gratitude immense – la seule récompense à laquelle aspire Mrs. Parker Bowles pour avoir toujours été loyale, fidèle, aimante et forte. Conscient de la place qu'il sera inévitablement amené à occuper dans l'Histoire, Charles espère sans doute que les générations futures auront l'intelligence – et le recul suffisant – pour reconnaître le rôle déterminant joué par Camilla, à la fois dans son épanouissement en tant qu'homme et dans l'accomplissement de son destin de roi. Mais ni le public ni la presse ne sont encore prêts à faire preuve de compréhension ou d'indulgence vis-à-vis des deux amants.

La plupart des commentateurs sont formels : les recommandations émises par l'archevêque de Canterbury dans le but de rendre la séparation de Charles et Diana acceptable aux yeux de l'Église anglicane, comme à ceux de l'opinion, ont été au mieux ignorées, au pis volontairement bafouées. À en croire certains journalistes politiques, un représentant du gouvernement de John Major, inquiet de la tournure prise par les événements, demande à l'héritier de la Couronne de mettre un terme à sa liaison avec Mrs. Parker Bowles. Pour les nombreux supporters de la princesse, l'affaire est entendue : ses craintes à propos de l'infidélité de son mari étaient parfaitement justifiées. Dans son rôle de victime, la jeune femme se retrouve plus crédible que jamais. Pour le successeur d'Elizabeth II, en revanche, l'humiliation est insupportable. « Tout ce qu'il voulait, c'était être pris au sérieux et respecté en tant qu'homme, témoigne l'un de ses plus proches amis. Il a toujours été sincèrement persuadé d'avoir des choses importantes à dire, et a toujours espéré qu'on le considérerait comme quelqu'un de profond, de réfléchi. Il a suffi de six minutes, six minutes d'une conversation intime qui ne regardait personne d'autre que lui et son interlocutrice, pour que sa réputation soit ruinée [1] ». Les bookmakers londoniens pariaient à 100 contre 1 pour une abolition de la monarchie avant l'an 2000. En l'espace de quelques jours, la fin programmée de la royauté avant l'entrée

1. Nigel Dempster et Peter Evans, *op. cit.*

dans le nouveau millénaire est donnée à 8 contre 1. Les enquêtes d'opinion révèlent qu'un nombre croissant de Britanniques souhaite voir Charles renoncer au trône en faveur de son fils aîné William. La popularité du prince est en chute libre. Diana, elle, conforte son statut de membre le plus populaire de la dynastie régnante dans tous les sondages. Mieux encore... Le scandale vient étoffer de manière inespérée le dossier préparé par ses avocats en prévision des négociations d'un éventuel divorce.

Le Camillagate a également pour effet de placer définitivement les proches de la souveraine au même niveau que les stars du show-biz, dont les secrets de la vie privée se retrouvent régulièrement exposés en une des tabloïds. En collaborant à l'ouvrage d'Andrew Morton, la princesse de Galles a contribué à faire descendre les Windsor du piédestal où, bon an mal an, ils étaient parvenus à se maintenir. Rien ne dit que les sujets de Sa Très Gracieuse Majesté, entretenus pendant des années dans le culte d'une famille royale parée de toutes les vertus, ne vont pas se mettre à demander des comptes. Rien ne dit que la grande désillusion qui s'annonce ne sonne pas, à terme, le glas de la monarchie. Convoqué au château de Sandringham par ses parents, le prince ne peut échapper aux remontrances de la reine Elizabeth. Ni à la fureur du prince Philip. Lilibet, qui se refuse à lire la presse depuis plusieurs jours, réalise toutefois qu'elle ne peut fermer les yeux plus longtemps sur l'« amitié » entretenue par son fils aîné avec une femme mariée. Pour la première fois en près de quarante-cinq années de vie commune, le couple royal s'interroge sur sa responsabilité et prend à témoin son entourage : « Avons-nous, oui ou non, échoué dans l'éducation de nos enfants ? »

Queen Mum est bien la seule à prodiguer quelques paroles de réconfort à son petit-fils. Selon le journaliste et chroniqueur mondain Nigel Dempster, la doyenne des Windsor opte pour une lecture nettement plus optimiste des derniers événements. À ses yeux, « Charles avait commis de grosses erreurs dans la manière avec laquelle il avait conduit sa vie personnelle. Les femmes, en particulier, désapprouvaient son comportement. Mais il était un homme fondamentalement bon, et cela, les Britanniques ne pouvaient l'ignorer. Ils avaient parfaitement conscience de sa sincérité et de son dévouement. L'heure était venue pour lui de leur prouver qu'il avait aussi du courage, disait-elle. Son principal "problème" avait enfin été révélé au grand jour. Il devait maintenant tout faire pour obtenir le pardon de son peuple. Après quoi, il serait sans doute plus populaire qu'il ne l'avait encore jamais été[1] ». Mais l'héritier de la Couronne sent confusément qu'il en faudra bien davantage pour s'attirer la bienveillance de ses compatriotes. Et retrouver leur soutien. Dans toutes les pharmacies du royaume, les jeunes filles se présentent au comptoir en demandant des « Charlies » au lieu de leurs marques habituelles de tampons. Ridiculisé, le prince de Galles a l'impression d'avoir trahi sa mère, son pays, la royauté tout entière. Saisi par le doute, il s'interroge sur son avenir et confie ses interrogations à Camilla. Pourquoi ne pas partir ? Pourquoi ne pas renoncer à ce trône qui semble s'éloigner de lui chaque jour davantage ? Pourquoi ne pas tout recommencer, tous les deux, dans un petit coin de campagne, quelque part en Italie ?

Les lettres anonymes arrivent quotidiennement par dizaines à Middlewick House. Reconnue par quelques « honorables » ménagères alors qu'elle sortait du supermarché Sainsbury's de Chippenham, Mrs. Parker Bowles est violemment prise à partie sur le parking de la grande surface, et agressée à coups de pains au lait et autres paquets de pâtisseries industrielles. Elle réalise alors qu'elle est peut-être la femme la plus haïe du pays. À en croire la rumeur, vingt-sept autres enregistrements de conversations intimes entre les deux amants seraient encore en possession des médias. Le fils de la reine Elizabeth et sa maîtresse refusant tous deux de saisir la Press Complaints Commission – la Commission des

1. *Ibid.*

plaintes contre la presse –, l'entourage du futur roi contre-attaque en multipliant les interventions dans les principaux journaux du royaume. « Ils me pardonneront », titre le quotidien *Daily Mail* en une. Pas si sûr.

Camilla a le sentiment que le monde s'écroule autour d'elle. « Ses nerfs sont mis à rude épreuve, raconte l'un de ses amis, mais ce n'est pas le genre à craquer facilement sous la pression. Elle est très résistante, très solide de tempérament [1]. » En ces heures difficiles, elle recherche la compagnie de ses proches, les fidèles d'entre les fidèles, au nombre desquels sa sœur Annabel, et son beau-frère, Simon. « Avez-vous la moindre idée de ce que c'est que d'être seule chez soi, un soir d'hiver, et d'entendre une voiture s'approcher et le gravier crisser, sans savoir qui peut bien être là, dehors ? Mais c'est complètement terrifiant ! » s'exclame son amie Patty Palmer Tomkinson dans les colonnes du *Daily Mail* [2]. L'épreuve que Milla traverse n'est rien en comparaison de la terrible culpabilité qu'elle éprouve à l'égard de son mari et de ses enfants. Le brigadier se retrouve à son tour traqué par les photographes. Tom, lui, a passé un bien mauvais moment lorsque plusieurs élèves du collège d'Eton ont lu à haute voix les passages les plus crus du Camillagate en imitant la voix de sa mère. Celle-ci a perdu plus de douze kilos en deux mois. Les membres de sa famille commencent à s'inquiéter pour sa santé. « Il n'y a plus ni joie ni plaisir dans son existence, commente l'un d'eux. Elle a un air traqué, l'air de quelqu'un tourmenté en permanence [3]. » Impuissante face à cet immense gâchis, Mrs. Parker Bowles se sent aussi immensément triste pour Charles, et s'inquiète, en privé, de la détérioration rapide de ses relations avec Andrew. En présence d'un petit groupe de journalistes, Bruce Shand se déclare d'abord confiant dans la solidité du mariage de sa fille. Avant de se raviser. Sans doute vaut-il mieux ne plus faire de commentaire sur le sujet.

---

1. Caroline Graham, *op. cit.*
2. Citée dans le *Daily Mail*, 19 octobre 1998.
3. Anthony Holden, *op. cit.*

Les Windsor sont-ils sur écoute ? Dans un article publié dans *The Times*, un certain lord Rees Mogg accuse les services secrets d'avoir procédé eux-mêmes aux enregistrements à l'origine du scandale, tout en écartant l'hypothèse d'un complot. « Les bandes datent toutes du même mois. L'explication la plus probable est que le MI5 les a commanditées dans le but de protéger la famille royale, à un moment où la menace de l'IRA se faisait plus forte. Je ne crois pas du tout que ce soit avec de mauvaises intentions. Mais il est vrai qu'une fois les documents réalisés, il y avait automatiquement des risques de fuites[1]. » Les membres du Parlement demandent l'ouverture d'une enquête. Fin mars, le Premier ministre John Major rend publiques les conclusions de deux rapports innocentant les agences de renseignements du royaume – conclusions accueillies avec ironie et scepticisme par l'opinion.

Le moindre appel téléphonique remplit désormais Camilla d'appréhension. Au lendemain de la parution du « Squidgygate », Charles avait, semble-t-il, eu la preuve que la conversation entre Diana et James Gilbey avait été diffusée en boucle sur les ondes de manière à pouvoir être captée par des radioamateurs. La chose pourrait se produire à nouveau. Sur les conseils de son entourage, le prince fait équiper son téléphone portable d'un système perfectionné de brouillage. Très inquiet, mais aussi probablement exaspéré par le raffut médiatique orchestré autour de sa famille, Bruce Shand demande une entrevue au fils d'Elizabeth II. Dans les jours qui suivent, les deux hommes ont un entretien d'une heure et demie, au cours duquel le major prie son futur roi de cesser tout contact avec sa fille. Charles, pour l'heure, se contente d'annuler les quelques jours de vacances qu'il avait prévu de passer à Birkhall en compagnie de sa maîtresse.

Dès le mois de mars, l'héritier de la Couronne entreprend d'effacer toute trace de l'influence de Diana à

1. *The Times*, 14 janvier 1993.

Highgrove. Sur les conseils de Camilla, il fait appel au décorateur Robert Kime. Le chintz, les tons pastel et les coussins à fleurs sont bientôt remplacés par des tissus et des meubles plus masculins, et, surtout, plus conformes aux goûts du maître des lieux. Lorsque la princesse de Galles se rend pour la dernière fois dans son ancienne résidence du Gloucestershire, quelques semaines plus tard, elle croit y voir la preuve de l'empressement de son mari à la rayer pour de bon de son existence. Dans le même temps, les Parker Bowles multiplient les apparitions en public. En avril, ils se laissent photographier à Middlewick House, où ils ont invité à déjeuner une dizaine d'amis. En mai, ils se rendent bras dessus, bras dessous au mariage de Sarah, la fille de leur ami Gerald Ward. Mais les apparences sont trompeuses. Tout en restant déterminés à préserver une unité de façade, Andrew et son épouse ont en effet, d'un commun accord, décidé de mener leur vie indépendamment l'un de l'autre. À terme, ils souhaitent divorcer, et en ont informé les membres de leur famille ainsi que leurs amis les plus proches. Mais il leur faut attendre une période plus favorable. Tous deux veulent à tout prix éviter le scandale – un de trop, à coup sûr, pour une institution monarchique déjà très ébranlée par les événements de l'année passée. Le brigadier craint en outre que sa femme, une fois « seule », ne se retrouve plus exposée que jamais à la curiosité de l'opinion. Et plus vulnérable aux attaques dirigées contre elle par une partie de la presse britannique.

L'amour de Charles et Milla, lui, est intact. Peut-être n'a-t-il même jamais été aussi fort. Au plus bas dans les sondages de popularité, le prince se retrouve relégué au dernier rang des membres de la famille royale, après Fergie. Dans un effort désespéré pour tenter d'enrayer le phénomène, le palais de Saint-James a recours aux services du quotidien *Daily Express* pour lancer une audacieuse campagne de désinformation. « Charles a quitté Camilla depuis deux ans, titre le journal le 7 juin. Le prince a mis fin à sa relation avec [Mrs. Parker Bowles] au printemps de l'année 1991, affirme une source “très bien placée”. Il savait qu’il n’avait pas d’autre choix que celui de la quitter, et a fini par s’y résoudre. » Au vu des propos tenus par le mystérieux intervenant quelques lignes plus bas, il y a fort à parier que l’héritier du trône n’a pas été prévenu à l’avance de sa démarche : « [Milla] aujourd’hui âgée de quarante-cinq ans, et dont la beauté commence à se faner avec l’âge, n’a pas pu supporter de perdre l’homme qu’elle aimait. C’est elle qui a cherché à le reconquérir. Or, en janvier, après que le scandale du Camillagate eut à nouveau durement frappé la monarchie, le prince a fait un pacte avec le brigadier Parker Bowles, et s’est engagé à ne plus jamais revoir sa femme. » De fait, les deux conjoints sont régulièrement photographiés en train de jardiner, de se promener dans la campagne ou de rentrer ensemble du supermarché. Mais, en août, la favorite passe des vacances en Norvège à l’invitation du financier Halzor Astrup. Seule.

Cet été-là, le prince de Galles s’émancipe de la tutelle de Buckingham et annonce qu’il dispose désormais de son propre service de presse. Au début de l’automne, sa maîtresse effectue un voyage en Inde en compagnie de deux amies. La rumeur prétend qu’elle souffre de dépression nerveuse. Afin d’y couper court, son mari se sent dans l’obligation de déclarer à un reporter qu’elle se porte en réalité « parfaitement bien ». Peu de temps après son retour, Camilla se retrouve une nouvelle fois en présence de Diana lors de l’office religieux célébré en mémoire du duc de Westmoreland. Ce jour-là, les deux rivales font en sorte de se tenir à bonne distance l’une de l’autre. À l’initiative de Richard Aylard, un ancien officier de la Royal Navy fraîchement nommé au poste de secrétaire particulier de Charles, une ambitieuse opération de relations publiques visant à redorer le blason du futur roi est mise sur pied, à la manière d’une campagne militaire. Pour la première fois dans l’histoire du clan Windsor, l’un de ses membres a recours aux services de professionnels de l’image – un organisateur de concerts pop, un animateur télé et le rédacteur en chef du quotidien *The Times* – dans le but de mieux faire connaître son travail. À l’occasion de son quarante-cinquième anniversaire, l'héritier de la Couronne exprime sa frustration et son irritation dans les colonnes du *Financial Times :* « L'idée selon laquelle je chercherais à redéfinir mon rôle est une bêtise. Mais il faut bien admettre que, depuis que je me suis marié, on semble avoir décidé de passer sous silence les activités qui sont les miennes tous les jours. »

Si Charles a soif de reconnaissance, c'est – aussi – parce qu'il peine à en obtenir au sein de sa propre famille. « Selon plusieurs membres de la Cour, qui les connaissent bien tous les deux, explique Graham Turner, la reine pense que [son aîné] est intelligent et plein d'enthousiasme, mais trouve qu'il a tendance à s'éparpiller et qu'il est un peu bizarre, voire, de temps à autre, totalement exaspérant. Elle ne comprend tout simplement pas la manière dont son esprit fonctionne. [...] "En se comparant [à son fils], se souvient un ancien adjoint au secrétaire particulier de la souveraine, [elle] m'a dit un jour : 'Moi, j'aime que les choses avancent.' L'un de ses principaux défauts, à ses yeux, c'est qu'il n'est pas aussi fort qu'elle pour prendre des décisions et traiter les affaires courantes au jour le jour. Lorsque son secrétaire envoie des documents à Highgrove, c'est en sachant qu'il ne les récupérera pas avant deux ou trois semaines[1]." » Et pourtant... Longtemps considéré comme un aimable dilettante – tout juste bon, disait-on, à lier conversation avec les plantes de son jardin – le prince est en train de s'imposer comme l'un des acteurs essentiels de la vie politique et économique du royaume. Dans les lettres qu'il envoie à intervalles réguliers aux ministres de John Major, il se dit impatient de voir un certain nombre de réformes mises en œuvre, et exprime avec des mots choisis sa frustration à l'idée de ne pouvoir prendre d'initiative dans des domaines soumis au seul pouvoir de décision du gouvernement. Prisonnier d'une fonction qui le cantonne à l'antichambre du pouvoir, Charles est bien le premier prince de Galles

1. Graham Turner, « The Real Elizabeth II », *op. cit.*

de l'Histoire à s'être taillé un rôle à la mesure du destin qui l'attend.

Ses actions consistent principalement à mettre en œuvre des projets à l'échelle locale, destinés à favoriser tout à la fois l'intégration des populations défavorisées, la préservation de l'environnement, l'amélioration du système éducatif, ainsi qu'une meilleure compréhension entre les différentes communautés ethniques qui vivent en Grande-Bretagne. On le sait plus particulièrement sensible aux problèmes sociaux et aux difficultés rencontrées par les jeunes à l'heure d'entrer dans la vie active. Fondé en 1976, le Prince's Trust aide ainsi les quatorze-trente ans – notamment non diplômés, chômeurs ou délinquants légers – à trouver un emploi ou à créer leur propre entreprise. Établie en 1979, la Prince of Wales's Charitable Foundation reverse quant à elle chaque année à diverses associations ou œuvres humanitaires les bénéfices issus de la vente des livres écrits par l'héritier du trône, des lithographies imprimées à partir de ses aquarelles, et de sa ligne de produits alimentaires biologiques « Duchy Originals ». La Prince's Foundation, plus récente, a été constituée afin d'unifier les initiatives entreprises par le fils d'Elizabeth II dans les domaines de l'architecture, du bâtiment et de la « régénération du milieu urbain ». Président de Business in the Community depuis quinze ans, Charles a en outre profité de son expérience à la tête de cette organisation – dont la vocation est d'inciter les entreprises à participer à toutes sortes de projets contribuant au renouveau social ou économique des communautés dans lesquelles elles sont implantées – pour lancer, en 1990, le Forum des leaders économiques du prince de Galles.

« Ce qui me frappait beaucoup chez lui, c'était son souci de l'action concrète, raconte un ancien conseiller du président François Mitterrand, qui l'a rencontré à plusieurs reprises. Dans une autre vie, il aurait pu être un homme d'action. » Aurait-il également pu être un leader politique ? « Très difficile à dire, poursuit ce témoin. Je ne sais pas comment il aurait réagi dans l'univers conflictuel et, somme toute, relativement hostile dans lequel évoluent les politiques. C'est un garçon qui a toujours vécu extrêmement protégé et dont la vision du monde demeure extraordinairement aristocratique, ce qui lui confère un optimisme immuable quant à "la possibilité de faire". J'ignore s'il aurait eu l'énergie de se battre, la capacité à résister aux revers. Mais c'est tout à fait possible. Voilà quand même un homme qui est parvenu à rester debout en dépit de tout ce qu'il a été obligé d'encaisser[1]. » Selon John Barratt, l'ancien secrétaire particulier de lord Mountbatten, le problème vient du fait qu'« il adore la reine, mais [que] cette dernière l'impressionne beaucoup trop[2] ».

Aux yeux de nombreux historiens, leurs relations ne sont pas sans évoquer celles qui unissaient autrefois Victoria à son successeur, le futur Edward VII. « Je les ai vus plusieurs fois ensemble, poursuit l'ancien conseiller du président de la République française, et je n'ai jamais senti la moindre connivence entre eux. Elle ne donnait jamais l'impression de l'associer à quoi que ce soit. [La souveraine] fils faisait un complexe d'infériorité à l'égard de sa mère. Elle-même, à mon sens, nourrissait un complexe de culpabilité vis-à-vis de lui. Je pense qu'elle l'a écrasé. Or, on ne peut pas rester marginalisé jusqu'à son âge sans en souffrir profondément[3]. » Tous les témoins sont d'accord : Charles en a toujours voulu à Elizabeth de ne jamais avoir fait de différence entre lui et ses frères et sœur. « En commettant l'erreur de ne pas le prendre sous son aile, à la fois en tant que fils et héritier, commente l'un des membres de son entourage, elle a peut-être contribué à rendre plus incertain l'avenir de la royauté – une négligence surprenante pour une femme dont les moindres agissements ont toujours été conditionnés par un sens profond du caractère divin de sa mission[4]. »

1. Conversation avec l'auteur.
2. Sarah Bradford, *op. cit.*
3. Conversation avec l'auteur.
4. Graham Turner, « The Real Elizabeth II », *op. cit.*

Dans le fond, les sensibilités politiques de la souveraine et de son aîné ne seraient pourtant pas très différentes l'une de l'autre. Car il y aurait bien deux Elizabeth. La première, une icône. La seconde, une personnalité animée d'une foi en Dieu inébranlable et de goûts simples qui, en d'autres circonstances, l'auraient sans doute prédisposée à devenir un modèle de mère de famille dans une petite bourgade de campagne. Facile à gérer ? Pas toujours. Considérée, après cinquante ans de règne, comme l'une des meilleures spécialistes au monde en matière de politique nationale et internationale, la reine dispose du droit d'« être informée » en tout par son gouvernement, mais aussi de celui de l'« encourager » et de l'« avertir ». Tous les mardis après-midi à dix-huit heures trente précises, elle reçoit son Premier ministre au palais de Buckingham. Les règles de la monarchie parlementaire lui interdisant de chercher à influer directement sur la conduite des affaires du royaume en dépit de son statut de chef de l'État, c'est donc par un jeu habile de questions et de commentaires – dans lequel elle est passée maître – qu'elle a pris l'habitude de faire connaître son point de vue à son interlocuteur. Si, officiellement, aucun des dix gentlemen qui se sont succédé au 10, Downing Street, n'a jamais révélé la moindre information quant au déroulement et au contenu de ces entretiens, il semble que les « affinités » de Sa Majesté, de même que les sujets qui lui tiennent à cœur, trahissent une sensibilité politique inattendue : au centre. Peut-être même un peu plus à gauche que prévu...

Au lendemain de son accession au trône, en février 1952, Elizabeth est littéralement prise en main par Winston Churchill. Premier ministre de 1951 à 1955, le vieux leader conservateur entreprend de familiariser la jeune femme avec les intrigues du pouvoir et de parfaire son éducation dans le domaine des affaires intérieures et des relations internationales. Si l'on en croit plusieurs de ses biographes, c'est pourtant au travailliste Harold Wilson, nommé à la tête du gouvernement en 1964, que Lilibet doit l'éveil de sa conscience politique. « Il lui a fait connaître un monde qui, jusqu'ici, lui était inconnu :

la vie de province, les syndicats, les convictions et les principes dont son parti s'était toujours fait le défenseur, raconte Sarah Bradford. Il lui a permis de ressentir une réelle proximité avec ses sujets, ce qu'aucun de ses prédécesseurs, tous plus ou moins d'origine aristocratique, n'était parvenu à faire avant lui[1]. »

Tout comme son arrière-arrière-grand-mère, Victoria, la souveraine paraît, dès lors, nouer avec les ministres et les parlementaires issus des classes moyennes de bien meilleures relations qu'avec les représentants du parti conservateur, qu'elle juge moins ouverts et, pour la plupart, de commerce moins agréable. « Plus les membres du cabinet ont l'occasion de se trouver en contact avec la reine, plus ils l'aiment et plus elle semble les aimer aussi », note à l'époque l'un des proches conseillers du Premier ministre dans ses Mémoires. Lilibet ne cache pas qu'elle a toujours gardé une estime et une affection particulières pour Wilson ainsi que pour son successeur, James Callaghan, hôte de Downing Street entre 1976 et 1979. Des années qui suivent, les observateurs de la vie politique retiendront surtout le désaccord profond manifesté à plusieurs reprises par Elizabeth II à l'égard de la politique menée par Margaret Thatcher, chef du gouvernement jusqu'en 1990.

Hostile au libéralisme sous toutes ses formes, Sa Majesté s'inquiète en privé du coût social des mesures prises par la Dame de fer dès son entrée en fonctions. À ses yeux, la manière forte employée par « Maggie » à l'encontre des mineurs britanniques, en grève pendant de longs mois, démontre une absence totale de compassion pour leur sort et celui de leurs familles. Les relations entre les deux femmes se dégradent à mesure que le conflit social se durcit. En 1986, un article du *Sunday Times* fait état de la vive inquiétude du monarque quant au manque de cœur apparent dont son Premier ministre s'obstine à faire preuve à l'égard des populations défavorisées du royaume. La reine s'indigne en outre du sou-

1. Sarah Bradford, *op. cit.*

tien apporté par Margaret Thatcher à la levée des sanctions contre l'Afrique du Sud. Artisan de l'unité du Commonwealth grâce à ses relations personnelles amicales avec les principaux chefs d'État du continent noir, elle s'affirme en effet depuis toujours comme l'une des opposantes les plus ferventes au régime de l'apartheid, et travaille sans relâche – et dans la limite des prérogatives qui sont les siennes – à une meilleure coopération entre les nations industrialisées et les pays en voie de développement. Les révélations du très sérieux *Sunday Times* sont à l'origine d'un scandale politique sans précédent. Certains voient alors dans l'expression des principes défendus par la souveraine – sans doute susceptibles de trouver un écho plus favorable dans l'opinion que ceux mis en œuvre par le gouvernement – une menace pour la démocratie.

Au début de l'annéc 1993, la reine fait officiellement part de son intention de s'acquitter de l'impôt sur le revenu. Si Elizabeth II comprend et admet la nécessité d'une telle démarche, le souvenir des leçons autrefois inculquées par son père, le roi George VI, sur la nécessité de préserver une certaine forme de « mystique royale », l'aura pourtant longtemps dissuadée de franchir le pas. Tolérance, compassion, sens aigu du devoir... Dans le camp des partisans de l'instauration d'une république en Grande-Bretagne, certains affirment – sans ironie aucune – que Lilibet ferait sans doute un excellent président. Si, contrairement aux grandes figures de la vie politique de son pays, elle n'a jamais eu besoin de se soucier de sa cote électorale, Sa Majesté a toujours été soucieuse de bénéficier d'une adhésion populaire aussi large que possible. Au cours d'une visite officielle au Canada, le prince Philip résumait peut-être, à sa manière, l'opinion de sa femme : « Je crois que c'est une erreur fondamentale d'imaginer que la royauté existe dans l'intérêt du monarque. Elle existe dans l'intérêt du peuple. Et si, à un moment quelconque, les gens pensent qu'elle n'a plus de rôle à jouer, alors, pour l'amour de Dieu, mettons-y fin amicalement. »

En décembre 1993, Diana annonce qu'elle se retire de la vie publique dans l'espoir de trouver « le temps et l'espace » qui, dit-elle, lui ont si cruellement fait défaut ces dernières années. Ses relations avec Charles s'améliorent peu à peu. Les deux conjoints décident même de se rendre visite régulièrement afin de discuter, notamment, de toutes les questions relatives à l'éducation de leurs enfants. Selon Patrick Jephson, cet apaisement « se transforme progressivement en un respect mutuel empreint d'une certaine tendresse[1] ». Les allusions de la princesse à « la Rottweiler » – surnom qu'elle a longtemps donné à sa rivale – se font beaucoup moins fréquentes. La présence de Camilla dans la vie de son mari ne semble plus la faire souffrir autant que par le passé. « Je souhaite qu'il trouve le bonheur, déclare-t-elle un jour à son secrétaire particulier. Il serait tellement plus heureux s'il avait la possibilité de partir s'installer quelque part pour peindre. Voilà ce qu'il aimerait vraiment faire. En Italie, ou ailleurs[2]. » Si Diana préfère occulter pour le moment toute idée de divorce, les deux époux n'en continuent pas moins de se livrer une lutte sans merci dans le but de s'attirer, chacun de leur côté, le soutien de l'opinion. Une lutte menée, « pour l'essentiel, par personnes interposées, écrit Patrick Jephson dans ses Mémoires. Et régulièrement ranimée par les médias, bien décidés à ne pas laisser mourir de cause naturelle une aussi bonne histoire[3] ».

Diana se souvient de ce que l'establishment a fait subir à sa mère et, en privé, s'avoue terrifiée à l'idée qu'il puisse lui arriver la même chose. À la fin des années 1960, lorsque la comtesse Spencer quitte son mari pour vivre avec Peter Shand Kydd, l'héritier d'une famille ayant fait fortune dans le papier peint, elle est aussitôt considérée comme une déserteuse – et traitée comme telle – par l'aristocratie. Ses aînées, Sarah et Jane, étant pensionnaires, elle emmène avec elle ses deux plus jeunes enfants, Diana et Charles. À la fin des vacances de Noël suivantes, leur père refuse de les laisser repar-

1. Patrick Jephson, *op. cit.*
2. *Ibid.*
3. *Ibid.*

tir du château d'Althorp, et traîne sa femme devant les tribunaux. Tout au long de la procédure de divorce, les grandes familles du royaume se liguent contre Frances et tentent de réduire en miettes sa réputation et son honorabilité au cours d'un procès dont certains se souviennent, aujourd'hui encore, comme d'« une parodie de justice ». Sa propre mère, Ruth Fermoy, prend la défense de Johnnie Spencer[1]. Après le mariage du prince et de la princesse de Galles, en 1981, et en dépit d'apparitions publiques régulières au côté de sa fille, « la déserteuse » ne retrouve pas sa place au sein de la haute société britannique. Diana, elle, est déterminée à montrer à l'establishment qu'il sous-estime sa capacité à se battre, et son formidable instinct de survie.

Si l'aristocratie se fait lentement à l'idée de devoir accepter la liaison de Charles et Milla, il n'en est pas de même pour l'Église anglicane, dont la hiérarchie se déchaîne contre les deux amants. Le jour où il coiffera la couronne d'Angleterre, le fils aîné de la reine Elizabeth deviendra en effet automatiquement son chef. Des débats animés quant à son aptitude ou non à incarner ses valeurs – voire, tout bonnement, à prendre la succession de sa mère – agitent le clergé. George Austin, l'archidiacre d'York, écrit en ce sens dans les colonnes du *Times*, et enfonce le clou sur l'antenne de la BBC : « Le prince de Galles a prêté serment devant Dieu le jour de son mariage, et il semble, à en croire les rumeurs qui circulent à propos de Camilla, qu'il ait commencé à le rompre presque immédiatement. [...] Comment imaginer qu'il puisse entrer dans l'abbaye de Westminster et prononcer les vœux du couronnement ? Sommes-nous supposés croire que ceux-là, au moins, il consentira à les honorer ? Je pense que tout cela amène à s'interroger sur la vision particulière que Charles paraît avoir de la confiance et de la parole donnée. »

Après la publication du Camillagate, le futur roi n'a en effet exprimé ni remords ni intention de s'amender. Cer-

---

1. Lorsque Peter la quitte pour une autre femme, après dix-neuf ans de mariage, elle s'exile sur la petite île de Seil, au large des côtes de l'Écosse. Elle y est morte dans la solitude, le 3 juin 2004.

tains ecclésiastiques prônent la tolérance et le pardon, tout en précisant qu'ils ont leurs limites. Dans les hautes sphères du pouvoir, il paraît de toute façon impensable que le prince puisse régner s'il prenait un jour la décision d'officialiser sa liaison avec Mrs. Parker Bowles. À quel statut pourrait-elle en effet prétendre ? De quelle manière Diana réagirait-elle ? Et surtout, quelle place cette dernière pourrait-elle encore occuper dans l'organisation de la Maison royale ? John Major envoie ses ministres à la rescousse. Plusieurs membres de son cabinet réaffirment le soutien inconditionnel du gouvernement à l'héritier de la Couronne. Même si les sondages sont sans pitié. Plus des deux tiers des Britanniques déclarent déjà qu'ils s'opposeront à l'accession au trône du fils aîné de la souveraine si celui-ci garde Camilla pour maîtresse tout en étant marié. Ils sont tout aussi nombreux à se déclarer résolument hostiles à son couronnement s'il finissait par l'épouser après avoir divorcé de Diana[1].

En janvier 1994, Charles s'envole pour l'Australie, où sa visite ne suscite qu'une indifférence polie de la part de la presse. Le 26, un étudiant en anthropologie de vingt-trois ans s'approche de lui alors qu'il s'apprête à remettre des prix à un groupe d'écoliers dans le parc de Tumbalong, à Sydney, et tire deux coups de feu dans sa direction. Les témoins de la scène disent avoir immédiatement pensé à l'attentat de Dallas et au président Kennedy. Le prince, lui, est resté debout. Impassible. Une fois son assaillant maîtrisé, il reprend son discours. Il téléphone toutefois à Milla sitôt ses obligations officielles terminées, afin de la rassurer sur son état de santé[2]. L'incident fait bientôt la une de tous les bulletins

---

1.Sondages publiés dans le *Daily Mail* et *The Times* du 12 décembre 1993.

2. Le 4 avril 1900, un certain Jean-Baptiste Sipido tire deux coups de feu en direction du futur Edward VII, alors que celui-ci vient de monter dans le train de dix-sept heures trente, en gare de Bruxelles. Une fois remis de ses émotions, le prince de Galles, qui n'a pas été blessé, télégraphie en personne à sa maîtresse, Alice Keppel, pour la rassurer avant qu'elle apprenne la nouvelle par les journaux du lendemain.

d'information radio et télé du monde entier. Le sang-froid de Charles force l'admiration de ses compatriotes. Sa cote de popularité se retrouve de nouveau à la hausse. Pensant bien faire, quelques membres de son entourage, pressés d'exploiter les derniers événements, laissent entendre à certains journaux que le prince a pris la résolution de rompre tout lien avec Mrs. Parker Bowles pour ne plus se consacrer qu'à ses tâches de futur roi.

Le 30, la nouvelle fait les gros titres des tabloïds. « Il a décidé de sacrifier son amitié avec [elle] au nom de ses devoirs envers son pays », peut-on lire dans *Daily Mail*. Plusieurs de ses proches tentaient déjà, depuis longtemps, de le convaincre que seule une rupture définitive avec sa maîtresse pourrait lui permettre de se réhabiliter aux yeux du public. Avant son départ, le prince avait recommandé à son personnel, ainsi qu'à son entourage, de résister à la tentation de parler aux médias. Il est maintenant persuadé, non sans raison, qu'on cherche à lui forcer la main. Même si l'opinion – qui en a déjà vu d'autres – semble accueillir la nouvelle avec un certain scepticisme, Charles choisit de redoubler de discrétion dans la conduite de son idylle avec Camilla. Dorénavant, ils n'assisteront plus aux mêmes manifestations et ne chasseront plus ensemble. Trois semaines plus tard, ses appartements privés au palais de Saint-James sont cambriolés. Au nombre des objets dérobés : des lettres d'amour de Milla, et la paire de boutons de manchette aux deux « C » entrelacés qu'elle lui avait offerte à la veille de son mariage[1].

Le 29 juin, la BBC diffuse *Charles : The Private Man, The Public Role*, le documentaire réalisé par Jonathan Dimbleby au terme de dix-huit mois de travail. Officiellement destinée à célébrer le vingt-cinquième anniversaire de son couronnement en tant que prince de Galles, l'émission est surtout considérée par les conseillers de

1. Ces objets lui seront retournés en mai 1998, après que l'auteur du vol se sera dénoncé.

l'héritier du trône comme une étape décisive dans le long processus de reconquête de l'affection des Britanniques. Et comme le meilleur moyen de riposter aux attaques lancées par Diana dans le livre d'Andrew Morton. En prouvant par l'image son dévouement à sa tâche et son ardeur au travail, l'intéressé espère, quant à lui, gagner enfin la reconnaissance et le respect de ses futurs sujets, ainsi que leur indulgence à l'égard de sa vie privée. Or, c'est exactement l'inverse qui se produit. Des deux heures trente de film, les quatorze millions de téléspectateurs rassemblés devant leur petit écran ne retiendront que quelques secondes…

« Charles : Mrs. Parker Bowles est une grande amie à moi. J'ai beaucoup de chance d'avoir autant d'amis merveilleux, qui, je le pense très sincèrement, font toute la différence dans une existence qui, autrement, serait intolérable. Elle fait partie de mes amis, avec beaucoup d'autres, et continuera à être une amie pendant très longtemps encore.

Jonathan Dimbleby : Avez-vous été, ou avez-vous essayé d'être fidèle et de vous conduire de manière honorable vis-à-vis de votre femme, après avoir prononcé les vœux du mariage ?

— Oui, absolument.

— Donc, vous l'avez été ?

— Oui, jusqu'à ce que [notre union] ait échoué de manière irrémédiable, après que nous eûmes tout tenté l'un et l'autre.

— Espérez-vous aujourd'hui que cesse toute la publicité donnée à cette affaire ?

— Je ne me suis pas marié avec l'intention que pareille chose se produise, ni dans un esprit cynique. J'ai toujours essayé de bien faire et, surtout, de faire ce que tout le monde attendait de moi. Vous pouvez donc aisément imaginer que [ce que je vis aujourd'hui] n'a rien de très réjouissant, ni de très encourageant. Donc oui, effectivement, ce serait bien si tout cela pouvait se terminer au plus vite. »

Le crime ne paie pas. L'honnêteté non plus. Les amis de l'héritier de la Couronne ont beau louer sa dignité, sa sincérité et son courage, la presse, elle, se montre peu compréhensive. « Pas digne de régner », clame dès le lendemain le quotidien *Daily Mirror*. Charles avait déjà contre lui l'écrasante majorité de « pro-Diana » qui constitue l'essentiel du lectorat des tabloïds. En l'espace d'une seule soirée, il perd le soutien de tous les monarchistes qui persistent à considérer que les membres de la famille royale doivent donner l'exemple d'une moralité au-dessus de la moyenne. Diana se sent humiliée par ces confessions, et le lui fait savoir. Camilla, qui aurait préféré que son amant évite d'en dire autant sur le sujet épineux de sa vie privée, se révèle, elle aussi, moins enthousiaste que prévu. La veille de l'émission, elle s'est envolée pour l'Espagne en compagnie de sa fille, Laura.

À son retour, une semaine plus tard, les Parker Bowles fêtent leur anniversaire de mariage à Middlewick House en compagnie de quelques amis. Mais le cœur d'Andrew n'y est plus. Sa patience est à bout. Il charge son avocat de mettre en route la procédure visant à officialiser son divorce dès son départ de l'armée, prévu pour la fin de l'année. Jusqu'alors, il n'avait eu qu'une seule exigence : que la respectabilité de tous les acteurs de cet interminable feuilleton à rebondissements soit préservée. En admettant à mots couverts avoir une liaison avec sa femme, le prince de Galles l'a – bien qu'involontairement – publiquement offensé. Pour lui, comme pour la plupart des officiers de haut rang de sa génération, sens de l'honneur et respect des bonnes manières vont de pair. « L'une de ses connaissances se souvient d'avoir été assise à côté de Camilla au cours d'un dîner, raconte ainsi le journal *The Observes*. Ils avaient devisé pendant toute la première partie du repas et s'apprêtaient à continuer, alors que l'on commençait à servir le plat suivant. Assis en face de son épouse, Parker Bowles a soudain relevé la tête et aboyé : "Mauvais côté, darling." Camilla, obéissante, s'est interrompue au beau milieu de sa phrase, s'est retournée et a commencé à parler à son autre voisin de table, comme le veut l'étiquette [1]. » Le silence et la discrétion

1. Anecdote rapportée dans le quotidien *The Observer*, 22 octobre 1995.

qu'Andrew s'imposait depuis si longtemps lui paraissent désormais superflus. Simon Elliot déclare à la presse qu'en dépit du caractère « un peu excentrique » du mariage de sa belle-sœur il demeure persuadé que les deux conjoints n'ont aucunement l'intention de se séparer. Pourtant, le brigadier passe décidément beaucoup de temps en compagnie de Rosemary Pitman, l'une de leurs amies de longue date, qui, outre un appartement dans le quartier chic de South Kensington, au sud-ouest de Londres, possède également un ravissant cottage à Brokenborough, dans le Wiltshire, à quelques kilomètres de Middlewick House.

Mais, en août, l'attention du public est momentanément distraite des amours adultérines de Charles par un incident inattendu dans la dernière affaire de cœur en date de la princesse de Galles. La jeune femme est en effet soupçonnée par Scotland Yard d'être l'auteur de coups de téléphone anonymes répétés au domicile de son amant, Oliver Hoare, et de son épouse Diane. Mr. Hoare, un marchand d'art spécialisé dans les antiquités du Moyen-Orient, fait la connaissance de l'héritier de la Couronne en 1984 par l'intermédiaire de Queen Mum, au cours d'une réception donnée au château de Windsor – sa belle-mère, la baronne Louise de Waldner, se trouve être l'une des meilleures amies de la reine mère, qui la surnomme « Loulou ». Les deux hommes, unis par une même passion pour les cultures de l'est du bassin méditerranéen, se lient rapidement d'amitié. Pendant plusieurs années, Oliver et sa femme sont régulièrement les invités du couple princier au palais de Kensington.

Lorsque la « guerre des Galles » éclate, ils multiplient l'un et l'autre les tentatives de réconciliation des deux conjoints. Bientôt, le séduisant expert en art islamique devient l'un des confidents attitrés de la princesse. Mr. Hoare connaissant bien Camilla Parker Bowles, la belle-fille d'Elizabeth II espère, grâce à lui, parvenir à mieux cerner la personnalité de sa rivale, et percer les secrets de l'attraction magnétique qu'elle paraît exercer sur son mari. En 1992, elle découvre que l'attirance qu'elle éprouve pour lui est réciproque. Les deux jeunes gens deviennent amants. Pour Oliver, chez qui Charles et sa maîtresse viennent régulièrement dîner, la situation se révèle vite intenable. L'affaire des coups de fil anonymes vient à point nommé précipiter la fin de sa liaison avec Diana. Or depuis quelques mois, cette dernière se trouvait déjà malmenée par la presse, apparemment plus encline que par le passé à critiquer ses dépenses vestimentaires, le coût de ses soins esthétiques ou sa tendance à « exploiter » chacune de ses sorties en compagnie de William et Harry. L'entourage de l'héritier du trône juge le terrain médiatique « favorable ». Enfin.

Le 14 juillet, Rosalind Shand décède, entourée de son mari et de ses enfants. Prévenue par sa sœur Annabel, Camilla a interrompu ses vacances en compagnie du marquis et de la marquise de Douro, à Málaga, en Espagne, pour accourir à son chevet. La petite église de Plumpton et The Laines sont pris d'assaut par les journalistes et les photographes. Alertée par les habitants du village, la police locale intervient pour déloger quelques reporters « en planque » dans leur voiture. Peu de temps après, Linda Edwards, directrice de la Société nationale de lutte contre l'ostéoporose, entre en contact avec Mrs. Parker Bowles. « Cela faisait longtemps qu'on la voyait dans les journaux, mais, à cette époque, il faut bien reconnaître qu'elle occupait totalement le devant de la scène médiatique, raconte-t-elle. J'avais lu dans un article que sa mère était atteinte d'ostéoporose. Je lui ai écrit, exactement comme je l'aurais fait pour n'importe qui d'autre, pour lui dire "voilà, nous sommes là, si vous avez besoin de plus d'informations sur cette maladie ou sur notre association, je suis à votre disposition". Lorsqu'elle m'a répondu, Mrs. Shand venait de mourir. "J'aurais aimé avoir eu connaissance de votre existence plus tôt, et j'aimerais beaucoup que nous nous rencontrions, me disait-elle dans sa lettre. Puis-je venir vous voir ?"

« Nous avons fixé un rendez-vous, auquel elle s'est présentée en compagnie d'une amie. Et là... comment vous dire... Nous l'avons trouvée si agréable, si sympathique... La presse en parlait comme si elle était une horrible sorcière, et ne montrait toujours d'elle que les pires photos qu'elle pouvait trouver. Ce qui m'a le plus surprise, justement, c'est de voir qu'elle était jolie. Toute mince, avec des yeux qui pétillaient. Elle a tenu à faire la connaissance de tout le monde, ici, et puis elle s'est assise à côté de moi et m'a dit : "Parlez-moi de tout ce que vous faites, et surtout, dites-moi ce dont vous avez le plus besoin, et de quelle manière je peux vous aider." Évidemment, nous avions surtout besoin d'argent. "Je vais récolter des fonds, et faire tout ce que je peux pour vous dans ce domaine. Mais je ne veux pas que ça s'ébruite, je tiens à le faire tranquillement, dans l'ombre, et, par-dessus tout, sans la moindre publicité." J'ai dit : "D'accord, pas de problème." Nous recherchions désespérément le soutien de personnalités influentes et motivées pour nous aider à mener à bien la mission que nous nous étions fixée. Et le fait que Mrs. Parker Bowles accepte de s'impliquer à nos côtés était évidemment une très bonne nouvelle pour nous [1]. »

Le 6 octobre 1994, Andrew et Camilla assistent ensemble au service religieux célébré en mémoire de Rosalind à l'église Saint-Paul du quartier de Knightsbridge, à Londres. Charles, dont la présence aurait certainement paru critiquable à ses nombreux détracteurs, a confié au comte et à la comtesse de Shelburne le soin de le représenter. Le 16, le *Sunday Times* publie les premiers extraits de la biographie écrite par Jonathan Dimbleby en parallèle à la réalisation du documentaire déjà diffusé. Deuxième essai, deuxième erreur. Le journaliste y brosse le portrait d'un homme à jamais tourmenté par le souvenir d'une enfance malheureuse. Le prince dépeint quant à lui la reine Elizabeth et le prince Philip sous les traits de parents froids et distants, et laisse entendre qu'il a été forcé par son père à épouser Diana. « Le fait le plus remarquable [à propos de ce mariage], conclut Dimbleby, est qu'il soit parvenu à survivre aussi longtemps. » Cette fois, le nouveau coup dur porté à

1. Conversation avec l'auteur.

l'image des Windsor vient de l'intérieur même du clan. L'opération vérité entreprise par l'héritier du trône aura des conséquences désastreuses jusque dans sa propre famille. Ses relations avec sa mère s'en trouveront durablement affectées.

Le 12 novembre, Camilla s'envole pour un safari de dix jours au Kenya en compagnie de la comtesse de Shelburne, de Kirsty Smallwood, une autre amie proche, et de l'homme d'affaires norvégien Halvor Astrup et de sa femme. Pendant son absence, Andrew passe le plus clair de son temps avec Rosemary Pitman. Le 4 décembre à vingt heures trente, Charles, de retour de Ludgrove – le pensionnat de William et Harry –, où il a assisté à une petite pièce de théâtre dans laquelle jouaient ses enfants, est aperçu à l'entrée de Middlewick House. Il quitte la propriété quatre heures plus tard, dissimulé dans une Vauxhall Omega conduite à grande vitesse par son garde du corps. Deux mois plus tôt, les Parker Bowles avaient fait savoir à la presse qu'ils n'avaient « aucun projet de séparation ou de divorce ». Et pourtant… « Ce foutu b***** », ainsi qu'Andrew a pris, en privé, l'habitude de nommer l'imbroglio dans lequel il se débat, s'avère maintenant bien trop lourd à porter. « La discrétion avait toujours été leur ligne de conduite, commente le journaliste et auteur Ross Benson dans le *Daily Express*. [Le brigadier] a refusé de figurer dans le *Who's Who*, ce qui lui était pourtant dû en raison de sa brillante carrière dans la cavalerie de la Maison royale. Camilla, pour sa part, s'en tenait au sacro-saint principe selon lequel une lady bien élevée ne devait pas apparaître plus de trois fois dans sa vie dans les journaux – à sa naissance, pour son mariage, et au lendemain de son décès. Ni l'un ni l'autre n'était préparé à voir les épisodes les plus intimes de son existence transformés en feuilleton populaire[2]. »

Leur divorce est annoncé en janvier 1995. Le 10, les deux époux publient un communiqué : « Nous avons pris conjointement la décision de mettre fin à notre mariage,

1. *Daily Express*, 11 janvier 1995.

et nous estimons qu'il s'agit là d'une affaire personnelle. Mais, puisque nous n'avons malheureusement aucune raison de penser que notre vie privée sera respectée, nous faisons cette déclaration dans l'espoir d'éviter que notre famille et nos amis se trouvent harcelés. Nous demandons tout particulièrement que nos enfants, qui sont notre responsabilité et qui demeurent notre principale préoccupation, soient laissés en paix, de manière qu'ils puissent poursuivre leurs études en cette période déjà difficile pour eux. Tout au long de notre mariage, nous avons toujours eu tendance à poursuivre des intérêts différents, mais au cours des dernières années, nous avons mené des vies complètement séparées. Nous nous sommes tellement éloignés l'un de l'autre qu'à l'exception de nos enfants, et en dépit de l'amitié qui continue de nous unir, nous n'avons plus rien en commun. Voilà pourquoi nous avons décidé de divorcer. »

8

Rêves d'avenir

> « *Comme je suis heureux, mon aimée, d'avoir un cœur & que ce cœur, justement, soit prisonnier de* TOI*… À mes yeux, rien ni personne n'existe, à part* TOI[1]. »
> Lettre d'Edward, prince de Galles, à sa maîtresse, Freda Dudley Ward (1920)

Camilla appelle Charles à Klosters, où ce dernier est en vacances avec ses fils, pour le prévenir de la publication du communiqué. Diana, elle, apprend la fin du mariage de sa rivale par l'intermédiaire du journal télévisé. « Ça y est, c'est reparti pour un tour… », commente la jeune femme à l'annonce de la nouvelle. « La princesse pense depuis quelque temps qu'elle est la victime désignée d'une vaste stratégie destinée à l'évincer de la vie publique, petit à petit, de manière à rendre la chose plus facile à accepter pour les Britanniques, écrit le journaliste Richard Kay dans le *Daily Mail*. D'abord, la séparation du couple princier. Puis la confession de son mari, au cours de laquelle il admet lui avoir été infidèle. Maintenant, le divorce des Par-

1. Dans Rupert Godfrey, *op. cit.*

ker Bowles. Et demain[1] ? » Lord Charteris, secrétaire particulier de la reine Elizabeth de 1972 à 1977, déclare à la presse que l'héritier du trône a trouvé en Milla « le grand amour de sa vie » et qu'il a droit, lui aussi, au bonheur. L'historien et expert constitutionnel David Starkey affirme, quant à lui, que le divorce d'Andrew et de son épouse « ouvre en théorie la voie à celui du prince et de la princesse de Galles, puis au remariage de Charles – et à la création, à plus ou moins long terme, de la reine Camilla[2] ».

Dans l'absolu, en effet, rien n'empêche les deux amants de convoler en justes noces. En 1936, déjà, aucune loi ou règle écrite n'avait contraint le roi Edward VIII à abdiquer pour épouser Wallis Simpson. Seul un certain nombre de règles de moralité et de conventions plus ou moins tacites régentent depuis toujours les amours des principaux membres de la famille royale. L'augmentation régulière du nombre de divorces en Grande-Bretagne a, parallèlement, conduit l'Église anglicane à assouplir dans les faits – sinon dans les textes – sa position en la matière. La décision d'autoriser ou non les candidats au remariage à s'unir devant Dieu est, désormais, plus ou moins laissée à la discrétion des pasteurs concernés. Beaucoup moins « regardante » sur le sujet, l'Église d'Écosse a, de son côté, béni les unions de nombreux laissés-pour-compte du système – en tête desquels la princesse Anne, dont les épousailles avec Tim Laurence ont été célébrées le 12 décembre 1992 en la petite église de Crathie, sur les terres du château de Balmoral. Mais l'Église anglicane peut-elle se permettre d'avoir pour gouverneur suprême un roi marié à une divorcée ? Le débat continue d'en diviser le clergé, sans qu'aucune réponse satisfaisante à cette question soit jamais véritablement trouvée.

Les Parker Bowles ont préparé leurs enfants à l'éventualité de leur rupture. Tom a déjà connu un début de

---

1. *Daily Mail*, 11 janvier 1995.
2. *The Sun*, 11 janvier 1995.

première année très difficile à l'université d'Oxford. Sa sœur, Laura, très attachée à son père et pensionnaire au couvent St Mary de Shaftesbury, dans le Dorset, vit la séparation de ses parents et le tohu-bohu médiatique qui l'entoure plus douloureusement encore. Elle refuse d'adresser la parole à sa mère pendant quelque temps. Les conseillers du prince Charles se réunissent afin de mettre sur pied une nouvelle stratégie de communication. Le temps presse. Aux yeux de l'opinion, quatre adolescents grandissent désormais au sein de foyers désunis par la faute de l'héritier de la Couronne. Sa maîtresse, elle non plus, n'est pas épargnée par les critiques. « J'ai le sentiment que la clé de tout cela réside dans cette arrogance aristocratique qui caractérise Camilla et qui la rend indifférente aux sentiments des gens qui l'entourent, écrit Lynda Potter dans le *Daily Mail*. [...] Le scénario auquel nous assistons révèle un être dur, froid, entêté, et fondamentalement dépourvu de toute pitié [1]. »

Mrs. Parker Bowles continue de penser que sa liaison avec le fils de la reine Elizabeth, tout comme leurs mariages respectifs, auraient pu traverser les années sans encombre si Diana ne s'était pas entêtée à vouloir porter l'affaire sur la place publique, et si les médias, dans la foulée, ne s'étaient pas acharnés à en jeter les moindres détails en pâture à leurs lecteurs. La suite des événements ne fait que la conforter dans ses convictions. Le 15 janvier 1995, Ken Stronach, le valet du prince de Galles, dévoile les petits secrets d'alcôve de son maître à la presse du dimanche. Charles et Milla faisaient l'amour dans les buissons des jardins de Highgrove pendant que la princesse dormait à l'étage, raconte-t-il. Une fois la nuit tombée, le futur roi d'Angleterre quittait régulièrement la maison en pyjama pour aller s'ébattre en compagnie de Camilla dans quelque recoin broussailleux. Ce qui, poursuit-il, compliquait fâcheusement le travail de ses domestiques, chargés de faire la chasse aux taches d'herbe et de terre

1. *Daily Mail*, 11 janvier 1995.

sur ses vêtements afin de ne pas éveiller les soupçons de son épouse légitime.

L'employé indélicat – évidemment congédié sans ménagement le jour de la publication de ses « confidences » – décrit aussi la violence des disputes entre Charles et Diana. Au cours d'une querelle un peu plus vive que les autres, le prince aurait ainsi jeté un lourd tire-bottes à la figure de sa femme. Les embarrassantes révélations du valet s'accompagnent de quelques clichés réalisés par ses soins dans les appartements privés du « boss ». Les sujets de Sa Très Gracieuse Majesté découvrent alors que ce dernier garde en permanence sur sa table de nuit une photographie de sa maîtresse prise à Birkhall, la résidence écossaise de Queen Mum.

Un malheur n'arrivant jamais seul, la favorite voit, dès le lendemain, le contenu de son album de famille s'étaler en une du *Sun*. Milla en bikini, Charles et Andrew côte à côte à l'avant de l'Aston Martin du prince, Tom bébé dans les bras de son parrain, l'héritier du trône en train de se rouler dans l'herbe en compagnie de jeunes enfants à l'occasion d'un pique-nique, et quelques regards brûlants échangés entre les deux amants… Les Parker Bowles portent plainte. À quoi bon ? Le mal est fait. Réalisés au milieu des années 1970, ces instantanés de leur vie quotidienne révèlent l'extraordinaire intimité que partagent depuis toujours trois des principaux protagonistes de ce vaudeville décidément fertile en rebondissements. Et achèvent de convaincre les Britanniques qu'on ne leur a sûrement pas encore tout dit[1].

Buckingham rejette toute idée de divorce entre le prince et la princesse de Galles, et nie que des démarches aient déjà été entreprises en ce sens par leurs avocats respectifs. L'Église anglicane n'a pas son mot à dire – après tout, n'a-t-elle pas été créée au XVIe siècle, sous sa forme actuelle, afin de permettre au roi Henry VIII de répudier

1. L'employée de maison de Camilla aurait ouvert la porte de Middlewick House à une équipe de reporters alors que Mrs. Parker Bowles était absente de chez elle, et leur aurait naïvement permis de reproduire ces photos.

Catherine d'Aragon pour convoler en justes noces avec Anne Boleyn ? Les observateurs, eux, s'attendent à ce qu'il soit mis un terme au « mariage du siècle » avant la fin de l'année. Les rêves d'avenir commun prêtés à Charles et Camilla paraissent soudainement sur le point de devenir réalité. Mais le fils d'Elizabeth II sait que ses compatriotes ne veulent pas de « la favorite » pour reine. Un titre qui reviendra pourtant automatiquement à son épouse le jour de son avènement. Selon certains experts, l'officialisation de ses amours adultérines risque, à terme, d'infliger des dommages irréparables à l'image de la monarchie. Tout en créant des divisions dans l'opinion dont il est impossible de mesurer les conséquences à l'avance.

Le 19 janvier, les juges du département des Affaires familiales de la Haute Cour mettent fin à l'union des Parker Bowles. Le brigadier reconnaît n'avoir passé que quatre-vingt-dix nuits au domicile conjugal au cours des trois dernières années. Les deux époux divorcent au nom des « différends irrémédiables » qui les opposent. Une formalité qu'ils n'accomplissent l'un et l'autre qu'à regret. Jusqu'ici, Milla avait toujours trouvé la force de tourner les événements en dérision. « Rottweiler, j'écoute », annonçait-elle en décrochant le téléphone. « Treize double mentons, comme d'hab' », commentait-elle en découvrant sa photo dans les journaux du matin. Mais le bonheur paraît bien fragile et l'avenir, de plus en plus incertain. Pour l'heure, elle n'a plus la force de s'en amuser.

Elle s'installe pour un temps à Bowood, la magnifique demeure de lord et lady Shelburne. Middlewick House est vendue 2 millions d'euros à Nick Mason, le batteur du groupe Pink Floyd. « Lorsque j'ai acheté la propriété, Mrs. Parker Bowles m'a été d'une aide précieuse, et m'a notamment donné de nombreux conseils à propos du jardin, raconte-t-il. Je lui ai demandé si la maison était habitée par un fantôme. "J'ai bien peur que non, m'a-t-elle répondu. Mais, s'il n'y a que ça pour vous faire plaisir, je peux peut-être m'arranger pour vous en procurer un[1]." »

1. *Daily Telegraph*, 7 septembre 1998.

De son côté, elle vient d'acquérir Ray Mill House pour 1,3 million d'euros – une magnifique demeure de huit chambres avec piscine découverte et écuries attenantes, située au cœur d'un parc de huit hectares et demi, à proximité du village de Lacock, dans le comté du Wiltshire... à vingt-cinq kilomètres à peine de Highgrove. En mars, le successeur d'Elizabeth II passe une semaine de vacances en Espagne, sur les hauteurs de Grenade, pendant que sa maîtresse s'affaire à empaqueter ses effets personnels en prévision de son prochain déménagement. Il n'en faut pas davantage à la presse du royaume pour évoquer dans ses colonnes l'insondable « solitude de Camilla », devenue « une source d'embarras pour l'homme qu'elle aime ».

« Il y a comme une énorme tristesse qui émane de sa personne, témoigne un voisin. Malgré tout ce qui s'est passé, il est difficile de ne pas avoir un peu pitié d'elle. Je pense qu'elle est une victime, dans tout ça. Le brigadier a eu beaucoup de conquêtes féminines, Charles est le prince de Galles. Mais elle, que lui reste-t-il au juste ? Pas grand-chose, apparemment[1]. » Les articles s'appuient sur une série de photos de Mrs. Parker Bowles surprise en train de se promener seule, la mine sombre et toute de noir vêtue, dans la campagne du Wiltshire. Les commérages peuvent aller bon train, les deux amants ont plus que jamais besoin l'un de l'autre. Le soir même de l'installation de sa compagne à Ray Mill House, l'héritier de la Couronne vient la rejoindre pour fêter l'événement. Au milieu du salon figure déjà en bonne place le très beau fauteuil Louis XIV dont il vient de lui faire cadeau. Il ne pense plus qu'à la liberté nouvelle de Milla, et aux espoirs un peu fous qu'elle a fait naître en lui.

Mais Diana paraît vouloir lancer une nouvelle offensive de charme en direction de son mari. Le 7 mai, elle préside, au côté de son époux, les cérémonies du quarantième anniversaire de la fin de la Seconde Guerre

1. *Daily Mail*, 23 mai 1995.

mondiale, dans Hyde Park, à Londres, et accepte de bonne grâce un baiser sur la joue. Le 6 septembre, jour de la rentrée scolaire, les deux conjoints accompagnent William, leur fils aîné, au collège d'Eton, et font assaut d'amabilités l'un envers l'autre. Peu après, on annonce que le prince et la princesse vont apporter leur soutien commun à un projet de relogement des sans-abri, lancé par une association caritative dans plusieurs quartiers de la capitale. Alors qu'elle s'apprête à sortir officiellement de la famille royale, la jeune femme semble momentanément retrouver un rôle dans la vie publique de Charles. En fait, elle est plus isolée que jamais.

La bru d'Elizabeth II se sent rejetée par un clan au sein duquel elle estime pourtant avoir largement mérité son rang. Mue par le besoin permanent de se sentir aimée et déterminée à conserver son statut de numéro un dans le cœur des Britanniques, Diana passe de nouveau à l'offensive dans la guerre de popularité qui l'oppose aux Windsor, et s'offre un nouveau look. Elle fréquente assidûment son club de gym, le Chelsea Harbour Club, et se taille une silhouette plus athlétique grâce à un programme intensif d'exercices de musculation et de séances d'aérobic. Susciter l'admiration et l'envie des autres femmes, éveiller le désir des hommes... Les décolletés de ses robes se font plus plongeants, leurs ourlets plus courts. Ses tenues sexy se veulent le signe d'une personnalité qui s'affirme. Elles ne sont que la manifestation de l'urgence qui l'habite, plus forte et plus désespérée chaque jour : celle de trouver enfin sa place, auprès d'un autre homme, au sein d'une nouvelle famille. Dans un autre pays, s'il le faut.

Au palais de Saint-James, on élabore en secret de nouvelles stratégies de communication. Les conseillers du prince de Galles réalisent qu'ils ne doivent plus seulement travailler à améliorer l'image de l'héritier du trône, mais aussi, et de manière peut-être plus pressante encore, celle de Camilla, dont elle devient peu à peu indissociable. Le 18 octobre, cette dernière assiste, pour la première fois au vu et au su de tous, à une soirée privée en compagnie de Charles – une réception donnée à l'hôtel Ritz, en l'honneur du cinquantième anniversaire de son amie Sarah Keswick. Pendant deux heures, les deux amants se mêlent aux cent cinquante invités rassemblés dans la grande salle de bal. Le fils aîné de la souveraine quitte la fête le premier, aux environs de minuit. Sa maîtresse, vêtue ce soir-là d'une élégante robe noire légèrement décolletée, lui emboîte le pas une heure plus tard, escortée par son ex-mari. « Avez-vous passé une bonne soirée ? lui demande l'un des reporters massés devant l'entrée de l'établissement. – Oui, excellente », répond-elle dans un large sourire, avant de s'engouffrer dans sa voiture. Camilla va bien, merci. Cette fois, c'est sûr, la favorite ne se cache plus. Les chroniqueurs royaux en sont persuadés : une nouvelle ère commence, au terme de laquelle Charles espère bien convaincre sa famille et ses futurs sujets d'accepter Mrs. Parker Bowles comme « l'élément non négociable » de son existence.

À Highgrove, Milla ne se contente plus de prendre des bains de soleil autour de la piscine ou de surveiller la floraison des rosiers. Elle est l'hôte des somptueux dîners que le prince offre plusieurs fois par mois aux principaux bienfaiteurs de ses œuvres caritatives, et en établit les menus avec le chef. Elle n'a jamais été un fin cordon bleu, mais a la réputation d'être de bon conseil en matière de vins et supervise, depuis peu, l'approvisionnement de la cave de l'héritier de la Couronne. Dans l'univers routinier et soigneusement ordonné de Charles, elle campe un personnage bohème et délicieusement perturbateur, grâce auquel la vie se révèle finalement moins ennuyeuse qu'elle ne le paraît. Les deux amants aiment aller ensemble au cinéma et se glisser, ni vu ni connu, dans la salle de l'Astoria, à Chippenham. Autorisée de temps à autre à fumer dans l'enceinte de la maison, Camilla est la seule à pouvoir laisser traîner ses affaires un peu partout sans s'attirer les reproches du maître des lieux.

Les ouvriers chargés de l'entretien de la résidence princière s'occupent aussi de la rénovation de Ray Mill

House, en partie financée par le fils d'Elizabeth II[1]. Ce dernier a mis une partie de son personnel à la disposition de sa maîtresse. Son chauffeur, Andy Crichton, est désormais affecté au service quasi permanent de Mrs. Parker Bowles, et plusieurs de ses employés font les courses pour elle dans les boutiques de la région. Le jardinier de Milla a été envoyé quelque temps « en formation » dans l'équipe en charge des somptueux jardins de Highgrove. On raconte également que le futur roi a placé une importante somme d'argent à son nom sous la forme d'un fidéicommis, destiné à mettre à l'abri sa compagne de tout souci matériel – notamment au cas où il viendrait à disparaître avant elle.

Camilla et Andrew ont gagné le procès intenté au *Sun* après que le quotidien eut publié plusieurs photographies « empruntées » à leur album de famille, et obtenu 40 000 euros environ de dommages et intérêts. L'ex-épouse du brigadier fait don de la part qui lui revient à la Société nationale de lutte contre l'ostéoporose. « Elle discutait beaucoup avec ses amis de la meilleure manière de trouver de l'argent pour nous aider, raconte Linda Edwards, la directrice de l'association, et a eu l'idée de demander à lord et lady Shelburne de donner une fête dans leur propriété afin de récolter des fonds. Ça a été une soirée merveilleuse. Une marquise avait été installée sur la pelouse pour abriter les deux cents invités. Mrs. Parker Bowles avait organisé une exposition de sculptures et convié une compagnie de danseurs à venir se produire pour l'occasion. J'ai dit quelques mots sur l'ostéoporose, puis elle a pris la parole et raconté les souffrances de sa mère, et la manière dont elle-même avait été profondément affectée par ce qu'elle avait vu de cette maladie. Elle m'avait confié se sentir très nerveuse à l'idée de s'adresser à un auditoire, mais elle n'en a rien laissé paraître et a vraiment parlé avec son cœur.

1. Au début des années 1990, Camilla aurait perdu beaucoup d'argent dans le naufrage de la célèbre compagnie d'assurances Lloyd's. En février 2000, le magazine américain *Time* estimait son investissement initial à plus de 550 000 euros.

Je crois que les gens ont été très émus, ce qui les a incités à faire preuve d'une grande générosité. Elle a réuni un peu plus de 15 000 euros en quelques heures, et une somme équivalente nous est encore parvenue sous forme de chèques au cours des jours suivants, ce qui, pour nous, était fantastique. Nous étions encore une organisation assez peu importante, à l'époque, et c'est vraiment là que tout a commencé. Au fil des mois, son engagement à nos côtés a pris une importance considérable[1]. »

La favorite fait une entrée plutôt réussie sur la scène publique, et Diana, comme pour y répondre, entame une vaste campagne de lobbying auprès des rédacteurs en chef les plus influents du royaume. Dans son livre *An Inside Story of Newspapers*, Max Hastings, l'ancien rédacteur en chef du quotidien *The Daily Telegraph*, se souvient des confidences faites par la jeune femme au cours de l'une de leurs entrevues. « Max, dit-elle, je ne suis pas amère. Je n'ai aucun désir de revanche ou de victoire. [... Mais] je ne veux pas divorcer. Je ne veux même pas entendre parler d'une séparation officielle, qui ne ferait que servir leurs intérêts. Ils aimeraient beaucoup me voir marginalisée. Or, si cela se produit, je crois que les enfants en seraient profondément blessés. Il y a trois semaines, j'ai posé la question directement à Charles. Je lui ai demandé s'il savait ce qu'il voulait. Il m'a répondu “je pense que oui”, mais je n'ai pas réussi à lui en faire dire davantage[2]. »

Parmi les observateurs des affaires de la Couronne, il s'en trouve encore quelques-uns pour prétendre qu'un divorce de l'héritier du trône causerait des dommages irréparables à la monarchie. Mais la plupart d'entre eux sont d'accord sur un point : l'ampleur des dégâts serait, de toute façon, bien moindre que celle des ravages causés dans l'opinion par la lente corrosion de son mariage. Ne sachant de quelle manière gérer cette situation pour

1. Extrait d'une conversation avec l'auteur.
2. *The Daily Telegraph*, 10 octobre 2002.

le moins délicate, Elizabeth II laisse son secrétaire particulier, Robert Fellowes – le propre beau-frère de la princesse –, s'en débrouiller à sa place. « Ni la reine ni Philip ne savaient quoi faire à propos de Charles et Diana, raconte un ancien haut fonctionnaire dans les colonnes du *Daily Telegraph*. S'il n'y avait pas eu Robert, ils auraient laissé les choses s'envenimer sans bouger. Mais un jour, [celui-ci] leur a dit : "Inutile d'espérer, le problème ne va pas disparaître tout seul. Nous devons le régler le plus rapidement possible, parce que plus il s'éternise, plus le préjudice sera grand pour vous, non seulement en tant que famille, mais aussi en tant qu'institution[1]." » « Dans un sens, fait observer un ancien membre de la Cour, Fellowes était en quelque sorte celui qui avait pris en charge [les Windsor], à l'époque. Pour tout ce qui concerne sa famille, la souveraine préfère suivre les conseils des autres que prendre des initiatives[2]. » Les événements de la fin de l'année 1995 précipitent toutefois l'adhésion du couple régnant à l'idée d'un divorce.

Diana ignore volontairement toutes les occasions d'affirmer publiquement son désir – pourtant maintes fois exprimé en privé – de se réconcilier avec Charles. Ses engagements officiels les plus « spectaculaires » ont désormais pour cadre l'étranger. Le Japon en février, Venise et Moscou en juin, Paris en septembre... En se coupant progressivement du réseau caritatif britannique pour lequel elle avait tant fait jusqu'ici, la princesse amorce, de son propre chef, une rupture décisive avec les fondements mêmes de son statut d'altesse royale. L'appétit de la jeune femme pour les histoires d'amour sans issue a, en outre, quelque peu terni son image aux yeux des sujets de Sa Majesté. La découverte de sa courte liaison avec Will Carling, le capitaine de l'équipe d'Angleterre de rugby, a contraint Julia, l'épouse de ce dernier, à demander le divorce. À l'instar de Camilla, Diana paraît sur le point de s'attirer une encombrante réputation de briseuse de ménage.

---

1. Graham Turner, « The Real Elizabeth II », *op. cit.*
2. *Ibid.*

Craignant de voir sa popularité vaciller, elle tente le coup médiatique le plus osé, le plus risqué aussi, auquel elle se soit jamais livrée. En cachette de ses conseillers et de son entourage, elle décide d'accorder un entretien au journaliste Martin Bashir dans le cadre du très populaire magazine d'information télévisé *Panorama*. Lorsque les palais de Saint-James et de Buckingham sont prévenus de l'existence du document, il est trop tard pour essayer d'en empêcher la diffusion. Au cours de l'interview, soigneusement mise en scène, la belle-fille d'Elizabeth II confie avoir « adoré » son ancien amant James Hewitt, et se présente comme l'innocente victime du ménage à trois imposé par Charles et Camilla. Avant de commettre l'irréparable...

« Martin Bashir : Pensez-vous que le prince de Galles deviendra roi un jour ?

Diana : Je pense qu'aucun d'entre nous ne connaît la réponse à cette question. À l'évidence, elle est dans tous les esprits. Mais qui sait ce que le destin nous réserve, qui sait ce que les circonstances seront amenées à provoquer ?....

— Mais vous le connaissez mieux que la grande majorité des gens. Pensez-vous qu'il souhaite devenir roi ?

— C'est un sujet sur lequel il y avait toujours conflit lorsque nous en discutions, ce que je comprenais parfaitement, car si le rôle de prince de Galles est très exigeant, celui de roi l'est encore bien davantage. La condition de prince de Galles permet de disposer d'une certaine liberté, alors que celle de roi est... plus étouffante. Et, justement parce que je connais le personnage, je dirais que le "top job" – ainsi que je l'appelle – apporterait beaucoup d'entraves à sa liberté, et je ne sais pas s'il serait capable de s'y adapter. [...]

— Souhaitez-vous que le prince William, dans la mesure où il aura atteint sa majorité à ce moment-là, succède à la reine à la place du prince de Galles ?

— Je souhaite que mon mari trouve la sérénité, et, de là, on peut effectivement imaginer qu'un certain nombre de choses en découlent, oui. »

Cette fois, elle est allée trop loin. La souveraine ne peut tolérer que sa bru mette publiquement en doute l'aptitude à régner de son successeur. L'entourage de l'héritier du trône y voit l'occasion rêvée de faire oublier « la débâcle Dimbleby », et de présenter Charles comme la victime innocente d'une vaste offensive médiatique destinée à le ridiculiser aux yeux de l'opinion. Tétanisés devant leur poste de télévision, les principaux conseillers de la princesse découvrent avec horreur le contenu de ses propos en même temps que des millions de Britanniques. « La diffusion de *Panorama* [la] condamne finalement à une existence en solo, privée de tout soutien extérieur », écrit son secrétaire particulier, Patrick Jephson, dans ses Mémoires [1]. Ulcéré d'avoir été tenu à l'écart, ce dernier présente sa démission à Diana. Avant de quitter son service, il tente de minimiser les dégâts en la plaçant sous la « protection » du palais de Buckingham et du service de presse de Sa Majesté. Mais la star des Windsor n'a pas encore tout dit. Sans en avertir ni ses proches ni ses amis, elle enregistre, seule face à une petite caméra installée dans le salon de ses appartements de Kensington, une série de cassettes vidéo dans lesquelles elle déverse son mal-être et ses récriminations à l'encontre de la famille royale. L'exercice, recommandé par son coach de diction, Peter Settelen, un ancien acteur de série télévisée, s'apparente à une forme chaotique de libération. Les bandes, elle le sait, ne devront pas tomber entre toutes les mains. Avec l'aide du dévoué Paul Burrell, elle les met en lieu sûr.

Humilié par son épouse, montré du doigt par ses futurs sujets, Charles envisage-t-il un seul instant de renoncer à la Couronne ? Sûrement pas. Depuis qu'il est enfant, ses proches se sont fait un devoir de lui rappeler, à intervalles réguliers, la honte et l'opprobre jetés sur la dynastie par l'abdication de son grand-oncle, Edward VIII, en 1936. Le prince sait que William, son fils aîné, appréhende de devenir roi, et il entend bien le laisser mener son existence à sa guise aussi longtemps qu'il le pourra. En outre, l'accession au trône d'Angleterre n'est

1. Patrick D. Jephson, *op. cit.*

pas une affaire de choix personnel, mais de devoir. Une succession basée sur le principe du volontariat reviendrait peu ou prou à placer les monarques potentiels au même niveau que des candidats à la présidence de la République, à priver l'institution monarchique de sa dimension symbolique et, donc, de sa raison d'être.

Le 26 novembre, Mrs. Parker Bowles se découvre avec stupéfaction la cible d'une attaque en règle menée dans les colonnes du *Mail on Sunday* par son ex-beau-frère, Richard, le plus jeune des frères d'Andrew. « Si Camilla était un enfant sur une plage, on la retrouverait sûrement en train de s'acharner à démolir les châteaux de sable faits par les autres. Elle a ce besoin de détruire comme chevillé au corps. Elle ne supporte pas de voir les gens heureux. » L'épouse du brigadier, poursuit-il, ne manquait jamais – en privé – une occasion de médire sur Diana, qualifiée, selon l'humeur du moment, de « dingue », de « sans cervelle », ou de bonne à enfermer. « Camilla, c'est une poigne d'acier dans un gant de velours, qui se fiche pas mal des sentiments des autres. » Si l'article en dit sans doute plus long sur les tensions qui déchirent la famille Parker Bowles que sur la manière dont Milla considère réellement la princesse de Galles, il est perçu comme un nouveau coup très dur porté à l'image de la « maîtresse en titre ».

Toutes les sorties du Beaufort Hunt sont couvertes par des hordes de photographes et de reporters, auxquels, pas une fois, Charles et sa favorite ne feront le cadeau de se montrer côte à côte. Fin décembre, quelques jours seulement avant le départ des Windsor pour le château de Sandringham, Diana annonce qu'elle ne souhaite pas prendre part au traditionnel déjeuner de Noël de la famille royale. Désarmée par l'attitude de sa belle-fille, la souveraine continue toutefois de recommander à ses conseillers de la traiter de manière équitable et juste, et demande qu'aucune manœuvre visant à l'affaiblir ou à la déstabiliser ne soit dirigée contre elle. Elizabeth et Philip ont l'intuition que la jeune femme ne souhaite pas prendre l'initiative d'engager la procédure de divorce de manière à laisser à Charles le rôle de l'agresseur. Le 18 décembre, la reine écrit aux deux conjoints en leur demandant de ne pas laisser la situation se dégrader plus longtemps. Dans ses Mémoires, Patrick Jephson évoque la détresse de Diana : « Jamais je n'oublierai le ton de sa voix lorsqu'elle m'a lu la lettre au téléphone[1]. »

Depuis un peu plus de deux mois, la princesse vit une liaison romantique et passionnée avec son dernier grand amour, le docteur Hasnat Khan, un chirurgien d'origine pakistanaise en poste au Royal Brompton Hospital de Londres. Une partie de son entourage se dit aujourd'hui convaincue que son mariage avec Charles aurait pu connaître une autre issue si elle avait eu le temps de connaître d'autres hommes avant de l'épouser. À leur contact, Diana se serait forgé une vision moins idéaliste du couple. Plus mûre sur le plan affectif, elle aurait mieux compris son conjoint. L'isolement dont le futur roi souffre au sein de sa famille, le manque de considération et de tendresse dont il estime avoir été victime tout au long de son enfance le plaçaient naturellement dans l'attente d'une compagne prête à lui consacrer tout son temps et toute son énergie, à sacrifier ses propres rêves pour lui permettre de concrétiser ses nombreuses aspirations. En amour comme dans tant d'autres domaines de son existence, le successeur d'Elizabeth II avait besoin d'une femme forte prête à lui faire partager son expérience. À le guider.

Il semble pourtant que l'on refuse de voir dans la passion qui unit Charles à Camilla – « la sorcière au visage marqué par les années, coupable d'avoir brisé un conte de fées national sans avoir eu au moins la décence d'être belle[2] » – un amour simple et dénué d'arrière-pensées. Sous la pression de ses conseillers, le prince de Galles fait savoir qu'il n'a aucunement l'intention de se remarier. Une annonce bien inutile et qu'il regrette aussitôt, craignant qu'elle n'incite l'opinion à douter de la force des sentiments qu'il éprouve pour sa maîtresse. Le 28 décembre 1995, de prétendus proches de celle-ci

---

1. *Ibid.*
2. *The Independent*, 23 décembre 1995.

« confient » au *Daily Express* que la favorite a bien, quant à elle, la ferme intention de se faire épouser et de se tailler un rôle sur la scène publique. Rien ne saurait être plus éloigné de la réalité.

Même si la tentation est grande de comparer Camilla à Wallis Simpson, il est difficile de trouver de réels points communs entre les deux femmes. Aux yeux du chroniqueur mondain Henry « Chips » Channon, l'Américaine avait en permanence « l'air de quelqu'un qui s'attend à ce qu'on lui fasse la révérence dès qu'elle entre dans une pièce ». Impossible de faire moins prétentieux que Mrs. Parker Bowles, affirment pour leur part les amis de l'ex-Rottweiler. À la froideur, à la distinction calculée et au contrôle de soi quasi obsessionnel de la duchesse de Windsor, ils opposent le langage « parfois un peu cru » de Milla, ses manières dépourvues de toute affectation, son humour direct et sa bonne humeur contagieuse. Au-delà de la libido ravageuse et sans complexe qui permet à leur relation de couple de s'épanouir depuis vingt-cinq ans, l'amour dont elle entoure Charles a en outre ce petit je-ne-sais-quoi de maternel qui lui donne son caractère absolu et désintéressé. Camilla est heureuse de veiller au confort physique et moral du prince et de pouvoir paraître à son bras dans les dîners en ville, mais n'en demande pas davantage. Sa fidélité à l'héritier du trône n'est pas un aller simple pour le haut de l'échelle sociale, mais un acte de foi.

Ce qui ne l'empêche pas de porter un regard souvent critique sur certains membres du groupe de « fidèles » dont s'entoure le fils d'Elizabeth II. Tout comme Diana, jalouse de la formidable complicité qui unit ses enfants à Tiggy, leur gouvernante, elle ne paraît pas voir d'un très bon œil l'influence grandissante exercée par l'exubérante nounou de William et Harry sur son amant. Certains soupçonnent en effet miss Legge-Bourke de tout mettre en œuvre pour retarder le moment où les deux petits princes seront présentés à la compagne de leur père. La jeune femme a été photographiée plusieurs fois en train d'embrasser Charles affectueusement en public. Dans le camp des anti-Camilla, on laisse volontiers entendre qu'elle pourrait bien, à plus ou moins long terme, se poser en rivale de Mrs. Parker Bowles dans le cœur du futur roi. Leur animosité sous-jacente est savamment entretenue par la presse. « D'après le témoignage de l'un de ses amis, Legge Bourke est stupéfaite de voir que le prince considère [sa maîtresse] comme "spirituelle". À en croire Tiggy, "minable" serait un terme plus approprié. De son côté, Camilla surnommerait la gouvernante "l'aide ménagère". "Elle est peut-être parfaite pour préparer des œufs et du bacon le matin, aurait-elle dit à son sujet, mais ce n'est pas le genre de femme qu'on épouse[1]." »

Depuis plusieurs semaines, le secrétaire particulier de la souveraine, Robert Fellowes, presse Diana de se résoudre enfin officiellement au divorce. « Allons de l'avant, cessons de regarder en arrière, et arrêtons de nous faire du mal[2] », lui écrit à son tour Charles à la fin du mois de février 1996. Le 28, au cours d'une ultime entrevue au palais de Saint-James, la princesse se dit prête à en accepter le principe. Les négociations les plus longues et les plus âpres promettent déjà de porter sur les trois questions suivantes : la belle-fille d'Elizabeth II acceptera-t-elle de renoncer à son titre d'altesse royale ? Les deux époux parviendront-ils à s'entendre afin d'assurer conjointement la garde et l'éducation de leurs fils ? La souveraine accordera-t-elle à sa bru le droit de continuer à résider dans ses appartements du palais de Kensington ? Sitôt l'annonce d'un prochain divorce confirmée par les porte-parole respectifs de la jeune femme et de Buckingham, la presse entreprend de tester la réaction des sujets de Sa Majesté.

Le 1er mars, 66 % d'entre eux demandent que Diana puisse tout de même devenir reine au côté de Charles, et plus de 85 % se déclarent résolument opposés au remariage de l'héritier de la Couronne avec sa maîtresse[3]. Un mois plus tard, une autre enquête, réalisée

---

1. *The Sunday Times*, 28 janvier 1996.
2. Paul Burrell, *op. cit.*
3. Sondage paru dans *The Sun*.

par l'institut de sondages Mori, laisse paraître un déclin significatif du pourcentage d'opinions favorables envers la monarchie. En 1984, 77 % des Britanniques estimaient que leur pays se porterait moins bien si la royauté était abolie; ils ne sont plus que 34 % à être de cet avis. Pis encore, près de 70 % estimaient en 1990 que l'institution serait toujours vaillante à l'approche de 2050, contre 33 % seulement en ce mois d'avril 1996. À l'époque, 83 % pensaient que le prince de Galles avait toutes les qualités nécessaires pour faire un bon roi. Depuis, plus de la moitié d'entre eux affirment avoir radicalement changé d'opinion sur la question[1].

Le divorce du duc et de la duchesse d'York est prononcé en mai. Charles et Diana s'entretiennent dans l'idée illusoire que, bientôt, ils seront à leur tour « délivrés » l'un de l'autre. Plus les semaines passent et plus la princesse semble vouloir dissocier son image de celle de son époux. Elle s'étourdit dans un tourbillon sans fin de mondanités et multiplie les apparitions au côté de personnalités de la jet-set décidées à s'approprier un peu de sa gloire planétaire. Au risque, estiment certains, de perdre peu à peu son aura d'altesse royale et de se confondre avec ces « VIP » prêts à tout pour se faire photographier en sa compagnie.

Camilla, elle, continue de préférer l'ombre à la lumière et hésite encore à s'engager de manière plus officielle au service de la Société nationale de lutte contre l'ostéoporose. « Elle était très nerveuse à l'idée de nous attirer des problèmes, témoigne Linda Edwards. Elle travaillait déjà depuis un certain temps à nos côtés, lorsque je lui ai demandé si je pouvais donner à notre accord un caractère un peu plus formel en la nommant marraine de notre organisation. Elle m'a regardée droit dans les yeux et m'a dit : "Êtes-vous sûre que ce serait vraiment une bonne chose pour vous ?" C'est une femme qui a beaucoup de bon sens. Elle avait parfaitement conscience de la manière dont elle était présentée dans les médias, et

1. Sondage paru dans le *Sunday Times* du 21 avril 1996.

elle ne voulait surtout pas faire quoi que ce soit qui puisse nous mettre dans l'embarras. Ma réponse a été : "Eh bien, voyons les choses en face. Vous avez démontré au cours des deux dernières années combien vous vous sentiez impliquée et concernée par notre action. Votre mère et votre grand-mère ayant toutes les deux été victimes de l'ostéoporose, je ne vois pas en quoi votre engagement dans ce domaine pourrait être critiquable. Les gens sont intéressés par les articles qui vous concernent, et si, en les lisant, ils apprennent que cette maladie peut être, non seulement soignée, mais aussi évitée, cela ne peut que nous aider." Elle m'a dit : "D'accord, je vais y réfléchir." Ça a pris quelques mois, mais elle a fini par accepter notre proposition[1]. »

La compagne du prince choisit de faire sa première apparition publique dans le cadre de ses nouvelles fonctions à l'occasion de la sortie d'une vidéo au profit de l'association. La métamorphose est en train de s'opérer. « Est-il possible que cette blonde mince et chic soit réellement Camilla Parker Bowles ? » s'interroge le *Sunday Times* après qu'elle eut fait son apparition au meeting d'Ascot dans un élégant tailleur crème. Si l'opinion paraît plus indulgente à son égard, son avenir n'en demeure pas moins tout aussi incertain. Le prochain divorce de Charles et Diana risque en effet d'amener les Britanniques à s'interroger sur le rôle que la maîtresse en titre pourrait être amenée à jouer par la suite. Milla va-t-elle se contenter de demeurer la favorite de l'héritier du trône à l'exemple de son aïeule, Alice Keppel ? Représente-t-elle, ainsi que certains le prétendent, une menace pour la stabilité de la royauté ?

Lorsque le futur Edward VII était encore prince de Galles, la presse s'était faite l'écho de ses nombreuses amours adultérines, révélant même au passage le contenu de lettres qu'il avait écrites à une certaine lady Harriet Mordaunt. La réputation de cavaleur d'Edward le Caresseur était telle que des foules nombreuses se ras-

1. Conversation avec l'auteur.

semblaient régulièrement dans Hyde Park, afin d'écouter des prêcheurs appeler de manière urgente à l'abolition de la monarchie. Avec le peu d'efficacité que l'on sait. De même, en 1714, le nouveau roi George Ier – divorcé depuis vingt ans – débarquait en Angleterre, en provenance de Hanovre, avec l'une de ses trois maîtresses, la baronne Kielmansegge, dans ses bagages. Mais la presse s'obstine à évoquer le douloureux souvenir de l'abdication d'Edward VIII comme si, en ce milieu des années 1990, l'Histoire menaçait de se répéter. Au contraire de son grand-oncle, Charles aspire de tout son être à devenir roi et n'entend pas sacrifier sa couronne sur l'autel de la passion qui l'unit à Mrs. Parker Bowles. Pour tous les observateurs, en revanche une chose est sûre : les sujets de Sa Majesté ne comprendraient pas qu'il sacrifie son grand amour pour permettre l'accomplissement de sa légende personnelle. Pas plus qu'ils n'ont admis que le duc de Windsor mette en péril le trône d'Angleterre afin d'épouser la femme de sa vie.

Les autorités de l'Église anglicane et le gouvernement de John Major souhaitent maintenant un divorce rapide. En avril, Anthony Julius, l'avocat de Diana, réclame plus de 70 millions d'euros à Charles en guise de cadeau de rupture. Une somme jugée indécente par Fiona Shackleton, chargée par le prince de conduire les négociations. À l'époque, la reine ne paraît pas – elle non plus – particulièrement bien disposée à l'égard de sa belle-fille. Maître Julius l'a en effet offensée en insistant pour qu'elle s'engage par écrit à ce qu'aucun membre de la famille royale ne cherche à ternir la réputation de sa cliente par quelque moyen que ce soit. Le jour où la jeune femme vient se plaindre à la souveraine de la lenteur de la procédure, elle se heurte à un mur. À peine sa bru est-elle sortie de la pièce que Lilibet se précipite sur le téléphone pour recommander aux conseillers de son fils de prendre leur temps.

Fiona Shackelton se dit prête à accorder 26 millions d'euros à Diana, auxquels viendra s'ajouter une rente annuelle de 530 000 euros, destinée à couvrir les dépenses liées à son rang ainsi que les salaires de son personnel. Avant de faire leur offre, les hommes de loi de l'héritier du trône attendent le jugement en appel du divorce de l'homme d'affaires Robert Dart, dont la fortune, estimée à 1,3 milliard d'euros, se trouve être bien plus importante que celle de Charles. Les juges obligent Mrs. Dart à se contenter des quelque 13,5 millions d'euros « généreusement » cédés par le businessman. La leçon est claire. Si la princesse décide de porter l'affaire devant les tribunaux dans l'espoir d'obtenir plus d'argent de son mari, rien ne dit qu'elle aura gain de cause. Le Premier ministre John Major estime, quant à lui, que l'excès de publicité entourant la négociation de l'accord financier risque de détourner l'attention du public des efforts déployés par le parti conservateur en prévision des élections générales du printemps 1997. Et fait comprendre aux deux parties que le temps presse. Le 1er juillet, jour de son trente-cinquième anniversaire, Diana déclare à un journaliste qu'elle n'a jamais souhaité divorcer. Le 15, à dix heures trente du matin, le greffier de la cour de justice numéro un lit à haute voix le nom des trente et un couples dont la rupture sera bientôt rendue officielle. Celui que forment, pour quelques minutes encore, le prince et la princesse de Galles a été relégué en dernière position de la liste. Une page de l'histoire de la royauté est en train d'être tournée.

L'archevêque de Canterbury, le docteur George Carey, laisse entendre qu'il serait préférable que le fils aîné d'Elizabeth II et son frère Andrew, duc d'York, ne tentent pas l'expérience du concubinage avant de convoler à nouveau en justes noces. La famille royale, rappelle-t-il, est censée être un exemple pour tous, et doit prendre garde à ne pas mettre l'Église anglicane dans l'embarras en bafouant ouvertement ses recommandations. Charles et Diana formaient une équipe de rêve. Les Britanniques se réveillent avec la gueule de bois. Les deux jeunes gens s'étaient acquittés de la mission dont ils avaient été investis le jour de leur mariage. Leur magie avait conquis le monde et réveillé l'intérêt des sujets de Sa Majesté pour les Windsor, dont l'étoile éclipsait désormais celle de toutes les autres familles royales d'Europe. Sans eux, tout risque de paraître bien fade à présent.

L'entourage du prince de Galles considère son ex-épouse comme la seule et unique responsable de l'échec de leur union. Avec la complicité du clan Spencer, « coupable » d'avoir, au début des années 1980, précipité la jeune femme dans les bras du futur monarque en prenant soin de dissimuler sa fragilité émotionnelle et affective. « Il y avait beaucoup d'ambition là-dessous, non seulement de la part de l'intéressée, mais aussi de tous ceux qui l'entouraient, commente un membre de la famille royale dans le *Sunday Times*, sous couvert d'anonymat. Je ne pense pas qu'elle ait vraiment eu besoin qu'on la pousse, mais je suis sûr qu'elle a été très bien briefée par sa sœur aînée Sarah, qui savait parfaitement ce qu'il fallait faire pour attirer l'attention du prince[1]. »

« Elle a joué une sacrée comédie avant d'être fiancée, renchérit une source proche de Charles dans les colonnes du même journal. "Tout ce que je veux, c'est faire mon devoir"... Tout en elle semblait si parfait qu'il ne pouvait faire autrement que de s'y laisser prendre. Il a toujours été un homme profondément seul. C'est pourquoi nous étions si heureux de la voir si chaleureuse, si affectueuse avec lui. Il suffisait qu'elle se montre un peu démonstrative pour qu'aussitôt son visage s'illumine. C'était tellement mignon. Il adorait voir cette délicieuse petite chose assise à ses pieds. » Le clergé, lui non plus, n'est pas épargné par les critiques. « Il faut bien réaliser le crédit que l'Église, à l'époque, a retiré de tout cela, commente le spécialiste des affaires religieuses Clifford Longley dans le premier documentaire réalisé sur Mrs. Parker Bowles. [...] Je crois que cela incite à s'interroger sur la bonne foi – c'est le cas de le dire – de ceux qui ont cautionné et organisé la cérémonie de mariage. S'ils avaient des doutes, en tout cas, ils n'en ont fait part à personne. On peut même considérer qu'ils ont invité le public à s'investir émotionnellement dans l'événement,

1. *The Sunday Times*, 14 juillet 1996.

tout en ayant parfaitement conscience des problèmes qui, déjà, se posaient[1] »

Cet été-là, un certain Mark Bolland fait son entrée dans le service de presse du prince de Galles. Après un passage au département marketing d'IBM, il s'est taillé une solide réputation d'expert dans le domaine de la communication et des médias en s'illustrant au sein de l'Advertising Standards Authority – l'équivalent du Bureau de vérification de la publicité français –, puis à la tête de la Commission des plaintes contre la presse. Ses manières exubérantes et son optimisme inébranlable font sans difficulté la conquête de Charles, mais aussi celle de Camilla et de Diana. Il se révèle vite l'homme de la situation. « Il s'entend à merveille avec les amies du prince, écrit l'auteur Penny Junor. Il adore les intrigues, déjeune régulièrement au restaurant Le Caprice[2], boit du champagne avec un bel enthousiasme, a beaucoup d'amis haut placés et, ainsi qu'il l'avait promis au prince, s'amuse énormément[3]. »

Bolland recommande à l'héritier de la Couronne d'exploiter la presse à son avantage en se rendant plus accessible, et d'établir des relations plus informelles avec ses principaux dirigeants. Ces derniers sont, à leur tour, invités à lier plus ample connaissance avec le successeur d'Elizabeth II, ainsi qu'avec sa compagne, dans le cadre de petites réceptions organisées au palais de Saint-James ou à Highgrove. Le nouveau conseiller se donne pour mission de sortir Charles de la rubrique scandales, mensonges et faits divers où il se trouve cantonné depuis plusieurs années, en mettant davantage en valeur son image de futur roi. Il comprend que son employeur attend désormais un revirement significatif des Britanniques en faveur de Camilla, et fait vœu de réussir à la faire accepter pour ce qu'elle est. La tâche s'annonce particulièrement ardue. Pour l'heure, à peine 6 % des

1. Extrait du documentaire *Camilla*, réalisé par Christopher Wilson et diffusé le 5 juillet 1997 sur la chaîne britannique Channel 5.
2. L'un des restaurants londoniens où le beau monde se presse.
3. Penny Junor, *op. cit.*

sujets de Sa Majesté déclarent avoir une opinion favorable de Mrs. Parker Bowles et ne pas s'opposer à ce qu'elle devienne reine un jour.

Bruce, le père de Milla, vend The Laines à l'acteur américain James Wilby pour aller s'installer à côté de chez sa fille Annabel, dans le comté du Dorset. Fin août, une « petite » fête réunit près de trois cents invités – parmi lesquels deux évêques, un député et une impressionnante brochette de pairs du royaume – dans la propriété des Shand. « Une grande tente avait été installée dans le jardin, se souvient l'une des habitantes de Plumpton. Camilla a passé la soirée à discuter avec les convives, allant de petit groupe en petit groupe et veillant à n'oublier personne. Sa fille, Laura, servait les boissons sur un plateau[1]. » Ray, le correspondant de la presse locale, aurait bien aimé pouvoir réunir sur une même photo les trois générations de la famille la plus célèbre du village, avant son départ. « Tous m'avaient donné leur accord de principe, raconte-t-il. Mais leurs emplois du temps respectifs se sont révélés trop difficiles à accorder. Bruce et Camilla m'ont présenté leurs excuses au nom de leurs proches. Je crois qu'ils étaient sincèrement désolés[2]. »

Le divorce de Charles et Diana est rendu définitif le 28 août, à dix heures vingt-sept. Au même moment, la princesse fait une arrivée spectaculaire à l'English National Ballet, dont elle est la marraine. Attendue par près de cent cinquante photographes, la jeune femme, dans un ultime geste de défi, pointe dans leur direction l'annulaire de sa main gauche, où brille encore sa bague de fiançailles. Mrs Parker Bowles, elle, se lève tôt et passe la matinée dans sa maison du Wiltshire, avant de gagner Londres en voiture. À l'heure du déjeuner, la maîtresse de l'héritier du trône retrouve une amie dans un restaurant du quartier de West End. En vacances à Balmoral avec William et Harry, le prince de Galles participe quant à lui à une partie de pêche sur les rives de la

1. Conversation avec l'auteur.
2. *Ibid.*

rivière Spey. Il choisit de ne pas apparaître en public tout au long du mois d'août et ne se montre de nouveau que le 1er septembre. Les principaux quotidiens du royaume sont discrètement prévenus que Milla doit, ce jour-là, aller chercher sa fille à la gare de Chippenham. Fidèle aux recommandations de Mark Bolland, elle sourit aux photographes. La favorite fait son entrée dans le show.

Trois semaines plus tard, Charles et Camilla quittent le vacarme de la capitale et s'envolent tous deux pour Balmoral, où la reine, le prince Philip et Queen Mum profitent de leurs derniers jours de vacances. L'appareil de la flotte royale dans lequel a pris place le fils d'Elizabeth II atterrit à Aberdeen à dix-sept heures, trois quarts d'heure après l'arrivée de Milla à Glasgow à bord d'un vol régulier de la compagnie British Midlands. Vêtue d'un tailleur sombre à rayures tennis, Mrs. Parker Bowles se rend directement à la boutique Boots[1] du terminal, où elle fait l'emplette d'un tube de crème hydratante. Une housse à vêtements et un sac fourre-tout à la main, elle achète ensuite une boîte de caramels et de chocolats chez un confiseur voisin – où elle est reconnue par l'une des vendeuses –, avant d'aller prendre possession d'une Volvo de location, au volant de laquelle elle parcourt les deux cent dix kilomètres qui la séparent du domaine. Pour l'heure, Fleet Street semble plus préoccupée par l'avenir de la monarchie que par les allées et venues de « la Rottweiler ». La presse révèle l'existence du Way Ahead Group, un groupe de réflexion réunissant les proches de Sa Majesté et leurs conseillers, censé jeter les bases d'une réforme complète de la royauté. Les médias affirment qu'il faut voir la patte du prince de Galles derrière la plupart des changements envisagés. Son entourage, lui, pense que ces allégations visent à le discréditer en faisant croire à l'opinion qu'il tente d'arranger les règles de l'institution à son avantage, en prévision de sa future accession au trône.

1. Pharmacie et drugstore.

L'année 1997 commence plutôt mal. À en croire une enquête réalisée par l'institut de sondages Mori, 36 % des Britanniques pensent que Charles fera un mauvais roi. Plus de la moitié d'entre eux disent avoir acquis la certitude que la monarchie aura été abolie avant la fin des cinquante prochaines années. Les conseillers du prince espèrent un revirement de l'opinion en sa faveur grâce à une médiatisation accrue de ses actions humanitaires et caritatives, notamment celles du Prince's Trust. Mais, pour l'heure, ce sont encore et toujours les initiatives de Diana qui retiennent l'attention du public et de la presse. En janvier, la princesse s'envole pour l'Angola, où elle compte lancer un nouveau combat en faveur de l'interdiction des mines antipersonnel, au côté de la Croix-Rouge internationale. En dépit des critiques virulentes formulées par une partie de la classe politique, qui craint qu'elle ne devienne un électron libre impossible à contrôler, la jeune femme affirme être prête à se rendre jusqu'au Cambodge, en Bosnie ou en Afghanistan. Les retombées médiatiques de ces voyages à haut risque sont telles qu'elles détournent l'attention des tabloïds des amours de Charles et Camilla. C'est pourtant le moment choisi par le professeur Donald MacLeod, le théologien le plus réputé de l'Église d'Écosse, pour se prononcer en faveur du mariage des deux amants. Il souhaite que la favorite soit faite reine le jour de l'avènement de son compagnon. Ses déclarations n'occupent que quelques lignes dans les journaux.

Le 5 janvier, à Stockholm, le prince Bertil de Suède disparaît à l'âge de quatre-vingt-quatre ans. Si le fils aîné d'Elizabeth II et sa maîtresse accueillent la nouvelle avec une tristesse particulière, c'est sans doute parce que l'histoire de cet homme, contraint de sacrifier sa vie personnelle à la raison d'État, rappelle étrangement celle du prince de Galles. Troisième dans l'ordre d'accession au trône des Bernadotte après ses deux frères aînés Gustav-Adolf et Sigvard, il s'éprend, très jeune, d'une roturière, Margaretha Brambeck, mais renonce à l'épouser à la demande de son père. Pendant la Seconde Guerre mondiale, il est envoyé en tant qu'attaché naval à

Londres, où il fait la connaissance d'une actrice, Lilian Davies. Un soir de l'automne 1941, dans un night-club de Berkeley Square, celle-ci achève un tour de chant lorsqu'un marin éméché tente de monter sur scène. Bertil s'interpose. Ce sera le début d'une longue et folle histoire d'amour. Lilian divorce, mais elle ne peut faire officiellement partie de la vie du prince. Sigvard a en effet renoncé à ses droits dynastiques pour s'unir à une roturière, et Gustav-Adolf disparaît prématurément. En 1950, Bertil accède au titre de régent du royaume. Il s'acquitte de sa tâche avec sérieux et dévouement jusqu'à l'accession au trône de son neveu, l'actuel roi Carl XVI Gustav, en 1973. Pendant toutes ces années, Lilian n'est jamais autorisée à apparaître à ses côtés dans le cadre de manifestations publiques ni à figurer sur les photos de famille. Les deux amants se marient enfin en 1976, au terme d'une liaison de plus d'un quart de siècle. En récompense de sa patience, miss Davies est élevée à la distinction d'altesse royale.

Combien de temps encore Milla devra-t-elle patienter avant d'être reconnue comme la compagne de Charles ? Il semble qu'à l'époque plusieurs des proches de la favorite établissent à leur tour des relations discrètes, mais régulières, avec la rédaction en chef du *Sun* dans le but de livrer aux Britanniques des informations « positives » sur son compte. Le 27 janvier 1997, le tabloïd affirme ainsi qu'Elizabeth II aurait encouragé son fils à inclure Mrs. Parker Bowles dans la campagne de relations publiques destinée à accroître sa popularité dans l'opinion. « Il est temps d'accepter la présence de Camilla, et de trouver une manière à la fois intelligente et convenable de lui permettre de faire enfin partie intégrante de la vie du prince, déclare l'un de ses amis. Déjà très critiqué pour ce qu'il a fait subir à [son ex-épouse], ce dernier risque aujourd'hui d'être accusé de rejeter celle qu'il aime s'il n'a pas le courage de la présenter au reste du monde [1]. » Le bruit court que Charles et Milla se prépa-

---

1. *The Sun*, 27 janvier 1997.

rent à apparaître pour la première fois en public côte à côte. « Il est temps de pardonner et d'oublier, affirme Jane Moore, l'une des principales éditorialistes du *Sun*. Je me rends compte que j'éprouve, bien malgré moi, une certaine admiration pour le silence et la discrétion de cette femme. »

Mi-avril, la presse publie la première photo officielle de Mrs Parker Bowles en tant que marraine de la Société nationale de lutte contre l'ostéoporose. *The Times* rappelle qu'en 1899 le futur Edward VII avait eu recours au même stratagème pour « donner une image respectable » de sa maîtresse. Trois ans après le début de leur liaison, le fils de la reine Victoria avait en effet discrètement encouragé le magazine *Country Life* – l'une des lectures favorites de la bonne société du royaume – à afficher en une le portrait d'Alice Keppel. Là encore, « la parution de cette photographie a eu un effet spectaculaire, raconte Linda Edwards. Je crois que beaucoup de gens ont été choqués d'apprendre que la mère de Camilla était morte de l'ostéoporose. Nous avons reçu un nombre incroyable d'appels. Des femmes nous téléphonaient de tout le pays, non pas, comme on aurait pu s'y attendre, pour nous reprocher d'avoir choisi Mrs. Parker Bowles, mais simplement pour nous dire : "Je viens seulement de réaliser la gravité de cette maladie, et de comprendre que des gens en meurent tous les jours." À partir de là, il s'est produit un déclic dans l'opinion, une véritable prise de conscience [1] ».

« La méchante sorcière du Wiltshire » commence d'ailleurs à recevoir des témoignages de sympathie du public. Le 1er mai, jour des élections législatives, elle se rend, en fin d'après-midi, au bureau de vote de Lacock. Comme toujours, Milla tente de se faire le plus discrète possible. Mais avant de quitter Ray Mill House, elle n'a pas pensé à troquer sa robe rouge contre une tenue un peu moins voyante. Lorsqu'elle s'en rend compte avec horreur, il est déjà trop tard. « Un homme vient vers elle

1. Conversation avec l'auteur.

et lui demande s'il peut l'embrasser. "Euh, eh bien, je suppose que oui – je veux dire, si vous y tenez vraiment…", lui répond-elle, très embarrassée. Son admirateur dépose un rapide baiser sur sa joue. "Merci, je voulais juste vous dire à quel point je vous trouve formidable", lui dit-il dans un large sourire avant de s'éloigner[1]. »

Charles a fermement l'intention de donner une réception à Highgrove en l'honneur du cinquantième anniversaire de sa compagne, en juillet. Robert Fellowes ne cache pas sa colère. Le secrétaire particulier d'Elizabeth II laisse entendre que, si l'héritier de la Couronne n'accepte pas d'y renoncer, il se verra dans l'obligation de recommander à la souveraine de régler le problème une fois pour toutes. « À ses yeux, toutes les difficultés rencontrées par l'institution monarchique au cours des dernières années n'avaient eu qu'une seule et unique origine : la relation entre le prince de Galles et Camilla Parker Bowles, écrit l'auteur Penny Junor. Ce qu'il voulait, c'était donc se débarrasser d'elle[2]. » Seule l'intervention d'autres conseillers de Sa Majesté réussira à le dissuader de mettre ses sombres projets à exécution.

Le 11 juin peu après vingt heures, alors qu'elle se trouve en route pour Highgrove où elle doit dîner en compagnie de Charles et de quelques amis, Camilla est victime d'un accident à mi-chemin entre les villages de Norton et d'Easton Grey. Pour se rendre dans le Gloucestershire, la favorite emprunte toujours un itinéraire familier de petites routes de campagne, qui la rendrait, le cas échéant, plus difficile à repérer par d'éventuels poursuivants. Au sommet d'une colline, sa Ford Mondeo heurte à pleine vitesse une automobile venant en sens inverse. Le choc est frontal, violent. Mrs. Parker Bowles souffre de douleurs à la tête et au poignet, mais parvient à s'extraire de sa voiture. Le deuxième véhicule gît, renversé, sur le côté de la route. Après s'être assurée que l'état de santé de sa passagère n'inspire pas d'inquiétude,

---

1. *Daily Mail*, 21 octobre 1998.
2. Penny Junor, *op. cit.*

la maîtresse du prince de Galles s'éloigne d'un pas vif et compose le numéro des secours d'urgence sur son téléphone mobile avant d'appeler son amant.

Charles dépêche aussitôt son garde du corps personnel, l'inspecteur-chef Parker, sur les lieux de la collision, avec pour mission de la ramener immédiatement à Highgrove. Dès l'arrivée de Milla, le médecin de garde dans la localité voisine de Tetbury est appelé à son chevet. Aux environs de vingt-trois heures, elle est interrogée par la police et subit un test d'alcoolémie, qui se révèle négatif. L'autre conductrice impliquée dans le crash l'accuse d'avoir fui sans chercher à lui venir en aide. Mais Camilla, à qui Scotland Yard a inculqué quelques règles de comportement à observer en cas de tentative d'enlèvement ou d'agression déguisée, se défend en affirmant qu'elle n'a fait qu'obéir aux consignes de sécurité. Au petit matin, le prince quitte sa propriété en hélicoptère. Mrs. Parker Bowles, elle, est raccompagnée à Ray Mill House en milieu de journée. L'incident éclipse complètement la conférence de presse donnée par Tom Shebbeare, le directeur exécutif du Prince's Trust, afin de présenter les tout derniers projets de l'organisation en matière d'aide aux jeunes en difficulté. Aucun reporter ne fait le déplacement.

Quoi qu'il décide d'entreprendre, Charles se retrouve attaqué de tous côtés. Les responsables du clergé de l'Église anglicane lui reprochent de ne pas assister à l'office religieux tous les dimanches. Une mauvaise nouvelle en appelant une autre, voilà que les conditions de son prochain déplacement officiel à Hong-Kong, où il doit assister à la rétrocession de l'ancienne colonie britannique à la Chine, se trouvent à leur tour sévèrement critiquées. L'héritier du trône a en effet invité deux couples d'amis, les Palmer Tomkinson et les van Cutsem, à le rejoindre sur le yacht royal *Britannia*, à bord duquel il fera le voyage de retour jusqu'en Angleterre. Une partie des médias y voit une croisière d'agrément effectuée aux frais du contribuable.

Dans un effort désespéré pour réveiller l'intérêt des journalistes pour son travail, le prince de Galles se fend d'une tribune dans le *Sunday Times* appelant à un partenariat entre le gouvernement, le milieu des affaires et le secteur associatif afin de trouver des solutions au chômage des jeunes. Ses conseillers décident d'organiser un battage médiatique en bonne et due forme autour des nombreux « objectifs communs » que se sont découverts le fils de la reine Elizabeth et le nouveau Premier ministre Tony Blair, fraîchement installé au pouvoir le 2 mai. Charles, dit-on, aurait été fortement impressionné par l'enthousiasme et la détermination du leader travailliste lors de leur première rencontre, sept ans plus tôt. Depuis, ils se sont revus régulièrement au cours de dîners privés organisés à l'initiative du prince. Les deux hommes prônent un retour aux valeurs communautaires mises à mal par le thatchérisme. Après dix-huit années de pouvoir conservateur, le futur roi a accueilli avec un certain soulagement le changement de couleur politique du gouvernement. Il éprouve une certaine fierté à l'idée que les plus hautes autorités du pays partagent enfin ses préoccupations et ses idées. De plus, Blair et ses ministres se montrent, dans l'ensemble, largement favorables à l'émergence progressive de Mrs. Parker Bowles à ses côtés. Ça tombe bien.

Charles et Camilla sont en effet las de jouer à cache-cache avec les photographes et de devoir employer des ruses de sioux pour se voir en paix. Plusieurs experts plaident désormais en faveur d'une solution permettant aux deux amants de convoler dignement en justes noces sans trop effaroucher les sujets de Sa Majesté. En quoi le fait d'épouser Milla serait-il plus déshonorant que celui de maintenir dans l'ombre une maîtresse vieillissante ? « Au final, [cette dernière] pourrait très bien se faire accepter progressivement comme une sorte d'éminence grise du trône, écrit William Oddie, un spécialiste des questions religieuses. Elle a le caractère, la discrétion et l'intelligence pour réussir. Elle pourrait même se révéler comme la meilleure chose qui soit arrivée depuis longtemps à une institution monarchique en pleine crise. Mais seulement si sa situation finit par être régularisée[1]. » Les amis du

1. Extrait d'un article paru dans le *Daily Mail* du 24 juin 1997.

prince font assaut d'optimisme dans la presse et parient sur un remariage prochain de l'héritier du trône. Charles, lui, a peur que leurs manœuvres – bien que pleines de bonnes intentions – ne finissent par lui aliéner définitivement l'opinion.

Le 25 juin, à New York, soixante-dix-neuf robes de Diana sont vendues aux enchères par Christie's au profit de la recherche contre le sida et le cancer. La jeune femme cherche à tirer pour de bon un trait sur son passé d'altesse royale, et le prouve en affichant ouvertement sa liaison avec Dodi, le fils du milliardaire égyptien Mohammed al Fayed, propriétaire – entre autres – du grand magasin Harrod's, à Londres, et de l'hôtel Ritz, à Paris. Les amours estivales de la princesse s'étalent en une de tous les tabloïds. Les Britanniques suivent également de près les préparatifs de la soirée organisée à Highgrove en l'honneur du cinquantième anniversaire de Mrs. Parker Bowles. La veille du grand jour, la favorite se rend chez Jo Hansford, son coiffeur depuis plus de dix ans. Décrit comme « le meilleur spécialiste de la coloration au monde » par le *Vogue* américain, « Dr. Jo » compte au nombre de ses inconditionnelles des stars comme Kate Winslet, Naomi Campbell et Melanie Griffith. Camilla lui confie le soin de blondir légèrement ses cheveux. Au moment de prendre congé, elle se voit offrir un énorme bouquet de fleurs au nom de tout le personnel du salon. Le soir même, elle dîne en tête à tête avec son prince. Charles lui fait cadeau d'un bracelet d'émeraudes et de diamants.

Bien décidée à ne pas se laisser voler la vedette, Diana, en vacances à Saint-Tropez dans la propriété de la famille Al-Fayed, continue de faire son show devant les photographes. « Et si c'était moi qui sortais par surprise du gâteau d'anniversaire ? Est-ce que ce ne serait pas à mourir de rire ? » demande en plaisantant la princesse à l'une de ses meilleures amies, Elsa Bowker[1]. Le soir du 18 juillet, Camilla est la première à se présenter en voi-

1. Citée dans le *Sunday Times*, 7 septembre 1997.

ture à l'entrée de Highgrove, en compagnie de sa sœur, Annabel, et de son beau-frère, Simon. Le chauffeur ralentit de manière à permettre aux journalistes et aux cameramen postés de chaque côté des grilles d'immortaliser l'événement. Une fois à l'intérieur de la propriété, Mrs. Parker Bowles se hâte de rejoindre Charles afin d'accueillir les autres invités, au nombre desquels ses deux enfants, Tom et Laura, ainsi qu'Andrew et sa nouvelle épouse, Rosemary.

Un verre de champagne à la main, les quatre-vingts convives gagnent le jardin d'où s'échappent les accords mélodieux d'une harpe. Lorsque la température commence à fraîchir, chacun rejoint la place qui lui a été attribuée sous la grande marquise dressée sur la pelouse. Le dîner se déroule dans un décor oriental. Des tapis précieux jonchent le sol et les murs, quatre palmiers délimitent la piste de danse, des centaines de bougies et des montagnes de dattes et d'épices ont été disposées sur les tables. Vêtus à la manière des bédouins du désert, les serveurs règlent le ballet des assiettes – œuf mousseux enrobé de saumon fumé, bœuf froid bio élevé sur les terres de Highgrove, salades composées, glaces sur lit de fruits rouges – au son d'une musique d'ambiance jouée par un petit orchestre. Une magicienne passe de table en table en faisant virevolter sa longue cape noire. Au dessert, Tom propose à l'illustre assemblée de porter un toast en l'honneur de Charles et de sa mère. Après avoir applaudi un mini-concert donné par la chanteuse lyrique Kiri Te Kanawa, les deux amants rejoignent la piste de danse dès que retentissent les premières notes de *Dancing Queen*, le tube d'Abba, et encouragent leurs amis à les imiter. Dans la nuit noire du Gloucestershire, les jardins du prince s'illuminent de milliers de bougies.

Quelques heures avant le début de la réception, l'un des conseillers du chancelier de l'Échiquier[1], lord Irvine, déclare sur les ondes de la BBC que « le ciel ne nous

---

1. Titre donné au ministre britannique des Finances.

tombera pas sur la tête » le jour où l'héritier du trône et sa maîtresse s'uniront. « La plupart des gens de ce pays préfèrent avoir un roi heureux plutôt qu'un monarque malheureux, ce qui est également mon cas », ajoute-t-il. Une déclaration interprétée par tous les observateurs de la vie politique du royaume comme la preuve du soutien apporté par Tony Blair aux projets d'épousailles du fils d'Elizabeth II. Le bruit court que l'hôte du 10, Downing Street, aurait même commandé un rapport récapitulant les conditions et les enjeux d'un éventuel mariage. Ce qui incite plusieurs de ces mêmes observateurs à poser la question : un chef de gouvernement a-t-il le droit d'intervenir dans la vie privée d'un membre de la famille royale ? Et si oui, jusqu'à quel point ?

Certains spécialistes sortent de la naphtaline le Royal Mariages Act – « Acte relatif aux mariages royaux » – promulgué par George III en 1772. Le document stipule que les enfants et les proches parents du souverain en exercice doivent impérativement requérir son consentement avant de prendre mari ou femme. Tant qu'il n'est « que » prince de Galles, Charles devra donc, lui aussi, demander à sa mère la permission de convoler en justes noces – ce qui reviendra peu ou prou à solliciter l'autorisation du gouvernement. La reine, en effet, ne se hasardera pas à prendre une telle décision sans l'aval de son Premier ministre, qui, à son tour, ne se risquera pas à émettre le moindre avis sur la question avant d'être sûr du soutien de l'opinion. Une partie des experts affirme, en revanche, que l'actuel héritier de la Couronne n'a pas besoin d'obtenir l'assentiment d'Elizabeth II avant de mener Camilla jusqu'à l'autel. L'Acte de 1772 – toujours lui – précise que les descendants d'une princesse mariée à un représentant d'une famille royale étrangère ne sont pas soumis à la même contrainte que les autres. En tant qu'arrière-arrière-petit-fils de la reine Alexandra, originaire du Danemark, Charles pourrait, logiquement, invoquer cette clause « suspensive ».

Une union morganatique – considérée par beaucoup comme injustement humiliante pour l'épouse, car elle la prive notamment de tout titre d'altesse royale – créerait des complications inutiles puisqu'elle n'est prévue par aucun des textes en vigueur. Textes qui ne pourraient être amendés sans un accord préalable du Parlement. Si l'opposition d'une partie du clergé de l'Église anglicane devait persister – début août, l'archevêque de Canterbury prédit une « crise majeure » en cas de remariage du prince –, ce dernier pourrait, dit-on, imiter sa sœur, la princesse Anne, et se tourner vers l'Église d'Écosse, plus compréhensive en la matière. « Il n'y a rien qui ne puisse être pardonné, déclare d'ailleurs Richard Holloway, évêque d'Edimbourg et primat de l'Église épiscopale d'Écosse. Nous sommes prêts à lui ouvrir nos portes. »

Le 2 août, Tiggy Legge-Bourke permet à Charles et Camilla de profiter d'un dernier week-end en tête à tête en emmenant William et Harry passer deux jours chez ses parents, au pays de Galles. Le 4, l'héritier du trône et ses fils sont attendus à Londres pour célébrer le quatre-vingt-dix-septième anniversaire de Queen Mum. Ils doivent ensuite effectuer une courte croisière en famille, à bord du *Britannia*. Diana s'envole pour la Bosnie, une étape déterminante dans sa campagne de sensibilisation de l'opinion sur le drame des victimes des mines antipersonnel. De son côté, Mrs. Parker Bowles intensifie son action au profit de la Société nationale de lutte contre l'ostéoporose. À la rentrée, Milla et sa sœur prévoient d'inviter tout ce que l'aristocratie et le showbiz britanniques comptent de gens importants à Talisman Antiques, le très beau magasin d'antiquités d'Annabel, situé à Gillingham, dans le Dorset. Au total, sept cents personnalités ont déjà été conviées à débourser plus de 150 euros chacune en échange d'une soirée « pleine d'enchantement, de fascination et d'imprévu ». La rumeur dit que le prince Charles pourrait, à cette occasion, faire une apparition à titre privé au côté de sa maîtresse.

Le 22 août, Camilla s'envole pour l'Espagne sur un vol charter. Huit jours plus tard, Diana et Dodi, de retour d'une semaine de vacances sous le soleil de la Méditerranée, décident de faire une brève escale à Paris avant de rentrer à Londres. Le 31, à zéro heure vingt-cinq, la Mercedes dans laquelle ont pris place les deux jeunes gens s'engouffre à vive allure dans le tunnel de l'Alma.

9

Aux marches du Ritz

«... *His will is not his own.*
For he himself is subject to his birth.
He may not, as unvalued persons do,
Carve for himself. For on his choice depends
The sanity and health of this whole state.
And therefore must his choice be circumscribed
Unto the voice and yielding of that body
Whereof he is the head[1]. »
William SHAKESPEARE, *Hamlet*

Il n'y aura pas de fête à Gillingham. Peut-être même n'y aura-t-il plus jamais de fête du tout. Camilla apprend la mort de Diana au petit matin par un coup de fil de l'un des proches conseillers de Charles. Ses premières pensées vont à William et Harry. « Mon Dieu, ces pauvres, pauvres enfants... », parvient-elle à articuler

1. «... sa volonté n'est pas à lui ; car il est soumis, lui-même, à sa naissance : il ne saurait, comme les gens de peu, se servir à son gré, car de son choix dépendent le bien-être et la santé de l'État tout entier ; et c'est pourquoi son choix doit être soumis aux voix et au consentement de ce corps dont il est la tête. » *Hamlet*, I, III, Éditions Aubier, traduction d'André Lorant.

après un long silence, comme tétanisée par l'annonce de la tragédie. Lorsque le prince de Galles l'appelle du château de Balmoral – où il se trouve en vacances avec ses fils – afin de la prévenir de son départ imminent pour Paris, Mrs. Parker Bowles l'assure de son soutien dans l'épreuve qu'il s'apprête à vivre et l'encourage à ne plus penser qu'à sa famille. « Ne te soucie pas de moi, lui dit-elle. Pense d'abord aux garçons. Ils ont besoin de toi. » Au dire de l'une de ses amies, Milla « se réfugie derrière son lit avec une bouteille de whisky et un paquet de cigarettes, en se demandant s'il lui sera possible de remettre le nez dehors un jour[1] ». Anéanti par le chagrin, l'héritier du trône peine, de son côté, à exprimer la complexité des sentiments qu'il éprouve. « Je me sens coupable de ne pas me sentir coupable », confesse-t-il à l'un des membres de la Cour[2].

« Et maintenant, que va-t-il se passer pour Charles et Camilla ? » s'interroge le *Daily Mail* le 3 septembre 1997. Les chroniqueurs royaux qui avaient eu l'occasion de bavarder avec la princesse au cours des derniers mois de son existence révèlent que la jeune femme, enfin en paix avec elle-même, s'était réconciliée avec l'idée de voir les deux amants apparaître progressivement sur la scène publique en tant que couple. « Elle disait qu'elle ne ressentait plus aucune animosité vis-à-vis de Mrs. Parker Bowles, témoigne Jennie Bond, l'expert ès Windsor de la chaîne télévisée BBC. Diana avait fini par admettre que Camilla était le grand amour de Charles. Elle pensait même que, pour avoir été si loyale et si discrète pendant toutes ces années, [sa rivale] méritait sans doute une certaine forme de reconnaissance. Même si, selon elle, ils n'avaient pas besoin de se marier. Elle trouvait plutôt bien qu'on les laisse continuer comme ça[3]. »

Plusieurs journalistes affirment que la princesse se sentait sincèrement « désolée » pour Milla, promise,

---

1. Anthony Holden, *op. cit.*
2. Graham Turner, « *Charles, His Family and the Question of Camilla* », *The Daily Telegraph*, 19 octobre 1998.
3. *Daily Mail*, 2 septembre 1997.

croyait-elle, à une solitude et à une désillusion comparables à celles qui avaient été les siennes tout au long de son mariage avec le fils d'Elizabeth II. Mais, pour l'heure, la cause de la Rottweiler paraît entendue. La campagne de relations publiques destinée à le présenter comme une compagne aimable, dévouée et, par-dessus tout, acceptable pour le futur roi d'Angleterre, est terminée. Les bénévoles de la Société nationale de lutte contre l'ostéoporose écrivent à chacun des sept cents invités initialement conviés à participer à la grande soirée du 13 septembre, en offrant de rembourser les droits d'entrée déjà versés – ils ne seront que très peu nombreux à réclamer leur argent. Juste après son divorce, Andrew Parker Bowles avait confié à un reporter que, si Camilla n'avait pas l'intention d'épouser Charles, c'est parce qu'elle n'avait aucune envie de vivre dans une cage dorée. Le prince, lui, avoue à ses amis qu'il a « besoin d'elle plus que jamais ».

Quels que soient leurs projets d'avenir, les voilà compromis pour de nombreuses années. Si ce n'est pour de bon. L'un et l'autre ignorent quand il leur sera possible de se revoir. Au mieux, dans quelques semaines. Au pis, pas avant plusieurs mois. L'héritier de la Couronne téléphone longuement à sa maîtresse deux ou trois fois par jour. Si elle le bouleverse, la disparition de son ex-femme le libère aussi de certains de ses démons. L'union du prince et de la princesse de Galles n'avait pu résister au climat de rivalité qui s'était installé entre eux dès leurs premiers mois de vie commune. Désormais, Charles ne se sent plus en compétition avec personne. À l'instar de sa mère, il se voulait l'incarnation d'une monarchie dont le prestige et la notoriété ne pourraient se mesurer qu'à l'aune des services rendus à la nation par ses principaux représentants. L'amour qu'il témoigne à ses enfants en ces temps difficiles fait davantage pour son image que toutes les stratégies de communication.

Les Britanniques font d'ailleurs mine de découvrir la véritable personnalité du successeur d'Elizabeth II, un peu comme s'ils reprenaient contact avec un ami cher après de longues années d'absence. Les sujets de Sa

Majesté, qui se sentent investis d'une sorte de responsabilité vis-à-vis de William et Harry depuis la mort de leur mère, apprécient à sa juste valeur son dévouement à l'égard de ses fils. Tout comme la discrétion dont fait preuve Camilla. Cette dernière ne tarde pourtant pas à sortir de l'obscurité où semblait devoir la confiner pour toujours la mort de Diana. En décembre, elle assiste à la petite fête de fin d'année organisée à l'intention du personnel de Highgrove. Puis elle passe Noël avec sa sœur et son père, dans leur résidence du Dorset. La presse croit aussi savoir que la favorite continue de séjourner régulièrement au palais de Saint-James – au moins deux nuits par mois – en l'absence des petits princes. Ses enfants, Tom et Laura, n'ont, quant à eux, jamais cessé d'être en contact avec Charles depuis le drame du tunnel de l'Alma – en novembre, ils assistaient à la première du film *Titanic* au côté de celui que les médias présentent déjà comme leur futur beau-père.

Au printemps 1998, l'héritier du trône organise un week-end culturel dans le Norfolk à l'intention de quelques intimes triés sur le volet. Les 14 et 15 mars, vingt-cinq personnalités – au nombre desquelles Peter Mandelson, l'un des plus proches conseillers de Tony Blair, et le banquier Jacob Rothschild – sont reçues au château de Sandringham par le fils de la souveraine et sa maîtresse, tout juste rentrée d'un voyage au Chili. Comment – et pourquoi – les amants terribles de la Couronne sont-ils entrés en contact avec l'« éminence grise » du chef du gouvernement ? Le récit de leur première rencontre diffère sensiblement selon les sources. *The Sun* croit savoir qu'ils ont fait connaissance au cours de l'été précédent, alors qu'ils séjournaient quelques jours dans le Yorkshire chez Robert Compton, le cousin du marquis de Northampton. Le quotidien affirme qu'à l'époque ce dernier avait invité « Mandy » à la demande expresse du couple. À en croire le *Daily Mail*, Charles et Camilla auraient dîné en compagnie de l'homme politique chez Carla Powell, l'épouse de l'ancien secrétaire particulier de Margaret Thatcher, puis à Aspley House, la demeure londonienne du marquis de Douro, avant de le convier à leur tour à déjeuner à Highgrove. Mais qu'importe. Les efforts déployés par le futur roi d'Angleterre pour cultiver des amitiés haut placées retiennent moins l'attention de la presse que la présence de Mrs. Parker Bowles dans l'enceinte de la résidence de Sa Majesté.

Charles n'a peut-être pas encore la bénédiction de la reine pour épouser Milla, mais il a au moins obtenu de sa mère la permission de lui confier le rôle de maîtresse de maison à Sandringham. Ce qui est un début. La participation à ce court week-end entre amis de lady Susan Hussey, dame d'honneur, mais aussi amie et confidente de la souveraine depuis plus de quarante ans, paraît révélatrice du changement d'état d'esprit d'Elizabeth II à l'égard des amours adultérines de son fils aîné. Le déroulement de ces deux journées exceptionnelles montre en outre que, si l'héritier de la Couronne a réussi à s'imposer comme le champion d'une institution monarchique plus ouverte sur le monde et plus réceptive aux diverses évolutions de la société, il n'entend pas pour autant sacrifier l'art de vivre hérité de ses ancêtres à ses appétits de modernité. Attendus à la gare, le vendredi en fin d'après-midi, par une voiture avec chauffeur, les hôtes du prince de Galles sont conduits à leurs appartements dès leur arrivée au domaine. Un petit mot, placé en évidence sur un guéridon, informe chacun d'eux du nom du valet ou de la femme de chambre qui se tiendra à leur disposition pour nettoyer et repasser leurs vêtements tout au long de leur séjour. À l'heure du dîner, les hommes sont priés de se présenter au salon en smoking, les femmes en robe du soir.

Le lendemain samedi, la matinée est consacrée à une visite guidée des plus belles églises de la région en compagnie de Charles. Camilla ne participe pas à l'excursion, jugée trop exposée à la curiosité du public. Après un déjeuner copieux servi dans une coquette maison de bois située en pleine forêt, à l'abri des regards, les invités qui le désirent embarquent à nouveau en voiture pour se rendre à Houghton Hall, la somptueuse demeure de la marquise de Cholmondeley, où cette dernière a promis de leur faire faire un tour complet des lieux. Les autres profitent de leur présence sur les terres des Windsor pour découvrir les œuvres d'art et les pièces chargées d'histoire du château de Sandringham. Servis à dix-neuf heures, les traditionnels cocktails de début de soirée sont suivis d'un grand dîner dans le salon blanc. Au menu : une succession de plats préparés à partir d'ingrédients bio, acheminés pour l'occasion de Highgrove. L'héritier du trône, ravi de se trouver en aussi bonne compagnie, se montre d'humeur légère. À l'issue du repas, il entraîne ses amis dans la salle de bal, où a été dressé un écran géant. Le majordome et ses assistants servent liqueurs et alcools forts, pendant que les convives s'installent dans de confortables canapés. Le prince a choisi à leur intention un film divertissant, *Princess Caraboo* (*Princesse Carabosse*) – le fabuleux destin d'une mendiante qui décide de s'inventer des origines royales pour devenir la coqueluche de la haute société.

Le dimanche matin, Charles et ses amis assistent – encore une fois sans Camilla – à l'office religieux célébré en l'église voisine de St Mary Magdalene. Les personnes de confession catholiques sont conduites en voiture à la messe la plus proche. Suivent quelques apéritifs à base de gin, puis un déjeuner autour de grandes assiettes de gibier... Plusieurs des hôtes du futur roi et de sa maîtresse confient quelques jours plus tard au *Sunday Times* qu'il leur est « difficile » de trouver les mots pour décrire la manière dont ils se conduisent ensemble. « Ils ne sont pas là en train de se faire des mamours sur le canapé, non, pas du tout, raconte l'un d'eux. Mais on les sent totalement dépendants l'un de l'autre, c'est véritablement ce qui émane de tout leur être[1]. » Après un dîner de poissons et de crustacés, la dernière soirée au château est consacrée à la lecture de textes poétiques de deux des auteurs favoris du prince, Robert Browning et Rudyard Kipling. Lecture au cours de laquelle les convives sont invités à venir s'asseoir tour

1. *The Sunday Times*, 23 mars 1998.

à tour à côté de lui. Discrètement encouragés à ne pas traîner au lit le lendemain, chacun d'entre eux trouvera à son réveil une boîte de chocolats Duchy Originals et des bouquets de fleurs fraîchement coupées dans sa chambre et sa salle de bains. Comme étourdis d'avoir partagé les riches heures du prince de Galles, tous ne quitteront Sandringham qu'à regret.

Charles et Camilla savent qu'il est encore beaucoup trop tôt pour se montrer côte à côte en public, mais le fils d'Elizabeth II donne des signes d'impatience. « Pour l'amour de Dieu, nous approchons tous les deux de la cinquantaine, se plaint-il à l'un de ses proches. Est-ce que tout ça ne commence pas à être un peu ridicule[1] ? » Leurs intimes les décrivent comme « aussi amoureux qu'on peut l'être à leur âge. Elle est sa meilleure amie, et réciproquement. Elle est aussi la seule à pouvoir l'apaiser comme elle le fait. Et lui, il adore tout simplement être avec elle[2] ». Le couple aspire à tous ces petits bonheurs simples qu'on lui refuse. Le prince aimerait pouvoir emmener sa compagne au théâtre – qui, avec l'aquarelle et la musique classique, est l'une de ses grandes passions – et ne veut plus tolérer davantage que Milla doive, chaque soir, attendre patiemment son retour au palais de Saint-James ou à Highgrove. Dans leur entourage, les avis sur la question sont partagés. Pour certains, les deux amants ne pourront plus supporter encore bien longtemps de se voir en cachette, comme deux adolescents privés de sorties par leurs parents. Pour d'autres, il ne fait aucun doute que le caractère semi-clandestin de leur relation fait aussi, à leurs yeux, tout son charme.

Mais le chemin promet d'être encore long. Plus de 80 % des Britanniques refusent d'avoir Camilla pour reine, et seulement un tiers d'entre eux se prononcent en faveur du remariage de l'héritier de la Couronne avec sa maîtresse. Au sein de la Maison royale, elle n'obtient pas davantage de suffrages. À Buckingham, les anciens

1. *Daily Mail*, 17 mars 1998.
2. *Daily Mail*, 10 juillet 1998.

ennemis de Diana forment désormais le gros de la troupe des anti-Milla. Lentement mais sûrement, les conditions d'une nouvelle guerre des cours se mettent en place. À l'instar de la souveraine, les conseillers de la reine Elizabeth continuent de considérer Charles comme une âme faible, dont le quasi-assujettissement à Mrs. Parker Bowles risque, à plus ou moins long terme, de porter de nouveaux coups à une institution monarchique déjà très affaiblie. Ces gardiens autoproclamés de la royauté blâment ouvertement le futur monarque pour n'avoir que trop tardé à lever les incertitudes qui pèsent sur sa vie privée, tout en se félicitant secrètement qu'il n'ait jamais eu le courage de prendre de décision. Ils doutent aussi que son image puisse connaître une amélioration notable dans les années qui viennent, et craignent que la stratégie mise en œuvre par les experts en relations publiques du prince ne s'opère au détriment des autres membres du clan Windsor, voire à celui de la souveraine elle-même. Leurs arguments ne sont pas sans rappeler ceux qu'ils opposaient autrefois à la princesse de Galles. Tout rapprochement entre les deux camps paraît plus qu'improbable. Certains se reprennent toutefois à y croire lorsqu'un conseiller en communication, Simon Lewis, est nommé afin de faciliter les relations entre les deux palais.

Les intrigues de Cour sont une chose. La famille en est une autre. L'héritier du trône estime que son aîné est enfin prêt à rencontrer le grand amour de sa vie. À en croire la version officielle, William était impatient de connaître Camilla depuis que son père en avait évoqué la possibilité pour la première fois, au cours d'un entretien d'homme à homme, quelques semaines seulement avant la disparition de Diana. Le 12 juin, il fait officiellement connaissance avec l'ex-Rottweiler au cours d'une brève entrevue au palais de Saint-James. Voici ce que la presse croit savoir : le 11, il annonce son arrivée en provenance du collège d'Eton. Milla commence donc à rassembler ses affaires en prévision de son départ, tôt le lendemain matin. Le prince lui demande pourtant d'attendre avant de regagner sa maison du Wiltshire. Il tient l'occasion qu'il attendait depuis longtemps de les présenter l'un à l'autre, mais veut d'abord être sûr que Wills en accepte le principe.

« Mrs. Parker Bowles sera là lorsque tu rentreras, le prévient-il au téléphone. Y vois-tu un inconvénient particulier ? » Le jeune homme ne manifeste ni appréhension ni réticence d'aucune sorte. Camilla, elle, est inquiète et avoue à Charles qu'elle n'est pas sûre de pouvoir affronter la situation sereinement. L'adolescent arrive au palais vers quinze heures trente et se rend directement dans sa suite, située au dernier étage du bâtiment. « Il est là. Inutile d'attendre plus longtemps », déclare l'héritier du trône à sa compagne. L'entrevue – promptement qualifiée d'historique par les médias du royaume – se déroule dans les appartements privés du fils d'Elizabeth II. Pendant une trentaine de minutes, Milla et le petit prince sont laissés en tête à tête autour d'une tasse de thé et de jus de fruits. Entre gens du monde, les propos échangés sont forcément anodins, la conversation toujours agréable et facile. « Maintenant, j'ai vraiment besoin d'un gin tonic », plaisante la favorite en retrouvant son amant.

Charles n'a pas l'intention d'exercer la moindre pression sur ses garçons dans le but de les encourager à sympathiser avec sa maîtresse. Depuis quelques mois, ces derniers fréquentent déjà régulièrement les enfants du couple Parker Bowles, et ont d'ailleurs passé cinq jours avec eux au château de Balmoral, pendant les vacances de Pâques. Wills considère Tom comme un grand frère sympathique et chahuteur ; Harry, lui, nourrit secrètement un faible pour la jolie Laura. L'héritier de la Couronne n'en espérait pas tant. Il comptait laisser leur amitié influer en douceur sur le cours des événements. Le 9 juillet 1998, le quotidien *The Sun* le prend de court en révélant à ses lecteurs l'entrevue de William et Camilla.

Dans l'entourage du futur roi, on soupçonne Mark Bolland d'avoir laissé filtrer l'information dans le but de précipiter le revirement de l'opinion en faveur de Mrs. Parker Bowles. Les sondages récents en témoignent :

près de la moitié des Britanniques opposés au remariage du prince se disent en effet prêts à changer d'avis si on leur apporte la preuve que les fils de Charles et Diana n'y voient pas d'objection. Mais depuis quand Wills et Milla se connaissent-ils réellement ? Nul ne le sait. Tous deux auraient, dit-on, participé côte à côte à une grande partie de chasse à courre, en décembre 1997. Selon la journaliste Caroline Graham, auteur d'une biographie de la favorite, ils se seraient en fait rencontrés deux ans auparavant, au cours d'un pique-nique dans les jardins de Highgrove.

« Il est absurde de penser que William et [Mrs. Parker Bowles] ont attendu 1998 pour faire connaissance, commente l'un des conseillers du prince de Galles dans *Camilla : Her True Story*. [...] Lorsque Charles et Diana se sont séparés, tous deux lui ont parlé d'[elle]. William est un garçon intelligent, et il a vu Camilla plusieurs fois, bien avant que le public ne soit officiellement informé de leur "premier" tête-à-tête. La fuite a été soigneusement planifiée, dans le but de montrer à l'opinion que le fils aîné de Diana approuve [la relation entre Mrs. Parker Bowles et son père]. Et si lui-même n'y trouve rien à redire, alors qui d'autre pourrait le faire ? » La réponse à cette question est déjà toute trouvée. À Buckingham, on accuse le staff de l'héritier de la Couronne d'exploiter l'image de l'adolescent pour accélérer la réhabilitation de l'ex-Rottweiler. D'ailleurs, le rythme des fuites s'accélère. Le *Daily Mail* révèle que Milla prépare activement une grande fête pour le cinquantième anniversaire de son compagnon, dont William et Harry ont accepté d'être les invités d'honneur.

Les deux amants se refusent à songer sérieusement au mariage en raison des infinies complications que l'officialisation de leurs amours entraînerait pour l'un comme pour l'autre. « La seule chose que Camilla veuille vraiment, c'est être acceptée en tant que partenaire du prince, commente l'une de ses amies. Elle ne veut ni titre de noblesse, ni décorum, ni tralala. Ce qu'elle souhaite par-dessus tout, c'est qu'on arrête de faire des histoires avec ça. Point. » Mais Charles est pressé. Avec l'aide de

Mark Bolland, il incite doucement sa compagne à se montrer davantage en public. Le 25, il l'encourage à assister à la garden-party de sir David Frost[1], l'un des grands événements mondains de ce début d'été. Mrs. Parker Bowles elle-même est surprise par la chaleur de l'accueil qui lui est réservé, ce jour-là, par les invités. « Ah, comme je suis ravie ! lui lance Mo Mowlam, la secrétaire d'État à l'Irlande du Nord. J'ai toujours rêvé de vous rencontrer. » La manifestation lui permet de retrouver quelques amis, qui s'étonnent de la croiser en ces lieux. « Je m'ennuyais à force de ne plus voir personne », tente-t-elle maladroitement de leur expliquer.

Le fossé, longtemps réputé insondable, entre les pro- et les anti-Milla, se comble peu à peu. Jusqu'ici, les Britanniques s'étaient sentis dans l'obligation de choisir leur camp. Mais la presse, dont on connaît l'influence qu'elle exerce sur les sujets de Sa Majesté, s'interroge à présent sur l'intérêt de continuer à diaboliser la maîtresse de Charles. « Montrez-nous que vous l'aimez ! » titre en une le quotidien *The Sun* à l'adresse du prince de Galles, le 10 juillet 1998. « N'ont-ils pas mérité qu'on les laisse un peu tranquilles ? » s'interroge, le même jour, un éditorialiste du *Daily Mail*. « Il n'est que justice de rendre enfin hommage à Camilla dans ces colonnes, écrit Paul Johnson. Son attitude a toujours été digne, royale, même, à sa manière. Elle s'est toujours tue, elle a essayé de se faire aussi invisible que possible et n'a jamais cherché à s'imposer ou à se mettre en avant. Elle a toujours soumis ses désirs et ses propres intérêts à ceux de l'homme dont elle est aimée. Elle se révèle si altruiste et si désintéressée que c'en est presque à l'excès. En fait, dans bien des domaines, elle a donné aux autres femmes de la famille régnante une leçon de comportement. Et elle nous a montré à nous tous de quelle manière une vraie lady anglaise devait se conduire dans des circonstances difficiles. » Une opinion désormais assez largement répandue dans les

1. L'un des plus célèbres journalistes britanniques de télévision.

classes conservatrices de la bonne société du royaume. Mais qui peine toujours à trouver un écho dans les classes populaires.

Pendant dix-sept ans, les Anglais ont regardé « grandir » Diana et se sont arrogé tout pouvoir sur son existence par l'intermédiaire des médias. Lorsqu'elle était malheureuse, la princesse les prenait à témoin de son infortune. Les jeunes femmes la considéraient comme une sœur, leurs mères comme une fille qu'elles auraient aimé guider sur le chemin périlleux de la vie. Dans leurs rêves les plus fous, les hommes avaient fait d'elle la maîtresse idéale. Les plus âgés se découvraient une fibre paternaliste et bienveillante à son contact. Si les sujets de Sa Très Gracieuse Majesté se sont approprié la princesse de Galles, c'est parce qu'ils n'ignoraient rien des plus petits détails de son histoire, dont ils avaient, à leur manière, l'impression vertigineuse de faire partie. Au lendemain de sa mort, ils ont disséqué son œuvre et ses amours, adoré ses plus belles photos comme autant de reliques, cherché dans ses portraits un peu de son âme. Les artistes en ont fait une icône pop, certains intellectuels un symbole postféministe. Diana est devenue leur chose, leur réussite. Camilla, elle, a mis autant d'application à se cacher que l'épouse du prince Charles avait déployé d'efforts pour exister. Personne ne connaissait le son de sa voix. Elle n'avait de réalité qu'au travers de quelques photos floues publiées de temps en temps dans les journaux. L'absence génère la frustration. Les Britanniques lui en ont voulu – aussi – de ne pas leur appartenir.

La favorite paraît en outre cumuler tous les défauts prêtés – par tradition ou par réflexe – aux femmes de la maison Windsor. Une image figée, une discrétion telle qu'elle en passerait presque pour du mépris, un style vestimentaire hermétique à toute notion de mode. Il faut bien avouer que Mrs. Parker Bowles n'a pas précisément le profil d'une princesse de conte de fées. Son amie, la romancière Jilly Cooper, raconte qu'« il n'est pas rare de la voir traîner en robe de chambre, sans maquillage et avec son vernis à ongles tout abîmé, autour de la table du petit déjeuner[1] ». Diana, elle, était belle, grande et lumineuse, et soignait chacune de ses apparitions. Ceux qui l'approchaient ne pouvaient être insensibles à la magie qui se dégageait de sa personne. Si elle appréciait les privilèges qui allaient de pair avec sa condition, elle ne voulait surtout pas avoir l'air d'en faire étalage. Lorsqu'elle posait pour un grand photographe, elle gloussait de plaisir à l'idée de s'entendre dire « tenez, mon chou, asseyez-vous là ». Diana cherchait désespérément à ce qu'on la traite comme une personne normale. Camilla, elle, se considère comme une personne parfaitement ordinaire, mais, qui, tout bien réfléchi, préfère n'être le chou de personne.

Le 31 juillet marque une nouvelle étape dans l'intégration progressive de Mrs. Parker Bowles dans la vie de famille du prince de Galles. Ce soir-là, William et Harry organisent une petite représentation théâtrale suivie d'un dîner dans la Salle du verger – un bâtiment de réception flambant neuf construit à proximité de Highgrove – en l'honneur du cinquantième anniversaire de leur père. Si la fête a lieu avec trois mois et demi d'avance, c'est parce qu'il a fallu tenir compte des emplois du temps surchargés des artistes invités par les deux jeunes princes à venir se produire à leurs côtés. Pendant plusieurs semaines, Stephen Fry, Emma Thompson et Rowan Atkinson – le créateur de Mr. Bean – ont aidé les fils de Charles et Diana à écrire puis à mettre en scène une pièce inspirée de *Blackadder*, une série télévisée humoristique d'inspiration historique, diffusée sur la BBC[2]. Chacun des invités a été prié de participer aux frais à hauteur de quelques dizaines d'euros. William et Harry ont également sollicité les talents d'organisation de Michael Fawcett, l'ancien domestique récemment promu par leur père à la fonction d'assistant personnel, et de leur gouvernante, Tiggy Legge-Bourke. La pièce remporte un franc succès. Au premier rang de

1. *Daily Mail*, 19 octobre 1998.
2. Et dont Rowan Atkinson est l'interprète principal. La série est diffusée en France sous le titre *La Vipère noire*.

l'assistance, Charles et Camilla peinent à contenir leur hilarité.

La prétendue métamorphose de l'héritier du trône commence à porter ses fruits dans l'opinion. Les sujets de Sa Majesté ne le perçoivent plus comme un mari sans cœur mais comme un père modèle. Les critiques se retrouvent, momentanément, à court d'arguments. En octobre 1997, 55 % des Britanniques se disaient résolument opposés au remariage de leur futur souverain. Un nouveau sondage réalisé pour le quotidien *The Guardian* révèle qu'ils ne sont plus que 46 %. Plus d'un tiers des personnes interrogées se prononcent quant à elles clairement en faveur de l'officialisation de la relation des deux amants. Ce revirement s'accompagne d'une confiance retrouvée dans la capacité du fils aîné d'Elizabeth II à assumer ses futures responsabilités. Pour la première fois depuis 1994, une majorité de ses compatriotes (54 %) pense qu'il fera un bon roi. La cinquantaine a effectivement l'air de lui réussir. On raconte qu'il n'a jamais été aussi détendu et heureux depuis près de vingt ans.

Diana le croyait à tout jamais incapable d'exprimer ses émotions. Charles n'est peut-être pas encore tout à fait en paix avec lui-même, mais il paraît en passe de se réconcilier avec le monde qui l'entoure. « La disparition de [son ex-épouse] n'a pas seulement neutralisé son critique le plus redoutable et le plus efficace, elle a surtout permis [à l'héritier de la Couronne] de se libérer et de redevenir le maître de sa propre destinée, commente son biographe, Anthony Holden. Le sombre coup de théâtre par lequel s'est terminé le dernier épisode du feuilleton le laisse décider seul de la suite du scénario. Libre d'être lui-même, enfin[1]. » Mais la sensibilité du public demeure exacerbée. À l'approche du premier anniversaire de la mort de la princesse de Galles, Camilla et sa fille, Laura, s'envolent pour Corfou, où elles ont été invitées par Jacob Rothschild à venir passer quelques jours.

1. *Daily Mail*, 22 août 1998.

Peu après leur retour, Charles et sa maîtresse embarquent pour une courte croisière au large des îles grecques, en compagnie de quelques proches. Les préparatifs du voyage se sont déroulés dans le plus grand secret. À bord, les amants passent le plus clair de leur temps à peindre côte à côte. « C'était si mignon de les voir comme ça, que j'en avais les larmes aux yeux », rapporte l'un des proches conseillers du prince dans la presse. Cet excès de sensiblerie médiatique mis à part, il semble bien que « les deux vilains-méchants du soap-opéra refusent obstinément de renoncer l'un à l'autre », commente Ann Leslie dans les colonnes du *Daily Mail*[1]. « C'est comme si on leur avait planté des crochets dans le cœur, renchérit l'un de leurs amis, le décorateur Nicky Haslam. Comme si une corde la maintenait solidement attachée à lui. Ce qu'elle lui donne, c'est quelque chose de très très fort. Bien plus fort que le sexe. Cet amour, c'est un besoin presque vital[2]. »

En temps normal, Charles et Camilla s'autorisent trois ou quatre nuits ensemble par semaine. Mrs. Parker Bowles arrive à Highgrove en tout début de soirée, immanquablement escortée par l'un de ses chiens. La favorite possède deux jack russells, Freddie – dont le père n'est autre que Tigger, le fidèle toutou du prince – et sa fille, Tosca. Cette dernière ne s'entendant pas du tout avec Tigger, c'est donc le plus souvent à Freddie que revient l'insigne honneur de suivre sa maîtresse dans le Gloucestershire. Les invités du futur monarque et de sa favorite témoignent tous de l'atmosphère parfaitement détendue qui règne dans les dîners entre amis à Highgrove. Milla quitte généralement les lieux le lendemain à dix heures quinze tapantes, heure à laquelle commence le plus souvent la journée de travail de son compagnon. « Lorsqu'ils partent, [Mrs. Parker Bowles et son chien] offrent un spectacle plutôt comique. Une fois Camilla installée au volant, Freddie saute sur le siège à côté d'elle et s'assied, le regard fixé droit devant lui, en attendant

1. 10 octobre 1998.
2. *Daily Mail*, 22 août 1998.

que son chauffeur veuille bien démarrer et le ramener à la maison[1] », raconte Penny Junor.

Au cours de l'automne 1998, la parution de son livre, *Charles : Victim or Villain ?* (Charles : victime ou bourreau ?), manque de peu de réduire à néant tous les efforts entrepris depuis des mois par le prince dans le but de faire accepter le grand amour de sa vie par ses compatriotes. L'auteur, qui compte au nombre de ses plus fidèles partisans, lance à travers l'ouvrage l'une des attaques les plus virulentes jamais portées contre la princesse de Galles. Amoureuse de son garde du corps, Barry Mannakee, au début des années 1980, Diana, dit-elle, aurait été la première des deux époux à se rendre coupable d'infidélité, bien avant que le fils aîné d'Elizabeth II ne retombe dans les bras de sa maîtresse. La jeune femme aurait en outre menacé Camilla de mort. « J'ai envoyé des gens pour vous tuer, lui aurait-elle dit au téléphone. Ils sont dehors, dans le jardin. Regardez par la fenêtre... Vous les voyez ? » Penny affirme avoir bénéficié dans ses recherches de l'aimable coopération d'une trentaine de membres de l'entourage de l'héritier du trône. Devant la violence de la polémique suscitée par cette nouvelle biographie, Charles et Camilla se retrouvent contraints de publier un communiqué conjoint, dans lequel ils démentent toute forme de participation, directe ou indirecte, à sa réalisation.

Quatre jours plus tard, ils comptaient apparaître ensemble en public pour la première fois à l'occasion du mariage de Santa Palmer Tomkinson, la fille de leurs amis Charles et Patty. Mais le livre de Mrs. Junor a rouvert les blessures mal cicatrisées de la « guerre des Galles ». La veille de la cérémonie, le couple hésite encore sur la conduite à tenir. Le prince envisage un moment d'assister, seul, à l'office religieux, puis de laisser sa compagne le représenter à la réception donnée à l'hôtel Ritz. Avant de se raviser. Ils iront ensemble. Ou pas du tout. Ce 29 octobre, tous deux déploient des tré-

1. Penny Junor, *op. cit.*

sors d'ingéniosité pour ne jamais être vus côte à côte. Conduits dans des voitures différentes jusqu'à la synagogue de St John's Wood, au nord de Londres, ils se présentent séparément à l'entrée de l'édifice religieux. Milla s'assied au troisième rang de l'assistance avec ses enfants, Tom et Laura. En tant que témoin, Charles occupe les places d'honneur, au côté de son fils cadet, Harry, et de sa nièce, Zara Phillips, la fille de la princesse Anne. Le futur monarque et sa favorite partent ensuite chacun de leur côté pour le Ritz. Ils ont choisi de faire profil bas, mais savent qu'un certain nombre de détails n'échapperont pas à la presse. C'est en effet la première fois que le jeune prince Harry assiste à une manifestation publique en présence de l'ex-Rottweiler. Un message clair, adressé à tous ceux qui aimeraient voir les amours de Charles et Camilla rester dans l'ombre où on cherche à les confiner depuis bientôt trente ans.

Elle n'attend rien de lui. Il est prêt à tout lui donner. « Leur relation a quelque chose de l'amour courtois d'autrefois, un côté un peu chevaleresque, raconte Patty Palmer Tomkinson. Le prince s'inquiète toujours comme un fou pour elle. Il est impatient de pouvoir enfin faire plus pour elle, de pouvoir enfin lui donner un peu de ce qu'il a[1]. » À la veille du cinquantième anniversaire du fils de la reine Elizabeth, les observateurs s'interrogent sur l'éventualité de son remariage avec Mrs. Parker Bowles. On les dit faits l'un pour l'autre. Mais, à en croire certains de leurs proches, l'opposition assez marquée de leurs deux tempéraments ajoutée à l'échec de leurs premiers mariages respectifs sont encore perçus par les deux amants comme des obstacles, probablement plus difficiles à surmonter qu'ils ne paraissent au premier abord, à toute forme de félicité conjugale.

Les employés du palais de Saint-James sont habitués à voir Milla émerger de sa voiture, pressée, ébouriffée, ses effets personnels entassés à la hâte dans des sacs plastique. On murmure qu'elle se fiche de son apparence

1. *Daily Mail*, 10 octobre 1998.

au point d'avoir l'air, de temps en temps, un peu « négligée ». On la soupçonne aussi d'être paresseuse et, surtout, dépourvue de tout sens de l'organisation. On lui reproche aussi de rire de bon cœur aux plaisanteries un peu salaces. Le prince, lui, aime l'ordre, la propreté, les vêtements impeccables. On le sait doté d'un sens du détail et du raffinement poussé à l'extrême. Hermétique à toute forme d'humour gras, il est aussi maniaque jusque dans les moindres petits riens de sa vie quotidienne. « C'est le genre d'homme à faire une dépression nerveuse si les stylos ne sont pas alignés sur son bureau comme des soldats à la parade, écrit la journaliste et auteur Ann Leslie dans le *Daily Mail*. Il adore la routine. "Plus il y en a, mieux c'est !" m'a-t-il dit un jour. Elle, elle serait plutôt du genre joyeusement débraillé, le genre à arborer la plupart du temps des vêtements couverts de boue ou de poils de chien. Et sa routine se résume à ce qui lui convient à lui[1]. » Entre Charles et Camilla, la cigarette demeure un sujet, sinon de discorde, du moins de régulières chamailleries. Le tabac a déjà fait de nombreuses victimes chez les Windsor, et le futur roi presse depuis longtemps sa compagne de se défaire de cette mauvaise habitude. Du coup, la favorite est régulièrement obligée d'aller se dissimuler derrière les buissons du jardin de Highgrove pour tirer quelques bouffées. « Si vous lui dites quoi que ce soit, je vous tue ! » prévient-elle les jardiniers qui ont le malheur de découvrir sa cachette[2].

Milla l'a déjà dit sur tous les tons : elle ne veut ni titre de noblesse ni rôle officiel dans la vie publique de l'héritier du trône. Charles, lui, hésite à infliger à sa compagne les contraintes qui accompagneront immanquablement son entrée dans la famille royale, fût-ce par la petite porte. Alors, un mariage, pour quoi faire ? S'ils l'ont jamais éprouvé, le besoin de formaliser leur relation paraît s'être évanoui avec les derniers obstacles qui, il y a

1. 21 octobre 1998.
2. *Ibid*.

un an encore, leur rendaient impossible toute réelle vie de couple. Farouchement épris l'un et l'autre de leur indépendance d'esprit et de leur liberté de mouvement, Charles et Camilla, décrits par certains comme « deux réfugiés d'un passé mouvementé avec des réputations à retaper et des blessures de guerre à panser[1] », n'auraient-ils pas la tentation de se satisfaire de leur statut de concubins ? Le prince de Galles se dit déterminé à reprendre enfin le contrôle de sa vie privée. S'il n'entend pas être contraint à convoler en justes noces, il ne supporterait pas davantage qu'on cherche à l'en empêcher. Plusieurs de leurs amis ont l'intime conviction que le futur monarque et sa favorite seront condamnés à rester des amants maudits jusqu'à la fin de leurs jours.

Quoi qu'il en soit, aucune solution ne paraît sérieusement envisageable tant que le public ne s'est pas rallié massivement à leur cause. Dans l'entourage d'Elizabeth II, on constate que le palais de Saint-James est devenu hors de contrôle. Le communiqué conjoint publié par Charles et Camilla au lendemain de la parution du livre de Penny Junor n'a pas été soumis à l'approbation préalable de Buckingham, et la souveraine comme ses conseillers y voient une preuve de plus de la détermination de l'héritier de la Couronne à officialiser ses amours. Robert Fellowes, le secrétaire particulier de la reine, et son successeur, Robert Janvrin, appelé à le remplacer dans ses fonctions à la fin de l'année, se sont déjà querellés plus d'une fois avec lui à ce sujet. Mais rien n'y fait. Charles semble prêt à tous les sacrifices pour faire enfin accepter Milla par les Britanniques. Quitte à se mettre durablement sa mère à dos.

Car le prince ne sait que trop bien à quel point elle est opposée à leur union. « Plus elle entend dire qu'elle est un obstacle au bonheur de son fils au côté de Camilla, plus elle se braque, témoigne un proche de Lilibet. Elle a été profondément mortifiée par les révélations contenues dans la biographie écrite par Jonathan Dimbleby.

1. *The Sunday Times*, 8 novembre 1998.

Pas seulement par celles qui concernaient leur liaison adultère, mais aussi, et peut-être même surtout, par celles qui imputaient directement les problèmes de Charles à l'attitude distante de ses parents. Voire, notamment dans le cas de Philip, à leur manque d'amour[1]. »

Elizabeth II n'a, paraît-il, « aucune opinion particulière » sur Camilla, qu'elle a toujours plus ou moins considérée comme « une femme incomprise et calomniée ». Mais le bien de la Couronne passe avant toute considération d'ordre personnel.

Très croyante, elle n'a jamais cessé de désapprouver l'indulgence manifestée par Queen Mum vis-à-vis des amours coupables du prince de Galles. Longtemps mariée à un catholique, divorcée, mère de deux enfants et issue d'une famille qui a causé bien des soucis à l'institution monarchique, Mrs. Parker Bowles menace à ses yeux la respectabilité – pourtant déjà bien entamée – d'une institution dont elle s'est toujours appliquée à incarner la droiture et la moralité. « Elle voit en elle la femme adultère, celle qui a détourné son fils du droit chemin[2]. » Les relations entre la souveraine et son aîné sont dans une telle impasse que tous deux ne se sont pas vus en tête à tête depuis plusieurs mois. Dans la presse, les tensions entre Buckingham et Saint-James occultent les efforts entrepris de part et d'autre afin de donner une image plus simple et plus moderne de la famille royale. Découragé, Simon Lewis, le chargé de communication recruté par Sa Majesté, a renoncé à coordonner les stratégies de relations publiques menées par les deux palais. Charles fait cavalier seul depuis trop longtemps.

Pour quelle raison les « hommes en gris » de Buckingham ont-ils peur de Camilla ? La maîtresse de l'héritier de la Couronne fait figure d'élément perturbateur dans un jeu dont les règles – voire le déroulement même de la partie – avaient été arrangées d'avance. Mais l'entourage de la reine sent surtout qu'il n'a plus, pour le

---

1. *Ibid.*
2. Graham Turner, « Prince Charles at 50 », *The Daily Telegraph*, 19 octobre 1998.

moment, les bonnes cartes en main. Il sait que la vie privée du prince de Galles occupera encore pendant longtemps la une des journaux britanniques, continuant ainsi à masquer les efforts entrepris quotidiennement par Elizabeth II dans l'accomplissement de sa tâche. Mrs. Parker Bowles représente-t-elle donc, à terme, une menace pour l'avenir de la monarchie ? Bien au contraire, affirment les proches du couple. Acteur incontournable de la vie publique du royaume doué de multiples talents et bienfaiteur de nombreuses grandes causes, Charles manque toujours cruellement de confiance en lui. D'un naturel mélancolique, il est sujet à de fréquents accès de déprime. L'héritier du trône, qui aspire de toutes ses forces à devenir roi, en est encore à livrer bataille pour prouver à ses futurs sujets qu'il est bien l'homme de la situation. Dans ce domaine comme dans bien d'autres, il a cruellement besoin du soutien de Milla.

« Étant donné qu'il ne reçoit jamais aucun encouragement de sa propre famille, je crois pouvoir dire que c'est elle qui lui permet de tenir le coup, témoigne l'un de leurs amis. Lorsqu'il est au bout du rouleau, c'est elle qui lui donne la force de se relever et de repartir. Quand il se met à se comporter de manière un peu bébête, elle est la seule personne au monde à pouvoir lui dire : "Tu te conduis comme un enfant, or tu sais parfaitement que les choses sont en train de s'arranger pour toi, alors ressaisis-toi !" Et ce genre de scène se produit plusieurs fois par an [1]. » Diana aurait voulu qu'il lui consacre chaque minute de son temps. Camilla, elle, comprend et accepte que son amant donne la priorité à son travail et à ses enfants. « Tout ce qu'elle souhaite, poursuit l'un de leurs intimes, c'est que, à ses côtés, il puisse enfin se sentir calme et heureux [2]. » Grâce à elle, Charles serait moins sujet à ses terribles et légendaires sautes d'humeur, et aurait appris à mieux « gérer » la pression des médias. « Les gens me disent que je vais finir par m'endurcir,

1. Graham Turner, « Prince Charles at 50 », *op. cit.*
2. *Daily Mail*, 21 octobre 1998.

mais en réalité, cela m'est impossible, avoue-t-il. Alors je continue à avancer sans trop m'attarder sur ce qu'en disent les journaux. Si je lisais tout, je crois que plus personne n'arriverait à me faire sortir de chez moi[1]. »

Par amour, la favorite a tout enduré. Si les épreuves n'ont entamé ni sa dévotion ni sa loyauté, c'est sans doute parce que le prince de Galles a su, de son côté, trouver les mots pour apaiser ses propres incertitudes et les doutes dont, pendant des années, elle a été la proie. Car ses manières joviales et son apparente assurance cachent en réalité une frustration permanente. Milla a déjà confié plusieurs fois à ses proches son inquiétude à l'idée de ne pas avoir suffisamment de culture et de connaissances pour pouvoir être « à la hauteur » de son amant sur le plan intellectuel. « Elle sait qu'il adore la voir pêcher et monter à cheval, mais elle sait aussi combien ses notions en matière d'économie ou d'écologie sont limitées », témoigne l'un d'entre eux. Bien que le fils d'Elizabeth II n'ait jamais cessé de lui donner des conseils en matière de lecture, elle continue de préférer les romans populaires de Jilly Cooper ou de Joanna Trollope aux recueils de poésie ou aux essais philosophiques. « Pourtant, elle voudrait tant que Charles soit fier d'elle, poursuit-il. Elle a beaucoup de respect et d'admiration pour son intelligence[2]. » L'échec de son premier mariage a, en outre, laissé des blessures profondes que le temps n'est pas encore parvenu à cicatriser. « Elle voudrait qu'on la laisse enfin tranquille, et qu'on la rassure sur le fait qu'elle n'est ni complètement nulle ni complètement inutile[3]. » À en croire l'une de ses amies, « Andrew Parker Bowles était [...] tout le temps en train de lui dire qu'elle n'était bonne à rien... Il y a encore quelques années, elle n'arrêtait pas de répéter : "De toute façon, je ne peux pas comprendre. Je suis bien trop bête." De même, on ne l'entend plus faire aucun commentaire

1. *Tue Sunday Times*, 8 novembre 1998.
2. *Ibid.*
3. Graham Turner, « Prince Charles at 50 », *op. cit.*

sur son look de “vieille sorcière du Wiltshire”. Et tout ça, c’est grâce à Charles[1]. »

Le 14 novembre 1998, jour du cinquantième anniversaire de l’héritier de la Couronne, Camilla fait une entrée remarquée à Highgrove. Sa voiture ralentit au passage des grilles, de manière à laisser aux photographes le temps d’immortaliser l’arrivée de la maîtresse en titre, rayonnante comme jamais et parée de ses plus beaux atours – une robe en velours vert émeraude à l’éclat rehaussé d’une précieuse parure en turquoise et diamants. Mrs. Parker Bowles a réuni un peu plus de trois cent quarante invités dans la Salle du verger. Les invitations – notamment celles à l’intention des principaux membres de la famille royale – ont été envoyées il y a plusieurs mois. Mais Elizabeth II et le prince Philip ont préféré passer le week-end au château de Sandringham. De peur d’irriter leurs parents, Anne, Andrew et Edward ont tous prétexté des engagements de longue date pour ne pas assister à la soirée donnée en l’honneur de leur frère. Le clan Windsor est tout de même représenté par la princesse Margaret, la sœur de la souveraine, ainsi que par le duc et la duchesse de Kent, et le prince et la princesse Michael de Kent, les cousins germains de la reine. Les représentants des plus grandes dynasties régnantes d’Europe, eux, ont tous répondu présents. Ce soir-là, le roi Juan Carlos d’Espagne et son épouse Sophie, le roi Harald et la reine Sonja de Norvège, le roi Constantin de Grèce et sa femme, ainsi que Margrethe, la souveraine du Danemark, sont venus donner leur bénédiction à Charles et Camilla.

Un feu d’artifice marque le début des festivités. Avant le dîner, Rory Bremner, l’imitateur favori des deux amants, improvise un one man show et quelques parodies particulièrement réussies de Nelson Mandela, Bill Clinton et Tony Blair, venus souhaiter un joyeux anniversaire au héros du jour. Puis la soprano Mary McLaughlin interprète un medley de chansons écos-

1. *The Sunday Times*, 8 novembre 1998.

saises, suivi par un mémorable *Happy Birthday* entrecoupé d'extraits de musiques illustrant chacun des nombreux titres de noblesse de l'héritier de la Couronne. Les convives sont ensuite priés de prendre place autour de petites tables rondes, dressées sous un ciel de velours bleu nuit piqué de centaines de lampes en forme d'étoile. Au menu : saumon écossais, agneau élevé sur les terres de Highgrove accompagné de petits légumes bio, et panaché de tartes et sorbets à la framboise, le tout préparé par le chef londonien Anton Mosimann. Le prince ayant souhaité que la soirée soit placée sous le signe de la nature, les murs de la Salle du verger ont été recouverts de milliers de fleurs. À la fin du repas, William porte un toast en l'honneur de son père, auquel ce dernier répond par un bref et affectueux disours de remerciements. Puis les notes d'un orchestre de jazz New Orleans s'élèvent dans le ciel couleur encre du Gloucestershire.

Pour le futur monarque, cet anniversaire si symbolique n'aurait, du moins en apparence, pu se dérouler mieux. La reine Elizabeth n'a pas souhaité assister aux réjouissances organisées à Highgrove de peur d'avoir l'air de cautionner le couple qu'il forme avec Camilla. Mais la veille, au cours de la grande soirée donnée en son honneur au palais de Buckingham, elle lui a rendu un hommage chaleureux. « Charles, la fête de ce soir vient couronner de manière significative les remarquables réalisations dont tu es l'auteur, et tous ces projets d'envergure que tu as su mener à bien. Pour moi, il n'est pas de plus belle reconnaissance de tout ce que tu as accompli au cours de tes cinquante premières années que cette magnifique assemblée. » À la visible satisfaction des représentants des quelque quatre cents organisations et associations caritatives parrainées ou présidées par le prince de Galles, la reine a ensuite remercié son fils pour sa constance et son dévouement. « Nos invités témoignent ici même de l'extraordinaire richesse, de l'incroyable diversité inhérente à la vie de notre pays. Que ce soit dans les domaines de la science ou de l'architecture, de la politique ou de la poésie, de l'agriculture ou de la vie urbaine, chacun d'eux a pu, en de multiples occasions, bénéficier de ton intérêt, de ta largeur d'esprit, de ta compassion et de ta générosité. Ton père et moi nous réjouissons de recevoir tes amis, tes collaborateurs ainsi que tous ceux qui ont pour toi respect et admiration. »

L'assistance a alors entonné gaillardement le *Happy Birthday* de rigueur avant de prêter une oreille attentive au compliment formulé par le prince à l'attention de la souveraine. « Maman, a-t-il commencé, déchaînant ainsi l'hilarité de la salle, je suis extrêmement touché de voir rassemblés ici les représentants des organismes dont je suis si fier de faire partie. Vous tous ici avez joué un rôle de première importance dans mon existence. Je voudrais également ajouter que j'ignore toujours comment mes parents ont pu réussir à me supporter depuis 1948. Inutile de vous dire que je leur en suis on ne peut plus reconnaissant. » Dans les jours qui suivent, les médias s'appliquent à dresser un tableau moins idyllique de ces festivités officielles. Les personnalités présentes au palais de Buckingham disent avoir remarqué le peu d'enthousiasme manifesté par la souveraine. Jusque dans sa tenue – une petite robe de tous les jours –, Elizabeth II paraît avoir voulu traduire son royal mécontentement. On raconte même qu'elle n'aurait pas offert de cadeau à son fils. La reine se moque de ce que tous les observateurs du monde peuvent bien en penser. En privé, elle se déclare très inquiète de voir que rien ni personne ne semble être capable de stopper Charles dans sa course vers le mariage.

L'introduction de Camilla sur la scène publique est lente, mais sûre. Début décembre, à Londres, elle donne une soirée privée réunissant moins d'une centaine d'invités, tous triés sur le volet, au profit de la Société nationale de lutte contre l'ostéoporose. Mrs. Caspar Weinberger, l'épouse de l'ancien secrétaire d'État à la Défense du président Ronald Reagan, et Mrs. Christopher Forbes, la belle-fille du milliardaire Malcolm Forbes, lui ont prêté main-forte pour organiser la manifestation. Les Britanniques découvrent que la bonne société américaine n'est pas, ainsi qu'ils l'avaient toujours cru, entièrement acquise à la cause de Diana. Mrs. Parker Bowles compte apparemment des alliés influents dans ces sphères élitistes et huppées où se font et se défont les réputations et les pouvoirs. L'opinion veut en savoir davantage. Les conseillers du prince de Galles comprennent qu'il est temps d'enclencher la dernière phase de l'« opération PB [pour Parker Bowles] ».

Le mercredi 27 janvier 1999, l'entourage de l'héritier du trône confirme à plusieurs reporters « amis » que Charles a l'intention d'assister à la fête donnée le lendemain à l'hôtel Ritz, en l'honneur du cinquantième anniversaire d'Annabel Elliot, la sœur de Milla. Il laisse entendre que le couple pourrait, en fin de soirée, quitter la réception dans la même voiture. La fièvre s'empare des rédactions de Fleet Street. En moins de temps qu'il n'en faut pour l'écrire, les quelques mètres de trottoir qui font face à la porte principale de l'établissement, dans Arlington Street, se retrouvent littéralement pris d'assaut par les journalistes. Le jeudi, en début de soirée, on en dénombre près de cent cinquante. Si les deux amants ont pris la décision d'apparaître enfin côte à côte, c'est parce qu'ils savent que l'impatience du public et surtout celle de la presse sont à leur comble. La première photo de Charles et Camilla pourrait, à elle seule, rapporter plusieurs millions d'euros à son auteur. Ces derniers ne veulent donc pas courir le risque d'être surpris par un reporter plus persévérant ou plus astucieux que les autres.

Or, depuis quelques mois, le futur roi et sa maîtresse semblent n'avoir échappé que par miracle aux objectifs des paparazzi. Au cours de l'automne 1998, des passants les ont aperçus sortant bras dessus, bras dessous de chez Mark's, un club privé du quartier de Mayfair. Même scénario, quelques semaines plus tard, sur les marches de White's, le très sélect club du prince Charles, dans le quartier de Saint-James. Des promeneurs les ont croisés sur les terres de Chatsworth, la magnifique propriété de la duchesse de Devonshire, où ils ont passé plusieurs week-ends. Des automobilistes les ont également vus faire le plein d'essence dans une station-service du nord de l'Angleterre, alors qu'ils rentraient d'Écosse en Range Rover. Un temps, ils avaient pensé poser pour un photographe de renom en échange de dix millions de francs, intégralement reversés à des œuvres de charité. Mais le plan, trop compliqué à mettre sur pied, avait été abandonné. Le prince de Galles tenait en outre à ce que leur première photo publique en tant que couple ne soit pas prise à l'occasion d'un événement officiel, afin de ménager la sensibilité de la reine Elizabeth. Pourtant, en ce début d'année 1999, il estime n'avoir que trop tardé.

Camilla, elle, est inquiète. « Es-tu certaine que c'est vraiment ce que je dois faire ? » demande-t-elle à l'une de ses amies la veille du grand jour. Le 28 janvier, Charles lui téléphone à plusieurs reprises pour lui prodiguer des paroles de réconfort et d'encouragement. Dans l'après-midi, tous deux tiennent une courte réunion au palais de Saint-James en présence de Mark Bolland et de Stephen Lamport, le secrétaire particulier de l'héritier de la Couronne. La souveraine a été prévenue du déroulement des événements par Robert Janvrin, son secrétaire particulier. Vers vingt heures quarante-cinq, Mrs. Parker Bowles, accompagnée d'un garde du corps et de ses deux enfants, Tom et Laura, se présente dans le hall du Ritz, où elle est accueillie par le directeur avant d'être conduite dans le salon Marie-Antoinette. Le prince de Galles, qui assistait en début de soirée à un dîner de charité, se joint un peu plus tard aux invités.

Les deux amants sortent de l'hôtel aux environs de minuit sous un feu nourri de flashes qui éclairent la nuit londonienne comme en plein jour. Après avoir passé la porte, ils marquent une brève pause le temps de saluer leurs hôtes, feignant la plus parfaite indifférence vis-à-vis des journalistes, cameramen et photographes massés de l'autre côté de la rue. En descendant les marches qui les séparent de sa voiture, Charles se retourne par deux fois vers sa compagne, visiblement très émue par les acclamations et les cris d'encouragement lancés par les Britanniques venus assister à cette scène historique.

Le futur monarque passe tendrement son bras autour de la taille de Camilla. Première manifestation publique d'une passion trop longtemps sacrifiée sur l'autel du devoir. Premier témoignage de reconnaissance envers celle qui voit enfin son silence et son abnégation remporter la plus éclatante des victoires. Un triomphe d'autant plus doux qu'il fut désespérément long à venir…

10

Un bonheur impossible ?

« Leur monde est fait d'incertitudes
depuis si longtemps…
Ils savent que tout peut arriver.
À n'importe quel moment[1]. »

Le lendemain, Charles ouvre un œil à sept heures trente et tend le bras pour éteindre le petit transistor placé à proximité de son lit. Sur toutes les chaînes de radio du royaume, les bulletins d'information de la matinée sont presque entièrement consacrés à sa première apparition publique au côté de sa maîtresse. Les deux amants confient se sentir « soulagés ». Ce qui n'est pas le cas de tout le monde. Les piliers de la famille royale réagissent en effet plutôt mal au coup de force du prince de Galles. Aux yeux de la souveraine, la relation de son fils avec l'ex-Rottweiler demeure un rappel permanent de l'échec historique de son mariage, et incarne l'équilibre rompu de l'institution monarchique. « Leur manière de voir est la suivante : "Couche avec Camilla tant que tu veux, mais, pour l'amour de Dieu, n'en fais pas tout un cirque", raconte une confidente d'Elizabeth

1. Un proche de Camilla et Charles cité dans le *Daily Mail*, 27 janvier 2000.

II et de Queen Mum. Voilà maintenant qu'il se donne en spectacle... Tout le monde sait qu'il vit avec elle, qu'essaie-t-il donc de prouver[1] ? »

L'officialisation progressive des amours de Camilla et Charles a également des conséquences imprévues. En Australie, Mrs. Parker Bowles devient bien malgré elle l'enjeu du débat entre royalistes et partisans de l'instauration d'une république. Ces derniers prennent prétexte de la nouvelle publicité faite à la favorite pour tenter de convaincre leurs compatriotes qu'on cherche à leur imposer une reine dont ils ne veulent pas. Car il n'y a pas qu'en Grande-Bretagne que l'avènement de Milla au côté du futur Charles III[2] est susceptible de poser problème. Dans plusieurs pays du Commonwealth, comme le Canada, l'Australie ou encore la Nouvelle-Zélande, l'avènement du prince promet déjà d'ouvrir des débats houleux, notamment sur le rôle qui sera – ou non – confié à Mrs. Parker Bowles, et sur le titre qui lui sera accordé. Les difficultés politiques qu'ils laissent déjà présager auront valeur de test pour la maison Windsor, fragilisée par les scandales à répétition dans lesquels ses représentants se débattent depuis plusieurs dizaines d'années. En 1952, lorsque la jeune reine Elizabeth monte sur le trône, personne ne songe encore sérieusement à remettre en question la toute-puissance des souverains d'Angleterre à l'intérieur des frontières de l'ancien empire. En cette fin des années 1990, la légitimité du monarque paraît plutôt dangereusement conditionnée par sa cote de popularité personnelle ou par la confiance que lui accorde l'opinion. Les chroniqueurs royaux prédisent déjà que Charles, à l'heure de coiffer la couronne de ses ancêtres, pourrait bien avoir à payer au prix fort sa passion « coupable » pour Camilla.

Apparemment assez peu perturbée par la curiosité dont elle fait désormais l'objet en tous lieux, Mrs. Par-

---

1. *The Sunday Times*, 31 janvier 1999.
2. Charles pourrait aussi avoir déjà décidé de régner sous le nom de George VII, en hommage à son grand-père.

ker Bowles se rend à Paris au début du mois de mars 1999 afin d'assister au défilé de la collection Chloé, créée par Stella McCartney. Bien décidée à prouver qu'elle n'a plus peur de se montrer, elle prend place au premier rang de l'assistance, entre son ami lord Douro et Sylvia Jay, l'épouse de l'ambassadeur de Grande-Bretagne. Avant le début de la manifestation, elle fait un saut en coulisses afin d'aller encourager sa fille, Laura, venue donner un petit coup de main aux habilleuses.

La fréquence des apparitions publiques de Charles et Milla s'accélère. Le 5 mai, la favorite reçoit les généreux bienfaiteurs de la Société nationale de lutte contre l'ostéoporose au cours d'un dîner de gala à l'hôtel Ritz. Elle arbore ce soir-là une broche reproduisant l'emblème du prince de Galles – trois plumes d'autruche sortant d'une couronne. Le message est passé.

En fait, il semble que rien ne puisse venir freiner l'irrésistible ascension des deux amants sur tous les plans. À en croire certains observateurs, Highgrove serait même devenu le quartier général d'un puissant groupe de réflexion socio-politique, une sorte de cour parallèle qui aurait pour projet de proposer des alternatives aux réformes entreprises par le gouvernement travailliste de Tony Blair – court-circuitant ainsi les initiatives du parti conservateur dans bien des domaines. Quoiqu'on ne puisse pas encore parler de « désamour » entre l'hôte du 10, Downing Street, et l'héritier de la Couronne, les deux hommes s'opposent sur un certain nombre de sujets majeurs, notamment sur toutes les questions relatives aux organismes génétiquement modifiés. Charles, dit-on, aurait également en réserve quelques vues « divergentes » sur les problèmes de santé et d'éducation. Le fils aîné de la reine Elizabeth tient enfin son heure de gloire lorsque, le 15 juin, il lance aux côtés du Premier ministre et de William Hague, le leader de l'opposition, une campagne de plus de 100 millions d'euros destinée à favoriser la création de trente mille petites entreprises en cinq ans. Cette offensive de charme tous azimuts atteint bientôt les objectifs que s'était fixés son conseiller Mark Bolland.

« Épousez-la et devenez roi », titre *The Sun* en une trois jours plus tard. Un sondage Mori révèle que 59 % des Britanniques souhaitent voir le prince de Galles monter sur le trône, fût-il ou non marié à Camilla. Plus de la moitié d'entre eux réclament en outre que la souveraine accepte enfin de rencontrer l'ex-Rottweiler. Les choses paraissent d'ailleurs en bonne voie. Au début de l'été, Milla se tient fièrement au côté de son amant lors d'un dîner de charité organisé au palais de Buckingham. Le 4 août, elle embarque avec ses enfants à bord de l'*Alexander*, le yacht du milliardaire John Latsis, pour une croisière en Méditerranée de onze jours, en compagnie de son compagnon et de ses deux fils, William et Harry. La reine n'a pas cherché à convaincre son successeur de remettre à plus tard ses projets de vacances façon « famille recomposée ». Charles et Camilla, de leur côté, savent qu'ils doivent plus que jamais prendre garde à ne pas heurter la sensibilité du public. À l'approche du deuxième anniversaire de la disparition de Diana, Mrs. Parker Bowles s'envole pour Corfou, où elle a prévu de passer une petite semaine dans la propriété de lord Rothschild en compagnie de la comédienne Joanna Lumley.

Car elle n'est plus infréquentable. Et le prouve. En septembre, au cours d'une brève visite à New York, elle est reçue à déjeuner par Brooke Astor, la doyenne de la « haute société » américaine. Quelques inconditionnels de la princesse de Galles se disent choqués que la « maîtresse en titre » ait choisi de résider à l'hôtel Carlyle, où Diana était descendue lors de son dernier séjour à Manhattan, en juin 1997. Qu'importe. Un mois plus tard, Milla participe à son premier engagement semi-officiel en Écosse au côté de l'héritier des Windsor. Ce 18 octobre, tous deux donnent un dîner au palais de Holyrood, à Édimbourg, en l'honneur des parrains de la Fondation du prince de Galles. L'événement est considéré comme une étape décisive dans le lent processus de réhabilitation de Mrs. Parker Bowles aux yeux de l'opinion. Mais le plus dur reste à faire.

Selon le *Sunday Times*, Elizabeth II aurait en effet déclaré à ses plus fidèles conseillers n'avoir aucunement l'intention de se montrer au côté de la compagne de son fils. « Elle a exprimé de manière on ne peut plus claire que tout rapprochement était hors de question », témoigne un informateur anonyme dans les colonnes de ce grand quotidien du dimanche[1]. Pourtant, il semble que la guerre froide entre Buckingham et Saint-James connaisse un répit notable depuis le départ de Robert Fellowes, l'ancien secrétaire particulier de la souveraine. Le beau-frère de Diana était généralement considéré comme l'instigateur de la « ligne dure » adoptée par le palais à l'égard des amours adultérines de l'héritier de la Couronne. Peu de temps après son entrée en fonctions, son remplaçant, Robert Janvrin, se démarque de son prédécesseur en acceptant de rencontrer « Mrs. PB » dans le cadre d'un entretien informel – non sans en avoir, au préalable, demandé l'autorisation à la reine. Mais, pour l'heure, son plaidoyer en faveur d'un infléchissement de la position de Sa Majesté reste vain.

Le « problème Camilla » divise d'ailleurs les membres de la famille royale. Fin juin, une fête mémorable en l'honneur du centième anniversaire de Queen Mum, des soixante-dix ans de la princesse Margaret, des cinquante ans de la princesse Anne, des quarante ans du prince Andrew et des dix-huit ans du prince William, doit être donnée au château de Windsor. Anne qualifie de « ridicule » l'exclusion de Mrs. Parker Bowles de la liste des invités. Sarah Armstrong-Jones, la fille de Margaret, profite de l'affection toute particulière que lui porte sa tante pour tenter de la faire changer d'avis. Sans succès. Alexandra, la cousine germaine de la souveraine, entreprend elle aussi de faire le siège de Lilibet dans l'espoir de venir à bout de ses réticences. Et n'obtient pas davantage de résultat. Le 7 mars 2000, elle décide donc d'apparaître en public aux côtés de Charles

1. Édition du 12 décembre 1999.

et Camilla. La princesse et son mari, Angus Ogilvy, escortent les deux amants au Royal Court Theatre de Londres. Mais Elizabeth n'est pas de celles dont on force aisément la main.

Le prince de Galles et sa favorite séjournent de plus en plus fréquemment à Birkhall, la résidence de la reine mère, sur les terres du château de Balmoral. En avril, Milla y passe pour la première fois quelques jours avec le futur roi et ses deux fils. Il semble d'ailleurs que la terre écossaise soit plus propice à l'épanouissement de leurs amours. Charles est-il plus heureux « au nord de la frontière » que partout au monde ? Possible. « Aussi loin que mes souvenirs remontent, [ce pays] a toujours beaucoup compté pour moi, déclare-t-il en mai. Parmi les souvenirs d'enfance qui me sont les plus chers, il y a ceux des étés insouciants et heureux que j'ai passés ici. »

À l'époque, le successeur d'Elizabeth II s'acquitte de ses devoirs officiels en tant que Lord Haut Commissaire de l'assemblée générale de l'Église d'Écosse. Le prince et sa compagne reçoivent quelque deux cent cinquante invités au palais de Holyrood. Parmi eux, les délégués des divers courants représentés au sein du clergé. À l'instar de leurs pairs de l'Église anglicane, ces derniers se montrent toujours divisés sur la question Camilla, sans pour autant remettre en cause le couple que forment les deux amants. Certains d'entre eux souhaitent ouvertement que Charles se décide enfin à convoler en justes noces. D'autres se refusent à critiquer l'organisation de sa vie privée. « L'Église de Jésus-Christ est aussi là pour ceux qui n'ont pas toujours fait les bons choix de vie », déclare le révérend McLellan, le Modérateur de l'Église d'Écosse.

En coulisses, les tenants de la Maison royale s'affairent à ouvrir la voie à une officialisation progressive de la relation entre Charles et sa maîtresse. Dans l'entourage de Lilibet, tout le monde n'est plus aussi convaincu que par le passé que Mrs. Parker Bowles porte à elle seule la responsabilité de tous les problèmes des Windsor. Robert Janvrin et Michael Peat, le contrôleur des finances de Sa Majesté, multiplient les témoignages de bonne volonté à l'égard du couple. Michael Peat, qui espère obtenir un jour le poste convoité de secrétaire particulier du prince de Galles, a récemment dîné à côté de Milla au palais de Holyrood. « Le comte d'Airlie, un ami d'enfance de la reine, a également joué un rôle déterminant, raconte le chroniqueur royal Richard Kay dans le *Daily Mail*[1]. Persuadé que l'opinion se trouvait désormais majoritairement favorable à un dégel des relations entre Elizabeth II et son héritier, il a averti la souveraine qu'elle risquait de se retrouver critiquée pour son intransigeance. "Il lui a dit qu'elle devait se montrer réaliste, que [le lien qui existe entre Charles et Camilla] n'avait aucune chance de disparaître du jour au lendemain", confie un membre de la Cour. »

Les trésors de patience et de diplomatie déployés par les hommes de confiance de Sa Majesté finissent par ébranler ses convictions. Le succès indéniable de la visite des deux amants en Écosse fait le reste. Le 30 mai, Lilibet téléphone à son fils et lui apprend qu'elle a accepté, à l'invitation de Constantin de Grèce lui-même, d'assister à la réception donnée à Highgrove en l'honneur du soixantième anniversaire de l'ex-roi des Hellènes. Lilibet est parfaitement au courant que la favorite figure en bonne place sur la liste des convives. Le prince de Galles a du mal à croire que l'un de ses vœux les plus chers est en train de se réaliser. À en croire ses proches, il n'a pas prononcé une seule fois le nom de sa compagne en présence de sa mère depuis leur dernière dispute sur le sujet, il y a près de vingt et un mois.

Ce 3 juin, aucun des invités – au nombre desquels Juan Carlos d'Espagne et la reine Sophie, la reine Margrethe de Danemark, Harald et Sonja de Norvège, et la reine Beatrix des Pays-Bas – n'a été informé de la présence d'Elizabeth II. À son arrivée, tous sont déjà rassemblés depuis un moment dans le grand salon de Highgrove. Après avoir embrassé ses petits-fils, William

1. Édition du 5 juin 2000.

et Harry, puis bavardé avec ses pairs, elle se tourne en souriant en direction de Camilla. Celle-ci exécute une impeccable révérence avant de lui sourire à son tour. Les deux femmes se connaissent depuis longtemps. Les présentations sont inutiles. « Elles n'ont pas discuté plus de quelques minutes, raconte un témoin. Leur conversation avait l'air parfaitement détendue, parfaitement amicale[1]. » La souveraine échange à nouveau quelques propos anodins avec l'ex-Rottweiler au cours du barbecue préparé par le chef Anton Mosimann. Cette fois encore, l'héritier du trône préfère se tenir à l'écart. Mais l'expression qui se lit sur son visage en dit long sur le soulagement et le plaisir qu'il éprouve.

Cette « première » rencontre, tant attendue, relance les spéculations sur l'imminence d'une union entre Charles et Milla. La fièvre gagne les bookmakers londoniens. Un représentant de l'Église d'Écosse révèle que « le prince a déjà été prévenu qu'aucun obstacle ne s'oppose à son mariage » au nord de la frontière. Au cas où l'envie leur en prendrait, « Mrs. Parker Bowles et lui y seraient les bienvenus ». Le 20 juin, les deux amants arrivent ensemble à l'inauguration du nouveau siège de la Fondation du prince, à Shoreditch, à l'est de Londres. La favorite n'a jamais été aussi radieuse. Robe rose pâle griffée Versace – choisie par le futur roi en personne –, collier et boucles d'oreilles en diamants... « Je brille gentiment de tous mes feux », l'entend-on murmurer à l'oreille de la reine Anne-Marie de Grèce. Le bonheur du futur roi et de sa compagne éclate aux yeux du monde. Pourtant, ils paraissent toujours aussi déterminés à ne rien faire qui puisse accréditer d'une manière ou d'une autre les rumeurs de préparatifs de leur mariage. Mi-juillet, Charles crée l'événement en exprimant son mécontentement à la Commission des plaintes contre la presse, à la suite d'un article insinuant que des discussions secrètes seraient en cours avec l'Église d'Écosse :

---

1. *Daily Mail*, 5 juin 2000.

« Je vous écris afin de protester contre les informations publiées dans le *Sunday Times* sous le titre "Charles étudie la possibilité d'un mariage écossais avec Camilla", fait-il savoir sous la plume de Stephen Lamport, son secrétaire particulier. J'aimerais que les choses soient claires : il n'y a pas une once de vérité dans cette histoire, et je vous serais reconnaissant de bien vouloir diligenter une enquête à propos de ce reportage mensonger. [...] Les décisions de ce genre ne peuvent être prises à la légère. Notre patience est à bout. Il n'existe aucun projet ou intention de remariage. Nous n'arrêtons pas de le dire, mais il semble que nos propos soient ignorés ou considérés comme dissimulateurs. Or, cette affaire ne concerne pas seulement le prince de Galles. Ce dernier a avant tout à cœur l'avis et les sentiments de ses enfants et de ceux de Mrs. Parker Bowles, mais aussi le respect de la mémoire de son épouse disparue, et le rôle qui est le sien. En déposant cette plainte, nous espérons exprimer de manière solennelle, sur papier à en-tête du palais de Saint-James, qu'il n'y aura pas de mariage et qu'il est vain de spéculer qu'il puisse en être autrement. »

Les médias sont allés trop vite en besogne. Une partie de l'opinion et des classes dirigeantes du royaume n'est pas encore prête à accepter que de nouvelles étapes soient franchies dans la longue marche vers l'autel de Charles et Camilla. Les conseillers du fils aîné de la reine Elizabeth comprennent que le temps est venu d'avancer à pas plus mesurés.

Depuis toujours, Milla soignait son image de lady sans prétentions ni style vestimentaire particuliers, les cheveux toujours en bataille et le visage dépourvu de toute trace de maquillage. Mais, dans sa vie, tout a changé. Alors, depuis quelques mois, la favorite s'emploie à retrouver une ligne de jeune fille grâce à un programme savamment élaboré reposant sur un régime alimentaire et de l'exercice physique. « Elle considère qu'elle occupe

1. *Daily Mail*, 11 novembre 2000.

maintenant une position dans la vie du prince qui est davantage comprise et reconnue, et que, si elle veut pouvoir l'aider et le soutenir comme elle le souhaite, il lui faut toujours avoir à disposition la tenue de circonstance, confie l'une de ses amies. Elle fait donc des efforts pour s'habiller mieux[1]. »

Elle a été vue en Valentino et en Versace. Plusieurs créateurs britanniques – notamment Amanda Wakeley, Antony Price, Paddy Campbell, Robinson Valentine et Tomasz Starzewski – ont aussi largement contribué à améliorer sa garde-robe. On raconte également qu'elle a un faible pour les vêtements English Eccentrics, dont la créatrice, Helen David, s'est fait une spécialité des tenues du soir hyperglamour. En fin d'année, sa métamorphose est immortalisée par lord Snowdon dans une série de portraits en noir et blanc commandée par le prince de Galles. Pendant toute la durée de la séance de pose, organisée dans son studio du quartier de Kensington, le photographe est assisté par Anna Harvey, du magazine *Vogue* – une experte ès style et relookage dont Diana elle-même avait autrefois recherché les inestimables conseils. Camilla a apporté ses propres bijoux dans leurs boîtes toutes cabossées. Sur l'un des clichés, elle porte un collier dont les diamants avaient autrefois appartenu à son arrière-grand-mère, Alice Keppel, et dont Charles vient de lui faire cadeau. La tiare dont les précieuses pierres sont issues avait été vendue par sa grand-mère, Sonia, dans une période de vaches maigres, et avait terminé sa route dans la chambre forte de l'un des joailliers londoniens chez qui le prince de Galles effectue régulièrement de « menues » emplettes. Ce dernier avait fait monter les diamants en collier. Le fils de la reine Elizabeth II paraît d'ailleurs décidé à reconstituer en partie la collection de joaillerie de la maîtresse d'Edward VII. Deux ans auparavant, déjà, il avait fait l'acquisition d'une broche en perles noires créée tout spécialement pour Alice sur les instructions de son royal amant. À intervalles réguliers, ces pièces, toujours très convoitées, font leur apparition dans les salles de ventes aux enchères. Au début du mois de décembre 2000, une magnifique broche – un serpent en diamant entourant une très belle tourmaline – est ainsi vendue chez Sotheby's, à New York. On ignore si l'héritier de la Couronne tente alors de faire une offre. Elle est finalement acquise, pour 38 000 euros environ, par un acheteur sud-américain.

En 2001, la famille royale choisit une nouvelle fois de se distinguer par son incapacité à faire taire l'incompréhension, les rivalités et les rancœurs qui la déchirent. Sophie Wessex, l'épouse du prince Edward, se fait remarquer dès le mois d'avril en livrant imprudemment à un reporter du tabloïd *News of the World* déguisé en cheikh arabe quelques confidences malheureuses sur sa belle-famille. Elle affirme notamment que personne, au sein du clan, ne se hasardera à reconnaître publiquement Camilla tant que Queen Mum sera toujours de ce monde. Avant que le scandale éclate, les relations entre Charles et son petit frère étaient inexistantes. On pensait donc raisonnablement qu'il leur serait difficile de s'envenimer davantage. On avait tort... En septembre, l'héritier du trône se dispute violemment avec Ed. L'air de rien, ce dernier aurait envoyé une équipe de tournage sur le campus de l'université de Saint-Andrews dans l'espoir de pouvoir filmer le jeune prince William pour le compte de sa société de production, Ardent. Toujours partants dès lors qu'il s'agit de chercher querelle à une belle-sœur, une bru ou un cousin, les Windsor donnent plus que jamais l'image d'une lignée divisée autour de sombres enjeux de succession, de pouvoir, de popularité ou d'argent.

Seul contre tous ! À cinquante-trois ans, le futur monarque est parvenu à se brouiller de manière plus ou moins irrémédiable avec l'ensemble de ses proches. Avec sa mère, d'abord. Aux yeux de Lilibet, Charles a tort de s'engouffrer dans chacune des brèches ouvertes par le dernier sondage d'opinion en date et de placer son avenir entre les mains d'experts en communication. La souveraine, qui critique régulièrement le style de vie dispendieux de son aîné, s'inquiète par ailleurs des notions fantaisistes sur l'art de régner qu'il pourrait être tenté d'inculquer à William.

Avec son père, ensuite, très critique depuis toujours à l'égard de sa liaison avec Camilla Parker Bowles, et à qui il en veut terriblement de douter de son aptitude à devenir un bon roi. Le prince de Galles reproche pêle-mêle à Philip de l'avoir terrorisé quand il était petit, de l'avoir forcé à épouser Diana et de lui préférer son cadet, Edward. Et ça, c'est trop dur. Les rapports entre père et fils se sont à ce point dégradés au cours des dernières années que les observateurs se disent désormais sûrs que rien ni personne au monde ne pourra jamais plus les réconcilier.

Leur mésentente chronique ne contribue pas à apaiser l'incompréhension et les tensions entre le duc d'Édimbourg et la reine mère. Queen Mum, qui n'a jamais fait beaucoup d'efforts non plus pour cacher l'aversion qu'elle éprouve envers la gent germanique, use toujours, dit-on, de divers mots doux pour faire référence à son gendre – « le Hun » restant l'une de ses expressions favorites. Plutôt contente de ne pas avoir à s'occuper des affaires de famille – un job à plein temps –, la doyenne des Windsor se contente, en cas d'embrouille, de prendre fait et cause pour son petit-fils préféré contre le reste du monde. Et ce n'est pas de tout repos.

Pourtant, Charles, c'est sûr, est un gagneur. À la fin de l'année, il sort en effet vainqueur du concours de popularité qui continue d'opposer les principaux membres de la famille royale les uns aux autres à grands coups de couvertures de tabloïds. Au palais de Saint-James, l'euphorie sera pourtant de courte durée. Voilà déjà trente ans que la saga des amours mouvementées de Charles et Camilla occupe les colonnes de la presse populaire du royaume au rythme de ses avatars, toujours aussi soudains qu'inattendus. Par une suprême ironie de l'histoire, deux domestiques paraissent désormais tenir entre leurs mains les clés de l'avenir de l'héritier de la Couronne et de sa maîtresse. Acteurs malgré eux d'un drame lourd de conséquences pour l'image de l'institution monarchique...

Dans les déjeuners ou les dîners en ville, Paul Burrell portait toujours les mêmes boutons de manchette. Deux ovales en émail bleu nuit frappés d'un « D » blanc surmonté d'une couronne… « Un cadeau de la princesse de Galles. » Qu'on le retrouve chez The Ivy, l'un des restaurants les plus chics de Londres, ou à bord du paquebot *Queen Elizabeth 2*, où il était souvent invité à donner des conférences, Paul n'était jamais à court de belles histoires. Le 29 novembre 2001, soit quatre ans presque jour pour jour après avoir été décoré de l'Ordre royal victorien par la souveraine, l'ancien majordome de Diana se retrouve pourtant assigné à comparaître devant la principale cour criminelle du royaume. Chef d'accusation ? Le vol.

L'affaire commence lorsqu'un bateau en or massif incrusté de pierres précieuses et de diamants d'une valeur de près de 765 000 euros – un cadeau de mariage offert à Charles et à son épouse par l'émir de Bahrein – est retrouvé dans les locaux de l'un des plus célèbres marchands d'art de Londres. Elle est rendue publique le 15 novembre 2000 avec l'arrestation de Harold Brown, un ancien majordome – lui aussi – de la princesse. Deux mois plus tard, Paul Burrell est arrêté à son tour. Dans la nuit du 18 au 19 janvier 2001, des officiers de Scotland Yard font irruption dans sa résidence de Farndon. Ils mettent la main sur une collection de sacs à main griffés, sur des robes, des tailleurs, des chapeaux, des chaussures et des chemisiers de grands couturiers, des centaines de photographies personnelles, des CD, des lettres, des médailles commémoratives, un secrétaire, plusieurs dizaines de pièces d'argenterie, une pendulette Cartier… Au total, un butin hétéroclite composé de plus de trois cents effets personnels de Diana, ainsi que vingt-six objets appartenant à Charles et à William, estimé à plus de 7,5 millions d'euros. L'ex-domestique est entendu pendant seize heures avant d'être remis en liberté et placé sous contrôle judiciaire.

Au fil des interrogatoires, les services spécialisés de la police du royaume croient découvrir l'existence d'un vaste trafic d'objets appartenant aux membres de la famille royale. Paul a beau protester publiquement de son innocence et accuser, sans les nommer, « un certain nombre d'individus » en poste à Buckingham, de vouloir ruiner son existence et sa réputation d'honnête homme, rien n'y fait. Il est officiellement inculpé le 16 août. Soucieux de donner le moins de retentissement possible à l'enquête, le futur roi se montre prêt à retirer sa plainte à condition que les biens retrouvés en possession de son ancien employé soient tous retournés à leurs propriétaires respectifs. Très attachés à Burrell, un homme jovial et dévoué dont le souvenir demeure étroitement lié à celui de leur mère, William et Harry font eux aussi savoir qu'ils s'opposent à ce que toute forme de poursuite judiciaire soit engagée à son encontre. En vain.

De la femme la plus célèbre et la plus adulée au monde, Paul garde comme un trésor le souvenir de la jeune fille timide et gauche qui, en 1981, peinait à retrouver le chemin de sa chambre dans le dédale des couloirs du palais et qui, déjà, se laissait régulièrement aller à pleurer sur son épaule. Elle était restée fragile, émouvante, changeante comme un ciel d'orage. Il était devenu son roc, son chauffeur, son confident, son homme à tout faire. Son ombre. Son ami. « Il n'est pas exagéré de dire que j'ai toujours fait passer ses besoins en premier, avant même ceux de ma propre famille », avouera-t-il à plusieurs reprises. La nuit tragique du 31 août 1997, il est le seul proche de Diana, à l'exception de ses sœurs Jane et Sarah et du prince Charles, à être admis dans l'aile de l'hôpital de la Pitié-Salpêtrière où repose sa dépouille. Le 6 septembre, il est aussi le seul « étranger » invité par le comte Spencer à assister à l'inhumation du cercueil dans le secret du domaine d'Althorp. Ce privilège vaut à lui seul toutes les références du monde. Les larmes de Burrell achèvent de lui donner une notoriété planétaire.

Au lendemain du drame, Paul se voit investi d'une mission : celle de répertorier l'ensemble des biens de la princesse de Galles et de ses enfants entreposés dans les appartements 8 et 9 du palais de Kensington, et de superviser le conditionnement des objets de valeur. « Ces six mois m'ont été d'un grand réconfort, déclarera-t-il par la suite au quotidien *Daily Mirror*[1]. Je me retrouvais dans mon environnement familier. D'une certaine manière, j'étais encore en train de travailler pour elle, de veiller sur elle. Mon ultime devoir était de prendre soin de ses effets personnels, de les protéger. » Résolu à ne pas laisser un certain nombre de documents, de vêtements et de bibelots tomber aux mains des Spencer, l'ancien majordome décide d'en placer quelques-uns en lieu sûr à son domicile. Il sait que personne au monde ne l'a mieux connue que lui et se proclame gardien de sa mémoire. Il croit avoir été le seul à la comprendre et se considère comme plus ou moins investi de son héritage moral. La famille de Diana multiplie tout d'abord les témoignages de reconnaissance et d'estime à son égard en lui « léguant » 77 000 euros prélevés sur la fortune de la jeune femme, puis en lui confiant, en novembre 1997, un poste au sein du comité chargé de gérer les fonds du Memorial Fund – l'organisme caritatif créé en mémoire de la belle-fille d'Elizabeth II au lendemain de sa disparition. Burrell est une star. Mais son ivresse ne durera pas.

Onze mois plus tard, il se retrouve en effet brutalement « dégagé » de ses responsabilités. Apparemment, le clan Spencer a fini par prendre ombrage de l'extraordinaire popularité de l'ex-employé. On lui reproche ses deux livres, publiés en l'espace de quelques mois – des recueils de recettes, de conseils de savoir-vivre et de leçons dans l'art de recevoir. On lui envie le succès de ses conférences – plus de 5 000 euros, dit-on alors, par prestation – qui l'amènent à voyager à travers le monde. On s'interroge sur le financement de l'achat de sa résidence de Farndon, une très belle maison de style georgien… On s'empresse surtout d'oublier que Paul a refusé les

1. Au début du mois de novembre 2002, quelques jours après la fin de son procès retentissant, le majordome vend en exclusivité au tabloïd le récit de ses années passées au service de Charles et Diana. Il sera publié sur plusieurs jours.

millions offerts par les nombreuses maisons d'édition pressées de publier ses Mémoires.

Quelques membres de l'entourage de la princesse de Galles prétendent que celle-ci avait souhaité, peu de temps avant sa mort, se séparer de son fidèle domestique. D'autres disent savoir de source sûre qu'elle projetait en réalité d'emmener la famille Burrell avec elle en Australie afin d'y commencer, à ses côtés, une nouvelle vie. Paul tente de trouver un nouveau sens à son existence en ouvrant un petit commerce de « Fleurs et Cadeaux » dans le village de Holt. On raconte aussi qu'il aurait commencé à mettre ses belles histoires par écrit. Lorsque son procès s'ouvre, en octobre 2002, ses avocats font savoir que son témoignage sera « long, détaillé et très intéressant ». Une intervention providentielle de la souveraine vient l'innocenter à la veille de son audition. Sa Majesté dit s'être brutalement souvenue d'une longue conversation qu'elle aurait eue en tête à tête avec l'ex-employé de la Maison royale, à l'automne 1998. Au cours de leur entretien, Burrell lui aurait demandé la permission de mettre à l'abri une partie des effets personnels de la princesse de Galles. Ses déclarations font taire les questions. Pas pour longtemps.

L'opinion, ainsi qu'une partie de la classe politique du royaume, soupçonne le clan Windsor d'avoir blanchi le majordome afin d'éviter que de nouvelles révélations ne viennent ternir un peu plus son prestige. La suite des événements les confortera dans leurs convictions. L'ombre de Diana hante à nouveau les corridors du palais de Buckingham. Le scandale s'annonce comme le pire qu'aient connu Lilibet et ses proches depuis plus de dix ans, et menace tout à la fois de réduire à néant les chances de Charles de monter un jour sur le trône d'Angleterre, ainsi que ses projets d'avenir au côté de Camilla. Les sujets de Sa Majesté posent désormais ouvertement la question : les deux amants sont-ils maudits ?

Petit retour en arrière… Au milieu des années 1990, la princesse de Galles recueille au moyen d'un dictaphone les confidences de George Smith, l'un des valets au service de son mari. Ce dernier lui raconte avoir été violé par l'un des représentants les plus influents de l'entourage du futur roi. Il affirme aussi avoir été témoin d'un « incident » embarrassant impliquant son agresseur et l'un des principaux membres de la famille royale. Diana pense-t-elle alors qu'elle pourra peut-être utiliser le témoignage du jeune homme comme un moyen de pression dans la négociation des modalités de son divorce ? À l'époque, Charles fait ouvrir une première enquête interne sur les accusations d'abus sexuel proférées par son employé. Les résultats s'en révèlent officiellement non concluants. Pendant plusieurs semaines, George Smith est soigné aux frais de l'héritier de la Couronne dans une clinique spécialisée. Avant qu'il soit discrètement remercié, et son silence acheté pour 60 000 euros.

La suite de l'histoire n'a rien à envier à ces romans noirs aux multiples rebondissements dont les Britanniques ont le secret. Peu après la disparition de la princesse, sa sœur, Sarah McCorquodale, et son majordome, le désormais célèbre Paul Burrell, découvrent la cassette à l'intérieur d'un petit coffret en chêne, placé dans le salon de ses appartements du palais de Kensington. Trois ans plus tard, lady Sarah informe Scotland Yard de la disparition de l'enregistrement et d'un certain nombre de documents « sensibles » dans des circonstances mystérieuses. Les forces de l'ordre décident de perquisitionner au domicile de l'ancien domestique. En parallèle, la police procède à une nouvelle série d'interrogatoires au sujet du viol dont le valet affirme avoir été victime. Là encore, aucune charge contre l'agresseur présumé n'est retenue. Charles, qui connaît bien ce dernier, semble lui-même croire sincèrement en son innocence.

Burrell et Smith s'étaient liés d'amitié lorsqu'ils travaillaient tous deux au service de la famille royale. Bien décidé à se défendre au cours de son procès, Paul a-t-il été tenté de révéler l'identité des personnalités impliquées dans ce sordide fait divers ? C'est ce que l'intervention providentielle de la reine, à la veille de l'audition du majordome par le tribunal, laisse tout d'abord penser. De son côté, la presse affirme connaître le nom des gentlemen mis en cause par George dans la fameuse cassette enregistrée par Diana – toujours supposément introuvable –, mais s'interdit, pour l'heure, de les publier, de peur de causer « des dommages irréparables à l'institution monarchique ». Les Windsor croient être parvenus à maîtriser l'incendie avant qu'il n'embrase l'ensemble des médias du royaume. À tort.

Michael Fawcett, un ancien valet récemment élevé à la dignité de « consultant personnel » par le prince Charles, se retrouve bientôt accusé par les tabloïds d'organiser au nez et à la barbe du fisc la revente des somptueux cadeaux reçus par l'héritier du trône dans le cadre de ses fonctions officielles. En empochant au passage une commission substantielle. Ce « commerce » rapporterait chaque année au fils aîné d'Elizabeth II plus de 150 000 euros, affectés aux menues dépenses de fonctionnement de sa résidence de Highgrove. « Est-ce bien ce que nous sommes en droit d'attendre de la famille royale ? » s'interrogent les commentateurs. Le malheur des uns ne faisant pas toujours le bonheur des autres, le Trésor public britannique promet déjà de s'intéresser de très près à toutes les petites combines destinées à arrondir les fins de mois des Windsor et de leur personnel. Les Républicains se frottent les mains. Et ce n'est qu'un début.

Considérablement affaiblie par les scandales de ces vingt dernières années, la dynastie régnante survivra-t-elle à cette nouvelle épreuve ? Agacée par le dénouement précipité du procès Burrell, une partie de la classe politique demande des comptes. Pis, pour la première fois depuis la mort de Diana, la popularité de Charles est en chute libre, et des voix s'élèvent à nouveau pour réclamer que son fils aîné, William, coiffe la couronne à sa place à la mort de Lilibet. Le prince de Galles, dont l'honneur et la réputation sont en jeu, demande l'ouverture d'une nouvelle enquête interne, dont il promet, cette fois, que les résultats seront rendus publics.

Camilla se trouve elle aussi critiquée pour la confiance et l'estime qu'elle porte depuis toujours à Michael Fawcett. Les manières un peu brusques et la forte personnalité de ce dernier l'ont rendu impopulaire au sein du staff princier. Les médias révèlent qu'en 1998, alors que la fronde d'une partie du personnel de l'héritier de la Couronne menaçait de le contraindre à démissionner, il avait été « sauvé » in extremis grâce à l'intervention de Mrs. Parker Bowles. Les tabloïds paraissent d'ailleurs résolus à faire du consultant personnel du futur roi leur nouveau sujet de prédilection. Désigné par un grand quotidien italien comme l'agresseur présumé de George Smith, Michael se met au vert et prend un avocat.

Cherche-t-on à tout prix à empêcher Charles de monter sur le trône ? La présence de Milla à ses côtés est-elle considérée comme gênante par certains milieux influents, au point de justifier la violence – et la fréquence – des attaques en règle dirigées contre le successeur d'Elisabeth II et son entourage immédiat ? Possible.

En juin 2002, la maîtresse en titre s'est retrouvée associée aux festivités du Jubilé d'or, organisées en l'honneur du cinquantième anniversaire de l'avènement de la souveraine. Placée au deuxième rang de la loge royale, juste derrière les piliers de la famille régnante, elle a assisté aux concerts en plein air donnés sur les pelouses du palais de Buckingham. Perçu comme un pas décisif dans le long processus d'intégration de la favorite dans la vie publique du prince de Galles, l'événement n'a peut-être pas été aussi bien vécu qu'on l'a dit par une partie des sujets de Sa Majesté. Le souvenir de Diana est demeuré vivace dans l'opinion. Pour beaucoup, l'irrésistible ascension vers le bonheur des deux amants reste une insulte à la mémoire de la princesse martyre.

La Maison royale cherche-t-elle à se débarrasser de l'héritage moral de la jeune femme ? William et Harry sont-ils discrètement poussés par leurs proches à rompre avec le souvenir de leur mère ? Dans un entretien accordé au quotidien *The Guardian* [1], Charles Spencer, le frère cadet de la défunte, affirme que les deux adolescents « ne sont pas encouragés à rester en contact avec leur famille maternelle ». En froid avec son ex-beau-frère, tenu à distance par Lilibet – qui ne lui a jamais pardonné d'avoir, le 6 septembre 1997, transformé l'éloge funèbre de lady Di en un vibrant réquisitoire à l'encontre des Windsor –, le comte se fait le porte-parole d'un clan en plein désarroi. Dans un souci apparent de ne pas embarrasser ses neveux, il se refuse toutefois à faire le moindre commentaire sur la fréquence de leurs visites au domaine familial d'Althorp, où la princesse est enterrée. « Disons que je n'ai pas vu William depuis un moment. J'ai été en contact avec Harry plus régulièrement. Heureusement, il y a les textos, les e-mails... toutes sortes de moyens de communiquer qui pallient l'absence de présence physique. »

La presse l'a déjà fait maintes fois remarquer : après la mort de Diana, ses fils n'ont plus été associés à aucun des grands événements qui ont marqué la vie des Spencer. Ils n'ont, ainsi, pas jugé nécessaire – ou opportun – d'assister au remariage de leur oncle avec Caroline Freud. L'héritier de la Couronne lui-même ne se serait jamais rendu sur la tombe de son épouse. Quelques mois auparavant, le comte s'en indignait déjà au cours d'une interview accordée à l'une des émissions de radio les plus populaires du royaume : « Le prince Charles sait qu'il bénéficie d'une invitation permanente à se rendre à Althorp. Mais, jusqu'ici du moins, il n'a jamais jugé bon d'y répondre. Soyons clairs, il ne s'agit que de son ex-femme. C'est probablement comme cela qu'il voit la chose. »

Aux yeux des Britanniques, l'oubli est comme une ombre qui, chaque jour, gagne du terrain. Aucun monument permanent à la mémoire de la princesse n'a encore été érigé dans les jardins de Kensington, à Londres. L'émotion immense suscitée par le décès de Queen

1. 15 juillet 2002.

Mum, le 30 mars 2002, et le succès des cérémonies du Jubilé d'Elizabeth II, quelques mois plus tard, ont en outre été mis en avant par certains observateurs comme la preuve irréfutable que l'institution monarchique n'a jamais eu réellement besoin des services de Diana pour asseoir sa popularité. Un célèbre analyste politique résumait alors la chose en ces termes : « Depuis que Trotski a été chassé d'Union soviétique en 1929, jamais aucune personnalité de cette importance n'a été aussi totalement évincée de la vie publique d'une nation. »

Si l'année 2002 se termine plutôt mal pour le prince de Galles, elle lui a aussi permis de marquer quelques points décisifs dans le bras de fer qui continue de l'opposer aux anti-Camilla. En avril, George Austin, l'ancien archidiacre d'York, se prononce ainsi en faveur du mariage des deux amants. « Je pense aujourd'hui qu'il doit épouser Mrs. Parker Bowles, et ce en dépit des obstacles que l'Église [anglicane] continue de dresser sur sa route. [...] Il ne fait aucun doute que Mrs. Parker Bowles est le grand amour de sa vie, et c'est l'une des raisons pour lesquelles j'ai la ferme conviction qu'ils devraient se marier. Charles est un homme sérieux et profondément sensible, qui se préoccupe sincèrement de l'état de notre société. Mrs. Parker Bowles lui est à la fois indispensable et bénéfique. Cela ne relève pas du domaine de la théologie ou de la constitution, mais de la compassion pure et simple[1]. »

« Longue vie à la reine Camilla ! » titre pour sa part *The Guardian*. La favorite y est présentée comme « une vraie princesse du XXIe siècle, [...] reflet d'une majorité de la population de ce pays : divorcée, obligée de composer avec une longue série de dysfonctionnements familiaux, à la fois tolérante et un brin conservatrice. [...] La Grande-Bretagne moderne est un État où rien n'empêche de mener une vie heureuse et bien remplie, même lorsqu'on vient d'un milieu à problèmes ou "différent". Le temps est venu pour un nouveau mariage

---

1. *Daily Mail*, 17 avril 2002.

royal. Celui de [l'héritier du trône et de sa maîtresse] apporterait davantage d'espoir aux "vrais gens" de ce pays que n'importe quel mariage dit de conte de fées[1] ». Le 19 avril, Camilla est invitée à assister à l'office religieux célébré en l'abbaye de Westminster en mémoire de la princesse Margaret, au côté des principaux membres de la famille royale. Le 11 mai, elle participe à une conférence organisée par la Fondation internationale de lutte contre l'ostéoporose, à Lisbonne, au Portugal, et prononce son tout premier discours en public en présence de la reine Rania de Jordanie. Une victoire ? Un triomphe.

Les deux amants ignorent encore qu'ils vont traverser l'« annus traumaticus » 2003 comme un long cauchemar. Charles ne parvient pas à apporter de réponse satisfaisante aux interrogations, toujours en suspens, de ses futurs sujets. Depuis plusieurs semaines, les journaux britanniques menaçaient de dévoiler l'identité des deux personnalités mises en cause par George Smith – « retrouvé » par la presse au pays de Galles, où il travaille dans un hôpital – dans la mystérieuse cassette enregistrée par Diana. Au terme d'une longue bataille judiciaire, le quotidien *The Guardian* rend finalement public un premier nom. Celui de Michael Fawcett.

Le fils aîné de la reine Elizabeth sait qu'il a été désigné par son ancien valet comme « l'autre » protagoniste de la scène embarrassante dont celui-ci affirme avoir été témoin à Highgrove. Il réalise que, tôt ou tard, les médias s'interrogeront sur la nature exacte de ses relations avec son consultant personnel, et décide de prendre les devants en publiant un communiqué. « Toutes ces allégations sont fausses. L'incident en question n'a jamais eu lieu. » Présenté comme un alcoolique chronique victime de graves troubles du comportement, et apparemment connu des services de police britanniques pour avoir déposé un certain nombre de plaintes sans fondement dans des moments de détresse, Smith est considéré par

1. 2. Édition du 17 avril 2002.

beaucoup comme un témoin particulièrement peu digne de foi. Qu'elles soient fondées ou pas, ses accusations menacent cependant de porter un coup fatal à l'image du prince. Le 9 novembre 2003, *News of the World* est en outre le premier à poser ouvertement la question : « Charles est-il bisexuel ? »

George se dit « terriblement désolé » d'avoir plongé l'héritier de la Couronne dans l'embarras, mais maintient ses déclarations. L'ancien majordome Paul Burrell le décrit de son côté dans le *Daily Mirror* comme « un homme bon, incapable de faire du mal et, par-dessus tout, soucieux de ne pas causer de tort à la monarchie », mais qui estime avoir été « traité de manière particulièrement injuste par le palais ». Une sombre affaire de vengeance ? Plutôt de confiance déçue.

Dans toutes les résidences de la famille royale, ce sont en effet les domestiques qui ont le pouvoir. Omniprésents, chargés d'organiser la vie quotidienne de leurs altesses jusque dans ses moindres détails, ils sont aussi les gardiens de leurs secrets les plus inavouables – pendant longtemps, Smith a ainsi fait office de messager entre le futur roi et Camilla Parker Bowles. La dépendance matérielle dans laquelle les « serviteurs » des Windsor entretiennent leurs maîtres évolue parfois vers une forme de dépendance affective. « Michael est le seul dont je ne pourrai jamais me passer », aurait d'ailleurs avoué Charles. Signe que « celui qui plie les caleçons du prince » a forcément d'autres talents que le simple maniement du fer à repasser.

En 1981, Fawcett se présentait au bureau du personnel de Buckingham avec un diplôme de cuisinier et quelques maigres affaires personnelles rassemblées dans un sac. Il est aujourd'hui riche, craint, et – du moins jusqu'à ce que la rumeur le désigne comme l'amant supposé du fils aîné d'Elizabeth II – cité comme un exemple remarquable d'ascension sociale. D'abord recruté au poste de valet de pied de la souveraine, il se distingue rapidement par son dynamisme, son sens inné de l'organisation et son souci du détail. Le prince de Galles le remarque et le fait entrer dans son staff. Sa loyauté est telle – d'aucuns diront si excessive – qu'il se retrouve rapidement haï par Diana et jalousé par la plupart de ses collègues de travail. Sa familiarité avec son employeur dérange, ses manières, qualifiées par une partie des médias d'arrogantes et brutales, lui attirent de nombreuses inimitiés. Mais il a la confiance de Camilla. Et s'impose comme l'autre « élément non négociable » de l'existence de Charles.

Une fois promu à la fonction d'assistant personnel du prince, le mimétisme s'installe. Michael Fawcett achète ses chemises chez Turnbull and Asser, tripote frénétiquement ses boutons de manchette lorsqu'il se trouve en public et marche les mains croisées derrière le dos. La ressemblance choque. Le palais veut sa tête. Il est contraint de démissionner de ses fonctions en mars 2003. Depuis, il a créé sa propre société d'organisation d'événements, grâce à laquelle il continue de facturer ses services à son ancien patron pour un peu plus de 150 000 euros par an. Il a dirigé les travaux de Birkhall et de Clarence House, les deux nouvelles résidences du prince, héritées de Queen Mum, et supervisé la grande réception donnée au château de Windsor en l'honneur du vingt et unième anniversaire de William. Les destinées de Charles et Michael paraissent toujours inextricablement liées.

Le doute commence son long et pernicieux travail de sape. Déjà, les Britanniques ne sont plus que 43 % à considérer les Windsor comme bénéfiques pour leur pays – ils étaient 70 % à la fin des années 1980. La tendance pourrait bien se confirmer. De nouveau, tout va de travers. Cette fois, on se demande bien qui pourrait aider Lilibet et les siens à sortir de l'ornière. Voilà l'héritier du trône empêtré dans les remous de l'affaire Burrell et désigné comme le responsable numéro un des scandales qui viennent à nouveau entacher la réputation et l'honneur de son clan. La favorite redevient une proie facile pour ceux qui cherchent le(s) responsable(s) des malheurs de la famille royale. Combien de temps encore Charles aura-t-il le courage de continuer à défendre le grand amour de sa vie ?

À en croire certains chroniqueurs royaux, Mrs. Parker Bowles se retrouverait en effet depuis peu la cible d'un complot orchestré conjointement par le palais de Buckingham et par un certain nombre de conseillers en poste à Clarence House – devenu le nouveau QG londonien du prince de Galles –, dans le but de l'écarter pour de bon de la vie publique de son compagnon. Elizabeth II elle-même aurait fait machine arrière et décidé que l'ex-Rottweiler n'assisterait plus, désormais, à aucun des engagements officiels de son fils aîné. La souveraine évite d'ailleurs toujours soigneusement de croiser le couple de tourtereaux lorsqu'ils se trouvent en vacances à Birkhall, sur les terres de son château de Balmoral. Toujours résolument opposée à une union du futur roi avec sa maîtresse, elle aurait, dit-on, trouvé un allié de poids en la personne du nouvel archevêque de Canterbury, Rowan Williams. Ce dernier était pourtant présenté, au départ, comme l'un des rares responsables de l'Église anglicane à militer pour que Charles et Camilla soient considérés par le clergé comme n'importe quel couple ordinaire, et, en conséquence, traités comme tel. Sous sa haute autorité, le Synode général du mois de juillet 2002 a pourtant soumis le remariage des divorcés devant Dieu à un certain nombre de « conditions de moralité » qui, pour le moment, réduisent à néant les projets d'avenir des deux amants. Son prédécesseur, George Carey, s'était quant à lui entretenu à maintes reprises avec la favorite sur les éventuelles implications de son union avec le prince de Galles. Or, on le disait plutôt conservateur. Comprenne qui pourra.

À soixante-dix-sept ans, Lilibet se trouve en outre dans l'obligation de commencer à déléguer une partie de ses prérogatives royales à son successeur. Les mauvaises langues prétendent que Charles, qui attend son heure depuis si longtemps, pourrait avoir du mal à résister aux sirènes des honneurs et du pouvoir. On prétend que ses apparitions en public au côté de la femme de sa vie se font de moins en moins fréquentes. Le réchauffement entre mère et fils n'aurait-il donc de chances de se faire qu'au détriment de Milla ? Ce fâcheux revirement de tendance coïncide avec l'entrée en fonctions de plusieurs alliés objectifs de la « vieille garde » de l'institution monarchique dans l'entourage de l'héritier de la Couronne. Les principaux conseillers du prince, Mark Bolland et Stephen Lamport, artisans de la réhabilitation de l'ex-rivale de Diana dans l'opinion, ont en effet été remplacés par Michael Peat, l'ancien trésorier de la souveraine, et par Elizabeth Buchanan, une femme à la forte personnalité soupçonnée d'entretenir des relations quasi fusionnelles avec Charles, que, de son propre aveu, elle idolâtre. « Nous en avons assez de [Mrs. Parker Bowles] », l'aurait-on entendue déclarer[1]. Michael Peat, dont Camilla elle-même a soutenu la candidature au poste de secrétaire particulier du prince, avoue quant à lui – en privé – « apprécier énormément » la compagne de son employeur, mais déplore que sa présence détourne l'attention des Britanniques du travail considérable accompli par ce dernier. Il pense également qu'on ne peut ignorer l'attitude sans équivoque adoptée par la reine à son égard. La favorite a donc été priée de ne plus assister à la réunion biannuelle de préparation de l'emploi du temps du prince de Galles. Un peu déroutée par ce changement radical d'attitude, Camilla passe désormais plus de temps en famille dans sa maison du comté du Wiltshire et maintient qu'elle n'a jamais cherché à s'immiscer dans les obligations officielles du futur roi. « S'ils veulent tout gérer seuls, qu'ils ne se gênent surtout pas pour moi[2] », aurait-elle plaisanté. Opéré d'une hernie discale au printemps de l'année 2003, le fils aîné d'Elizabeth II a toutefois veillé à ce que « Mrs. PB » soit vue à ses côtés lors de son admission à l'hôpital Edward VII de Londres. Histoire de rappeler à ceux qui seraient tentés d'en douter que, lorsqu'il s'agit de sa vie privée, il est bien le seul maître à bord.

Charles a conscience mieux que quiconque des difficultés auxquelles Milla doit faire face depuis qu'elle par-

1. *The Mail on Sunday*, 16 février 2003.
2. *Ibid*.

tage son existence, et des complications que son statut de maîtresse en titre engendre au quotidien. Il a donc fait procéder – sans regarder à la dépense – au recrutement d'une petite équipe chargée de l'aider et de la seconder dans ses diverses obligations, placée sous l'autorité d'Amanda MacManus, l'assistante de Camilla – et son véritable bras droit – depuis plus de six ans. Avec l'aide d'une adjointe, celle-ci a pour tâche principale d'organiser l'emploi du temps de Mrs. Parker Bowles et de coordonner ses diverses actions dans le domaine caritatif.

Deux anciens de Scotland Yard, membres pendant plusieurs années du département de protection des membres de la famille royale, font tour à tour office de chauffeurs et de gardes du corps. La favorite sait aussi pouvoir compter sur l'aide discrète et dévouée de ses amies. La baronne Jane von Westenholz, l'écrivain Candida Lycett-Green et lady Sarah Keswick se révèlent ainsi toujours prêtes à jouer le rôle de dame d'honneur en cas de besoin. Certains clament déjà que le traitement de faveur dont bénéficie l'ex-Rottweiler n'a rien à envier aux privilèges traditionnellement associés à la condition d'altesse royale. Afin de ne pas donner d'arguments à ses détracteurs, Milla choisit, aussi souvent que possible, d'être accompagnée dans ses déplacements par son père, Bruce, sa sœur, Annabel, ou ses enfants, Tom et Laura.

Du coup, le Tout-Londres se les arrache. Membres de la famille recomposée la plus célèbre au monde et considérés comme les « frère et sœur de cœur » des princes William et Harry, les enfants Parker Bowles sont devenus les invités incontournables des soirées où se presse l'élite de la bonne société britannique. Traités avec une déférence comparable à celle dont font l'objet les proches de la reine Elizabeth, reçus avec les égards qui s'imposent dans les meilleurs restaurants et les boutiques les plus chics de la ville, tous deux pourraient s'abandonner à l'existence facile que connaissent, outre-Manche, les jeunes gens bien nés. Mais dans l'ombre, Charles, Andrew et Camilla veillent au grain.

Studieux et sages, déterminés à se doter de l'image convenable qui sied à leur future condition de « beau-fils et belle-fille » du prochain roi d'Angleterre, Tom et Laura sont vivement encouragés par le prince de Galles à fuir les tentations auxquelles paraissent avoir succombé tant de représentants du clan Windsor. Conscients d'avoir – eux aussi – un rôle à jouer dans la vaste opération de relations publiques visant à réhabiliter l'image de leur mère dans l'opinion, ils fuient les médias et limitent leurs fréquentations à un cercle restreint de proches et d'amis, dont les plus chers – et les plus sûrs – restent leur cousin germain Ben Elliot, Zac Goldsmith – le fils du milliardaire Jimmy Goldsmith –, et son épouse Sheherazade, ainsi que Jemima, la sœur aînée de Zac. Autrefois piliers des nuits bien arrosées du K-Bar, ils sont désormais, le plus souvent, aperçus en train de déjeuner tranquillement en compagnie de Milla chez The Ivy, Le Caprice ou Isola, les tables à la mode du moment.

Âgée de vingt-quatre ans, la fille cadette du couple Parker Bowles est aussi la plus calme et la plus discrète de la famille. Diplômée d'histoire à l'université Brookes d'Oxford, elle dirige aujourd'hui une galerie d'art branchée à Londres, et serait très éprise – depuis maintenant six ans – de Harry Lopes, héritier d'une très ancienne famille aristocratique du royaume et ancien mannequin chez Calvin Klein. Au dire de son entourage, Laura aurait été plus affectée que son frère par le divorce de leurs parents. En dépit de l'affection sincère qu'elle éprouve pour le prince de Galles, elle s'avouerait, aujourd'hui encore, « troublée » à la perspective de voir un autre homme prendre au côté de sa mère la place d'un père qu'elle adore. Si les deux jeunes gens ne sont pas aidés financièrement par Charles, ils savent toutefois pouvoir compter, en cas de besoin, sur un « coup de pouce » de l'héritier du trône. En 2001, une intervention discrète du fils aîné de la reine Elizabeth aurait ainsi permis à Laura de décrocher un petit job au musée d'art moderne Peggy Guggenheim de Venise.

Tom, de son côté, a terminé d'écrire son premier livre – un recueil de recettes et de conseils culinaires inspiré de son expérience de critique gastronomique pour le magazine *The Tatler*. Et s'impose donc comme le digne héritier de son arrière-grand-père, Philip Shand. En mai 1999, la presse du royaume l'avait propulsé malgré lui sur le devant de la scène publique en révélant qu'il lui arrivait de consommer de la cocaïne. Depuis, Tom a rompu avec ses mauvaises habitudes et, de son propre aveu, n'a plus jamais touché à la drogue. Pris en main par son père – qui a, paraît-il, notamment exigé de lui qu'il corrige son apparence vestimentaire et se coupe régulièrement les cheveux –, l'aîné des Parker Bowles a d'abord rejoint l'équipe de Quintessentially. com, une entreprise Internet de services de luxe destinés à une clientèle triée sur le volet, fondée par Ben Elliot. Avant de donner une nouvelle direction à son existence à la fin de l'année 2001 en se consacrant à plein temps à son loisir de prédilection : la cuisine. Ses critiques gastronomiques lui valent aujourd'hui l'admiration de ses pairs. Sa vie devait changer. Il ne pouvait en être autrement.

Si Tom et Laura ont déjà été vus à maintes reprises au côté du prince de Galles, William et Harry, eux, tardent à faire officiellement leur première apparition publique en compagnie de Camilla. Le fils aîné de Charles et Diana a déjà assisté à quelques réceptions en présence de la favorite – notamment une garden-party au château de Holyrood, en Écosse. Mais, chaque fois, tous deux ont veillé à se tenir à distance respectable l'un de l'autre de peur d'être surpris par un photographe indélicat. Si Wills accepte le caractère « non négociable » de l'ex-Rottweiler, c'est parce qu'il la sait nécessaire au bonheur et à l'équilibre de son père. Ce qu'aurait encore du mal à admettre son cadet. En septembre 2002, Harry profitait de son dix-huitième anniversaire pour annoncer son intention de poursuivre l'action humanitaire et caritative de sa mère. Tout au long de ses quinze années de mariage, la princesse avait été hantée par l'ombre de Mrs. Parker Bowles. Le petit prince entend faire en sorte que le souvenir de Diana reste présent dans tous les esprits. Y compris celui de Camilla.

« Même ceux d'entre nous qui n'ont jamais pu oublier ces quelques mots : "dans ce mariage, nous étions trois", murmurés d'une voix brisée par la princesse de Galles[1], ont fini par reconnaître que si Charles et Camilla s'aiment depuis plus d'un quart de siècle – un record, de nos jours –, qui sommes-nous pour leur jeter des pierres ou nous placer en travers de leur route ? » interroge une éditorialiste du quotidien *The Observer*[2]. La cause des deux amants cristallise à elle seule les passions que déchaînent, depuis plusieurs dizaines d'années au Royaume-Uni, les interrogations au sujet de l'avenir de la Couronne. S'ils ont souvent fait figure de marionnettes entre les mains des Républicains, prompts à agiter la perspective d'une reine Camilla comme un épouvantail, ils sont aussi devenus, malgré eux, l'enjeu de la lutte d'influence sans merci que se livrent les partisans de la royauté autour de conceptions divergentes de la monarchie.

Oui, mais voilà... plus le cours des événements s'obstine à contrarier les projets de mariage du prince de Galles et de sa maîtresse, et plus les lendemains des Windsor paraissent incertains. Si le futur roi ne parvient pas à imposer ses vues sur le sujet, comment, alors, ne pas douter qu'il puisse réussir à se faire entendre sur des problèmes – au moins aussi sensibles – tels que la nécessaire réforme de l'institution et le calendrier des réformes à engager ? De plus, aussi longtemps que Charles et Milla demeureront concubins, chaque nouvelle révélation sur « le calvaire » autrefois enduré par Diana aura pour effet de concentrer la colère, les frustrations et le ressentiment des Britanniques sur la favorite. Faisant ainsi du ménage à trois le plus célèbre au monde une triste histoire sans fin.

En janvier 2003, le *Daily Mirror* publie une lettre écrite de la main de la princesse peu de temps après son divorce[3], dans laquelle la jeune femme « prédit » plus ou moins le scénario de sa propre mort – « un accident avec ma voiture, une rupture des freins, de graves blessures à la tête » – et en désigne l'instigateur : Charles, « mon mari ». Six ans

1. Au cours de l'émission télévisée *Panorama*, en novembre 1995.
2. 21 avril 2002.
3. C'est du moins ce qu'affirme l'ancien majordome de la jeune femme, Paul Burrell, qui a révélé l'existence de cette lettre.

après sa disparition, la belle-fille d'Elizabeth II vient à nouveau hanter son ex-belle famille, empêtrée dans les rebondissements – apparemment voués à devenir toujours plus sordides – de l'interminable feuilleton de la guerre des Galles. La parution du document coïncide avec l'ouverture du volet britannique de l'enquête sur la tragédie du tunnel de l'Alma, dans laquelle Diana et son compagnon, Dodi Al-Fayed, ont trouvé la mort, le 31 août 1997. Difficile de tomber plus mal. Certains diront, plus bas.

Mais la faute à qui ? Trop facile, en effet, de désigner pour seul responsable l'appétit bien connu des tabloïds pour les faits divers à odeur de scandale qui polluent l'existence de la Maison royale depuis plus de vingt ans. Au lendemain du décès de la jeune femme, la souveraine et ses proches s'étaient engagés à faire vivre son souvenir – sinon à s'inspirer de son exemple. Depuis, plus rien. Plus que jamais en phase avec son lectorat, la presse populaire du royaume se fait un devoir de lui rappeler à intervalles réguliers combien la princesse martyre avait pu souffrir aux mains des Windsor. Outre-Manche, tout le monde sait que l'héritier du trône n'est pas un assassin. Mais les sujets de Sa Majesté ne pardonnent que ce qu'ils sont capables de comprendre. Pour eux, « Charles l'a tuée ». À sa façon.

Dans ce contexte troublé, l'ouverture d'une partie des archives du 10, Downing Street, relatives aux projets de mariage échafaudés au début des années 1950 par la princesse Margaret et son chevalier servant, Peter Townsend, n'apporte à Charles et Camilla qu'une bien mince consolation. Et pourtant… La légende voulait que la sœur d'Elizabeth II ait été contrainte de renoncer à son amour interdit pour le beau capitaine – un divorcé – sous peine de se retrouver privée de ressources et exclue de la famille régnante. Or, la correspondance entre les membres du gouvernement britannique de l'époque révèle que le Premier ministre, Anthony Eden, avait donné l'assurance à la fille cadette du roi George VI qu'elle conserverait son titre d'altesse royale et continuerait à bénéficier de sa rente annuelle au titre de la liste civile – une demi-surprise lorsqu'on sait que l'union de Peter et Margaret était alors ardemment soutenue par plus des deux tiers de l'opinion.

Mais il y a beaucoup plus intéressant encore. Dans une lettre « personnelle et top secret » adressée à Eden au début du mois de septembre 1955, le ministre de la Justice, lord Kilmuir, se prononce en faveur de l'abrogation de l'Acte relatif aux mariages royaux de 1772, qu'il qualifie de « confus » et présente comme « une source d'embarras ». « Il me semble, écrit-il, qu'il vaut la peine de se demander si la solution la plus satisfaisante ne serait pas d'annuler purement et simplement cet acte, impopulaire depuis toujours, connu pour être mal rédigé, ambigu et totalement inefficace, et dont le moins que l'on puisse dire est qu'il se trouve parfaitement inadapté à la situation que nous connaissons aujourd'hui. L'abrogation de ce texte aurait pour effet de rétablir les règles du droit coutumier selon lesquelles l'approbation du souverain ne doit être requise que pour le mariage de ses propres enfants et petits-enfants, et de ceux de l'héritier de la Couronne. Et il me paraît de la toute première importance de souligner que, dans ce cas, la sanction qui frappe de nullité les unions contractées sans son assentiment préalable serait amenée à disparaître. De plus, les mariages célébrés sans son autorisation n'auraient plus pour effet d'exclure automatiquement les époux concernés de la liste d'accession au trône. »

Ces révélations viennent conforter dans leurs convictions les défenseurs de Charles et Camilla, pressés de les voir convoler en justes noces. Mais « qui sait ce que notre Seigneur a bien pu prévoir ? répondait il y a un peu plus de deux ans le prince de Galles à un journaliste du *Daily Mail* qui l'interrogeait sur ses projets matrimoniaux concernant Mrs. Parker Bowles. On ne peut jamais être sûr de rien ». Il y a exactement un demi-siècle, une note anonyme contenue dans le dossier confidentiel Margaret-Townsend résumait déjà la situation en ces termes : « Ce mariage causerait sans doute un peu de tort à la famille royale. Mais un tort qui ne durera pas. Et qui, évidemment, ne présente pas le moindre risque de lui être fatal. »

11

La vie, la vraie

Le 9 avril à 13 heures 40, l'héritier du trône d'Angleterre et sa compagne se prennent enfin pour mari et femme dans la salle Ascot de l'hôtel de ville de Windsor, noyée sous les bouquets de muguet, symbole du bonheur retrouvé. Une cérémonie dépouillée, sans musique ni lectures... Sous le regard approbateur de vingt-huit membres de leur famille – seize pour lui, douze pour elle – et en l'absence notable d'Elizabeth II et du prince Philip, les ex-amants maudits de la Couronne échangent leurs consentements en présence de l'officier d'état civil Clair Williams, 45 ans, divorcée et mère de deux enfants. Leurs fils aînés, William et Tom, ont accepté d'être leurs témoins. À l'issue des formules rituelles – « je déclare solennellement n'avoir connaissance d'aucun empêchement légal s'opposant à ce que moi, Charles Philip Arthur George Windsor, sois uni par les liens du mariage à Camilla Rosemary Parker Bowles » –, le jeune prince leur tend les anneaux par lesquels ils scellent à tout jamais leur union. Le couple le plus médiatisé au monde a, pour une fois, réussi à tenir presse et photographes à l'écart. En vingt minutes chrono – et à l'abri des regards –, la monarchie tire un trait sur les deux décennies les plus tumultueuses de son histoire.

À cinquante-sept ans, Milla accède en beauté et sur le tard au statut d'altesse royale et de duchesse de Cornouailles – titre officiel censé faire oublier à ses détracteurs qu'elle est aussi désormais princesse de Galles, duchesse de Rothesay, comtesse de Carrick et baronne Renfrew. Elle porte une robe couleur perle tissée de petits disques de laque et un manteau en soie assorti, conçus tout spécialement pour l'occasion par les créatrices londoniennes Antonia Robinson et Anna Valentine. La capeline en paille, plumes et dentelle française ivoire est griffée Philip Treacy, son sac à main, Launer – deux des fournisseurs favoris de Sa Majesté. Mrs. Parker Bowles a été maquillée par Julia B., une pro du make-up très appréciée de nombreuses stars britanniques. Le matin même, à Clarence House, ses ongles ont été vernis par Angela Kourmourou avec « Sugar Daddy » et « Marshmallow », de chez Essie. La nouvelle recrue des Windsor souhaitait faire honneur à sa belle-famille. C'est réussi.

À la sortie de l'hôtel de ville, c'est en femme mariée, résolue à laisser derrière elle les scandales et les tourments d'autrefois, qu'elle s'accroche au bras du prince Charles, lui-même visiblement très ému. Sous les vivats de quelque vingt mille personnes massées dans les rues de la ville, les époux regagnent le château de Windsor dans une Rolls Royce Phantom VI prêtée par Elizabeth II. Là, Camilla a à peine le temps de prendre une collation légère et de se faire repoudrer le nez. À 14 heures 30, soit cinq minutes très exactement après la souveraine, elle entre dans la chapelle St. George au bras de l'héritier de la couronne. À travers le monde, ils sont des dizaines de millions à suivre sa marche lente vers l'autel, décoré de roses, de muguet et de jacinthes – toutes cueillies dans les jardins de Highgrove – symboles de l'amour éternel et de narcisses en provenance des îles de Scilly et de la région de Cornouailles. Robinson Valentine a créé pour la cérémonie une robe longue et vaporeuse en soie bleu porcelaine, dont les motifs brodés de fil d'or sont inspirés d'un bijou ayant autrefois appartenu à Rosemary Shand, la mère de la mariée. Nerveuse, cette dernière manque de trébucher en gravissant les quelques marches qui mènent jusqu'au chœur. Le service de prières et d'actions de grâce conduit par l'archevêque de Canterbury, le Dr Rowan Williams, ne dure que quarante-cinq minutes. Sous les yeux de huit cents personnalités, parmi lesquelles le Premier ministre Tony Blair et les représentants de plusieurs grandes dynasties régnantes, le couple se promet fidélité et fait publiquement acte de pénitence en implorant Dieu de lui pardonner pour ses fautes passées. À plusieurs reprises, Milla pose sa main sur celle du prince, comme si elle avait encore besoin de se rassurer. La noce est belle, les époux, plus amoureux que jamais. Un happy end auquel plus personne ne croyait…

Début février, l'*Evening Standard*, un grand quotidien du soir, est prévenu, on ne sait trop comment, que l'annonce des épousailles de Charles et de sa compagne est imminente. Le 10 février, aux petites heures de la matinée, Clarence House se retrouve contraint de rendre la nouvelle publique, avec deux semaines d'avance. Dans le communiqué, le prince de Galles qualifie l'événement à venir de « journée particulièrement importante pour nous et nos deux familles. » Ses fils, William et Harry, souhaitent aux deux fiancés « toute la chance et le bonheur du monde ». Il est alors prévu que la cérémonie civile soit organisée dans l'enceinte même du château de Windsor, le 9 avril. Las ! Le 14, une enquête de la BBC vient contester la légalité de cette union en se basant sur les termes du « Marriage Act » de 1836, qui interdit explicitement aux membres de la famille royale de prendre mari ou femme en dehors de l'Église. La presse s'empare de l'affaire. Clarence House affirme avoir consulté les meilleurs experts constitutionnels. Lord Falconer, le ministre de la Justice, doit invoquer les modifications successives apportées au texte en 1949, puis en 1953, ainsi que la Convention européenne des droits de l'homme, pour valider les projets matrimoniaux de l'héritier de la couronne.

Trois jours plus tard, le staff du prince de Galles fait savoir que l'hôtel de ville sera finalement préféré au château de Windsor. Les conseillers du futur époux réalisent – un peu tard – que l'une des conditions pour que la résidence de Sa Majesté obtienne l'agrément nécessaire à l'organisation des noces est qu'elle soit ensuite ouverte pendant trois ans à tous les candidats au mariage. Le problème résolu – et l'honneur presque sauf –, Charles s'imagine alors que le gros de la tempête est passé. À tort. Le 21 février, le gouvernement confirme en effet qu'en l'état actuel des textes, Mrs. Parker Bowles deviendra automatiquement reine le jour de l'accession au trône de son conjoint. L'opinion manifeste aussitôt bruyamment sa désapprobation. Les médias s'emballent à nouveau. Chaque jour qui passe apporte son lot de sondages, toujours plus critiques à l'égard du couple. Plusieurs experts suggèrent alors qu'une loi soit votée en urgence par le parlement de manière à clarifier une fois pour toutes le statut et les titres de la promise. En vain.

C'est le moment que choisit Elizabeth II pour faire connaître sa décision de ne pas assister à la cérémonie civile. La reine juge en effet sa participation à l'événement comme incompatible avec ses responsabilités de chef de l'Église anglicane et considère que ses obligations de monarque doivent passer avant ses devoirs de mère. Les tabloïds y voient un terrible camouflet. « Humiliée », titre en une le quotidien *Daily Mail* sur un portrait en gros plan de Milla. Patrick Jephson, l'ancien secrétaire particulier de Diana, qualifie la débâcle de « ratage monumental, embarrassant pour la nation tout entière. » La noce tourne à la farce. Sondés jusqu'à l'écœurement, 65 % des Britanniques estiment que l'union du prince de Galles ne fera qu'affaiblir la royauté. Un peu partout dans le Commonwealth – notamment en Australie, en Nouvelle-Zélande, et dans plusieurs îles des Caraïbes –, les Républicains s'emparent de ce nouveau fiasco « windsorien » pour réclamer la rupture de leurs liens avec la monarchie. En Angleterre, neuf plaintes émanant de particuliers et de représentants du clergé sont déposées auprès du Registrar-General – « Conservateur des actes de l'état-civil » – Len Cook, contestant la légalité du mariage. Aucune d'entre elles ne sera finalement jugée recevable. La disparition du pape

Jean-Paul II, puis ses funérailles, fixées au 8 avril, obligeront les deux amants à repousser d'une journée cérémonies et festivités. La noce aura bien lieu. Mais à quel prix…

*

Sur les marches de la chapelle St. George, Charles et sa mère échangent quelques mots. « Finalement, tout s'est bien déroulé », commente sobrement Lilibet. Voilà longtemps que les médias s'interrogent sur l'état d'esprit de la souveraine. La plupart d'entre eux croit savoir qu'en digne arrière-arrière-petite-fille de l'austère reine Victoria, elle désapprouve les noces de son fils avec une femme autrefois « coupable » d'adultère et divorcée. Un peu moins de six mois auparavant, en novembre, le couple connaît une énième humiliation à l'occasion du mariage de lady Tamara Grosvenor, la fille du duc de Westminster, et d'Edward van Cutsem, à Chester, dans le nord-ouest de l'Angleterre. Soucieux, apparemment, de ne pas déplaire à Elizabeth II – pour qui Mrs. Parker Bowles ne peut encore être considérée comme faisant partie de la famille régnante –, les parents des deux jeunes gens laissent clairement entendre que Camilla ne sera pas autorisée à emprunter l'entrée VIP de la cathédrale, ni à s'asseoir au côté du prince de Galles. Ulcérés, Charles et sa compagne boycottent la célébration sous des prétextes divers. Pour de nombreux observateurs, « les dés sont jetés. Le "problème Camilla" doit maintenant trouver sa solution dans les meilleurs délais. »

Les choses se révèlent moins compliquées que prévu. Depuis quelque temps, Sa Majesté et son époux, le prince Philip, pressentent déjà leur aîné d'« en finir, une bonne fois pour toutes ». Longtemps plus que réservée à l'égard de ce mariage, Lilibet, dont le quatre-vingtième anniversaire approche, réalise que le prestige du clan, et, avec lui, celui de l'institution monarchique tout entière, commence à pâtir sérieusement du célibat de son héritier. Que se passerait-il si ce dernier montait sur le trône sans avoir eu le temps – ou, tout simplement, la volonté – de mettre de l'ordre dans sa vie privée ? La reine encourage donc le prince à faire preuve de courage et à prendre la décision qui s'impose. Pendant les traditionnelles vacances de Noël au château de Sandringham, Charles prévient ses frères et sœur qu'il est enfin décidé à sauter le pas. Début janvier, c'est à Birkhall – et un genou à terre, s'il vous plaît ! – qu'il implore Milla de bien vouloir l'épouser. Respectueux de la forme et des usages, il en a d'abord demandé la permission à Bruce Shand, son futur beau-père. Quelques jours plus tard, un dîner informel réunit le prince de Galles, Tony Blair et leurs principaux conseillers à Clarence House. Le futur roi est assuré, ce soir-là, de l'appui du gouvernement. L'Histoire est en marche. Désormais, rien ni personne ne pourra plus l'arrêter.

Le 9 avril, en milieu d'après-midi, c'est une bonne humeur générale, et pour le moins inhabituelle, qui règne dans les salons du château de Windsor. « Quand les uns et les autres ont commencé à porter les toasts, raconte l'un des invités à la réception dans les colonnes du quotidien *Daily Mail*, on se serait cru davantage à un match de foot qu'à une noce royale. Les gens riaient, criaient, tapaient des pieds. L'ambiance était incroyablement joyeuse. » Elizabeth II, en guise de préambule, annonce à voix haute les résultats du Grand National, l'une des courses hippiques les plus importantes de l'année, provoquant des réactions enthousiastes dans l'assistance – et plus particulièrement chez Tom Parker Bowles qui, en parieur avisé, aurait, dit-on, gagné une petite fortune ce jour-là. Puis elle se tourne vers les « jeunes mariés ». « Ils ont surmonté les pires obstacles, se sont sortis de toutes les épreuves. Je suis très fière d'eux, et je leur adresse tous mes vœux de bonheur. Mon fils est aujourd'hui tiré d'affaire, au côté de la femme qu'il aime. Bienvenue dans l'enclos des vainqueurs. » Très ému, Charles lui répond par un petit discours chaleureux et plein d'humour, remercie « ma *darling* Camilla, qui m'a soutenu dans les moments heureux comme dans l'adversité, et dont le précieux optimisme m'a aidé à parvenir à bon port. » La nouvelle duchesse de Cornouailles peine à contenir ses larmes. « Ce qui était formidable, poursuit le témoin de la scène dans les colonnes du *Daily Mail*, c'était de voir le large sourire qui s'affichait sur le visage de la reine. Sa Majesté allait d'un invité à l'autre, papotant avec un plaisir évident avec tous ceux qui l'abordaient. »

En fin de journée, les deux époux quittent discrètement les convives et s'engouffrent dans une limousine décorée de ballons, sur laquelle William et Harry ont peint l'inscription « Just married ». Avant de monter en voiture, Milla embrasse les jeunes princes – et la souveraine – sur les deux joues. Charles et sa compagne ont choisi de passer leur courte lune de miel dans leur cottage de Birkhall, sur les terres du château de Balmoral, en Écosse. Dans le quotidien *The Daily Telegraph*, lord Bragg, l'un de leurs amis proches, salue leur départ par ces mots : « Camilla a parfaitement conscience des défis qui l'attendent. Chez elle, aucune arrogance. C'est une femme accessible, ouverte aux autres, qui a déjà vécu beaucoup de choses et réussi à dépasser nombre de difficultés. Il se dégage d'elle une impression d'incroyable solidité, de grande stabilité. Les gens apprendront à l'apprécier. Elle pourrait même faire beaucoup de bien à la famille royale. »

Bibliographie

Ouvrages de référence en anglais

ARNOLD-BAKER Charles, *A Companion to British History*, Routledge, 2001.

ARONSON Theo, *The King in Love : Edward VII's Mistresses*, Guild, 1988.

– *Princess Margaret : A Biography*, Michael O'Mara Books Ltd., 1997.

– *Royal Subjects*, Pan Books (Macmillan Publishers Ltd.), 2001.

BEATTY Laura, *Lillie Langtry, Manners, Masks and Morals*, Vintage, 2000.

BENSON Ross, *Charles : The Man, The Myths, The Marriage*, Victor Gollancz, 1995.

BOTHAM Noël, *Margaret : The Untold Story*, Blake Publishing Ltd., 1994.

BRADFORD Sarah, *Elizabeth : A Biography of Her Majesty The Queen*, Mandarin Books, 1996.

BROOK-SHEPHERD Gordon, *Uncle of Europe : The Social and Diplomatic Life of Edward VII*, Collins, 1975.

BURRELL Paul, *A Royal Duty*, Michael Joseph-Penguin Books, 2003.

CANNADINE David, *The Decline and Fall of The British Aristocracy*, Vintage Books (Random House Inc.), New York, 1999.

CHAPMAN Brigid, *Royal Visitors to Sussex*, CGB Cliffe, 1991.

CLAYTON Tim et CRAIG Phil, *Diana : Story of A Princess*, Hodder & Stoughton Ltd., 2001.

CRAWFORD Marion, *The Little Princesses*, Cassell & Co, Ltd., 1950.
DAVIES Nicholas, *Elizabeth : Behind Palace Doors*, Mainstream Publishing Projects, 2000.
DE-LA-NOY Michael, *The Queen behind The Throne*, Arrow Books, 1995.
DEMPSTER Nigel et EVANS Peter, *Behind Palace Doors*, Orion Books Ltd., 1994.
DIMBLEBY Jonathan, *The Prince of Wales : A Biography*, Little, Brown and Company, 1994.
Edward, PRINCE of Wales (with Rupert Godfrey), *Letters from A Prince*, Little, Brown and Company, 1998.
EDWARDS Arthur, *I'll Tell The Jokes Arthur*, Blake Publishing Ltd., 1993.
FORBES Grania, *My Darling Buffy : The Early Life of The Queen Mother*, Headline Book Publishing, 1999.
GRAHAM Caroline, *Camilla, The King's Mistress*, Blake Publishing Ltd., 1994, réactualisé en 2001 sous le titre *Camilla : Her Time Story*.
HEALEY Edna, *The Queen's House : A Social History of Buckingham Palace*, Carroll & Graf Publishers Inc. (New York), 1998.
HIBBERT Christopher, *Edward VII*, Penguin Books Ltd., 1976.
HIGHAM Charles, *Wallis : Secret Lives of The Duchess of Windsor*, Pan Books (Macmillan Publishers Ltd.), 1989.
HOEY Brian, *Anne : The Private Princess Revealed*, Pan Books, 1998.
– *All The Queen's Men : Inside The Royal Household*, HarperCollins Publishers, 1992.
– *Her Majesty : Fifty Regal Years*, HarperCollins Publishers, 2001.
HOLDEN Anthony, *Charles : A Biography*, Bantam Press, Transworld Publishers Ltd., 1998.
HUTCHINS Chris et MIDGLEY Dominic, *Diana on the Edge : Inside the Mind of The Princess of Wales*, Smith Gryphon Publishers, 1996.
JEPHSON Patrick D., *Shadows of A Princess*, HarperCollins Publishers, 2000.

JUNOR Penny, *Charles : Victim or Villain ?*, HarperCollins Publishers, 1998.
KEPPEL Sonia, *Edwardian Daughter*, Hamish Hamilton Ltd., 1958.
LACEY Robert, *Royal : Her Majesty Queen Elizabeth II*, Little, Brown, 2002.
LAMONT-BROWN Raymond, *Edward VII's Last Loves : Alice Keppel & Agnes Keyser*, Sutton Publishing Ltd., 1998.
LONGFORD Elizabeth, *Victoria R.I.*, Abacus, 2000.
– *Royal Throne : The Future of the Monarchy*, Hodder and Stoughton Ltd., 1993.
MORTON Andrew, *Diana : Her True Story in Her Own Words*, Michael O'Mara Books Ltd., 1998.
– *Diana : Her New Life*, Michael O'Mara Books Ltd., 1994.
Packard Jerrold M., *The Queen and Her Court*, Robson Books Ltd., 1981.
– *Victoria's Daughters*, Sutton Publishing Ltd., 1999.
PASTERNAK Anna, *Princess in Love*, Bloomsbury Publishing, 1994.
PLUMPTRE George, *Edward VII*, Pavilion Books Ltd., 1995.
Sackville-West Vita, *The Edwardians*, Virago Press, 1930/1983.
SEWARD Ingrid, *The Queen and Di*, HarperCollins Publishers, 2000.
SHAKESPEARE William, *Hamlet*, Aubier, Paris, traduction de André Lorant, 1998.
SHAWCROSS William, *Queen and Country*, BBC Worldwide Ltd, 2002.
SIMON SYKES Christopher, *Private Palaces : Life in The Great London Houses*, Chatto & Windus Ltd., 1985.
SMITH Godfrey, *The English Season*, Pavilion Books Ltd. & Michael Joseph Ltd., 1987.
SNELL Kate, *Diana : Her Last Love*, Granada Media (André Deutsch Ltd.), 2000.
SOUHAMI Diana, *Mrs. Keppel and Her Daughter*, Flamingo (HarperCollins Publishers), 1997.
SPENCER Charles, *The Spencer Family*, Viking (The Penguin Group), 1999.

STENNING John, *A Countryman's Further Reminiscences of Mid-Sussex*, Country Books.
THOMPSON Paul, *The Edwardians : The Remaking of British Society*, Academy Chicago Publishers, 1985.
TYRREL Rebecca, *Camilla : An Intimate Portrait*, Short Books, 2003.
WEINTRAUB Stanley, *The Importance of Being Edward*, John Murray Ltd., 2000.
WHARFE Ken, *Diana, A Closely Guarded Secret*, Michael O'Mara Books Limited, 2002.
WHITAKER James, *Settling Down*, Quartet Books Ltd., 1981.
WILSON Christopher, *A Greater Love : Charles & Camilla*, Headline Book Publishing, 1994.

Ouvrages de référence en français

CAMPBELL Lady Colin, *Lady Diana, l'intrigante*, Édition°1, 1993.
CATSIAPIS Hélène, *La royauté anglaise au xxe siècle*, Ellipses, 2000.
HARGROVE Charles, *La reine : le mythe et la réalité*, Perrin, 1994.
MOUGEL François-Charles, *L'Angleterre au xxe siècle*, Ellipses, 2000.
OUDIN Bernard, *Histoires de Londres*, Perrin, 2003.
SPOTO Donald, *Les secrets des Windsor*, Presses de la Cité, 1995.
WAJSBROT Cécile, *Violet Trefusis*, Mercure de France, 1989.
WHITAKER James, *Diana contre Charles : la fin d'un conte de fées*, Olivier Orban, 1993.
Chronique de l'Angleterre, Éditions Chronique/Jacques Legrand SA, 1995.

Remerciements

Mes remerciements et ma gratitude vont à celles et ceux qui ont rendu ce livre possible :

Nicole Lattès, pour sa patience,

Didier Rapaud, qui a été le premier à y croire,

Brigid Chapman, pour ses précieuses recherches,

Toutes les personnes qui, des deux côtés de la Manche ainsi qu'à New York, ont bien voulu me faire confiance et apporter, chacune à sa manière, leur contribution à cet ouvrage. Plus particulièrement Linda Edwards, directrice de la Société nationale britannique contre l'ostéoporose, disparue en décembre 2002. Ceux qui n'ont pas souhaité être nommés se reconnaîtront,

Édith Hérambert-Verron, Laurence Cruzel et Cyril Rivère, pour leur œil de lynx, leurs remarques toujours pertinentes et le temps qu'ils ont bien voulu consacrer à la relecture de ces pages,

Marguerite Kardos, pour ses « bonnes inspirations »,

Pascal Gouailhardou Cruzel, pour tout.

Table

7732

Composition Chesteroc Ltd
Achevé d'imprimer en France (Manchecourt)
par Maury-Eurolivres
le 1er juin 2005.
Dépôt légal juin 2005. ISBN 2-290-34840-6

Éditions J'ai lu
84, rue de Grenelle, 75007 Paris
Diffusion France et étranger : Flammarion